Michael Wallner

Blutherz

Michael Wallner

Blutherz

cbt

cbt ist der Jugendbuchverlag
in der Verlagsgruppe Random House

FSC
Mix
Produktgruppe aus vorbildlich
bewirtschafteten Wäldern und
anderen kontrollierten Herkünften

Zert.-Nr. SGS-COC-1940
www.fsc.org
© 1996 Forest Stewardship Council

Verlagsgruppe Random House FSC-DEU-0100
Das für dieses Buch verwendete FSC-zertifizierte Papier
München Super Extra liefert Arctic Paper Mochenwangen GmbH.

Gesetzt nach den Regeln der Rechtschreibreform

1. Auflage 2009

Umschlagkonzeption: Hauptmann + Kompanie
Werbeagentur München-Zürich
st · Herstellung: WM
Satz: Uhl + Massopust, Aalen
Druck: GGP Media GmbH, Pößneck
ISBN: 978-3-570-16046-6
Printed in Germany

www.cbt-jugendbuch.de

1

Samantha sah das Herz heftig schlagen, sah es durch den Brustkorb der jungen Frau hindurch, der das Herz gehörte. Es pochte und zuckte aus Angst, die Frau wusste, was ihr Gegenüber wollte. Sie trug ein schlichtes weißes Kleid, ihr Gesicht war schön und doch merkwürdig fahl, wie von einer unendlichen Traurigkeit durchflossen. Das rote Haar fiel ihr über die Schultern. Die junge Frau wich vor dem Dunkelhaarigen zurück, der unbeirrt seine blasse Hand ausstreckte und auf ihre Brust zuführte. Die Hand machte nicht halt, sondern drang in das Fleisch ein, durchstieß Haut und Sehnen, Knorpel und Knochen, bis die Hand das wild schlagende Herz der Frau erreichte, es umfasste. Der Dunkelhaarige sah sein Opfer an, ein kalter, schwarzer Blick senkte sich in ihre von Todesangst geweiteten Augen. Die Hand packte das Herz und riss es mit einem einzigen Griff aus der Brust. Das lebendige Herz schlug noch in der Hand der dunklen Gestalt, während die Frau das Bewusstsein verlor und tot zu Boden stürzte.

Samantha schreckte aus einem Traum hoch, wie sie noch keinen so abgrundtief hässlichen gehabt hatte. Sie sah sich um. Gottlob, das waren die Wände ihres Zimmers, die im Schein der Notbeleuchtung grün schimmerten. Sie lag in dem schmalen Metallbett, über dem ein Galgen baumelte, mit einem Kunststoffgriff zum Aufrichten. Der Nachttisch war aus Blech, ebenso die zwanzig weiteren Nachttische, die man in der Ecke gestapelt hatte. Samanthas Koffer lag auf einem Gerät, mit dem man früher Ultraschallmessungen durchgeführt hatte; inzwischen war das Ding längst veraltet. Alles in ihrem Zimmer hatte das Prädikat »ausrangiert«, Apparate mit altmodischen Drehknöpfen und Skalen, an der Decke hing eine parabolförmige OP-Beleuchtung.

»Nur vorübergehend«, hatte Oberschwester Margret gesagt, als sie Samantha den Raum zeigte. »Nur für ein paar Tage.«

»Wenigstens ist es umsonst.« Sam war neben ihrer Tante eingetreten. »Das ist in London ein kleines Wunder.«

»Wird es denn wirklich gehen?« Die Oberschwester hatte sich umgesehen. Diese Geräte hätten seit Jahren entsorgt werden müssen, stattdessen stapelte man sie hier, im dritten Untergeschoss des *Chelsea and Westminster Hospital*, wo Tante Margret leitende Stationsschwester war. »Man hat mir zugesagt, dass du das erste Zimmer bekommst, das in den Personalunterkünften frei wird.«

Unbeirrt war Sam eingezogen, denn selbst ein Keller tief unter der Erde bedeutete einen Glücksfall, wenn man in London Fuß fassen wollte. Heute Nacht hatte sie in ihrer ungewöhnlichen Bleibe zum ersten Mal Angst. Eisiger Schweiß stand auf ihrer Stirn, sie sprang aus dem Bett, zwängte sich an dem Dialyse-Apparat vorbei zum Waschbecken und wusch Gesicht und Hals mit kaltem Wasser. Beim Blick in den Spiegel erschrak sie. Selbst im Schimmer der Notbeleuchtung sah man, wie blass sie war, wie übernächtigt; sie hatte Ringe unter den Augen und ihr sonst fülliges Haar wirkte strähnig. Du musst besser auf dich achten, dachte sie, du lässt dich von der Arbeit zu sehr auslaugen. Sie sprang wieder ins Bett, dass die Blechscharniere knackten, und deckte sich zu. Das Schlimme an ihrem Traum war, dass sie ihn nicht abschütteln konnte, wie man es sonst mit Träumen tat. Ihr war, als sei ein Ruf an sie ergangen, als habe das grauenhafte Schicksal jener Frau mit ihr selbst zu tun, mit Samantha Halbrook, dem siebzehnjährigen Mädchen aus Lower Liargo.

2

Als Sam das Chelsea and Westminster Hospital zum ersten Mal betreten hatte, war sie schwer beeindruckt gewesen: das größte Krankenhaus, das jemals für den National Health Service in Großbritannien gebaut worden war. Ein Spital der Superlative! Es lag im Südwesten Londons; das zehnstöckige Gebäude umschloss einen riesigen Innenhof, der angeblich die Größe von 17 Tennisplätzen hatte. Das Atrium war das Zentrum des Hospitals, seine Lunge und sein Auge zum Himmel empor. Hier liefen weiße metallene Stege und Treppen kreuz und quer, in gläsernen Schächten schwebten Lifte empor, in zahllosen Stationen wurden Patienten behandelt. Sams Arbeitsplatz war die Abteilung für Organtransplantation; ihr stand Sir Alexander Kennock vor. Doktor Kennock hatte vor Jahren einem weiblichen Mitglied des Königshauses dessen kaputtes Herz gegen das eines Taxifahrers aus Kuala Lumpur ausgetauscht. Die königliche Hoheit erfreute sich mit dem Herzen des Malaysiers bester Gesundheit, Kennock war dafür mit dem Ritterschlag geehrt worden. Seine Abteilung lag in praktischer Nähe zur Unfallstation, wo die Verkehrsopfer eingeliefert wurden, von denen jedes ein potenzieller Organspender war. Der Kennock-Trakt war genau genommen eine Intensivstation: Hier wurden schwer kranke Menschen auf die besondere Operation vorbereitet, bei der ihnen eine neue Niere, Leber, Lunge oder ein neues Herz eingepflanzt wurden.

Samantha starrte auf das Herz. Es sah genauso aus wie das hellrote, schlagende Ding, das sie in ihrem Traum gesehen hatte. Dieses Herz aber lag in einem aseptisch verschlossenen Kunststoffgefäß, in dem es permanent von eiskalter Konservierungslösung durchströmt wurde.

Es gehörte nicht zu Sams Arbeit, sich ein gekühltes Herz anzuschauen, das für die Transplantation vorbereitet wurde. Ihre Aufgaben waren wesentlich schlichter. Sie hatte ein Bett frisch zu beziehen, wenn der Bettinsasse es schmutzig gemacht hatte. Sie war dafür zuständig, die Fünfliterkannen mit Tee vorzubereiten, aus denen die Kännchen für die Frühstückstabletts gefüllt wurden. War der Tee durch die Patienten durchgelaufen, hatte Sam die vollen Bettpfannen aufs Klo zu bringen und zu leeren. Darauf mussten die Patienten für die Visite vorbereitet, also gekämmt, zugeknöpft und aufgesetzt werden, da Sir Kennock ungern Kranke besuchte, die auch wie Kranke aussahen.

Als Sam an diesem Morgen gehört hatte, dass ein Spenderherz für Mister Thorndyke gefunden worden sei, hatte sie sich in den Kühlraum geschlichen, wo das Organ aufbewahrt wurde, während man Mr Thorndyke für die Operation den Brustkorb kahl rasierte. Eine Herztransplantation, so viel wusste Samantha, bedeutete einen Wettlauf mit der Zeit. Vier Stunden war die äußerste Frist, die vom Herzstillstand des Spenders bis zur Wiederbelebung des Herzens in der Brust des Empfängers verstreichen durfte. Am Tag einer solchen

Operation vibrierte die Abteilung förmlich vor Anspannung; das Team um Sir Kennock funktionierte wie ein Organismus, bei dem jeder Teil genau wusste, was der andere tat. In dieser Situation stand Sam über das rohe Herz gebeugt, das sie an ihren schrecklichen Traum erinnerte.

»Was haben Sie hier zu suchen?«

Sie fuhr herum, fürchtete, einem der Ärzte gegenüberzustehen, aber den hässlichen Mann, der sich über ihre Schulter beugte, sah sie zum ersten Mal. Er trug nicht das stationsübliche Hellblau und die aseptischen Latschen an den Füßen, sondern einen grauen Gehrock, was entweder schrecklich altmodisch oder superschick war. Aber nicht die Kleidung machte ihn so auffällig, sondern seine Augen. Sie quollen aus dem Gesicht, unnatürlich zuckten die Pupillen, dazu hatte der Mann triefende Lippen und ein Doppelkinn, das wackelte, wenn er den Kopf bewegte.

»Und was machen Sie hier?«, erwiderte Sam trotz ihres Schrecks. »Sie arbeiten nicht auf unserer Station.«

Darauf lächelte der Mann. »Natürlich nicht. Ich *bin* die Station.«

Auf so etwas Wirres wollte Samantha nicht antworten, und sie war im Begriff, den Kühlraum zu verlassen, als der Glubschäugige ihr in den Weg trat.

»Wenn ich mich vorstellen darf? Mein Name ist Walter Lockool. Sie haben vielleicht von mir gehört.«

Sam fiel die Messingplakette ein, die am Eingang der Station prangte. Darauf stand: *Gewidmet der Familie Lockool, durch deren Stiftung die Abteilung für Organtransplantation ins Leben gerufen werden konnte.* Sie hatte also ein Mitglied der berühmten Familie vor sich; dennoch war es ihr unangenehm, mit dem seltsamen Mann allein zu sein.

»Ich muss zum Dienst.«

Sie hatte die Tür fast erreicht, da hielt er sie am Arm fest. »Sie haben wunderschönes rotes Haar.«

Erschrocken drehte sie sich um. »Schwester Margret braucht mich!«

»Sie sind doch nicht etwa Schottin?« Die Froschaugen wanderten über ihr Gesicht mit der hellen Haut und den Sommersprossen.

»Beinahe.« Sam schüttelte seine Hand ab. »Ich stamme aus Lower Liargo an der schottischen Grenze.«

»Liegt die Stadt nördlich des Hadrianswalls?« Er lächelte vielsagend.

Dunkel erinnerte Sam sich aus ihrer Schulzeit, dass der mächtige Steinwall vor Jahrhunderten die Grenze zwischen dem von den Römern unterworfenen Britannien und dem Land der schottischen Clans gebildet hatte. »Stimmt.«

»Dann ist es klar. Sie sind Schottin von echtem, von *altem* Blut.« Wieder schenkte er ihr dieses glubschäugige Lächeln.

»Und warum ist das so wichtig für Sie?«

»Für mich keineswegs. Für Sie, meine Liebe, ist es von großer Bedeutung.«

Sam hatte genug von Mr Lockool und seinen Fragen. Sie öffnete die Kühlraumtür und schlüpfte nach draußen. Gerade rechtzeitig, denn vom Ende des Korridors kamen ihr zwei vermummte Ärzte mit einem Wagen entgegen, auf dem sie das Spenderherz in den Operationssaal bringen würden. Sam wich nach Zimmer Nr. 4 aus, wo Mrs Abramowitsch geklingelt hatte. Samantha schloss die Tür, atmete erleichtert durch und genoss die Wärme des Krankenzimmers nach der eisigen Temperatur im Kühlraum.

»Was kann ich für Sie tun, Mrs Abramowitsch?«

Während sie der kranken Dame ihre Handtasche brachte, überlegte sie, wie die Ärzte wohl reagieren würden, wenn sie nebenan nicht nur das kalte Herz, sondern auch den frierenden Mr Lockool vorfanden.

3

Eigentlich war Samantha zu müde zum Ausgehen. Doch wenn sie sich danach richtete, war sie jeden Abend zu müde. Nach Dienstschluss trank sie einen Latte Macchiato in der Cafeteria und verschwand mit dem Personalaufzug unter der Erde. Sie betrat ihr vollgerümpeltes Zimmer, zog sich aus, duschte in dem ehemaligen Personalbad quer über dem Korridor, huschte nackt zurück, warf den Koffer aufs Bett und suchte ihre besten Sachen hervor: ein Paar knielange Jeans, darüber einen schwarzen Rock und das grüne Top mit den dünnen Trägern. Vor dem Spiegel machte sie sich zurecht und steckte ihr Haar hoch.

»Nicht übel für ein Mädel von altem schottischen Blut«, grinste sie, packte den Lippenstift ein und warf die Jacke über. Sie kehrte an die Oberfläche zurück, lief das Hauptschiff des Krankenhauses entlang zum Nordausgang und sprang als Letzte auf den Bus aus Putney Heath, der sie bis Piccadilly Circus bringen würde.

Sam starrte aus dem Fenster. In der Dunkelheit sah sie abwechselnd die erwachenden Lichter der City und sich selbst im regengesprenkelten Glas. Die große Veränderung in ihrem Leben war über Nacht gekommen.

»Was soll ich hier noch lernen?«, hatte sie ihre Eltern gefragt. »Unser Kaff ist am Aussterben. Seit die Zementfabrik zugemacht hat, ziehen die jungen Leute aus Lower Liargo fort. Es gibt keine Arbeit mehr.«

John, ihr Vater, kannte das Problem der Abwanderung. Vor Sams Geburt war er als Vikar nach Lower Liargo gekommen und übte das Priesteramt seither mit aller Hingabe aus. Samanthas Mutter Louise hatte früher als Fremdenführerin gearbeitet, allerdings konnte sie den Beruf nach der Geburt ihrer Tochter nicht länger ausüben. Die Schwangerschaft war qualvoll gewesen, danach war sie nicht mehr die Alte. Sam kannte ihre Mutter meist als blass und kraftlos, sie hielt sich am liebsten in abgedunkelten Räumen auf, und senkten sich die Herbstnebel über Lower Liargo, wurde Louise von einer unheilbaren Schwermut erfasst. Die dunklen Monate des Jahres waren für Samantha immer am schlimmsten gewesen. Die öde Schule, die Traurigkeit daheim, die tappenden Schritte der Mutter in ihrem Zimmer, der stille Vater, der alles mit gottergebenem Lächeln hinnahm. Seit ihrem fünfzehnten Geburtstag hätte Sam nur noch schreien mögen. Sie musste weg aus Lower Liargo, musste einen Job finden, mit dem sie genügend Geld verdiente, um auf eigenen Beinen zu stehen. Sie hatte ein Ass im Ärmel: ihre Tante mütterlicherseits. Tante Margret arbeitete als Oberschwester in London. Sam hatte sie angerufen, Margret war bereit gewesen zu helfen und hatte gefragt, ob die Nichte sich vorstellen könne, in einem Krankenhaus zu arbeiten. London bedeutete für Samantha den Nabel der Welt; sie hätte alles getan, um sich dort eine Existenz aufzubauen. Und so war sie Lernschwester im Chelsea and Westminster Hospital geworden.

Am Piccadilly Circus sprang Sam aus dem Bus. Es regnete und war zu kühl für Oktober. In der Shaftesbury Avenue wollte sie in ein koreanisches Restaurant eintreten, als ihr Blick auf die beleuchtete Karte fiel. Die Preise waren unglaublich, selbst eine Suppe kostete mehr als das ganze Menü in der Krankenhauskantine. Als es ihr vor einem indischen und einem westafrikanischen Lokal genauso erging, endete ihr kulinarischer Streifzug an einer Fish-'n-Chips-Bude. Es schmeckte nicht besonders, aber hinterher war sie satt und ihre Lebensgeister waren wieder geweckt. Sie schlenderte über den Leicester Square, beschloss, ins Kino zu gehen, ihre Wahl fiel auf einen Film, in dem die Schauspieler elegante Kostüme trugen und in Stretch-Limousinen durch die Gegend fuhren.

Als Sam nach dem Film wieder auf die Straße trat, hielt genau ein solcher Schlitten vor ihr, die Lichter spiegelten sich im schwarzen Lack. Wer mochte hinter den getönten Scheiben sitzen und herablassend die Menschen betrachten, die dort vor dem Nachtclub in einer endlosen Schlange standen?

Hier bist du also gelandet, stellte Sam überrascht fest, als sie den Club näher betrachtete. Selbst in Lower Liargo war das *Green Bosniac* ein Begriff. Es gab »angesagte« Clubs und solche, in die hineinzugelangen einem Wunder gleichkam. Dazu gehörte das Green Bosniac. Beim Blick auf die Schlange sank Samantha der Mut; dennoch ging sie ans Ende der Reihe, um sich im Nieselregen die Beine in den Bauch zu stehen.

»Sorry, aber könnten Sie mir behilflich sein?«, sagte jemand hinter ihr.

Sam hatte nie eine ähnliche Stimme gehört. Es lag Fremdheit in diesem Ton, ein Lauern, ein Glühen; ihr war, als ob unter ihren Füßen der Boden vibrierte. Sie wandte den Kopf. »Meinen Sie mich?«

Ein dunkelhaariger junger Mann stieg aus der Limousine, er war höchstens ein paar Jahre älter als sie. »Entschuldigen Sie, dass ich Sie einfach so anspreche.«

Er trug einen schwarzen Mantel, darunter einen Anzug; das schwarze Hemd war bis oben geschlossen und von einer Nadel verziert, deren Emblem in der Dunkelheit blitzte.

»Sie frieren ja«, sagte er.

»Meine Jacke ist warm, danke.«

»Nicht wenn Sie sich hier draußen anstellen wollen.«

Der junge Mann hatte hohe Wangenknochen und leuchtende Augen, auch wenn seine Pupillen nicht hell, sondern abgrundtief dunkel erschienen. Seine Nase besaß etwas Zupackendes, wie der Schnabel eines Greifvogels, die Lippen aber waren so weich, fast frauenhaft, dass Sam den Blick nicht davon wenden konnte. Er zeigte auf die Schlange, die seit Sams letztem Hinsehen noch länger geworden war.

»Das bringt mich auf meine ursprüngliche Frage: Ich habe Tickets für die VIP-Lounge, aber dummerweise niemanden, mit dem ich hineingehen könnte. Hätten Sie vielleicht Interesse?« Er sagte das so nebenbei, als wäre das Green Bosniac nicht der gefragteste Tempel der Stadt.

»Wie kommen Sie darauf, dass ich …?«, fragte sie misstrauisch, weil sie nicht glauben konnte, dass es das Schicksal so gut mit ihr meinte.

»Verzeihen Sie, natürlich sind Sie schon verabredet.« Er trat einen Schritt zurück.

»Ach wo!«, brach es aus ihr hervor. »Ich bin allein hier.«

»Glück muss man haben.« Der Fremde machte eine Geste in Richtung Club. »Wollen wir?«

Samantha wandte sich zum Ende der Schlange.

»Das wird nicht nötig sein.« Sanft hielt er sie am Arm fest. »Man kennt mich hier.«

Er ging mit wehenden Mantelschößen voraus, Sam lief an der wartenden Menschenmenge vorbei, bis sie einen bulligen Aufpasser erreichten.

»Schönen Abend, Sir. Nett, dass Sie uns auch mal wieder beehren.« Die Hand des Wächters glitt zum Absperrseil, er öffnete die Verriegelung und gab den Weg frei.

Grußlos ging der junge Mann vorbei und betrat mit Sam das Green Bosniac. Die Musik verschlug ihr den Atem. Wie Hämmer prallte der Takt auf sie ein, obwohl sie noch ein Stockwerk über dem wirklichen Geschehen waren.

»Ich habe mich noch nicht vorgestellt.« Er wandte den Kopf. »Tad … Ko … yi …«

Sie verstand nur Bruchstücke seines Namens. »Samantha!«, brüllte sie über den Beat hinweg. »Samantha Halbrook!« Über die violett beleuchtete Treppe folgte sie ihm in die Tiefe.

Die Bassfrequenzen packten sie körperlich, grelle Blitze schossen auf sie zu und machten ihre Augen sekundenlang blind. Dazwischen herrschte Grabesdunkel, in dem unzählige Leiber zuckten. In den Millisekunden, während der Blitz das unterirdische Treiben aufriss, sah Sam sich um. Der Fremde war zur Bar weitergegangen, aber wie sehr sie auch stieß und schob, sie kam ihm nicht hinterher. Stattdessen wurde sie von den springenden, sich verrenkenden Körpern ins Innere des Treibens gesaugt und landete auf der Tanzfläche. Sam konnte nicht behaupten, irgendetwas zu hören oder zu sehen, sie wurde einfach Teil des Spektakels, ihre Gliedmaßen zuckten, mit halb geschlossenen Augen gab sie sich dem Rhythmus hin. Endlich entdeckte sie den Fremden wieder; unbehelligt stand er am Rand, kein Körper berührte ihn, die Welle der Musik erfasste ihn nicht, aufmerksam verfolgte er das Treiben auf der Tanzfläche. Gerade wollte Samantha sich zu ihm durchkämpfen, da machte ein Kerl in Leder einen Schritt rückwärts und rempelte sie an. Sie verlor das Gleichgewicht und wurde zu Boden gerissen. Einen Moment lang befand sich der Stiefel des Mannes über ihr, im nächsten hob es den Trampler förmlich in die Höhe. Unerklärlich, wieso der bullige Kerl über Sam schwebte – da sah sie: Er hing am gestreckten Arm des Fremden, der das rüpelhafte Verhalten offensichtlich missbilligte. Sam musste zusehen, wie der Ledertyp mit einem überraschten Schrei rückwärts fiel und zwischen den Körpern verschwand. Der Fremde bot der erstaunten Sam seine Hand und zog sie hoch.

»Es ist zu voll hier«, sagte er. »Warum setzen wir uns nicht in die VIP-Lounge?«

Er führte sie zu einem exklusiven Logenplatz; die Nische bestand aus einer schwarz gepolsterten Liege, auf die der Fremde seinen Mantel breitete. Während sie an seine Seite sank, bemerkte Sam, dass sie förmlich im eigenen Schweiß zerfloss. Die Hitze in der Lounge war unerträglich, die Luft kaum zu atmen, er aber wirkte kühl und bleich, als säße er im Inneren eines unsichtbaren Kühlschrankes.

»Ich sollte mir mal die Hände waschen.« Sie lächelte unsicher.

Er überging es einfach. »Woher stammen Sie? Aus Schottland?«

Schon der Zweite an diesem Tag, der sie darauf ansprach! »Meine Heimatstadt liegt nahe der schottischen Grenze.« Sie befächelte ihre Bluse. »Und woher stammen Sie?«

»Unsere Familie lebt seit Langem in London.«

»Ich habe vorhin Ihren Namen nicht richtig verstanden.«

»Sagen Sie einfach Teddie zu mir.« Er sah ihr in die Augen. »Was machen Sie so?«

»Ich bin Krankenschwester im Chelsea and Westminster Hospital. Und wo arbeiten Sie?«

»Wir haben ein Familienunternehmen, das ich bald leiten werde.«

Die Antwort, sein Auftreten und seine Kleidung machten ihr klar, dass er zu der unausrottbaren Minderheit der Privilegierten gehörte, der Reichen, für die andere Lebensgesetze galten als für gewöhnliche Menschen, die in der Untergrundbahn fuhren und deren Nahrung aus dem Supermarkt stammte. Sam fühlte sich plötzlich unsicher in seiner Gegenwart, war von ihm fasziniert und zugleich überfordert. »Wie sind Sie vorhin ausgerechnet auf mich gekommen?«

»Sie standen da so verloren im Regen.« Er hatte Drinks bestellt und schob ihr einen hin.

»Sprechen Sie häufig Unbekannte an?«

Statt einer Antwort ergriff er ihre Hand. »Wollen wir tanzen?«

»Jetzt gleich?«

»Deshalb sind wir doch hier.«

Sam nahm einen kräftigen Schluck, ließ sich von ihm hochziehen und auf die Tanzfläche führen. Der junge Mann fasste sie um die Taille und nahm ihre Hand, dass sie sich vorkam wie auf einer gestellten Fotografie. Aber nur für einen Moment. Im nächsten Augenblick führte er sie über das Parkett, als seien sie nicht in einem kreischenden Club, sondern auf dem erlesensten Ball aller Bälle. Sie fürchtete, mit den hopsenden, trampelnden Leuten zusammenzustoßen, aber Teddie setzte seine Schritte gekonnt, machte überraschende Wendungen, schnelle Drehungen und ließ Sam keine Sekunde aus seiner Führung. Als umgebe ihn ein unsichtbares Kraftfeld, blieb der Raum um sie beide frei. Nie im Leben war Sam so unwirklich geschwebt. Sie tanzten nicht eine, nicht zehn Nummern, sie tanzten ohne Ende. Teddie kannte keine Erschöpfung, seine Phantasie erlahmte nicht. Sam war, als verbringe sie ein ganzes kurzes Leben in seinem Arm, als besitze der Tanz eine Jugend, eine Reifezeit, und aus einem Impuls heraus hob sie den Kopf, stieg auf die Zehenspitzen und näherte ihren Mund dem seinen. Etwas Merkwürdiges geschah. Auch wenn er spürbar Lust hatte, sie zu küssen, auch wenn seine Lippen sich öffneten, wurde daraus nicht das Durchströmen und Erschauern eines Kusses; der junge Mann fuhr vielmehr zurück, ein Röcheln entrang sich ihm, rasch schloss er den Mund.

Seine Reaktion war unmöglich misszuverstehen. Sam war sicher, ihn mit ihrer Plumpheit abgestoßen zu haben. Was war sie auch für ein Dorftrampel! Vom Tanzen zum Schmusen, so stellte sich eine dumme Gans aus Lower Liargo die Sache vor. Prompt beendete er den Tanz und kehrte in die Loge zurück. Sam wollte nichts mehr hören, nicht reden, keinen Schluck mehr trinken, sie hatte diese wunderbare Begegnung zunichtegemacht! Sie murmelte, es sei spät, sie müsse zur Frühschicht ausgeschlafen sein. Sein Angebot, sie in der Limousine heimzubringen, lehnte sie ab, verabschiedete sich, lief die violette Treppe hoch und am Türsteher vorbei auf die Straße.

Die Kühle tat gut. Nach dem Regen war Nebel aufgekommen, er wirkte für Samantha wie eine schützende Wolke, in der sie sich verstecken konnte. Im dichten Nebel lief sie zur Underground-Station, erreichte nach kurzer, von trüben Gedanken erfüllter Fahrt das Krankenhaus, zeigte dem Pförtner ihren Ausweis und verschwand in ihrem unterirdischen Zimmer. Sie warf die verschwitzten Sachen von sich, ließ sich aufs Bett fallen, wollte noch einmal hochkommen, um zu duschen, schlief aber, so wie sie war, in der nächsten Minute ein.

4

Mister Thorndyke war tot. So begann für Samantha der Tag nach der verstörenden Nacht. Die Herztransplantation war wunschgemäß verlaufen, er hatte das Bewusstsein wiedererlangt und die ersten Atemzüge mit dem fremden Herzen in seiner Brust getan. Acht Stunden lang war sein Zustand stabil gewesen, danach hatten die Abstoßungsreaktionen begonnen.

»Immer um drei Uhr morgens«, hatte Sir Kennock geknurrt, der nach großen Transplantationen stets im Krankenhaus übernachtete. »Was machen Sie für Sachen, Mr Thorndyke?«

Doch Thorndyke selbst tat ja gar nichts. Es waren die Antikörper seines Immunsystems, die das fremde Gewebe in der Brust attackierten. Sir Kennock ließ eine erhöhte Dosis immunsuppressiver Medikamente spritzen, um die Tätigkeit der Antikörper einzudämmen. Aber Thorndykes Zustand verschlechterte sich weiter. Als sich der Chefchirurg widerwillig entschloss, das unverträgliche Spenderherz wieder zu entfernen, war es bereits zu spät. Mr Thorndyke starb im Morgengrauen; als Todesursache wurde Gefäßverengung infolge sich überstürzender Entzündungsvorgänge zu Protokoll gebracht. Sir Kennock zog sich in sein Zimmer zurück und kippte einen doppelten Gin.

Mit benommenem Kopf ging Sam ihren Tätigkeiten nach. Sie stellte die Frühstückstabletts zusammen, weckte die Patienten, wusch die Bettlägerigen, half denen, die laufen konnten, aufs Klo und dachte dabei doch bloß an den vergangenen Abend.

Teddie! Wie mochte sein richtiger Name lauten? Theodore, Theophil, Thelonius? Hatte ihn schon seine Mutter Teddie gerufen? Waren alle in seiner Familie so groß, hatte er das dunkle Haar vom Vater oder der Mutter geerbt? »Eine alte Familie«, sinnierte Sam, während sie Mrs Abramowitschs Bettpfanne entleerte. Was bedeutete das? Waren seine Leute adelig oder etwas Ähnliches, vielleicht eine alteingesessene Handelsfamilie, die ihre Fäden innerhalb der Londoner Gesellschaft zog? Warum stellst du diese Fragen erst jetzt statt letzte Nacht, schnauzte sich Sam vor dem Badezimmerspiegel an – heute ist es zu spät! Sie kannte nicht einmal Teddies vollständigen Namen. Wie sollte man jemanden unter solchen Umständen in einer Stadt wie London wiederfinden?

Trübsinnig nützte Sam die halbe Stunde, in der die Ärzte Visite machten, um ihren Kreislauf mit Kaffee aufzupeppen. Unterwegs kam ihr Sir Kennock entgegen. Ihm schien es ebenfalls nicht besonders zu gehen; hohlwangig und mit zusammengekniffenen Lippen rauschte er an der Lernschwester vorbei. Wie muss das für ihn sein, überlegte sie: Er hat die Macht, Leben zu verlängern, er baut Organe ein und aus wie ein moderner Dr. Frankenstein, aber immer wieder macht ihm der Tod einen Strich durch die Rechnung.

Sam ging nicht in die Kantine, sondern zur Cafeteria, weil der Kaffee dort besser war. Bei Toast und Capuccino kriegte sie sich so weit in den Griff, dass sie beschloss, das nächtliche Erlebnis als Abenteuer einzuordnen und im Tagebuch ihres Herzens als *Erledigt* zu archivieren. Teddie war gestern; London blieb auch heute spannend und verheißungsvoll.

Gegen Mittag wurde der kleine Andrew eingeliefert. Der Junge war elf Jahre alt und mit bloß einer Niere geboren worden. Das hatte so lange kein Problem dargestellt, wie das lebenswichtige Organ reibungslos funktionierte. Seit einiger Zeit aber reinigte Andrews Niere sein Blut nicht mehr zuverlässig, weshalb er in Sir Kennocks Abteilung überstellt worden war.

Man bemühte sich, ein geeignetes Spenderorgan zu finden, bevor Andrews Niere vollständig ausfiel.

Als Samantha sein Zimmer betrat, wusste sie nicht, wie gering Andrews Chancen waren, bald an die Reihe zu kommen. Sie hätte nur einen Blick auf sein Krankenblatt werfen müssen, um zu begreifen, dass er mit Blutgruppe *AB negativ* zu einer verschwindenden Minderheit zählte; und Minderheiten hatten auf den internationalen Datenbanken, mit deren Hilfe die Organe vergeben wurden, schlechte Karten.

Andrew war blond, mit ernsten grauen Augen, klein für sein Alter, aber quicklebendig. »Warum bist du traurig?«, fragte er, als sie eintrat.

Sam war so verblüfft, dass sie vergaß, ihm die Kissen aufzuschütteln. »Traurig? Wie kommst du darauf?«

»Du hast laut geseufzt.« Er lag nicht im Bett, sondern lümmelte in seinem hellblauen Pyjama auf dem Fensterbrett und baumelte mit den Beinen.

»Du hast gute Ohren.«

»Bei mir funktioniert alles gut, bis auf die Niere.« Er sprang zu Boden und stellte sich vor sie hin.

»Deshalb solltest du dich gleich wieder hinlegen.« Sie lächelte über seine widerborstigen Haarwirbel.

»Ich bin krank, aber nicht bettlägerig.«

»Du bist vor allem vorwitzig.« Sie nahm ihn bei der Hand und brachte ihn zum Bett. »Hast du schon gefrühstückt?«

»Kein Hunger.« Er ließ sich zudecken. »Warum bist du traurig?«

»*Kein Hunger* gibt es hier nicht.« Sie steckte eine Haarsträhne unter die Schwesternhaube zurück. »Was möchtest du? Ich besorge es dir.«

»Alles, was ich will?«

»Fast alles. Wir sind eine besondere Abteilung.«

»Dann will ich grünen Wackelpudding und ein Wassereis mit Mandarinengeschmack.«

Sam schüttelte den Kopf; wie konnte sie so dumm sein, ihm ein solches Angebot zu machen? »Du kriegst deinen Wackelpudding, wenn du auch etwas Vernünftiges isst.«

Statt einer Antwort nahm er den Haltegriff und zog sich daran hoch. »Irgendwann erzählst du mir ja doch, weshalb du traurig bist.«

»Ich bring dir jetzt dein Essen.«

»Lass dir ruhig Zeit«, sagte er. »Die holen mich gleich, um mich an die Maschine zu hängen.«

Wieso fiel Sam der rosa Zettel neben dem Krankenblatt jetzt erst auf? DL13:00 stand darauf; DL bedeutete *Dialyse*. Samantha hasste diese Maschine, auch wenn sie den Patienten das Leben verlängerte. Was war das für eine grausame Art, fingerdicke Kanülen in einen Menschen hineinzustechen, ihm das Blut abzusaugen, durchzuspülen und wieder in ihn hineinzupumpen! Auch wenn es ihm danach für kurze Zeit besser ging, waren die meisten von der Prozedur so geschwächt, dass sie mit ihrem wiedergewonnenen Elan gar nichts anzufangen wussten.

»Hast du das schon mal gemacht?«, fragte sie vorsichtig.

»Einmal? Ich habe öfter an der Maschine gehangen, als ich Fußball gespielt habe.«

»Dann bist du ein besonders tapferer Junge«, sagte Samantha ernst. »Wenn du es überstanden hast, bringe ich dir Wackelpudding und Wassereis.«

»Mit Mandarinengeschmack.« Er drehte sich zur Seite.

5

In dieser Nacht plagte Sam nicht der Traum von der Frau im weißen Kleid, dennoch blieb sie von unerklärlichen Eindrücken nicht verschont. Es begann im Dahindämmern, sie lag auf dem Rücken, über ihr baumelte der Galgen, die Notbeleuchtung schuf Schatten und Gebilde. Da meinte sie plötzlich, an der Wand ein verschlungenes *K* zu entdecken. Sie versuchte, sich aufzurichten, aber eine unbekannte Trägheit ließ sie liegen bleiben, bis das *K* wieder verschwand. Sie schlief ein; nicht wie sonst, wenn sie sanft ins Reich der Träume hinüberglitt und Sorgen und Ängste versanken. Samantha fiel regelrecht in Schlaf, so als bemächtige sich ihrer eine tiefe Ohnmacht. Sie empfand Schutzlosigkeit, eine Art von Lähmung, dabei sah sie ein Gebilde, das dem Galgen über ihr ähnelte: Zum zweiten Mal erkannte Sam die Form des Buchstabens *K*. Sie bemerkte, dass noch andere Buchstaben dahinter lauerten; es schien, als ob diese Zeichen jemand hinmalte, der, obwohl weit weg, mit seiner Schrift den Weg zu Samantha fand. Sie sah ein abgrundtief rundes Loch und erkannte ein *O* darin. Der nächste Buchstabe ähnelte dem ersten, bis sie oben eine Rundung entdeckte, es war ein *R*. Schon schrie der nächste Buchstabe nach ihr, mit dem hellsten, reinsten Vokal: ein *A*. Dahinter türmten sich Zacken auf, wie das Dach eines düsteren Hauses, es stellte ein *N* dar. Neugierig, endlich den Sinn zu begreifen, spähte sie, was noch kommen würde, und sah ein verhangenes *Y*, steinalt und verwittert, als habe seit Urzeiten kein Mensch mehr ein Auge darauf geworfen. Zuletzt erstrahlte das vollkommene Gegenteil, ein modernes *T*, geformt aus Licht; wie eine Laserskulptur erhellte es die Buchstabenfolge.

Kóranyi lautete das Wort, das den Weg durch die Nacht zu ihr gefunden hatte. Die Schlafende sah das Wort nicht nur, sie hörte es auch. »Kóranyi«, sagte eine Stimme. »Kóranyi!«, tönte und schallte es so laut, dass Sams Neugier sich in Angst verwandelte. Sie warf den Kopf hin und her, um das gefährliche Wort, diesen Namen aus ihrer nächtlichen Welt zu verscheuchen.

»Es ist ein Name«, rief sie im Schlaf, öffnete die Augen und richtete sich auf. »Es ist *sein* Name!«, sagte sie in die Stille des unterirdischen Zimmers. »Er heißt Kóranyi!« Benommen stieß sie die Luft aus. »Ich weiß es, obwohl ich keine Ahnung habe, woher.«

Vollständig erwacht, überlegte Samantha, dass es erstaunlich war, wie ihr Unterbewusstsein, ihr tieferes Gedächtnis, einen Namen, den sie nur ein einziges Mal undeutlich gehört hatte, im Traum wieder ausspuckte.

»Teddie Kóranyi heißt er also.« Sie lächelte in die Dunkelheit. Dieser Name war selbst in London so selten, dass sie die Adresse leicht herausfinden würde. Sam kuschelte sich ins Kissen und versuchte, sich über ihren erhellenden Traum zu freuen. Aber tief in ihrer Seele spürte sie, diese Buchstaben waren mehr als ein Wort. Ihr schien, als hätten Stimmen zu ihr gesprochen, die sie besser nie vernommen hätte.

Wenige Stunden später riss der Wecker Sam in die Krankenhauswirklichkeit zurück. Schlaftrunken zog sie den Bademantel an, schlurfte durch den Korridor und duschte. Sie rubbelte das gewaschene Haar trocken, kämmte es mit den Fingern und lief in ihr Zimmer zurück. Im Schlitz unter der angelehnten Tür entdeckte sie ein Kuvert. Bevor sie es aufhob, schaute sie den Gang hinauf und hinunter und ließ ein forsches »Hallo! Ist da jemand?!« hören. Der Klang ihrer Stimme war so unheimlich, dass sie mit dem Brief ins Zimmer schlüpfte und die Tür zusperrte.

Das Kuvert war länglich, von schwerem Papier, die Verschlusslasche hatte einen roten Rand, auf dessen Ecke ein *K* gedruckt war. Auf der Vorderseite stand in nüchterner Maschinenschrift Sams voller Name: Samantha Halbrook. Vorsichtig schob sie den Fingernagel unter die Klebestelle und öffnete das Schreiben. Es war kein persönlicher Brief, sondern eine formelle Einladung; trotz der zierlichen Schrift hätte der Wortlaut kaum nüchterner sein können:

Zum Anlass seiner Inauguration
beehrt sich Taddeusz Köranyi,
Sie zu einem Dinner zu bitten,
Sonntag, den 17. Oktober, um 21.00 Uhr,
Belgrave Square 13

Nachdem ihre erste Verwirrung verflogen war, fand Sam die Sache gar nicht mehr so mysteriös. Du hast Teddie schließlich deinen Namen gesagt, er weiß, wo du arbeitest, er musste den Brief also nur ans Krankenhaus adressieren. Mehr steckt nicht dahinter.

Ach, was half es, sich etwas vorzumachen – es steckte erheblich mehr dahinter. Der dunkle Unbekannte hatte an sie gedacht! Er hatte sich die Mühe gemacht, die Adresse des Chelsea and Westminster ausfindig zu machen, hatte Samantha zum Dinner geladen, in ein Lokal an einer der besten Adressen Londons. Denn das wusste sogar ein Mädchen aus Lower Liargo: Es gab kaum eine noblere Ecke in der City als den Belgrave Square.

Sam durchströmten eine solche Aufregung und Freude, dass ihr erst nach Dienstantritt einfiel, dass sie nichts zum Anziehen hatte und ausgerechnet am 17. des Monats zum Nachtdienst eingeteilt war. In ihrer ersten freien Minute lief sie ins Dienstzimmer von Tante Margret.

»Ich habe eine Bitte«, begann sie und schilderte, was sie auf dem Herzen hatte.

»Wie lange bist du jetzt bei uns?«, fragte die Oberschwester.

»Vier Wochen … fünf vielleicht?«

Oberschwester Margret trug immer die gleiche Hochsteckfrisur, sie hatte kräftige Lippen und eine wettergegerbte Haut, weil sie in ihrer Freizeit häufig joggte. Wenn Sam richtig rechnete, war die Schwester ihrer Mutter 43 Jahre alt.

»Als ein Assistenzarzt nach einjähriger Praxis hier einmal um eine Dienstplanänderung bat, bekam Sir Kennock einen solchen Tobsuchtsanfall, dass eine Ader in seinem Auge platzte. Der junge Arzt hat seitdem nie wieder einen solchen Antrag gestellt.« Margret zog die Brauen zusammen. »Wenn ich einem meiner Mädchen gestatte, den Dienst zu tauschen, muss entweder ihre Mutter gestorben sein oder ihr Haus unter Wasser stehen. Deiner Mutter geht es gut und von einer Überflutung unseres Kellers ist mir nichts bekannt. Was könnte ein triftiger Grund sein, mich nach nur fünfwöchigem Dienst um so etwas zu bitten?«

»Ich bin eingeladen worden.«

»In dem Fall erübrigt sich wohl jedes weitere Wort.« Tante Margret wandte sich ihrer Schreibarbeit zu.

»Das heißt also nein?«

»Selbstverständlich nein.« Die Oberschwester schaute nicht mehr auf.

Auch wenn Sam als Lernschwester ziemlich neu war, gab es jemanden auf der Station, der als noch kleineres Licht behandelt wurde: Harry, der Hilfspfleger. Er hatte schulterlanges Haar, das er im Dienst unter einer Schutzhaube verstecken musste. Sam und Harry mochten einander, weil beide auf der untersten Stufe der Abteilung standen, zwei Niemande, die von den *Göttern in Weiß* kaum bemerkt wurden. Sam wollte das »Nein« ihrer Tante nicht kampflos hinnehmen, darum fragte sie Harry, ob er die Nachtschicht mit ihr tauschen würde.

»Und als Gegenleistung krieg ich was?«, fragte er auf seine schmatzende Weise, die einen glauben ließ, Harry habe etwas im Mund.

»Ich dachte, ich übernehme ein anderes Mal deinen Dienst«, antwortete sie unschuldig lächelnd.

»Hältst mich wohl für doof oder was?« Er kratzte sich unter der Haube. »Wenn der alte Drachen dahinterkommt, lässt sie mich sämtliche Nachtdienste bis Silvester schieben.«

Normalerweise hätte Sam ihre Tante nicht als Drachen bezeichnen lassen, aber sie wollte Harry auf ihrer Seite haben. »Womit kann ich mich sonst erkenntlich zeigen?«

»Wie wärs mit 'nem Striptease?«

»Keine Chance«, entgegnete sie trocken.

»Dann läuft's ja wohl auf Cash hinaus.« Harry machte die Geste des Geldzählens.

»Wie viel?«

Er nannte eine Summe, sie lachte ihn aus und bot die Hälfte. Sie feilschten und einigten sich auf einen Betrag, der Sam zwar den Schweiß auf die Stirn trieb, aber noch zu verkraften war. Die Sache sollte so ablaufen, dass sie ihre Schicht um 19.00 Uhr antrat, er sie eine Stunde später ablöste und vertrat, bis sie von ihrer Verabredung zurückkam. Der Morgendienst würde Sam auf der Station vorfinden, als ob sie nie fort gewesen wäre.

»Wenn's auffliegt, sag ich, es war deine Idee«, sicherte Harry sich ab.

Sams Gedanken waren bereits bei der Lösung des Garderobenproblems. Als ihr Dienst an diesem Tag endlich vorbei war, raste sie in den Keller und kam Minuten später in Zivil wieder ans Tageslicht. Sie nahm die Underground bis Marble Arch und erreichte den Trendladen *Primark*. Sam war noch nie bei Primark gewesen, hatte bloß gehört, dort würden die Billigversionen von Designerklamotten auf der Stange hängen, kaum dass die Originale den Laufsteg verlassen hätten. Sie besaß keine genaue Vorstellung davon, was man zu einem offiziellen Dinner anzog: am besten eine Mischung aus frech und elegant. Es stellte sich als schwierige Aufgabe heraus. War ein Kleid hip, hatte Sam nicht die nötige Figur dafür, war es traditionell, sah sie darin aus wie ein Mitglied des Kirchenchors von Lower Liargo. Sie probierte Fetzchen in schrillen Farben, etwas Halblanges in Weiß, sie quetschte sich in hautenge Hosen und polsterte ihre Oberweite mit einem Wonderbra aus. Sie war einfach noch nicht zufrieden.

»Du bist das, was ich den Typ Diana nenne«, sagte ein schwarzer Angestellter mit kreideweicher Stimme. Er trug einen roten Seidenanzug, Sam bestaunte seine locker gebundene Krawatte, die er über dem hochgeschlagenem Hemdkragen trug.

»Der Was-Typ?«, fragte sie.

»Diana, die Göttin der Jagd. Sie bevorzugt Erdtöne, weiche Materialien, sie trägt gerne Stiefel dazu.«

»Ich bin zum Dinner eingeladen«, versuchte Sam, Licht in die Sache zu bringen.

»Eine nächtliche Jagd also«, nickte er. »Mitternachtsblau, dazu Stiefeletten in Creme.«

Da sie gerade vor der Stange mit den Cocktailkleidern

standen, fragte sie: »Wie wärs mit einem kleinen Schwarzen?«

»Ach, du liebe Zeit! Damit verleugnest du deine Aura bis in die Fingerspitzen. Du bist nicht die mondäne Krokotaschenmitläuferin, bist nicht das Kätzchen, das nach Daddys Autoschlüssel schnappt. Du bist eine einsame Wildbraut, deine rote Mähne sagt Achtung! zu den Männern, aber deine Augen besänftigen sie wie die Klarheit eines Hochgebirgswassers.«

Er nahm die staunende Samantha von Abteilung zu Abteilung mit, legte ihr hellgrüne Unterwäsche vor, schwarze Strümpfe und ein Kleid im Grau eines verwehten Novemberhimmels. Er stellte sie auf Schuhe, die zwar ein eingehendes Lauftraining erforderlich machten, sie aber fast einen Kopf größer und um einiges reizvoller erscheinen ließen.

Beeindruckt von ihrem Spiegelbild, zückte sie das Portemonnaie und stellte fest, dass sie nicht annähernd genug dabeihatte. Aber seit Sam angestellt war und ein Girokonto hatte, besaß sie auch eine Credit Card. Mit lässiger Geste schob sie das Stück Plastik über den Tresen, beobachtete, wie es von der Maschine geschluckt und wieder ausgespuckt wurde, und ließ sich den Kassenbon zur Unterschrift vorlegen. Mit dem Gefühl, die letzte Stufe zum Erwachsensein zu erklimmen, setzte sie ihren Namenszug auf das Papier. Begleitet von den besten Wünschen für die Party, verließ sie das *Primark*, stolzierte auf die Oxford Street und genehmigte sich zwei Häuser weiter einen Waldmeister-Shake. Das ist London, dachte sie, am Strohhalm saugend, das ist Leben, das ist die Art, wie es mir gefällt!

6

Woran sie sich sofort erinnerte, war der zackenhafte Buchstabe *N* aus ihrem Traum. Das Gebäude, vor dem sie stand, hatte genau diese Form, die sie bereits in nächtlichem Zustand erblickt hatte. Ein seltsamer Bau, von hohen schmiedeeisernen Gittern umgeben. Als Sam ihre Einladung aus der Tasche zog, begriff sie, dass darauf kein Restaurantname stand. Wieso hatte sie geglaubt, eine Dinnereinladung finde in einem Lokal statt? Stattdessen befand sie sich offenbar vor Teddies Privatadresse, dem Stammschloss seiner Familie. Kein anderer Name passte für dieses Haus: Es bestand aus mehreren Trakten, mit hohen viktorianischen Fenstern, einer Säulenportika und Ziergeländern auf den Terrassen. Auch wenn der Mittelteil erleuchtet war, drangen keine Stimmen heraus; schweigend lag der Bau vor dem Mädchen, das sich unsicher auf den hohen Absätzen hielt.

Bei genauerem Blick auf die Einladung stellte sie fest, dass sie nicht wusste, was »Inauguration« bedeutete. Zu welchem Anlass war sie eigentlich geladen? Vergeblich suchte sie nach einer Klingel, machte ein paar Schritte am Zaun entlang; da schwang das doppelflüglige Tor auf und gab den Weg auf das Anwesen frei. Samantha stöckelte zum Portal, suchte umsonst jemanden, dem sie ihre Einladung zeigen konnte, und ging hinein.

Die Halle war ganz aus Marmor; unangenehm laut knallten Sams Absätze auf dem Steinboden. Beim Durchschreiten zählte sie dreizehn Säulen auf beiden Seiten, ein düsteres Gemälde zierte die Decke. Vor dem Treppenhaus wuchs eine Palme aus einem Piedestal, sie hatte schwarze Perlen als Früchte und schien das einzig Lebendige hier unten zu sein.

Sam begriff das Ganze nicht – sie war pünktlich; wo versteckten sich die Gäste? In beklemmender Stille stieg sie die Stufen hoch, vorbei an einer Galerie von Ölporträts, die gemalte Leute aus längst vergangenen Zeiten zeigte.

Auf der gegenüberliegenden Seite des Treppenhauses öffneten sich gleichzeitig drei Türen, beschwingte Musik, Licht und Bewegung drangen heraus. Erleichtert lief Sam auf die eleganten Menschen zu. Die Stimmung wirkte so ausgelassen, als ob sie schon seit Längerem feierten. Auf den nächsten Metern überfiel Sam ein weiterer Zweifel: Die Abendgarderoben waren nicht so traditionell, wie sie erwartet hatte. Samantha sah einen Hut mit Schachbrettmuster, ein rotes Kleid, hoch geschlitzt und mit Schleppe, einen Hosenanzug aus durchsichtigem Material; sie kam sich in ihrem grauen Hänger ganz unscheinbar vor. Dennoch trat sie mit erwartungsvollem Lächeln ein, sah in jedermanns Hand ein Glas, ein Kellner in schwarzer Livrée bot auch ihr etwas zu trinken an. Sie nippte, fand den Champagner köstlich und versuchte, inmitten der fremden Gesellschaft gelassen zu wirken. Selbstverständlich kannte sie niemanden von den anwesenden Damen und Herren; es wäre auch seltsam gewesen, wenn die Lernschwester aus dem Chelsea and Westminster hier ein vertrautes Gesicht entdeckt hätte.

Da kam es bereits auf sie zu. Der Kopf eines Truthahns, die Glubschaugen – tatsächlich war es Mr Lockool, der ihr entgegentrat; auch heute trug er einen Gehrock, mitternachtsblau, mit ebensolcher Schleife. Sam brachte keine artige Begrüßung hervor, sondern fragte brüsk: »Sie sind auch hier?«

»London ist eben ein Dorf.« Seine kräftigen Finger umschlossen ihre. »Ohne Ihre Arbeitstracht sind Sie kaum wiederzuerkennen.«

Sam hätte sich über das Kompliment gefreut, wäre es nicht

ausgerechnet von ihm gekommen. »Sie kennen also die Familie K… die Ks… die K…!« Wie das Gegacker einer Geistesgestörten hörte sich das an, aber hol sie der Teufel, ihr fiel der Name nicht ein! Der Name, der ihren Traum durchspukt hatte, der Name, der auf der Einladung stand, der Name des nächtlichen Tänzers kam ihr nicht in den Sinn.

»Es gibt kaum eine ältere Freundschaft als meine zu dieser Familie«, lächelte Lockool.

K – und wie weiter? Fremdländisch, ostländisch hörte es sich an. Während ihrer Gedankenakrobatik trank Sam den nächsten Schluck. »Das ist doch eine Dinnerparty?«, fragte sie, da sie fürchtete, der Champagner würde ihr zu Kopf steigen.

»Soll ich Sie herumführen und einigen Leuten vorstellen?«

In diesem Moment betrat jemand den Saal. Dieser Mann war nicht groß und doch von einer Präsenz, dass die Gespräche verstummten. Köpfe flogen herum, Frauen fassten reflexhaft an ihre Frisur. Der Mann war nicht mehr jung, aber es wäre weit gefehlt, ihn als alt zu bezeichnen. Sein Haar besaß noch den dunklen Kamm seiner Jugend; die Schläfen mochten ergraut sein, Haltung und Gang waren von der Gespanntheit eines Raubtieres. Er trug einen schwarzen Anzug, hatte die Arme auf den Rücken gelegt, nickte hierhin und dahin, fand ein paar Worte für eine Dame, sein Ziel aber lag nicht im Kreis vertrauter Gäste, sondern – Sam blieb fast das Herz stehen! – er kam direkt auf sie zu.

»Guten Abend, ich bin Valerian Kóranyi«, sagte er. »Schön, dass Sie endlich da sind.«

Sie schluckte und klappte den Mund auf und zu.

»Ich mag Ihr Kleid, es spiegelt den Londoner Himmel wider.« Valerian ergriff ihren Arm und manövrierte sie sanft dorthin zurück, von wo er gekommen war. Gerade hatte Sam noch als graue Maus in der Ecke gestanden, nun richteten sich aller Augen auf sie. Sie bemerkte gestutzte Schnurrbartspitzen, Orden und Ehrenbezeigungen, kostbare Colliers und Ohrgehänge, sie hörte gezischte Bemerkungen, hier ein Lachen, dort das Rascheln einer Stola. An den Seiten standen seidenbezogene Sessel, Gemälde von der Höhe eines Einfamilienhauses zierten die Wände. Sam kam an löwengeschmückten Kerzenständern vorbei, auf denen Hunderte Flammen flackerten. Schließlich sah sie einen dunklen Schopf, einen schwarz gekleideten Rücken, eine Hand, in die Hüfte gestemmt.

»Mein Sohn hat viel von Ihnen erzählt«, sagte Valerian Kóranyi. »Ich war neugierig, Sie kennenzulernen.«

Sein Vater, *sein* Vater, *sein Vater!*, hallte es in ihrem Kopf. Teddie hat mich in sein Haus gebeten und sein Vater heißt mich willkommen!

»Sie sollen eine erstklassige Tänzerin sein«, fuhr er fort, als Sam immer noch nicht den Mund aufkriegte. In diesem Moment drehte sich Teddie um und sah sie an.

»Danke, dass ich kommen durfte«, war alles, was sie herausbrachte, zögernd streckte sie ihm die Hand entgegen.

»Sie sind bestimmt hungrig, Samantha«, sagte er mit seiner geheimnisvollen Stimme.

Valerian hatte offenbar seine Freude daran, die beiden zusammen zu sehen. »Wir wollen zu Tisch!«

Als habe er diese Worte nicht im Plauderton gesagt, sondern in den Saal gerufen, bewegte sich die Gesellschaft auf eine Flügeltür zu, die aufschwang und eine gedeckte Tafel freigab, wie Sam eine festlichere nie gesehen hatte. Die Anwesenden ließen dem Gastgeber den Vortritt; flankiert von Teddie und seinem Vater, betrat Sam den Dining Room. Das Mobiliar war aus rötlich poliertem Holz, den Tisch schmückten weiße Blumen, schwarze Servietten standen, zu kleinen

Kelchen geformt, in den Tellern. Valerian wartete nicht, bis alle saßen, sondern gab den Angestellten ein Zeichen, die mit Weinflaschen in Bastkörben heransprangen und einschenkten. Sam versuchte, in Teddies Nähe zu bleiben, aber sein Vater bedeutete ihr, zu seiner Rechten Platz zu nehmen; nun saß sie Taddeusz gegenüber.

»Ein Toast!«, rief der Gastgeber. »Es ist das natürliche Gesetz des *Stirb und Werde,* dass die junge Generation die ältere ablöst. Nun …« Valerian schmunzelte in die Runde. »Da ich mit dem Sterben so meine Schwierigkeiten habe, dauerte es eine ganze Weile, bis die Generationenfolge bei uns Kóranyis in Wirkung gesetzt wurde.«

Die Leute lachten; Sam aber betrachtete fasziniert Valerians Gesicht. Seine Stirn war nicht hoch; zwischen den Brauen hatte sich eine tiefe Kerbe eingegraben, die direkt in die raubvogelartige Nase führte. Beim Sprechen bewegte er die Lippen kaum, sie waren schmaler als die seines Sohnes, das Kinn war dafür umso energischer. Am auffallendsten war seine Blässe. Nicht die Blässe einer Krankheit, eher die Folge langer Zurückgezogenheit in abgedunkelten Räumen. Wahrscheinlich arbeitet er zu viel, dachte Sam, während Teddie das Leben genießt. Als sie Taddeusz ansah, bemerkte sie, dass seine dunklen Pupillen sie beinahe durchbohrten; Neugier, Verlangen, aber auch ein heimliches Wissen lagen in diesem Blick.

Ein Bediensteter hatte sich Vater und Sohn genähert und ihnen zwei goldene Pokale serviert.

»Heute ist der Augenblick gekommen«, sagte Valerian. »Ich lege meine Geschäftsunternehmungen in die Hände meines Sohnes Taddeusz, der sich bereits seit Längerem um die Angelegenheiten der Familie kümmert.«

Erst jetzt, da er mit seinem Vater anstieß, ließ Teddie Samantha aus den Augen. »Vielen Dank, Vater.« Er setzte den Kelch an die Lippen und leerte ihn in einem Zug.

Sam nippte und stellte fest, dass das Getränk ein ausländischer Wein sein musste. Sie wunderte sich, wie Teddie ihn derart hinunterstürzen konnte. Sein Vater trank beherrschter. Als ein rotes Tröpfchen zwischen Lippe und Kinn hängen blieb, zuckte Valerians Zunge vor, schleckte den Tropfen weg und verschwand ebenso schnell wieder im Mund. Applaus erhob sich entlang des Tisches, einige standen auf und klopften auf Holz, Teddie-Rufe wurden hörbar.

»Jetzt wo der offizielle Machtwechsel in der Familie vollzogen wurde …«, Valerian brachte den Beifall zum Versiegen. »Wünsche ich mir als Vater nur noch, dass du, Taddeusz, bald eine würdige Partnerin findest, eine Begleiterin, die dir deine Bürde tragen hilft.« Mit diesen Worten wandte er sich zu Sam.

Augenblicklich wurde sie rot, ihr Blick huschte zu Teddie. Geht das nicht ein bisschen zu schnell?, dachte Samantha. Wo bin ich da hineingeraten? Ich habe ihn doch erst vor ein paar Tagen kennengelernt. Ich bin Teddie offenbar sympathisch, aber statt dass wir uns normal kennenlernen, lädt er mich in dieses Schloss ein, und bevor es noch einen Bissen zu essen gibt, sagt sein Vater so etwas!

»Das Letzte war natürlich nur die sentimentale Sehnsucht eines alten Vaters.« Als habe Valerian ihre Gedanken erraten, legte er seine Hand auf Sams Unterarm. »Genießen Sie den Abend und vor allem …« Er klatschte in die Hände. »Essen Sie.«

Mehrere Türen gingen auf, Angestellte mit Tabletts erschienen. Das Menü begann mit einem Artischockenherz, das mit rotem Kaviar gefüllt war. Entlang der Tafel griffen alle zu, nur Taddeusz schien keinen besonderen Hunger zu haben. Er schob seinen Teller beiseite.

»Isst du nichts?« Sam spießte die Artischocke auf.

»Kein Appetit.« Er schmunzelte. »Das muss an deiner Anwesenheit liegen.«

Samantha war diese Art von Konversation nicht gewöhnt, nervös zog sie den Träger ihres Kleides zurecht. »Worin bestehen denn die Geschäfte deiner Familie?«, fragte sie, um auf ein anderes Thema zu kommen.

»Wir sind im Transport-Business.«

»Und was transportiert ihr?«

Bevor Teddie antworten konnte, schlug sein Vater vor: »Warum führst du Samantha später nicht herum und zeigst ihr alles?«

»Gerne, wenn du möchtest.« Sie sahen einander tief in die Augen.

In diesem Moment kam ein junger Kerl herein, bestimmt nicht älter als Sam. Er schwankte wie ein Betrunkener, hielt sich an einer Stuhllehne fest und rang nach Luft.

»Wenigstens lässt er sich überhaupt blicken«, knurrte Valerian.

Der Junge war groß und so schlank, dass er schon fast unterernährt wirkte. Er hatte helles Haar, eine Hornbrille saß auf seiner Nase, die von Sommersprossen gesprenkelt war.

»Entschuldigung allerseits. Ich bin mal wieder der Letzte.« Der Ankömmling setzte sich. »Entschuldigung, Bruderherz!«, wandte er sich zu Taddeusz. »Jetzt bist du also der Boss im Haus!« Er lachte. »Der oberste Blutsauger im Vereinigten Königreich!«

Es wurde still an der Tafel, ein eisiger Hauch schien durch das Zimmer zu wehen. Sam war so damit beschäftigt zu begreifen, dass der Junge ein weiterer Kóranyi-Sprössling war, dass sie die Reaktion auf dessen Worte kaum mitbekam. Dennoch stutzte sie.

»Blutsauger?« Sie sah Taddeusz an. »Was meint er damit?«

Der Vater kam ihm mit der Antwort zuvor. »Mein jüngster Sohn Richard ist der Meinung, dass die Tätigkeit eines Managers der eines Blutsaugers gleicht.« Wie ein Dirigent hob er die Hand, alle begannen zu lachen.

Als sei der Zwischenfall damit beigelegt, wurde der zweite Gang serviert. Sam kostete die fünfeckigen Teigtaschen und fand, sie schmeckten langweilig.

»Wie finden Sie unsere Pasta?«, erkundigte sich Valerian.

»Nicht schlecht, bloß der Füllung fehlt etwas. Wenn meine Mama Fleischsauce macht, tut sie Knoblauch dazu. Viel Knoblauch.«

»Ich habe von dem Rezept gehört«, nickte Valerian. »Knoblauch ist bei uns nicht besonders beliebt wegen des schlechten Atems.«

»Aber Knoblauch schmeckt zu so vielen Sachen, dass ich nur wegen ein bisschen Mundgeruch nicht darauf verzichte.«

Noch jemanden schien das Thema zu interessieren: Der jüngere Sohn starrte Sam unverwandt an. »Sie … ESSEN Knoblauch?!«, fragte er laut.

»Natürlich. Was soll man sonst damit machen?«

»Dickie, halt den Mund«, zischte Taddeusz.

»Aber … aber wenn sie Knoblauch isst, dann ist sie nicht … dann gehört sie gar nicht …!« Mehr sagte er nicht, verdrehte stattdessen die Augen und sank über dem Tisch zusammen. Auf einen Wink Valerians sprangen zwei Bedienstete heran, hoben die Arme des jungen Kóranyi über ihre Schultern und schleppten ihn zum Ausgang. Seine Brille war verrutscht und baumelte über der Wange.

»Mein Junge leidet an chronischer Blutarmut.« Valerian

lehnte sich bekümmert zu Samantha. »Leider ist er zu undiszipliniert, um seine Diät einzuhalten.«

»Das tut mir leid. Wie alt ist er?«

»Hundertsechzehn.« Ein nervöses Zucken ging durch Valerians Gesicht. »Was rede ich denn? Richard ist gerade sechzehn geworden.«

»Dann ist er jünger als ich«, bemerkte Sam. »Ich habe schon meinen Siebzehnten gefeiert.«

»In Schottland, nehme ich an?« Ein neugieriges Funkeln war in Valerians Augen.

»In Nordengland.« Das Getue um ihre angeblich schottische Herkunft ging ihr allmählich auf die Nerven. »Meine Eltern leben in Lower Liargo. Das liegt in der Nähe von …«

»Wie sieht Ihre Mutter aus?«, unterbrach er. »Haben Sie vielleicht ein Foto von ihr dabei?«

Überrascht von Valerians Interesse, nahm Sam ihr Portemonnaie und zog ein Bild ihrer Eltern heraus.

»Sie sehen ihr ähnlich.« Er musterte das Bild intensiv. »Ihrem Vater eigentlich gar nicht.«

»Das behaupten alle«, lachte sie. »Mein Vater sagt immer, der Briefträger ist es gewesen.«

»Es gibt nichts Wichtigeres als die Familie.« Valerian gab ihr das Bild zurück.

»Ist Lower Liargo ein hübscher Ort?«, fragte Teddie.

Sie mochte diesen liebevollen Ausdruck in seinem Gesicht. »Hübsch? Das eigentlich nicht. Dort sagen sich die Füchse Gute Nacht.«

Vater und Sohn sahen einander an.

»Die Füchse sicherlich nicht«, sagte Taddeusz. »Aber vielleicht die Wölfe.«

*

Kaum war die Tafel aufgehoben, nahm Teddie Sam bei der Hand und lud sie zu einer Hausführung ein. Ihr Rundgang begann an einem kleinen Tempel inmitten des Gebäudes, der an einem Teich mit kohlrabenschwarzem Wasser lag.

Neugierig wollte sie einen Blick hinter die Säulen werfen. »Was ist das?«

»Eine Gedenkstätte für die Vorfahren meiner Familie.«

»Wie alt ist deine Familie, dass ihr so etwas braucht?«

»Siebenhundert Jahre, glaube ich. Oder sind es mittlerweile achthundert?«

Die Vorstellung, dass es Teddies Familie schon zu Zeiten gegeben hatte, als in England noch die Ritter ihr Unwesen trieben, schüchterte Sam ein. Sie gingen weiter, stiegen Stockwerk um Stockwerk höher, betraten elegante, kostbar eingerichtete Zimmer, gemütlich war jedoch keines von ihnen. Sam betrachtete geschwungene Ottomanen, Sessel mit brüchiger Seidenbespannung, düstere Porträts in verzierten Goldrahmen, offene Kamine von einer Größe, dass mehrere Männer nebeneinander darin hätten stehen können, doch bei alledem wirkten die Räume seltsam unbelebt.

»Wer wohnt hier?«, fragte sie in einem Erkerzimmer mit nachtblauen Wänden. »Ich meine, wie groß ist eure Familie?«

»Nicht sehr groß«, antwortete Taddeusz. »Eigentlich gibt es derzeit nur Papa, Dickie und mich.«

»Keine Frauen?« Sie drehte sich im Kreis, um zu sehen, ob in dem Zimmer irgendetwas Weibliches zu entdecken war. Sie fand nicht einmal einen Spiegel. »Wo ist eure Mutter?«

»Sie starb vor Urzeiten.«

»Urzeiten?« Sie sah ihn an.

»Ich meine, dass ich mich kaum noch an sie erinnern kann, so lange ist sie schon tot.«

»Das tut mir leid.« Sie trat einen Schritt zurück. »Sekunde. Du musst dich aber an sie erinnern.«

»Wieso?«

»Weil dein Bruder einige Jahre jünger ist als du.«

»Gut kombiniert.« Mit dem Fuß schob Taddeusz die Teppichkante zurecht. »Richard ist … Wir stammen nicht von der gleichen Mutter.«

»Hab ich's mir doch gedacht!«

»Weshalb?«

»Weil ihr gar keine Ähnlichkeit habt!«

»Du beobachtest sehr genau.« Er trat dicht vor sie.

»Wenn ihr nur zu dritt seid, wieso bewohnt ihr dann so ein riesiges Haus?«

»Wie recht du hast.« Er strich sanft über ihr Haar. »Manchmal wünsche ich mir ein nettes Apartment am Fluss, ohne die Verpflichtung, ein *Kóranyi* zu sein. Wir haben allerdings häufig Gäste.«

Sam erschauerte unter seiner Berührung. Während Teddie sie streichelte, legte sie ihren Kopf an seine Brust. Der erste Kuss, dachte sie, wieso gibt er mir nicht endlich einen Kuss? Aber Taddeusz zog sich wieder von ihr zurück und presste die Lippen zusammen. »Geht das nicht alles etwas zu schnell?«

»Müsste ich das nicht eigentlich fragen?«, flüsterte sie, fasste sich ein Herz und küsste ihn einfach auf den Mund. Seine Lippen fühlten sich so verführerisch an. Sam küsste ihn wilder und ließ ihre Zunge auf Wanderschaft gehen. Als sie an Teddies Zahnreihe entlangglitt, bemerkte sie eine Unregelmäßigkeit; ein Zahn war länger und unerhört spitz. Taddeusz atmete heftig, erwiderte ihren Kuss aber nicht. Sam konnte sich seine Verunsicherung nicht erklären. Sie waren allein und ungestört, sie wollten beide das Gleiche, das spürte sie, was war schon dabei? Auf der ganzen Welt küssten sich Menschen und hatten ihren Spaß daran. Teddie aber wandte sich ab und lehnte sich an den Kaminsims. Sollte es möglich sein, dass er schüchtern ist, dachte sie, ausgerechnet er? Sind sein düsteres Gehabe, die Wortkargheit und seine Distanz nur ein Schutzmechanismus, um von seiner Schüchternheit abzulenken? Vorsichtig nahm sie seine Hand.

»Wenn es dir lieber ist, zeigst du mir eben weiter das Haus.«

Sie verließen das Zimmer und gingen schweigend den Korridor entlang.

7

Eigentlich müsste ich dich rauswerfen«, sagte Oberschwester Margret, als Sam im frisch gebügelten Schwesternkittel die Station betrat. Sie hatte Harry gesucht, wollte ihm sein Geld geben und die Nachtschicht beenden, um sich danach gründlich auszuschlafen. Unvermittelt stand sie ihrer Tante gegenüber.

»Ich will nicht wissen, wo du warst«, sagte die Oberschwester. »Ich will keine Ausreden und keine faule Lüge hören. Ich frage dich nur, ob es das wert war.«

Sam stand wie angewurzelt, das Türblatt fiel ihr in den Rücken. »Was meinst du?« Die Tante hatte um diese Uhrzeit nichts in der Abteilung zu tun; dass sie dennoch hier war, konnte nur Übles bedeuten.

»Der kleine Andrew wäre beinahe gestorben. Um Mitternacht hatte er eine Kolik und verlor das Bewusstsein. Der Vorfall wurde aber erst zwanzig Minuten später entdeckt, und weißt du, warum?«

Sam ahnte, dass es damit zusammenhing, dass sie zur gleichen Zeit am Belgrave Square gewesen war.

»Weil die zuständige Nachtschwester nicht auf ihrem Posten war!«

»Aber ich habe einen Ersatz …«, machte Sam einen hilflosen Versuch, das Ungeheure zu verteidigen.

»Deinen sogenannten Ersatz fand man im Zimmer von Sir Kennock beim Fernsehen! Er hat Chips gefressen!« Margrets Ton hatte die Schärfe einer Ohrfeige. »Der junge Mann hat bereits seinen Spind geräumt und das Krankenhaus verlassen.«

»Ihr habt Harry gekündigt?« Sie machte einen flehenden Schritt auf die Tante zu.

»Um ihn machst du dir Sorgen?! Hätte nicht Dr. Miller eine außerordentliche Runde durch die Station gemacht, wäre Andrew jetzt tot.« Margret zeigte in den Bereitschaftsraum. »Dort hättest du sitzen müssen, von 19:30 Uhr bis 5:00 Uhr morgens, auf diesem Stuhl! Du hättest die Monitore und Kontrollgeräte im Blick behalten müssen und jede Abweichung binnen Sekunden an den Ärztestab melden!« Sie trat vor die Nichte. »Du hattest die Verantwortung für fünfzehn Menschen, die unserer Obhut anvertraut sind, fünfzehn schwer kranke Menschen. Du aber hast sie ihrem Schicksal überlassen, schlimmer noch, du hast sie einem verantwortungslosen Subjekt anvertraut.«

»Es tut mir so leid …« Sam spürte, wie unzureichend das war. »Wie geht es Andrew?«

»Wir haben ihn stabilisiert«, antwortete Margret etwas ruhiger. »Aber durch den Anfall hat seine Niere selbst die schwache Funktion verloren, die sie noch hatte. Sie ist nur noch ein nutzloses Stück Gewebe in seinem Körper.«

»Bedeutet das …?« Tränen drängten hoch. Was war sie für ein egoistisches Miststück!

»Es bedeutet, dass wir so rasch wie möglich ein Spenderorgan für ihn finden müssen.« Margret schüttelte bekümmert den Kopf. »In seinem Alter schädigt die Dialyse den Gesamtorganismus zu sehr. Er kann nicht mehr lange so weitermachen.«

»Und könnte man das nicht irgendwie … beschleunigen?«

»Es hilft nichts, dass du dich *jetzt* um ihn sorgst«, entgegnete die Tante. »Heute Nacht hättest du hier sein müssen.«

»Ich weiß. Entschuldige. Soll ich … muss ich jetzt auch meinen Spind räumen?« Sam erwartete das Urteil ihrer Vorgesetzten.

»Als ich sagte, du kannst nach London kommen, habe ich Verantwortung für dich übernommen. Ich jedenfalls gedenke, meine Pflicht zu erfüllen.«

»Und das bedeutet?« Langsam hob Sam den Blick.

»Doktor Miller hat mich sofort verständigt. Zum Glück liegt meine Wohnung ja nur ein paar Blocks entfernt. Ich konnte verhindern …« Margret schob ihre Haube zurecht. »Niemand hat dein Fehlen bemerkt.«

»Das hast du für mich getan?« Ein fassungsloses Lächeln zog über Sams Gesicht.

»Nicht für dich!« Margrets Ton wurde wieder schroff. »Deiner armen Mutter wollte ich schlaflose Nächte ersparen. Was würde sie sagen, wenn du nach fünf Wochen schon wieder in Lower Liargo auftauchst?«

Die Vorstellung, in das verhasste Kaff zurückzumüssen, war so schrecklich für Sam, dass sie jeden Respekt fahren ließ und der Tante um den Hals fiel. »Tausend Dank!«

»Na na!« Margret Doom schob die aufgewühlte Lernschwester von sich. »Da du schon mal hier bist, kannst du der Morgenschicht gleich zur Hand gehen.«

»Und darf ich …?« Sam wagte es kaum auszusprechen.

»Andrew besuchen?« Die Tante nickte. »Es kann nicht schaden, ihn in seinem Zustand etwas aufzuheitern.«

Erleichtert, aufgewühlt und mit schlechtem Gewissen betrat Sam gleich darauf das Krankenzimmer.

»Guten Morgen. Bist du schon wach?« Der Anblick des Jungen ging ihr durch und durch. Da lag er, eingespannt zwischen Schläuchen und Apparaturen, über ihm piepte es, neben ihm hob sich die Hydraulik einer Maschine.

»Ich bin länger wach als du«, hörte Sam, doch es war kaum mehr als ein Säuseln. Andrew drehte den Kopf langsam auf ihre Seite.

»Wie wär's mit Frühstück?« Sie hob das Tablett.

»Kein Hunger.«

»Der kommt noch, du wirst sehen.« Vorsichtig schob sie den Infusionsständer beiseite und bahnte sich zwischen den Schläuchen einen Weg zur Bettkante des kleinen Patienten.

»Wo bist du heute Nacht gewesen?« Seine Augen waren halb geschlossen.

Sam entdeckte dunkle Ringe, der kleine Mund war blutleer. Er hat mitgekriegt, dass ich ihn im Stich gelassen habe, durchfuhr es sie. »Schau mal, Vanillepudding mit frischen Beeren.« Sie hob das Schälchen in sein Blickfeld.

»Beeren sind mir zu sauer.«

Sie saß auf der eisernen Kante, hielt ihm den Pudding hin und konnte vor Scham und Traurigkeit nicht weitersprechen.

»Was hast du gestern gemacht?«

»Ooch, eigentlich gar nichts …« Sie suchte nach einer Entschuldigung, als ihr plötzlich aufging, dass sie Andrew keinen Gefallen tat, wenn sie ihn bloß um Verzeihung bat. »Stimmt nicht. Ich hatte einen verrückten Abend.«

»Ehrlich? Wo?« Er hob den Kopf ein wenig.

»Eigentlich begann alles an dem Tag, bevor wir beide uns kennenlernten.« Sie stellte die Dessertschale auf den Nachttisch. »Da habe ich einen jungen Mann getroffen.«

»Wie jung?«

Sam überlegte: Dem Aussehen nach war Teddie höchstens drei, vier Jahre älter als sie und doch wirkte er viel erwachsener. »Ungefähr zwanzig.«

»Wo habt ihr euch kennengelernt?«

»In einem Club.« Sie stockte; sollte sie einem Elfjährigen so etwas wirklich erzählen? »Es war wahnsinnig laut, darum habe ich seinen Namen nicht richtig verstanden.«

»Habt ihr euch wiedergesehen?« Seine Stimme klang wacher.

»Bloß nicht auf die übliche Art. Normalerweise verabredet man sich zum Pizzaessen oder ins Kino.«

»Aber mit ihm hast du keine Pizza gegessen.« Andrew richtete sich so weit auf, dass sie ihm ein zweites Kissen unterschieben konnte.

»Unsere zweite Verabredung war noch ungewöhnlicher als die erste. Er hat mich eingeladen.«

»Wohin?«

»Warte doch. Zuerst hat mich nämlich *sein Name* eingeladen, im Traum. Ich habe seinen Namen geträumt und am nächsten Morgen lag eine Einladungskarte mit demselben Namen vor meiner Tür.«

Sams Geschichte zauberte ein Lächeln auf das Gesicht des Jungen, der knapp dem Tode entronnen war. »Dann hat dein neuer Freund also magische Kräfte.« Er schlug auf die Decke, dass die Schläuche, die an ihn angeschlossen waren, erzitterten.

»Er ist der Sohn eines reichen Geschäftsmannes«, erzählte Sam weiter, »sie haben ein unwahrscheinlich großes Haus in der City. Ich habe dort zu Abend gegessen.«

»Und habt ihr euch geküsst?« Andrew zuckte zusammen, eine Nadel in seinem Körper bereitete ihm Schmerzen.

Während Sam das blasse Gesicht betrachtete, überlegte sie, warum Teddie sie wohl nicht geküsst hatte: Seine Schüchternheit kam ihr heute als Erklärung nicht mehr überzeugend vor.

»Was könnte die Ursache dafür sein, wenn ein Junge ein Mädchen, das er mag, nicht küsst?«

»Sie stinkt aus dem Mund«, kam blitzschnell die Antwort.

»Sei nicht so frech.« Sie pustete ihn an. »Na, wie riecht das?«

»Wie Pfefferminz-Drops.«

»Also scheidet das als Erklärung aus. Was noch?«

»Ist doch ganz einfach: Er hat eine andere.«

Wieso besaß der kleine Bursche die Gabe, die Dinge so simpel beim Namen zu nennen? Teddie mag mich, dachte Sam, aber wahrscheinlich hat er schon eine Freundin. Ein gut aussehender Typ wie er könnte an jedem Finger zehn haben. »Wieso hat er mich dann überhaupt eingeladen?«, fragte sie. »Ich war gestern der Ehrengast bei dem Dinner.«

Mit einem Mal wirkte der Junge sehr müde. »Vielleicht hat diese reiche Familie etwas … Besonderes mit dir vor …« Die Augen fielen ihm zu, er atmete tief und war mitten im Satz eingeschlafen.

Sam vergewisserte sich, dass die Monitore über ihm normale Werte anzeigten, und nahm das Dessert vom Nachttisch. Sie betrachtete den Patienten sorgenvoll. Nicht auszudenken, wenn er durch ihre Verantwortungslosigkeit gestorben wäre. Wir müssen bald ein Spenderorgan für ihn finden, dachte sie, wir müssen es einfach!

8

Im Grunde hast du mir einen Gefallen getan«, sagte Harry am Telefon.

Sam hatte schlimme Vorwürfe erwartet oder den Versuch, mehr Geld herauszuschlagen.

»Vor mir brauchst du nicht den Helden spielen.« Sie nahm ihm seine coole Haltung nicht ab. »Wir beide haben Mist gebaut, aber…«

»…aber wer eine einflussreiche Tante auf der Station hat, der braucht sich um seine Zukunft keine Sorgen zu machen.«

»Und wenn ich dir sage, dass ich auch um ein Haar rausgeflogen wäre?«

»Mach dir keinen Kopf, Samantha.« Er klang ganz heiter. »Fiebermessen und Hinternabputzen sind nicht das, was ich mir unter einer Zukunft vorstelle. Von jetzt an kann es mit Harry nur noch bergauf gehen.«

»Freut mich, dass du es so leichtnimmst.«

»Im Ernst, Sam, du solltest dort auch nicht versauern. Hau bloß ab aus Sir Kennocks Metzgerabteilung, bevor es zu spät ist. Das ist doch pervers, tote Herzen aus toten Leuten rauszuschneiden und in lebende Leute reinzupflanzen. Wer bei so was zu lange mitmacht, wird früher oder später auch ein Monster.«

Während Sam an diesem Tag ihre Pflichten besonders gewissenhaft erfüllte, gingen ihr Harrys Worte nach. Hatte er recht? War es ein unnatürlicher Eingriff, den menschlichen Körper als Ersatzteillager zu benützen? Menschen lebten, wurden krank und starben, neue Menschen wurden geboren. So lautete der ewige Kreislauf. Wieso durfte Sir Alexander Kennock Gott spielen und sagen: *Ich gebe dir ein neues Herz, und dir gebe ich eine neue Niere – du darfst länger leben*? Aber wenn ich selbst in dieser Lage wäre, dachte Sam, wenn mein Herz plötzlich nicht mehr funktionierte, würde ich diese wunderbare Hilfe nicht annehmen? Soll der kleine Andrew seinen zwölften Geburtstag nicht mehr erleben, nur weil er mit einer kranken Niere geboren wurde?

Sam gestand sich ein, dass Harry noch einen zweiten empfindlichen Punkt bei ihr angesprochen hatte. Bis jetzt hatten ihr der Job, die Umgebung, selbst ihre verrückte Bleibe unter der Erde gefallen, weil all das ein Leben in London ermöglichte. Die Krankenhausverwaltung hatte ihr sogar bald ein Zimmer in der Personalunterkunft in Aussicht gestellt, aber seit gestern genügte Samantha das nicht mehr. Eine unbekannte Sehnsucht hatte von ihr Besitz ergriffen; sie ertappte sich bei Träumereien, wie es wäre, sich öfter mit Teddie zu treffen, vielleicht sogar eine feste Beziehung mit ihm einzugehen. Bin ich denn wirklich in ihn verliebt?, fragte sie sich während der Kaffeepause. Ein Teil von ihr sagte Ja, gleichzeitig aber fühlte sie ein eigenartiges Misstrauen ihm und seiner Familie gegenüber. Wieso waren sie bei dem Dinner so nett zu ihr gewesen? Warum war ausgerechnet sie, die Taddeusz kaum kannte, wie ein künftiges Familienmitglied behandelt worden? Wie kam es, dass Mr Lockool dort anwesend gewesen war? Wieso wohnten die Kóranyis zu dritt in dem riesigen Haus und weshalb gab es dort keine Frauen? Ein wenig gruselte es Sam bei der Erinnerung an den Abend, stärker aber war ihre Sehnsucht, Taddeusz möglichst bald wiederzusehen.

Ihr Wunsch blieb unerfüllt. Kein Anruf Teddies erreichte sie und keine SMS. Abends stieg sie in ihr Zimmer hinab, in der unvernünftigen Hoffnung, wieder einen Brief von ihm vorzufinden. Im Bett las sie lustlos in einem Buch, lauschte auf die Geräusche, die der Bauch des Krankenhauses von sich gab, und fiel in einen traumlosen Schlaf.

Am nächsten Morgen ging das Krankenhauseinerlei weiter. Sams einzige Abwechslung waren die Unterhaltungen mit Andrew, dessen Zustand stabil, aber kritisch blieb. Abends machte sie einen Spaziergang, aß einen Hamburger, borgte sich eine DVD aus und schlief dabei ein. Als vier Tage vergangen waren und Teddie sich nicht gemeldet hatte, sank Sams Hoffnung ins Bodenlose. Der vierte Abend brach an. Die Vorstellung, wieder bloß in ihr muffiges Zimmer hinunterzusteigen, war unerträglich für sie. Ohne sich umzuziehen, lief Sam nach Dienstschluss in den nieseligen Oktoberabend hinaus. Sie stand auf der Fulham Road, als plötzlich ihr Telefon klingelte. Sam lief in den nächsten Hauseingang und presste das Handy ans Ohr.

»Wie schnell können wir uns sehen?«, fragte eine männliche Stimme.

Sie brauchte nicht nachzufragen, wer am anderen Ende war. »Hallo Teddie.« Sie bemühte sich, lässig zu klingen. »Du meinst heute Abend?«

»Ich meine jetzt gleich. Ich hole dich ab.«

»Abholen?« Sie dachte an die elegante Limousine und an ihre unpassende Aufmachung: Sie hatte bloß eine Jacke über die Schwesterntracht geworfen. »Gut, sagen wir in einer Stunde.«

»Sagen wir in fünf Minuten.«

»In fünf … wieso? Wo bist du denn?«

»Näher, als du glaubst.«

Unwillkürlich sah sie sich um, ob sie irgendwo den Straßenkreuzer entdeckte.

»Komm auf das Dach der Klinik. Es ist eine Überraschung.«

»Aufs Dach? Erklär mir doch …«

»Hast du jemals gehört, dass man eine Überraschung erklärt?«

»Na schön.« Sie lächelte. »Aber ich muss mich noch umziehen.«

»Unsinn. In fünf Minuten. Ich freue mich.« Er legte auf.

In Rekordzeit hastete Sam zum Haupteingang zurück und widerstand dem Impuls, doch etwas anderes anzuziehen, denn nach den Tagen des Wartens wollte sie die unverhoffte Gelegenheit nicht aufs Spiel setzen.

»Wie komme ich am schnellsten aufs Dach?«, fragte sie den Angestellten an der Information. Er musterte sie erstaunt, erklärte ihr aber schließlich, welchen Fahrstuhl sie nehmen sollte. Sam stieg ein. Während die gläserne Kabine sie nach oben trug, sah sie das gewaltige Innenleben des Gebäudes an sich vorbeiziehen. Im obersten Stock rannte sie durch einen Korridor und entdeckte den Wegweiser zum Helikopter-Landeplatz. Sam hatte mehrmals beobachtet, wie Notfallpatienten per Hubschrauber ins Krankenhaus gebracht worden waren. Als sie aber die Metalltür öffnete, staunte sie nicht schlecht. Vor ihr, inmitten der roten Landemarkierung, parkte ein schwarzer Helikopter mit kreisenden Rotoren. An der Seite trug er ein goldenes Logo, das Sam sofort wiedererkannte: das geschwungene *K* aus ihrem Traum. *K* für Kóranyi. Die seitliche Luke glitt auf, eine Hand streckte sich ihr entgegen. Sam rannte unter den Rotorblättern hindurch, nahm die Hand und kletterte ins Innere des libellenartigen Flugzeugs. Teddie saß hinter dem Piloten, er hatte einen Kopfhörer auf. Er bot ihr den Platz neben sich an und gab auch ihr ein Headset. Im Augenblick, als Sam sich anschnallte, erhob sich der Helikopter schon in die Lüfte.

»Lehn dich zurück und genieße.« Teddies Stimme kam klar und deutlich aus dem Kopfhörer. »Wie schön, dass du noch nichts vorhattest.« Taddeusz tippte auf den kleinen Bügel vor seinem Mund.

»Ja, nein, ich hatte …«, antwortete Sam ins Mikrofon. Mehr sagte sie nicht, denn die Aussicht machte sie sprachlos. Natürlich war sie im Leben schon ein paarmal geflogen, aber jedes Mal in einem vollgepfropften Touristenflieger, wo man wie Herdenvieh rein- und rausgetrieben wurde, keinen Platz für die Beine hatte und fast keine Aussicht. Nun aber schwebte Sam in dem rundum durchsichtigen Gehäuse nach oben, der Koloss des Krankenhauses wurde kleiner, daneben wirkte die stark befahrene Fulham Road wie ein Band aus weißen und roten Punkten.

»Wohin fliegen wir?«

»Ich dachte, es macht dir Freude, mal zu sehen, in welch einer großartigen Stadt du lebst.«

Er hat überlegt, was *mir* Freude macht, wiederholte sie im Geist. Er hat gespürt, dass ich mich im Krankenhaus, in meinem Kellerverlies nicht wohlfühlte, und hat mich auf wunderbare Weise aus all dem herausgeholt. Er lässt mich fliegen!

Der Pilot zog eine große Schleife, sie schwebten über den Richmond Park, der wie ein dunkler See inmitten des städtischen Geglitzers wirkte. Trotz des Dröhnens wurde sich Sam des Schweigens bewusst und spürte, wie Teddie sie beobachtete.

»Dass du sogar einen Hubschrauber besitzt, wusste ich nicht.«

»*Einen* Hubschrauber? Ich bin im Transport-Business. Wir haben eine ganze Helikopterstaffel.«

»Und was transportiert ihr damit?«

»Das erzähle ich dir ein andermal. Genieß lieber die Aussicht.« Taddeusz deutete nach unten, wo die Wahrzeichen der

City auftauchten. Sie flogen über Kensington, Sam entdeckte das leuchtende Band der Chelsea Bridge, die Schienenstränge, die in die Victoria Station einmündeten, dahinter ragte Westminster Cathedral auf. War das Würfelchen dort unten etwa Buckingham Palace? Ob die Queen gerade vor dem Fernseher saß? Vielleicht guckte sie sogar zum Himmel und sah Samantha über sich vorbeiflitzen. Dort war das Gebäude des New Scotland Yard, Westminster Abbey zur Rechten. Sie flogen ans gegenüberliegende Ufer; das Lichtermeer um die Millenium Bridge war ein einziges Strahlen.

»Was ist das?«, schrie Sam ins Mikrofon. Teddie beugte sich zu ihr. Unweit des Oxo Tower hatte es einen Unfall gegeben, das Blaulicht der Einsatzfahrzeuge blinkte zu ihnen hoch. Sam starrte aus der gläsernen Kapsel, bewunderte die Einmaligkeit der Stadt, ohne sie in der kurzen Zeit wahrhaft erfassen zu können. Bald darauf drehten sie um, kehrten in großem Bogen nach Westen zurück, streiften die Ausläufer des Parks und fanden sich mit einer überraschenden Wendung über dem Belgrave Square ein, wo der Pilot die Libelle geschickt im Hof des Kóranyi-Hauses aufsetzte. Sam löste den Sicherheitsgurt, ihre Hände zitterten, Teddie half ihr beim Abnehmen des Headset.

»Das war sagenhaft!« Nach dem Verklingen der Motoren sprach sie viel zu laut.

»Ist doch praktischer als mit der Underground, stimmt's?«

»Teddie, du hast mir schon so viel Schönes geschenkt … Wie komme ich denn zu dem Glück?« Sie wusste nicht weiter.

»Du bist eine besondere Person und verdienst eine besondere Behandlung.«

Der Satz erschien ihr seltsam kühl für das, was sie gerade zusammen erlebten. Sie hätte gerne ihre Gefühle zum Ausdruck gebracht, wollte das Gleiche aus seinem Mund hören, aber Taddeusz sprang aus dem Helikopter und half ihr beim Aussteigen. Wahrscheinlich will er solche Dinge nicht vor dem Piloten besprechen, beruhigte sich Sam und folgte Teddie nach drinnen.

9

Vor ein paar Tagen hatte der Eingang des Hauses abweisend und düster auf sie gewirkt, heute war alles hell erleuchtet. Überall brannten Kerzen, auf Piedestalen und in Nischen standen vielarmige Leuchter, in denen es flackerte.

»Was wird denn diesmal gefeiert?« An dem festlichen Ort kam sich Sam in ihrer Schwesterntracht ziemlich mickerig vor.

»Es ist ein außergewöhnlicher Abend.« Taddeusz führte sie weiter, vorbei an dem Saal, in dem das Dinner stattgefunden hatte, vorbei an den Türen, hinter denen sich die Zimmer verbargen; umflackert vom Licht der Kanderlaber, führte er seine Begleiterin höher und höher. Als sie das oberste Stockwerk fast erreicht hatten, zwang ein ungewöhnlicher Anblick sie stehen zu bleiben. Eine Tür war offen, und auch wenn Teddie rasch vorüberwollte, warf Sam einen Blick hinein. Das Zimmer war überraschend schlicht eingerichtet, keine marmornen Böden und Gesimse, keine kostbaren Tapeten und Vorhänge, der Raum hatte etwas von einer Studentenbude. Die Wände waren sonnengelb, ein paar IKEA-Möbel standen da, ein windschiefes Bücherregal, sie entdeckte Hanteln und helle Klamotten, die unordentlich verstreut lagen, und eine Plüschtiersammlung – Stoffratten, Wölfe und Vögel. Inmitten des Zimmers lag der Sechzehnjährige, den Sam bei ihrem ersten Besuch unter so merkwürdigen Umständen beobachtet hatte. Hier hauste offenbar Richard, Taddeusz' jüngerer Brüder, der Junge mit dem gescheitelten Haar und der Brille. Warum lag er da? Als Krankenschwester erkannte Sam sofort, dass er eine Infusion bekam. An dem fahrbaren Gestell baumelten zwei Beutel, deren undurchsichtige Schläuche sich zu einem vereinten und in seinen Körper mündeten. Sam stutzte: Der Schlauch führte nicht in Richards Arm, sondern endete an einem Punkt unter seinem Hals. Das war keine gewöhnliche Infusion, hier hatte jemand einen Katheter gelegt. Der Patient musste Sams Anwesenheit gespürt haben, denn er hob den Kopf.

»Hallo«, sagte sie. »Wie geht's?«

Plötzlich fühlte sie sich hart angepackt und weitergezogen. »Komm«, zischte Taddeusz. »Das brauchst du nicht zu sehen.«

»Was fehlt ihm denn?«

»Nichts Ernstes.« Sie ließen das seltsame Zimmer hinter sich. »Dickie ist ein Hypochonder, er ist verweichlicht, wie es in reichen alten Familien manchmal vorkommt.«

»Was meinst du damit?«

»Er bräuchte sich nur anständig zu ernähren, dann gäbe es das ganze Problem nicht.«

»Er hat Magersucht?«, fragte Sam überrascht. In ihrer Ausbildung hatte sie über diese Krankheit gelernt, dass sie einer Sucht ähnelte und oft junge Leute befiel.

Teddie schmunzelte. »So könnte man es tatsächlich bezeichnen. Richard weigert sich, unsere gewöhnliche Nahrung zu sich zu nehmen.« Er ging vor Sam die Treppe hoch. »Das macht ihn krank und schwach. Deshalb muss er von Zeit zu Zeit diese … stärkenden Einläufe bekommen.« Vor einer doppelflügeligen Tür blieb er stehen. »Genug davon. Solche Unappetitlichkeiten sollen uns nicht den Abend verderben.«

Der Blick in den Raum ließ Sam alle weiteren Fragen vergessen. Sie waren im Turmzimmer angelangt, einem herrlichen Raum mit dicken Teppichen, die Sams Schritte unhörbar werden ließen, und Fenstern in alle Richtungen. Zum zweiten Mal in kurzer Zeit genoss sie einen unwirklichen Blick auf die erleuchtete Stadt.

»Wow, Teddie, unglaublich!«

Das Zimmer hatte einen Tisch und Stühle zum Essen, eine dunkelblaue Sitzecke und ein riesiges Bett unter einem schwarzen Baldachin. Auch hier brannten Kerzen.

»Wer hat das vorbereitet? Woher wusstest du, dass ich mitkommen würde?«

»Heute ist unser Abend.« Zum ersten Mal hörte sie Zärtlichkeit in seiner Stimme.

»Ja, wirklich?«

»Wird es dafür nicht langsam Zeit?«

Sam konnte sich ein freches Zwinkern nicht verkneifen. »Ich dachte schon, mit mir stimmt irgendwas nicht.«

»Wieso mit dir?«

»Weil du mich nie geküsst hast.«

Taddeusz nahm sie in den Arm, küsste sie aber immer noch nicht, sondern führte sie an den Tisch weiter, wo eine Mahlzeit angerichtet war. Sam spürte plötzlich, wie hungrig sie war. Seit dem Morgen war sie nicht zum Essen gekommen und nach Dienstschluss hatte Teddie sie gleich mit dem Helikopter entführt. Es gab eine Suppe, graubraun, nicht sehr ansehnlich, aber sie wollte nicht unhöflich sein, setzte sich und griff nach dem Löffel.

»Isst du nichts?«

»Ich habe schon.« Er nahm gegenüber Platz.

»Man könnte meinen, *du* seist der Magersüchtige in der Familie.«

»Oh, ich kann einen Riesenappetit entwickeln«, lächelte er.

Sam kostete. Es schmeckte fürchterlich, gallig, säuerlich, zugleich versalzen.

»Ungewöhnlich, nicht?«, deutete er ihren angewiderten Gesichtsausdruck.

Sie nahm noch einen Löffel. »Ungewöhnlich, das kann man wohl sagen …« Plötzlich schüttelte sie den Kopf. »Sei mir nicht böse, aber das ist ungenießbar.« Sie verzog die Lippen, und hätte sie nicht schon geschluckt, würde sie das eklige Gebräu bestimmt wieder ausgespuckt haben.

»Du musst es nicht aufessen.« Er zog den Teller weg und goss ihr eine milchige Flüssigkeit ein. Als sie das Glas zum Mund hob, schimmerte es grünlich.

Wieso konnte ein Abend mit Teddie nie gewöhnlich verlaufen? Warum aßen sie nicht Fish 'n Chips, tranken Bier und machten es sich gemütlich?

»Was ist das?«

»*Akkordiasz*, ein Nektar, der speziell für meine Familie gebraut wird.« Er ermunterte sie, einen Schluck zu nehmen.

»Aussehen tut's wie Hustensaft.« Sam betrachtete das Glas stirnrunzelnd.

»Ich dachte, du bist bereit für neue Erfahrungen.«

Sie setzte das Glas an den Mund, schloss die Augen und kippte den Akkordiasz in einem Schluck herunter. Es brannte, Himmelherrgott, wie das brannte! Nie zuvor war ihr etwas so höllenscharf, so irrwitzig feurig vorgekommen.

»Puh, der geht aber runter!«, krächzte sie mit erstickter Stimme.

»Feuergeist sagt man bei uns.« Taddeusz lehnte sich zurück.

Ja, ein Feuergeist war dieses Getränk wirklich! Von einer Sekunde zur nächsten fühlte sich Sam von heißen Gefühlen durchzuckt; sie konnte sich diese Hitze gar nicht erklären. Alles war plötzlich irrlichternd hell, dort rekelte sich der verheißungsvolle junge Mann, der versprochen hatte, es würde ihr Abend sein. Sam hatte das Gefühl, dass eine unbekannte Macht von ihr Besitz ergriff, sie hochzog und auf ihn zugehen ließ. Ohne zu zögern, öffnete sie seinen Hemdknopf, neugierig glitt ihre Hand über seine Brust, fühlte die samtige Haut, die festen Muskeln. Erfüllt von einem unbekannten Verlangen, packte Samantha Taddeusz' Kopf mit beiden Händen und küsste ihn auf den Mund. Sie ergriff seine Hände, zog ihn zum Bett und stieß Teddie auf die Kissen, sie liebkoste seine Haut und presste ihren Körper an seinen. Ihre Kleidung behinderte sie dabei; was war natürlicher, als sie auszuziehen? Sie schlüpfte aus den Schuhen, öffnete den Schwesternkittel und ließ ihn zu Boden fallen. Nur mit ihren Dessous am Leib kam Sam zu ihrem zärtlichen Geliebten zurück.

*

Nicht nur Samantha war in diesen Minuten erregt und zu ungewöhnlichen Handlungen bereit. Zwei Stockwerke tiefer erging es ihrem Altersgenossen genauso. Richard Kóranyi hing noch am Tropf der Infusion, gleichzeitig drängte es ihn, dem jungen Mädchen nachzugehen, um sie vor einem lebensbedrohlichen Fehler zu bewahren. Richard ahnte, weshalb die Besucherin in dieses Haus gebracht worden war, und doch hätte er den schrecklichen Grund keiner Menschenseele anvertrauen können. Denn darin lag das Problem: Samantha war eine *Menschenseele!* Er richtete seinen geschwächten Körper auf, fühlte den Schmerz, den der Speiseröhrenschnitt in seinem Innern verursachte. Mit Müh und Not schaffte er es, die Beine auf den Boden zu setzen und in seine alten Turnschuhe zu schlüpfen. Er trug nichts als ein T-Shirt mit der Aufschrift

Let the Sunshine in! und karierte Boxershorts, aber sein Aussehen war ihm egal, solange er das Schlimmste verhindern konnte. Er klemmte den Infusionsschlauch unter die Achsel, versuchte aufzustehen und erschrak, wie schwach er war. Es gelang ihm nur hochzukommen, weil er sich an dem Gestell festhielt, von dem die Beutel baumelten. Dickie klammerte sich an den fahrbaren Galgen, das Gestell drohte zu kippen, er machte einen unbeholfenen Ausfallschritt, stellte die Balance wieder her und schlurfte neben dem Ständer langsam auf die Tür zu. Viel zu langsam für seine Ungeduld! Er holperte mit dem sperrigen Ding über die Schwelle, gelangte ins Treppenhaus und lauschte auf ein Geräusch, das ihm hätte Auskunft geben können, was im Turm vorging. Richard wusste, weshalb das Gebäude so festlich erleuchtet war, er kannte den uralten Brauch, dessen Vollzug und das Ergebnis. Er fürchtete sich, in die Prozedur einzugreifen, mehr noch fürchtete er aber für das arme Mädchen.

Richard erreichte die Treppe. Dreimal verdammt, dachte er, dass wir in all den Jahrhunderten, die uns das Haus schon gehört, noch keinen Fahrstuhl eingebaut haben. Das ist Papas Eigensinn, sein unbedingter Wille, die Tradition der Kóranyis zu bewahren. Von wegen Tradition!, keuchte Richard, während er das Gestell die Stufen hochhievte. Der Alte ist ja sonst nicht zimperlich, wenn es darum geht, unsere Bedürfnisse der Zeit anzupassen. Das Treppensteigen ging flotter als erwartet, die Kandelaber tauchten auf, dahinter das schwarze Holz von Teddies Tür. Ärgerlicherweise quietschten die Rollen des Infusionsständers, weshalb ein lautloses Vorwärtskommen schwierig war. Vorsichtig drehte Richard den Knauf und schob den Türflügel zentimeterweise nach innen. Er sah den Esstisch, den Suppenteller, das grüne Getränk. Er hat ihr den Akkordiasz bereits eingeflößt, begriff

Richard mit Schrecken, schob seinen Galgen ein Stück weiter – und hakte fest.

Es war nur eine kleine Vertiefung, die zur Arretierung der Tür in den Marmor gefräst worden war, aber der Rollfuß des Metallständers rutschte hinein und war nicht mehr zu bewegen. Er zerrte und hievte und bemühte sich, dabei kein Geräusch zu machen. Es half nichts: Zwischen Tür und Angel blieb der junge Kóranyi stecken, und das Schlimmste war: Er musste der Liebesszene zusehen, die unter dem Baldachin aus schwarzem Brokat im Gange war. Es war nicht festzustellen, wer wen verführte, zu sehr waren das Mädchen und sein Bruder leidenschaftlich ineinander verschlungen. Ihr rotes Haar wirkte wie ein Flammenbündel, ihre Haut war weiß, die Figur schlank und sportlich, wie schön sie war! Richard hatte nicht die Angewohnheit, anderen Leuten beim Sex zuzusehen, unter allen anderen Umständen hätte er sich zurückgezogen, aber das verdammte Rad hing immer noch fest. Was sollte er tun, die Augen schließen? Oder die Liebenden anschreien, sofort aufzuhören? Warum nicht, dachte er. Wenn es ihm gelang, Sam so zu erschrecken, dass sie von Teddie abließ, wäre das Schlimmste noch zu verhindern. Richard holte tief Luft und schrie. Doch sein Schrei mischte sich mit den glücklichen Lauten von Teddie und Samantha, die einander im Gefühl völliger Hingabe in den Armen lagen. Richard war zu spät gekommen. Er konnte nichts mehr ausrichten, er hatte wie immer versagt. Darum würde er stets bleiben, was er war: Das *weiße* Schaf unter den Kóranyis, der friedliebende, sanfte Dickie, während sein Vater und sein Bruder jeden Kampf aufnahmen – und gewannen. Sein Schicksal machte Richard so traurig, dass er sich weniger wie ein erfolgloser Retter vorkam, als wie ein peinlicher Spanner im Schlafzimmer seines Bruders. Die Liebenden lagen aneinandergekuschelt da und genossen die wohlige Trägheit nach der Leidenschaft. Die Kerzen flackerten, das Feuer im Kamin brannte – niemand außer Richard hätte angenommen, dass in diesem Zimmer soeben nicht die schönste Romanze, sondern der Leidensweg eines Mädchens begonnen hatte.

Da es ihm nach wie vor nicht gelang, sein Gestell flottzubekommen, nahm Richard das Verbindungsstück, das die Schläuche in den Katheter führte, und koppelte sich von der Infusion ab. Während er sich lautlos zurückzog und in sein Zimmer hinunterging, begann der Inhalt der Beutel auszulaufen. Es war Blut, das zu Boden tropfte.

10

Sie war allein. Aber sie war noch immer bei ihm. Sie erwachte in seinem Bett, aber er war nicht da. Sam wollte sich aufrichten, doch eine stählerne Faust schien ihren Schädel niederzudrücken. Wie eigenartig verwandelt das Zimmer bei Tageslicht wirkte, wie ein Raum in einem Museum. Alles befand sich an seinem Platz, und doch empfand Sam Teddies Turm heute als seltsam unbelebt, ja versteinert. Selbst die Vorhänge, die Tischdecke, die Glut im Kamin kamen ihr wie aus Stein vor. Nach ein paar kräftigen Atemzügen gelang es ihr, den Kopf zu heben und zum Fenster zu schauen. Den trüben Oktobertag fand sie wenig verheißungsvoll. Das Geschirr war abgeräumt worden. An der Tür verharrte ihr Blick, sie erkannte bräunliche Schlieren auf dem Boden; man hatte dort etwas aufgewischt. Sie ließ den Kopf zurücksinken; die vergangene Nacht stieg vor ihr auf.

Unwirklich war alles gewesen, in seiner Wildheit, der Verrücktheit, aber auch darin, was von den leidenschaftlichen

Stunden geblieben war. Sam wunderte sich, dass sie nicht das Gefühl tiefen Vertrauens in sich trug, das sie von einer erwachenden Liebe erwartet hätte; in ihr waren viele Fragen. Sie suchte die Antwort darauf, ob ihre Hingabe richtig, ob sie natürlich gewesen war. Zwar sagte ihr die Erinnerung, dass sie phantastische Stunden erlebt hatte, zugleich empfand sie ein tieferes Gefühl, das ihr wie eine Warnung erschien. Sie hatte sich selbst noch nie so erlebt! Der Verdacht durchzuckte sie, ihr ungewöhnliches Verhalten könnte mit dem Getränk zu tun gehabt haben, dem Feuergeist, den Teddie ihr einflößt hatte. Plötzlich, und ohne zu wissen, woher das kam, fühlte sich Samantha an ihre früheste Kindheit erinnert und an den Zustand ihrer Mutter damals. Man hatte der kleinen Samantha erklärt, ihre Mama sei guter Hoffnung, Sam könne sich bald auf ein Brüderchen freuen. Von *guter Hoffnung* hatte sie jedoch keine Spur entdeckt, ihre Mutter sah fahl und ängstlich aus; später hatte ihr Louise erzählt, dass die Schwangerschaft durch einen Unfall vorzeitig beendet worden sei. Eine Nachbarin hatte Sam gegenüber jedoch angedeutet, dass ihre Mutter den Sturz absichtlich herbeigeführt habe; sie habe das Kind verlieren wollen.

Was waren das für verflixte Gedanken an einem glücklichen Morgen! Warum diese düstere Erinnerung? Natürlich, nach der gestrigen Nacht konnte Sam den Gedanken an eine Schwangerschaft nicht vollends wegschieben und gestand sich verwirrt ein, dass weder Teddie noch sie an Verhütung gedacht hatten. Bestimmt kommt er gleich und bringt Frühstück, dachte sie, um ihre Ängste abzuschütteln. Wo lagen ihre Sachen? Auf dem Sessel entdeckte sie den säuberlich zusammengelegten Schwesternkittel und ihre Schuhe. Für einen Moment fürchtete sie, ihren Dienst schon wieder versäumt zu haben, dann fiel ihr ein, sie war erst für die Nachmittagsschicht eingeteilt. Sie hatte Zeit, mit Teddie beisammen zu sitzen, zu plaudern und ihr junges Glück zu genießen. Schade, dass sie nicht zusammen erwacht waren, zu gerne hätte sie seine perfekte Frisur zerstrubbelt gesehen, die dämonischen Augen müde und verschlafen, sogar sein Mundgeruch vor dem Zähneputzen hätte sie gefreut.

Als Erstes duschen, beschloss Sam, schlug die Decke zurück und kam auf die Füße. Oh hallo, der Drink war nicht von schlechten Eltern gewesen! Alles drehte sich, dabei hatte sie nur ein Glas davon getrunken. Sie beschirmte die Augen mit der Hand und machte sich auf die Suche nach dem Bad.

So groß und elegant das Turmzimmer war, so viele Ecken und Nischen Sam erkundete, ein Badezimmer fand sie nicht. Das ist das Blöde an diesen alten Häusern, dachte sie, vom hygienischen Standpunkt aus sind sie mittelalterlich. Eilig schlüpfte Sam in ihre Sachen, sie musste dringend aufs Klo, erreichte die Tür – kein Zweifel, hier war etwas aufgewischt worden – und spähte hinaus. Stille und Zwielicht. Im Turm schien es nur diesen einen Raum zu geben. Sie eilte eine Etage tiefer. Vorsichtig öffnete sie eine Tür, die nächste und noch eine; nirgends fand sie das stille Örtchen, das sie so dringend benötigte. Wie macht er das morgens, überlegte sie, er läuft bestimmt nicht so weit, um ins Bad zu kommen? Auf der Treppe blieb sie stehen; vielleicht versteckten die Kóranyis ihr Klo aus Gründen der feinen Lebensart hinter geheimen Tapetentüren. Während sie weitereilte, staunte sie noch über etwas anderes. Wohin sie auch lief, in welches Stockwerk sie auch kam, sie hatte noch keine Menschenseele gesehen und nicht das kleinste Geräusch gehört.

Unvermittelt blieb sie vor der Tür zum Zimmer des jüngeren Bruders stehen. Sie beschloss, ihn um Auskunft zu bitten, klopfte und trat ein. An der unaufgeräumten Atmosphäre hatte sich nichts geändert, bloß der Bewohner fehlte. Auch ein

Frühaufsteher, dachte sie, das war wirklich eine seltsame Familie. Was machten diese Leute morgens? Wo war Papa Kóranyi, wo waren die Angestellten? Plötzlich schlug Sam sich an die Stirn: Hier wohnten schließlich keine reichen Nichtsnutze. Das hier waren Geschäftsleute, sie hatten zu tun, mussten früh raus. Time is Money! Sam malte sich aus, wie Taddeusz mit seinem Vater in der schwarzen Limousine zur Arbeit gefahren war, in ein getäfeltes Büro in der City.

Da aus dem zärtlichen Frühstück nichts zu werden schien und da ihr auch sonst niemand Auskunft geben konnte, lief Samantha ins Erdgeschoss, warf einen letzten Blick zum Turm hinauf, wo sie die unglaubliche Nacht verbracht hatte, durchquerte die Eingangshalle, öffnete die schwarze Tür, schlüpfte ins Freie und gleich darauf auf den Belgrave Square.

Beim Hyde Park Corner besuchte sie eine öffentliche Toilette und wollte den Bus ins Krankenhaus nehmen. Wozu aber, überlegte sie, ich muss ja erst in ein paar Stunden zum Dienst. Also flanierte Samantha die Piccadilly Street stadteinwärts, kam am Hotel Ritz vorbei, bog in die St. James ein und später in die Pall Mall. Sie spazierte durch das morgendliche London und nahm doch nicht viel davon wahr; ihre Gefühle und Gedanken waren bei Teddie. Als sie weiter nach Norden kam, entdeckte sie Männer mit Wasserpfeifen an kleinen Tischen, sie lasen Zeitung oder spielten ein Würfelspiel, sie trugen Bärte und hatten ihr Haar unter kleinen Filzkappen verborgen. Die Kühle des Oktobertages störte sie nicht; nur der Kellner fror, während er den Männern Mokka servierte. Sam musste in eine der Einwanderergassen geraten sein, diese kleinen Welten, wo sich verschiedene nationale Gruppen auf engem Raum zusammendrängten, um in der fremden Stadt ein Heimatgefühl zu bekommen.

Plötzlich nahm sie noch jemand anderen wahr. Auch er trug

ein langes Gewand – einen Mantel, einen Kaftan? – und hatte einen breitkrempigen Hut auf. Darunter verbarg ein Schleier sein Gesicht zur Gänze. Die Hände des Mannes steckten in Handschuhen. Als Sam ihn bemerkte, wandte er sich rasch ab. Sie ging weiter, blieb stehen, und wirklich, auch der Mann hielt an. Wer war das, was wollte er, in welchem Viertel befand sie sich überhaupt? War er einer von den Kaffeetrinkern oder folgte er ihr schon länger? Seltsam, dass ein so ungewöhnlicher Passant den anderen nicht auffiel. Doch auch das war London: Hier wimmelte es von ungewöhnlichen Leuten; wollte man sich nach jedem umsehen, bekäme man bald eine Halsstarre. Sam suchte eine bekannte Straße, einen vertrauten Ausblick, sie hastete durch das Viertel, konnte ihren Verfolger aber nicht abschütteln.

Das ist doch zu dumm! Sie blieb stehen. Wir sind nicht in der Wildnis, wo ich davonlaufen muss; an jeder Straßenecke flaniert ein *Bobby,* der eingreift, wenn Frauen belästigt werden. Sam sah sich nach einem der schwarzen Helme um. Bitte sehr, da kam auch schon ein Polizist des Weges.

»Officer«, sprach sie den Uniformierten an.

»Bitte, Miss, was kann ich für Sie tun?«

»Ich werde verfolgt.« Auch wenn der Satz melodramatisch klang, sah sie dem Wachtmeister fest in die Augen.

»Verstehe, Miss. Von wem werden Sie verfolgt?« Er schaute die Straße hinunter.

»Von dieser Gestalt dort.« Sie streckte die Hand dorthin aus, wo der Vermummte gestanden hatte. »Nanu?«

»Ja, Miss?«

»Ein Kerl im schwarzen Mantel hat mich verfolgt, mit schwarzem Hut, schwarzem Schleier, ach, alles an ihm war schwarz.«

»Ich kann allerdings niemanden entdecken, auf den diese Beschreibung passt.«

»Er muss in ein Haus gegangen sein.« Sie starrte auf den leeren Punkt, wo sie den Unbekannten vermutet hatte.

»Das wäre natürlich möglich«, antwortete der Bobby.

Samantha wollte noch etwas hinzufügen; doch was sie aus dem Augenwinkel wahrnahm, erschien ihr so unwahrscheinlich, dass sie lieber den Mund hielt. Sie hatte sich ohnehin schon lächerlich gemacht. Musste der Officer nicht glauben, einen hysterischen Teenager vor sich zu haben, der bloß Aufmerksamkeit erregen wollte?

»Ja, dann … kann mir ja jetzt nichts mehr geschehen«, antwortete sie und dankte dem Uniformierten, der den Finger zum Gruß an den Helm legte und weiterpatrouillierte. Sam aber starrte ans andere Ende der Straße. Sie täuschte sich nicht: Halb verborgen von einer Mülltonne, sah sie einen großen schwarzen Hund. Er hob den Kopf und schaute die Krankenschwester unverwandt an. Ohne Hast machte er kehrt und verschwand in dem schmalen Durchgang zwischen zwei Häusern. Samantha hatte noch nie ein Tier dieser Art gesehen, doch wenn sie nicht alles täuschte, besaß der schwarze Hund die Gestalt eines Wolfes!

11

Man hatte ein Spenderorgan für Andrew gefunden. Schon heute Nacht sollte es so weit sein, Sir Kennock würde operieren und dem Jungen eine leistungsstarke neue Niere einsetzen. An diesem Abend wartete die gesamte Abteilung auf das Eintreffen der Niere; der Chefchirurg hatte sich persönlich aufgemacht, das Organ zu holen. Genau genommen holte er die tapfere Spenderin, Mrs Halifax, die in einem anderen Londoner Krankenhaus lag und sich bereit erklärt hatte, für Andrew auf eine ihrer Nieren zu verzichten.

Sam hatte das Zimmer für Mrs Halifax bereit gemacht. Sie hatte die Kissen mit besonderer Sorgfalt bezogen und Blumen und eine Tafel Schokolade auf dem Nachttisch arrangiert; Andrews Retterin sollte sich hier willkommen fühlen. Danach besuchte Sam den Jungen. Den ganzen Tag über war seine Mutter bei ihm gewesen, eine stille und ernste Dame; sie hatte sich kurz von ihm verabschiedet, um zu telefonieren. Andrew wirkte ruhig und schien in besserer Verfassung zu sein als in den Tagen zuvor.

»Seit wann weißt du es denn?« Sam öffnete das Fenster, kühl und weich strich die Nachtluft herein.

»Länger als du.« Er lächelte. »Die haben ja schon vor einer Woche mit den Tests angefangen.«

»Tests?«

»Blutzucker, Antikörper, Eiweiß im Urin.« Als sei er nicht erst elf Jahre alt, sondern Medizinstudent im dritten Semester, zählte Andrew die Fachbegriffe auf. »Als sie mit dem Ultraschall auf meinem Bauch rumgemacht haben, wusste ich Bescheid. Sie haben den Platz ausgemessen, den die neue Niere bei mir drin brauchen wird.«

»Warum überwachst du nicht gleich die ganze Operation? Und gibst Sir Kennock ein paar gute Tipps?«

Sie lachten. »Weißt du, dass sie meine alte Niere gar nicht austauschen?«, protzte der Junge mit seinem Wissen. »Die neue Niere wird hier …« Er zeigte auf seine Leistengegend. »Genau hier eingepflanzt.«

Bloß weil Samantha auf der Station die Betten machte und die Urinflaschen raustrug, war sie nicht von gestern. »Die Niere liegt auf der Darmbeinschaufel auf und wird an die großen Blutgefäße angeschlossen. Ich weiß. Und deine alte

Niere wird in Schlaf gelegt, genau wie du gleich.« Sie beugte sich über ihn. »Wenn du erwachst, beginnt ein neues Leben für dich.«

»Ein neues Leben.« Andrew sah sie so hoffnungsvoll an, dass Sam nicht anders konnte, als ihm einen Kuss auf die Stirn zu geben.

»Nicht mehr im Bett liegen müssen, nicht mehr an die blöde Maschine angeschlossen werden …«, flüsterte er.

Schritte von draußen, Sam hatte kaum Zeit, sich aufzurichten, schon stand Tante Margret im Zimmer.

»Besuch für dich.«

Natürlich dachte Sam, dass Andrew Besuch bekam, aber die Oberschwester winkte ihre Nichte mit einer Kopfbewegung heran.

»Wir sehen uns dann in deinem neuen Leben«, sagte sie zum Abschied und folgte der Tante.

»Wie kannst du deinem Bekannten erlauben, dich hier zu besuchen?«, fragte die Oberschwester streng.

»Bekannten? Ich weiß nicht …«

»Der Bursche war so hartnäckig, ich konnte ihn einfach nicht loswerden.« Margret blieb stehen. »Samantha, du nimmst deine Aufgabe nicht ernst genug. Dieser Beruf verlangt Verantwortungsgefühl, Opferbereitschaft …«

»Ehrenwort, Tante, ich weiß nicht, wer mich besuchen will!«

»Mister *Coranny* sagt, du erwartest ihn!«

Samanthas Kinnlade klappte nach unten. Meinte die Tante etwa Kóranyi? War es möglich, dass Teddie sie hier aufsuchte? Verwirrung und Freude vermischten sich; Sam hatte nur noch den Wunsch, Margret abzuwimmeln und zu Teddie zu eilen. »Kóranyi meinst du wahrscheinlich«, fragte sie, um sicherzugehen.

»Kóranyi oder sonst wie: Sag ihm, wir sind kein Amüsierbetrieb, wir retten Leben.« Damit rauschte die Oberschwester davon. Über die Schulter rief sie: »In zehn Minuten bist du wieder beim Dienst!«

Da zehn Minuten eine äußerst kurze Frist für ein Treffen mit dem Geliebten waren, rannte Sam so schnell den Korridor hinunter, dass sie die Kurve nicht kriegte und fast gegen die Glastür geprallt wäre. Tatsächlich, dort stand er, der große Kerl im schwarzen Mantel, und drehte sich um.

»Na endlich, ich dachte, die Schwester hätte es dir nicht ausgerichtet«, sagte Richard Kóranyi und setzte die Brille auf, die er gerade geputzt hatte.

Samantha war zu perplex, um irgendetwas zu sagen.

»Ich muss dringend mit dir reden«, fuhr er fort, da sie ihn bloß anstarrte.

»Wie sind Sie … woher wissen Sie …?« Sam fiel ein, dass er etwa gleich alt war wie sie. »Wer hat dir gesagt, dass ich hier arbeite?«

»Das spielt keine Rolle. Wo können wir hingehen?«

»Ich habe keine Zeit.«

»Die wirst du haben, wenn du erst hörst, was ich dir erzähle.«

»Ich verliere meinen Job, wenn ich nicht in zehn … in neun Minuten wieder bei der Arbeit bin.«

Er trat näher. »Und wenn ich dir sage, dass du dich in der Gewalt böser Mächte befindest, kommst du dann mit?«

»Nein, dann würde ich antworten, dass du auf die psychiatrische Abteilung gehen solltest. Dort behandeln sie so was.«

Ihre Frechheit schien ihn zu verunsichern. »Du glaubst, ich … spinne?«

»Was soll ich denn glauben, wenn du hier auftauchst und solche Sachen erzählst?«

»Bist du wirklich so blind, nicht zu erkennen, was die mit dir vorhaben?«

»Wer sind DIE?« Sie verschränkte die Arme.

»Nicht hier.« Nervös zeigte Richard zur Überwachungskamera, die sie beide im Visier hatte. Als Sam immer noch keine Anstalten machte mitzukommen, lief er zu dem Gedenkschild, das neben dem Eingang hing; wortlos zeigte er auf den Namen.

»Lockool – na und? Ich kenne Mr Lockool. Was ist mit dem nun wieder?«

»Er hat dich aufgespürt!«, sagte Richard mit gedämpfter Stimme. »Er hat sie auf dich aufmerksam gemacht.«

Auch wenn ein ahnungsvoller Ton in Samantha zu klingen begann, der ihr sagte, dass Richard nicht bloß dummes Zeug redete, antwortete sie: »Jetzt geht es wirklich nicht. Wir können uns ein andermal treffen.« Sie stockte. Was tat sie denn da, verabredete sich mit dem Bruder ihres Freundes, ohne dass Teddie etwas davon wusste?

»Einverstanden!«, griff Richard ihren Sinneswandel auf. »Heute Nacht noch!«

»Unmöglich. Heute findet bei uns eine große Operation statt.«

»Also wann? Sagen wir, um vier?«

»Morgen Nachmittag?«

»Nein, heute Nacht um vier. Von mir aus auch um fünf, bloß lange genug, bevor die Sonne aufgeht.«

»Du willst dich mit mir im Morgengrauen treffen?« Nun hielt sie ihn doch wieder für verrückt.

»Schlag du etwas vor.« Er schob die Brille hoch und sah sie bittend an.

»Ich muss erst Teddie anrufen und fragen, ob es ihm recht ist.«

»Nein!« Mit einem Sprung war er bei ihr und packte sie am Ellbogen. »Was immer du tust, sag Taddeusz kein Sterbenswort, dass ich hier war. Sonst ist alles verloren!«

»Aua! Sag mal, spinnst du?« Sie machte sich los und rieb das schmerzende Gelenk. So schlaksig Richard auch war, er hatte erstaunliche Kräfte.

»Versprich es mir!«

»Was?«

»Dass du ihm nichts verrätst!« Wie zur Entschuldigung steckte er die Hände in seine Manteltaschen.

»Ist ja gut, ich werde ihm nichts erzählen.« Insgeheim plante Samantha das Gegenteil: Teddie musste wissen, was sein verrückter Bruder anstellte. Sie schaute auf die Uhr. »Meine Zeit ist um.«

»Wir haben uns noch nicht verabredet.«

»Also schön.« Sie wollte ihn abwimmeln. »Mein Dienst endet um Mitternacht. Danach treffen wir uns in der Krankenhaus-Cafeteria.«

»Wunderbar! Mitternacht, ausgezeichnet, also um Mitternacht!« Er trat von einem Bein aufs andere.

Der hat wirklich eine Schraube locker, dachte Sam und bedauerte ihn gleichzeitig, denn um Mitternacht würde die Cafeteria längst geschlossen sein.

»Also bis später!« Ohne ihre Reaktion abzuwarten, rauschte Richard mit wehenden Mantelschößen nach draußen.

Eine seltsame Prozession kam ihm entgegen: Eine Frau lag auf einer Bahre und wurde von niemand Geringerem als Sir Alexander Kennock geschoben. Ihn flankierten seine Oberärzte. Die Automatiktür schwang auf, Sam trat zur Seite und beobachtete, wie Sir Kennock Mrs Halifax in die Station brachte.

»Sie haben die Ehre, vom Chef persönlich chauffiert zu werden«, lachte der Chirurg und war vorüber.

Sams Gedanken wandten sich dem kleinen Andrew zu, der gerade auf die Operation vorbereitet wurde. Mit einem Seufzer verscheuchte sie die merkwürdige Szene von vorhin und kehrte auf ihren Posten zurück.

12

Sam hatte nicht zu der Verabredung mit Richard gehen wollen. Aber kurz vor Mitternacht war sie aufnahmebereiter als in den Stunden davor, ja, sie sehnte sich förmlich danach, mit jemandem zu sprechen. Der Grund war: Mrs Halifax hatte im letzten Moment einen Rückzieher gemacht. Sam erfuhr, dass Sir Kennock die Spenderin noch einmal über die Risiken der Operation belehrt hatte, zugleich aber die beruhigende Statistik nannte, wonach nur 0,7% der Spender während des Eingriffs gestorben seien. Diese null Komma sieben Prozentpunkte reichten für Mrs Halifax aus: Sie hatte zuerst über plötzliche Beschwerden geklagt, schließlich aber klipp und klar erklärt, sie habe eine Familie, was sollten ihre Kinder machen, wenn sie aus der Narkose nicht wieder erwachte? Sir Kennock hatte ihren Stimmungsumschwung zuerst nicht ernst genommen und gesagt, der Patient, dessen Leben sie rette, sei auch ein Kind. Mrs Halifax blieb dabei, bat für ihre Entscheidung um Verständnis und verließ die Abteilung nicht auf der Krankenbahre, sondern auf ihren zwei Beinen. Ratlos war das Operationsteam in seinen blauen Kitteln dagestanden, Kennock hatte wütend die Chirurgenmaske in die Ecke geworfen. Die Assistenzärzte hatten den OP aufgeräumt und das Licht gelöscht. Da Sir Kennock nicht mehr ansprechbar war, hatte es ein Oberarzt übernehmen müssen, Andrews Mutter die unangenehme Neuigkeit mitzuteilen.

Kurz vor Mitternacht entließ Tante Margret Samantha. Sie ging auf ihr Zimmer, setzte sich traurig aufs Bett und sah den Jungen vor sich, der immer noch an den lebenserhaltenden Maschinen hing und dessen Leidensweg nun also weiterging. Sie ertrug es nicht lange in der engen Kammer, wechselte ihre Arbeitsmontur gegen Jeans und Pulli, fuhr mit der Bürste durchs Haar und lief nach oben. Wie gerne wäre sie jetzt mit Teddie zusammen gewesen, hätte in seinem Arm gelegen und sich von ihm trösten lassen.

Die Cafeteria war dunkel, es herrschte Stille im Eingangsbereich; weiter hinten thronte der Nachtpförtner im Lichtkreis seiner Kabine. Ist denn auf niemanden Verlass, dachte Sam. Erst verschwindet Teddie sang- und klanglos nach unserer gemeinsamen Nacht, dann haut Mrs Halifax ab und jetzt versetzt mich auch noch Richard! Enttäuscht lief sie unter das gewaltige Kunststoffdach, das den Innenhof überspannte. Sie hob den Kopf, um den Sternenhimmel zu sehen – da wäre sie beinahe über ein Paar Beine gefallen.

Richard lag im Schatten einer Säule, der Mantel bedeckte ihn. Zuerst nahm Sam an, er sei während des Wartens eingeschlafen, doch als sie sich bückte, entdeckte sie sein blutleeres Gesicht, die eingesunkenen Augen; der Bursche war ohnmächtig.

»Richard, was ist, komm, wach auf!« Sie hockte sich neben ihn, schüttelte ihn, besann sich dann aber, was man bei Menschen mit Kreislaufschwäche zu tun hatte. Sie zog ihren Pulli aus und legte ihn unter seinen Kopf. Sie holte einen Abfallbehälter und lagerte Richards Beine auf dem Blechding hoch. Während sie überlegte, ob sie seinen Puls messen oder lieber gleich einen Arzt holen sollte, schlug der junge Mann plötzlich die Augen auf.

»Oh nein, ist es schon wieder passiert?«, wisperte er.

»Nicht sprechen.« Sie nahm sein Handgelenk und suchte eine Ader. Als sie den Pulsschlag nicht gleich ertastete, schob sie seinen Ärmel hoch.

»Da wirst du kein Glück haben.«

»Womit?«

»Ich habe keinen Puls.«

Schon wieder das unsinnige Gerede. »Jeder, der lebt, hat einen Puls. Gleich habe ich ihn.«

»Ja, jeder, der *lebt*.« Er wollte sich aufrichten.

»Liegen bleiben. Sonst klappst du gleich wieder zusammen.«

Abrupt entzog er ihr seine Hand. »Samantha, du darfst meinen Bruder nicht lieben!«

Also daher weht der Wind: Der Junge war eifersüchtig auf seinen eigenen Bruder! »Ich weiß nicht, was dich das angeht.«

»Samantha! Mein Bruder ist … ist nicht von dieser Welt«, flüsterte er. »Er ist anders! Es ist nicht seine Schuld, er wurde schon so geboren. Aber wenn du nicht auch … anders werden willst, musst du dich von ihm fernhalten!«

»Hör mal zu, Mister Kóranyi junior«, antwortete sie klar und deutlich. »Dein Bruder ist schwer in Ordnung! Wenn hier einer nicht von dieser Welt ist, dann du. Fällst alle Augenblicke in Ohnmacht, kriegst Transfusionen, redest wirres Zeug. Du solltest mal wieder kräftig essen, dann geht's dir gleich besser!«

»Ich kann aber nichts ESSEN!«, rief der Liegende voll Verzweiflung. »Ich wollte, ich könnte es!«

»Das sagen alle Magersüchtigen«, erwiderte sie ungerührt.

»Ich wünsche mir nichts sehnlicher, als morgens aufzustehen, kräftig zu frühstücken und in die Sonne hinauszugehen! Ich möchte die Sonne anschauen, ihren wärmenden Glanz spüren, möchte in ihr Licht blinzeln, und endlich einmal möchte ich ein Sonnenbad nehmen!«

»Und warum tust du's nicht?«

»Weil es mich umbringt!«

»Ach, jetzt bist du nicht bloß anämisch, sondern hast auch noch eine Sonnenallergie?«, fragte sie verständnislos.

Das brachte ihn seltsamerweise zum Lachen. »So könnte man es tatsächlich nennen! Ich leide unter einer Sonnenallergie der übelsten Sorte!«

Sam hatte allmählich genug. Teddies Bruder schien nur aus Krankheiten zu bestehen. »Man braucht kein Arzt zu sein, um dir zu sagen, was dir fehlt. Du solltest mehr an die frische Luft gehen und dich anständig ernähren. Alles andere klärt sich von selbst.«

Darauf wurde er todernst. »Ich will mich aber um keinen Preis so ernähren, wie es meiner Rasse vorbestimmt ist. Lieber gehe ich zugrunde.«

»Ach, und welche Rasse ist das? Die der verweichlichten Jungs aus reichem Haus?«

Richard missachtete seinen geschwächten Zustand, kam auf die Knie und zog sich mühevoll an der Säule hoch. Erst als er stand, sprach er weiter. »Du kannst dich über mich lustig machen, du kannst mich meinetwegen verachten. Trotzdem werde ich auch weiterhin alles tun, um dich vor dem Untergang zu beschützen. Denn wenn ich es nicht tue, bin ich selbst verloren.«

Sie war durch seine Worte so überrascht, dass sie schweigend weiter zuhörte.

»Ich liebe das Licht des Tages, auch wenn es mich umbringt. Ich werde weiterhin für das Lichte und Schöne kämpfen, selbst wenn es ein Kampf ist, den einer wie ich nie bestehen kann.«

»Einer wie du …? Was meinst du damit?« Seine plötzliche Ruhe und Entschlossenheit machten Eindruck auf Sam.

»Ich bin bloß ein unterernährter Vampir«, antwortete er. »Der unglücklichste Vampir auf der ganzen Welt. Nur in der Düsternis darf ich leben und dabei liebe ich die Sonne so sehr. Nur vom Blut anderer kann ich mich ernähren und bringe es nicht über mich, deshalb zum Mörder zu werden. Ich bin gekommen, dich vor diesem Schicksal zu bewahren, aber du glaubst mir nicht. Darum habe ich hier nichts mehr verloren.«

Er machte ein paar schwankende Schritte Richtung Ausgang und drehte sich noch einmal um. »Wenn du Taddeusz von meinem Besuch erzählst, ist es um uns beide geschehen.«

Richard zog den Mantel um seine Brust. Unter dem prüfenden Blick des Pförters erreichte er die Automatiktür und entschwand in die Nacht. Er ließ ein verstörtes Mädchen zurück, das in diesem Moment meinte, die ganze Welt nicht mehr zu verstehen.

13

Sam sah sich mit einem dunklen Mann in fliegendem Mantel über eine Anhöhe sprengen. *Sprengen?* Selbst im Traum wunderte sie sich über den seltsamen Ausdruck. Aber sie brauchte ja bloß nach vorne zu gucken, wo der schweißglänzende Pferdekopf in rasendem Lauf vor und zurück schnellte. Die reitende Samantha hielt ein Paar Zügel in der Hand, und das Pferd tat tatsächlich das, was sie wollte. Zwar hatte sie in ihrem Leben schon ein paarmal auf schottischen Highland-Ponys gesessen, aber das waren freundliche kleine Pferde gewesen, kein wildes rabenschwarzes Biest, von dem sie sich jetzt durch die Nacht tragen ließ. Welche Nacht? Wo befand sie sich überhaupt? Ein voller Mond stand über unbekannten Bergkämmen und Hügelsilhouetten; dort erkannte sie düstere majestätische Wälder, wie sie im sanften England nicht vorkamen. Alles schien größer, auch karger und urwüchsiger: Nein, mit der kleinen satten Welt Großbritanniens hatte diese Umgebung nichts zu tun.

Sam konnte ihre Augen nicht länger auf die Landschaft richten, denn der Reiter vor ihr legte ein Tempo vor, dass sie aufpassen musste, im Sattel zu bleiben. Mit unbekanntem Ziel ging es den Pfad an einer Bergflanke entlang. Sie wollte wissen, wer sich hinter dem wehenden Mantel verbarg; Sam spornte ihr Pferd an und holte auf. Ein großer Bursche war dieser Reiter, ein Hut verbarg sein Haar. Ihr Blick fiel auf das Sattelzeug, silbern blitzten die Schnallen der Steigbügel; an der Seite der ledernen Lasche entdeckte sie das geschwungene *K* der Kóranyis. Ihr Herz machte einen kleinen Sprung. Ich bin mit Teddie unterwegs! Mein geliebter Taddeusz reitet mir in einem unbekannten Land voraus. Und warum folge ich ihm? Na, was für eine Frage, dachte Sam: Ich folge ihm, weil wir beide zusammen sind. Wir sind in unseren Flitterwochen, in einer zauberhaften Landschaft, offenbar haben wir uns für einen Reiturlaub entschieden. So ist es, so muss es sein! Ach, wenn es doch wirklich so wäre!

Mit diesem Wunsch erwachte sie. Immer noch lag Sam in ihrem stickigen unterirdischen Zimmer, wieder einmal allein.

Nach Richards unerwarteter Offenbarung hatte sie sich verwirrt und verängstigt in ihr kleines Zimmer zurückgezogen, war zu Bett gegangen und hatte an die Decke gestarrt. Nach einigem Grübeln war sie zu dem Schluss gelangt, dass irgendeine ihrer Bemerkungen Richard so verletzt haben musste, dass er eine derart aberwitzige Geschichte erfunden hatte. Er liebte das Sonnenlicht, auch wenn es ihn umbrachte! Er wollte für das Schöne und Lichte kämpfen! Der Junge redet in einem Ton, als ob wir im Mittelalter leben, dachte sie, wo furchtlose Ritter mit grauenhaften Kreaturen kämpfen. Was ist denn das Schöne? Dass ich gesund bin und in London lebe, einen anständigen Job habe und jetzt auch noch verliebt bin – das ist schön! Um das zu begreifen, brauche ich keinen Richard Kóranyi, der auf seinen Bruder eifersüchtig ist und sich aus unerfindlichen Gründen als Vampir bezeichnet. Wir haben uns in einem hypermodernen Krankenhaus getroffen, aber der Spinner behauptet, ein Blutsauger alten Schlages zu sein.

Das Blut ist nicht geheimnisvoll, fiel ihr ein Vortrag Sir Kennocks ein, an dem die Lernschwestern hatten teilnehmen dürfen. *Alle Geheimnisse des Blutes sind durch die Wissenschaft gelüftet. Das Blut ist der Träger der Substanzen, die den Körper am Leben erhalten, nicht mehr und nicht weniger. Wenn Sie also jemanden vom Mysterium des Blutes faseln hören, richten Sie ihm aus, er ist ein romantischer Schwätzer.* So weit

Sir Kennock und der musste es wissen. Täglich zapfte er Blut ab, analysierte die Bluttypen und benutzte sie, um fremdes Gewebe in andere Körper zu verpflanzen. DAS tut man heutzutage mit Blut, dachte Samantha. Vor blutrünstigen Vampirgeschichten gruselt sich niemand mehr!

»Der Junge spinnt«, sagte sie in ihr stilles Zimmer. Die Kóranyis hatten also einen verrückten Sohn, das kam bei alten Familien schon mal vor. Bestimmt wussten Teddie und sein Vater, wie es um Richard stand, und taten alles, um ihm zu helfen. Sam beschloss, Teddie nichts von Richards Besuch zu erzählen und das Thema nur anzusprechen, wenn Taddeusz von selbst darauf kam.

*

Am Abend des kommenden Tages fühlte Samantha sich nicht recht wohl. Ihr Bauch murrte; die nächtlichen Ereignisse waren ihr wohl auf den Magen geschlagen. Als sie in der Cafeteria einen Bagel mit fettem Cream Cheese aß, wurde ihr übel, und sie musste das Brötchen wieder erbrechen. Sie putzte die Zähne, wusch das Gesicht und kam in die Cafeteria zurück. Dort erwartete sie Taddeusz, wie immer in Schwarz, mit einer blutroten Rose in der Hand.

»Ich hatte Sehnsucht nach dir«, sagte er, ohne sich um das Getuschel der anderen Krankenschwestern zu kümmern. Stolz nahm Sam die Rose entgegen. Es war nicht sein einziges Geschenk, er überreichte ihr außerdem eine kleine Schatulle, in der ein violettes Fläschchen lag. Es hatte die Form eines Parfumflakons.

»Ich mache mir Sorgen, weil deine Arbeit so kräfteraubend ist«, sagte er. »Du siehst blass aus.«

»Wahrscheinlich habe ich mir den Magen verdorben. Was ist da drin?«

»Das Elixier der *Bariactar-Kirsche.*« Taddeusz hielt den Flakon gegen das Licht. »Sie ist sehr selten, das Elixier ist äußerst kostbar.«

»*Bariactar?* Habe ich noch nie gehört.« Sam starrte die violette Flüssigkeit an, die sich träge bewegte.

»Das Elixier wird dir Kraft geben.«

»Mir geht es gut, wirklich.« Sie machte eine wegwerfende Geste, dabei grummelte und knurrte es bereits wieder in ihrem Magen.

»Bei uns daheim verwendet man den Kirschsaft als Appetitanreger und als herzstärkendes Mittel.«

Ein wenig war Sam irritiert, dass bloß ein Stärkungsmittel in dem Fläschchen war, obwohl sie ein verführerisches Parfum erhofft hatte, zugleich fand sie seine Geste sehr aufmerksam. Ihr unruhiger Bauch hätte der romantischen Szene fast ein Ende gesetzt; sie würgte und hielt die Hand vor den Mund.

»Es geht dir tatsächlich nicht gut.« Er öffnete das Fläschchen.

Sam wollte ihm zeigen, wie sehr sein Geschenk sie freute, und nahm einen vorsichtigen Schluck. Himmelherrgott, das Zeug schmeckte wie Ziegenpisse! Sie verzog den Mund und hätte es beinahe wieder ausgespuckt.

»Zugegeben, das Elixier ist etwas kräftig.« Er lächelte über ihre Reaktion. »Aber du wirst sehen, es wirkt.«

Teddie hatte noch nicht zu Ende gesprochen, als Sam in ihrem Bauch eine Beruhigung wahrnahm. Mit einem Mal fühlte sie sich wohlig und weich, dazu von einer Seligkeit, als habe sie Champagner getrunken.

»Das ist erstaunlich!« Sie wollte den Flakon wieder an die Lippen setzen, aber Taddeusz hielt sie zurück.

»Du solltest sparsam mit dem Bariactar-Saft umgehen. Jeden Tag nur ein Tröpfchen, das genügt.«

»Wieso kaufst du das Zeug nicht einfach nach?«, fragte sie in ihrer unerklärlichen Heiterkeit.

»Die schwarzrote Kirsche wächst nur in wenigen Regionen der Erde.« Mit dem Glaspfropfen verschloss er die Flasche. »Ihre Beschaffung ist gefährlich und sagenhaft teuer. Das ist meine letzte Ration.«

»Ich werde sparsam damit umgehen.« Sie beugte sich zu ihm und küsste ihn auf die Wange.

»Wie geht es dir sonst? Was machst du? Ist irgendetwas Interessantes vorgefallen, seit wir uns zuletzt sahen?«

»Interessant?« Sofort kam ihr der verrückte Besuch seines Bruders in den Sinn.

»Du hast einen ziemlich ungewöhnlichen Arbeitsplatz.« Er deutete auf den Wegweiser zu Samanthas Abteilung. »Dort passieren bestimmt interessante Dinge.«

»Es ist wirklich etwas passiert.« Sie erzählte ihm die Geschichte des kleinen Andrew, der bereits Aussicht auf eine neue Niere gehabt, aber durch Mrs Halifax' Feigheit eine schlimme Enttäuschung erfahren hatte. »Das ist kein Leben, das er führt. Ein Junge muss rumspringen und spielen und sich prügeln …« Sam stellte sich den kleinen Burschen inmitten des Gewirrs von Schläuchen und Elektroden vor; Tränen drängten in ihr hoch. »Entschuldige. Ich sollte lernen, den Alltag im Krankenhaus besser wegzustecken.«

»Deine Reaktion ist ganz natürlich.« Er legte den Arm um ihre Schulter. »Möchtest du, dass ich ihm helfe?«

»Du?!« Größer hätte ihre Überraschung kaum sein können. »Wie könntest du denn …?«

»Hast du dich nie gefragt, wieso ich nachts auf dem Dach des Krankenhauses landen durfte?«

»Nein … Ehrlich gestanden …« Aus tränengefüllten Augen sah sie ihn an.

»Der Landeplatz des Chelsea and Westminster ist ausschließlich Rettungshelikoptern vorbehalten, die eine Notfallgenehmigung haben.«

»Das heißt…« Sie stutzte. »Du besitzt diese Genehmigung?«

»Unsere Firma.«

»Sagtest du nicht, du bist im Transport-Business?«

»Stimmt genau.«

»Was transportiert ihr denn?«

»Menschen, die schnelle Hilfe benötigen.«

»Was?« Hoch aufgerichtet starrte sie ihn an.

»In dieser riesigen Stadt reichen die öffentlichen Rettungsfahrzeuge nicht mehr aus. Es gibt einige private Unternehmen wie unseres.«

»Ihr befördert Kranke? Das macht deine Firma?« Sie konnte sich nicht erinnern, in seinem Helikopter eine Notfallausrüstung gesehen zu haben.

»Du wärest überrascht, wie oft wir gerade für deine Abteilung arbeiten.«

»Wieso?«

Statt einer Antwort stand er auf und zog sie sanft mit sich. »Nicht hier. Das braucht nicht jeder zu hören.«

Unter dem Baldachin des Atriums blieb er stehen. »Du weißt, dass wir mit Mr Lockool befreundet sind.«

»Natürlich. Der, durch dessen Spende die Transplantationsabteilung finanziert wurde.«

Taddeusz nickte. »Wir kennen Lockool so gut, weil wir uns der Aufgabe widmen, Menschen in besonderen Notfällen rechtzeitig an den richtigen Ort zu bringen. Wenn zum Beispiel in Bristol ein Mensch stirbt und gleichzeitig wartet in London ein Mensch mit der gleichen Blutgruppe auf ein Spenderherz, muss der behandelnde Chirurg so rasch wie möglich nach Bristol geflogen werden, um das Herz des Toten herauszuoperieren. Danach fliegt er mit dem konservierten Herzen nach London zurück.«

»Und das bedeutet …?«

»Dass wir deinen Chef schon viele Male geflogen haben«, lächelte Teddie.

»Sir Kennock?« Sie kam aus dem Staunen nicht heraus.

»Nicht nur ihn. Wenn eine Leber, eine Lunge, eine Bauchspeicheldrüse transportiert werden müssen, fliegen wir sie zu ihrem Bestimmungsort.« Er fasste Sam scharf ins Auge. »Selbstverständlich auch Nieren.«

Endlich verstand sie, worauf er hinauswollte. »Ihr könntet eine Niere für Andrew besorgen?« Plötzlich schüttelte sie den Kopf. »Nein, das geht nicht.«

»Wieso nicht?«

»Weil diese Kommission … wie heißt sie noch? Sie überwacht, dass Spenderorgane nach einer strengen Regulierung vergeben werden.«

»UK-Transplant«, sagte er mit ernster Miene. »Ja, die Regeln sind streng und das ist auch gut so.« Sein Gesicht bekam einen verschmitzten Ausdruck. »Andererseits willst du doch, dass dein kleiner Freund eine neue Lebenschance bekommt.«

»Natürlich, aber bedeutet das …?« Hilfe suchend sah sie ihn an. »Es heißt, durch illegalen Organhandel passieren schlimme Dinge. Arme Leute lassen sich für Geld eine Niere herausschneiden und sterben manchmal an den Folgen des Eingriffs.«

»So etwas kommt vor, aber mit uns hat das nichts zu tun.« Vertraulich zog er sie an sich. »Wenn irgendwo ein wichtiger Politiker dringend ein Spenderorgan braucht, glaubst du, da wird erst lange bei UK-Transplant nachgefragt? Da checken sie den Computer und lassen das gewünschte Organ einfliegen. Manche Patienten werden eben bevorzugt.«

Sam war irritiert, ihn so knallhart reden zu hören. Gleichzeitig ärgerte sie sich über ihre dumme kleine Moral. Schenkte ihr Teddie nicht schon wieder einen Beweis seiner Liebe? Für einen Jungen, den er nicht einmal kannte, wollte er so etwas Großartiges tun.

»Möchtest du Andrew sehen?«, fragte sie daher.

»Ein andermal gerne. Jetzt habe ich leider keine Zeit.«

»Schade. Weshalb bist du eigentlich gekommen?«

»Ich wollte dich sehen, mein Schatz.« Er wandte sich zum Ausgang. »Außerdem soll ich dich fragen, ob du Gemälde magst.«

»Ja schon… Jeder mag doch Bilder.« Sie musste laufen, um mit ihm Schritt zu halten. »Von wem sollst du mich das fragen?«

»Mein Vater scheint einen Narren an dir gefressen zu haben. Er würde sich freuen, wenn wir gemeinsam zur Vernissage kommen.«

»Welche Vernissage?«

»Ich verstehe nicht viel davon, aber der gute Mr Lockool ist ein leidenschaftlicher Kunstsammler.« Teddie näherte sich der Spiegelsäule, die der Eingangshalle ihren optischen Reiz verlieh. »Hättest du übermorgen Zeit? Vater würde sich freuen.«

»Ob ich Zeit…?«

Warum sprach Samantha nicht weiter? Wieso blieb sie stehen und starrte ihren Freund, dem sie gerade einen Abschiedskuss geben wollte, an, als habe er sich in ein Gespenst verwandelt?

Die Spiegelsäule des Chelsea and Westminster war ein besonderer architektonischer Gag. Sie begann im Erdgeschoss und zog sich durch alle Stockwerke nach oben. Es wirkte, als durchstoße sie das durchsichtige Kunststoffdach und wuchs in den Himmel. Teddie ging dicht vor der Säule vorbei. Aber sosehr Sam ihre Augen auch anstrengte, sie konnte sein Spiegelbild darin nicht entdecken. Der dunkel gekleidete junge Mann erzeugte keine Reflexion. Er setzte seine Schritte genau vor dem Glas, aber der Spiegel dahinter blieb leer! Er schien es so eilig zu haben, dass er Sams namenloses Staunen nicht bemerkte. Schon war er an der Säule vorüber und erreichte die Automatiktür, die vor ihm auseinanderglitt.

»Dann sehen wir uns also übermorgen um neun.« Er nannte ihr eine Adresse in Soho.

Sam bewahrte so weit die Fassung, dass sie seinen gewinkten Gruß erwiderte. Sie sah zu, wie er zur Limousine lief, deren Tür sich wie von Geisterhand öffnete.

14

Warum hast du das bloß nicht früher gemacht! Sam raufte sich das Haar, in ihrem Kopf raste, schrie, brummte es. Sie saß vor dem Computer in Tante Margrets Büro und ließ die Suchmaschine für sich arbeiten. Zuerst hatte sie den Namen *Kóranyi* eingegeben und erfahren, dass Teddie die Wahrheit gesagt hatte: Seine Familie betätigte sich als Transportunternehmen für den *National Health Service*. Darüber hinaus wurden die Kóranyis als einflussreiche Mitglieder der Londoner Gesellschaft geschildert, sie waren an Wohltätigkeitseinrichtungen beteiligt, hatten die Schirmherrschaft über einen Motorradclub, förderten das Londoner Opernleben und waren mit Angehörigen des Königshauses bekannt. Trotz verbissener Suche fand Sam allerdings nichts, was ihren fürchterlichen Verdacht bestätigte. Durfte man es wirklich »Verdacht« nennen? War es physikalisch überhaupt möglich, dass ein fester Gegenstand keine Reflexion im Spiegel hervorrief? Die Silberbeschichtung des Glases warf das einfallende Licht zurück. Dort wo das Licht von einem Gegenstand abgelenkt wurde, erschien dessen Spiegelung. Wer oder was besaß die Fähigkeit, solch unwiderrufliche Gesetze zu durchbrechen?

»Eine Sinnestäuschung!«, versuchte Samantha, sich zu beruhigen. »Vielleicht habe ich in einem ungünstigen Winkel gestanden oder vielleicht ist er zu schnell vorbeigerauscht!«

»Was ist Sinnestäuschung?«, fragte Oberschwester Margret in ihrem Rücken.

»Nichts.« Rasch klickte Sam die verräterische Website weg.

»Ich hoffe, es ist eine Sinnestäuschung meinerseits, dass du seit Stunden meinen Computer blockierst, ohne mir wenigstens eine Tasse Tee gemacht zu haben«, sagte die Tante.

Sam huschte aus dem Büro und setzte Teewasser auf.

Später, während ihrer Nachtschicht, saß sie schon wieder vor dem Computer. Sie hatte die Monitore der kritischen Patienten in Margrets Büro gut im Blick und konnte daneben ihre Suche fortsetzen. Im unsteten Licht der Bildschirme, allein in dem stillen Zimmer, tippte Sam die sechs Zeichen in die Tastatur, die ihr nicht aus dem Kopf gingen. Sie sah die Buchstaben in der Suchleiste aufscheinen und drückte auf Enter. Das Wort VAMPIR löste über sechs Millionen Einträge aus. Das Angebot erstreckte sich von okkulten Websites über die Entstehungsgeschichte der Vampirsage bis zu den Kino-Trailern aktueller Horrorfilme. Sam las und scrollte, sie druckte viele Seiten aus, surfte immer weiter, sprang von Link zu Link, bis sie erschöpft feststellte, dass das Thema in seiner Mischung aus Historie, Sage und Horror-Marketing endlos schien. Geschichtlich erwiesen war lediglich die Existenz des berühmten

Vlad III. Tzepesz, Vlad, der Pfähler, der im 15. Jahrhundert in der Walachei zur Wiedereroberung seines Thrones unvorstellbare Gräueltaten begangen hatte. Die Aura der Grausamkeit dieses Vlad Drakula, Patriarch des Drachenordens, musste so einschüchternd gewesen sein, dass sie über seinen Tod hinaus andauerte. Daraus war der Mythos entstanden, Tzepesz triebe als Untoter sein Unwesen, als Geschöpf der Nacht, als Blutsauger. Nachdem sich viele Dichter des 18. und 19. Jahrhunderts vom Vampirmythos hatten inspirieren lassen, bildete Vlad Tzepesz schließlich auch die Vorlage für Bram Stokers Dracula-Roman. Der irische Autor war allerdings selbst nie in der Heimat von Fürst Vlad III. gewesen. Der Pfähler war und blieb der einzige historische Beweis für die Existenz von Vampiren. Sam lehnte sich in Margrets Sessel zurück. Und selbst von Vlad Tzepesz nahm man lediglich an, dass er Vampir war. Das ganze Drumherum waren aufgebauschte Geschichten, um horrorsüchtige Leute das Gruseln zu lehren. Sie sprang auf. »Ich lasse mir nicht einreden, dass mein Liebster ein Vampir ist!«

Ihr Ärger änderte allerdings nichts daran, dass Sam eigenartige Erinnerungen kamen; Ereignisse fielen ihr ein, die wirklich stattgefunden hatten und nicht von der Hand zu weisen waren. Zum Beispiel hatte sie von den übermenschlichen Kräften der Vampire gelesen. Hatte Teddie bei ihrem allerersten Treffen nicht einen 200 Pfund schweren Muskelprotz mit einem Arm hochgehoben und in die Ecke geschleudert? Bewohnten die Kóranyis nicht ein Haus, wie es im besten Vampirroman kaum besser zu erfinden wäre? Nicht einen einzigen Spiegel hatte Sam in den vielen Zimmern entdeckt. Der dunkelrote Saft, den Vater und Sohn beim Dinner getrunken hatten, konnte auch etwas anderes gewesen sein als Wein. Was, wenn ich Richard Kóranyi unrecht getan habe?, dachte sie.

Trotz seiner Schwäche ist er zu mir gekommen und hat mir sein unglaubliches Bekenntnis gemacht.

»Es kann nicht wahr sein«, murmelte sie. »Weil es nicht wahr sein darf.«

Als ihr Dienst im Morgengrauen endete, wurde sich Sam bewusst, dass sie eine gefährliche Entscheidung zu treffen hatte. Wenn sie ihren Verdacht ernst nahm, musste sie jeden Kontakt zu Teddie und seiner Familie sofort abbrechen. Sollte sie ihre Vermutung aber als Humbug verwerfen, sprach nichts dagegen, der Einladung Valerians zu folgen und die Vernissage zu besuchen. Sie konnte allerdings auch – die Möglichkeit fiel ihr erst ein, als sie wieder in ihrem Zimmer war – zu der Vernissage gehen und auf eigene Faust herausfinden, wie die Wahrheit aussah. Denn eines stellte sie bei all ihren Grübeleien überrascht fest: An ihren Gefühlen für Taddeusz änderte all das nichts. Er war so außergewöhnlich, so verführerisch, so attraktiv, dass sie nicht einfach von ihm lassen wollte, bloß weil er womöglich ein Vampir war. Sam füchtete sich vor ihm, ja, sie hatte schreckliche Angst, gleichzeitig war sie unabänderlich verliebt. Wenn all das Unmögliche stimmte, wenn Richard mit seiner Warnung recht behielt, dann hatten die Kóranyis sie in ein düsteres Geheimnis verstrickt, das sich nicht so leicht wieder abstreifen ließ. Aber zu welchem Zweck? Die Zahnbürste im Mund, Schaum im Mundwinkel, starrte Sam ihr Spiegelbild an. »Was wollen die von mir?«, fragte sie die Reflexion im Glas. »Was wollen die nur?«

15

Der Trubel von Soho, das war das Flanieren Tausender Vergnügungshungriger, die in das traditionsbewusste und zugleich trendige Viertel kamen. Sam hatte die Underground an der Tottenham Court Road verlassen und lief vom Soho Square südlich durch die berühmten kleinen Gassen. Sie wich ihrem Ziel zunächst aus, wollte herumspazieren, sich tummeln im Strom der Zahllosen. Gut gelaunte Touristen, korrekt gekleidete Londoner, junge Leute mit frechen Klamotten, schwule Pärchen, dazwischen Reisegruppen aus Dänemark und Japan – Menschen so wie ich, dachte Samantha. Diese Leute umweht kein Geheimnis, ähnlich dem, das ich heute Nacht zu lüften versuche. Sie haben Liebeskummer, Sorgen um ihre Gesundheit, sie vertuschen ihre kleinen Geheimnisse, sie sind jung und altern jeden Tag ein bisschen, essen und trinken und werden krank und schließlich sterben sie. Wenn es stimmt, was ich über die Bruderschaft der Vampire gelesen habe, können diese Geschöpfe ihr Dasein nicht beenden, bevor ihnen geweihte Gegenstände ins Herz gerammt werden, Pflöcke oder Kruzifixe, oder sie werden mit in Weihwasser getauchten Silberkugeln erschossen. Solange das nicht passiert, treiben sie ihr Unwesen bis in alle Ewigkeit. Das bedeutet – vor einer Karaoke-Bar blieb Sam stehen –, dass Teddie möglicherweise nicht 20 ist, sondern zwei- oder dreihundert Jahre auf dem Buckel hat.

»So ein Quatsch!« Sie schüttelte den Kopf, ließ einige deutsche Touristen vorbei und marschierte die Wardour Street hinunter. Wenn es Vampire gibt, überlegte sie, müsste doch schon mal jemand versucht haben, das Zellgewebe eines solchen Wesens zu analysieren, den molekularen Aufbau, die genetische

Information. Biologisch ist es schließlich unmöglich, dass jemand nicht altert. Allerdings könnte es sein – schon blieb sie wieder stehen –, dass Vampire langsamer altern als Menschen, dass sie uns deshalb als unsterblich erscheinen. Existieren nicht bestimmte Baumriesen, die 2000 Jahresringe aufweisen, also bereits zu Julius Cäsars Zeiten dort standen, oder werden gewisse Schildkrötenarten nicht 200 Jahre und älter?

»Was willst du dir denn nun beweisen?«, fragte sich Sam. »Dass Teddie *kein* Vampir ist oder das Gegenteil?« Ganz durcheinander von ihren wirren Gedanken, lief sie weiter, nahm die gesuchte Abzweigung und stand gleich darauf vor einer Kunstgalerie, die sich *Don't Be Scared!* nannte. Von den Ausstellungsräumen war wenig zu sehen, da sich die Leute drinnen und draußen drängten. Sie standen mit Weißweingläsern auf dem Bürgersteig, Männer in dezenten Anzügen, frierende Frauen in luftigen Kleidchen, allesamt amüsierten sie sich prächtig. Sam hatte ein unauffälliges Outfit gewählt, Jeans, Rolli und einen dunklen Blazer; sie wollte heute nicht als Taddeusz' Freundin auftreten, sondern herausfinden, ob an ihrem Verdacht etwas dran war.

Zunächst entdeckte sie keinen der Kóranyis, stattdessen den schrägen Mr Lockool, der in einem rotblau gestreiften Gehrock den Gastgeber machte. Während er sich hierhin und dahin wandte und Leute begrüßte, wackelte sein Doppelkinn wie bei einem Puter. Er war so gebläht vor Stolz, als habe er die ausgestellten Bilder selbst gemalt. Sam erkannte die Künstlerin von der Fotografie wieder, die am Eingang hing. Ihr Name war Mircea, sie musste blutjung sein, blondes Haar fiel ihr über die Schultern, sie hatte ein schönes Gesicht und trug ein weißes Kleid. Mirceas Gemälde strahlten das krasse Gegenteil ihrer Schöpferin aus, es waren Porträts von Gestalten, die einer düsteren Phantasie entstammten; die verzerrten Gesichter waren in Blau- und Schwarztönen gemalt, aus dunklen Augenhöhlen starrten sie den Betrachter an. Die Vernissagebesucher ließen sich durch die trübseligen Bilder jedoch nicht die Stimmung verderben, es wurde gelacht und geplaudert, im Hintergrund spielte ein Trio auf drei Elektrogitarren einen spacigen Sound.

»Mein Kind, da sind Sie ja!«

Sam nahm nicht an, dass sie mit der Anrede gemeint war, doch als sie den Kopf wandte, stand Valerian Kóranyi hinter ihr. Bei der Vorstellung, er sei das Oberhaupt eines uralten Clans, der mächtigste und gefährlichste Vampir von allen, zuckte sie kurz zusammen. Dabei sah Valerian überhaupt nicht wie ein blutrünstiger Untoter aus, er war leger gekleidet, so als habe er keine Lust gehabt, sich in Schale zu werfen. Sein Anzug war ausgebeult, die Krawatte saß locker, unter dem Sakko entdeckte Sam eine Wollweste, die ihn gegen die Oktoberkälte schützte.

»Guten Abend. Danke für die Einladung.« Das ungezwungene Auftreten Valerians nahm Sam ungewollt für ihn ein. Was für ein netter, lockerer Papa, dachte sie, ich wollte, mein eigener wäre genauso. »Ist Teddie schon da?«

»Ja, er muss hier irgendwo ...« Er machte eine Geste in das allgemeine Treiben.

»Und Richard?«

»Dickie?« Einen Moment stutzte der Vater. »Der drückt sich wieder einmal.« Er lächelte betrübt. »Der Junge ist noch mein Grab. Ich hoffe, dass er mit den Jahren lernen wird, was Verantwortung bedeutet.«

»Darf ich Sie etwas fragen, Mister Kóranyi?«

»Was du willst.« Zwanglos legte er ihr den Arm um die Schulter.

»Wie alt sind Sie?«

»Oh, wie herrlich direkt! Wie kannst du einem reifen Herrn, der alles tut, sein Alter zu verschleiern, so eine Frage stellen?«, drohte er scherzhaft. »In diesem Winter feiere ich einen runden Geburtstag«, fuhr er vertraulich fort, »und du kannst dir denken, dass es nicht mein vierzigster ist.«

Nach dieser Antwort musterte er Sam eingehend. »Ich kann mir nicht helfen, aber du siehst verändert aus, liebe Samantha.«

»Verändert, was meinen Sie?«

»Irgendwie runder, weicher, fraulicher.«

»Kann sein, dass ich etwas zugenommen habe.« Sie strich ihren Pulli glatt und zog den Bauch ein.

»Das ist es nicht.« Er trat einen Schritt zurück. »Ich glaube, dass dir die Liebe zu Teddie bekommt.«

»Finden Sie?« Das war ein derart schönes Kompliment, dass ihr die Röte in die Wangen schoss. »Mister Kóranyi, warum sind Sie so nett zu mir? Ich bin siebzehn Jahre alt, stamme aus einer gewöhnlichen Familie, ich bin nicht einmal besonders hübsch. Warum behandeln Sie und Taddeusz mich, als sei ich etwas Besonderes?«

»Weil du das bist«, antwortete er mit warmem Lächeln. »Du bist ein einmaliges schottisches Mädchen aus einer besonderen Familie. Genau so jemanden habe ich mir immer für Teddie gewünscht.«

»Woher kennen Sie meine Familie?«, fragte sie hellwach.

»Jetzt bist du mir auf die Schliche gekommen.« Sein Lächeln wurde noch breiter. »Gut, ich will dir mein Geheimnis verraten.«

Samantha stand stocksteif da. Kam nun das Bekenntnis, das sie befürchtete?

»Ich habe Geschäftsfreunde an der schottischen Grenze. Einen von ihnen bat ich, sich mal in Lower Liargo umzuhören.

Daher weiß ich, dass dein Vater der Vikar eurer Gemeinde ist, dass ihr ein hübsches Haus bewohnt, an dem ein Bach vorbeifließt. Dein Papa ist ein geachteter Mann. Er rief mehrere wohltätige Einrichtungen ins Leben und engagiert sich für arbeitslose Jugendliche, von denen es eine Menge gibt, seit das Zementwerk geschlossen wurde. Deine Mutter hat das gleiche feuerrote Haar wie du, sie ist leider nicht ganz gesund, doch bis heute konnte niemand den wahren Grund ihrer Schwächlichkeit feststellen. Ihr grüner Daumen ist in Lower Liargo berühmt; was deine Mama in die Erde setzt, wächst und gedeiht. Kurzum: Die Tochter eines schottischen Vikars und einer liebenswürdigen Gärtnerin soll mir in meiner Familie hoch willkommen sein.«

Sam war beeindruckt. Niemand hatte ihre Familie zuvor so präzise, dabei in so positiven Farben geschildert. Selbst Mamas Kränkeln hatte er friedvoll dargestellt, und ihre Gartenarbeit als Hobby, das sie die Krankheit vergessen ließ. Samantha fürchtete, sich durch seine Schmeicheleien von ihrem Ziel ablenken zu lassen: Sie musste herausfinden, ob die Kóranyis Vampire waren! Im Augenblick erschien es ihr vollkommen absurd. Brauchte man Valerian nicht bloß anzusehen, um vom Gegenteil überzeugt zu sein? Und doch wanderten Sams Augen unauffällig umher, ob sich in der Galerie irgendwo ein Spiegel befand. Da entdeckte sie Teddie. Er trug einen Smoking mit Stehkragen und hatte eine rote Nelke im Revers. Liebevoll kam er auf sie zu, nahm ihre Hände und hauchte einen Kuss auf ihren Mund. Sam konnte machen, was sie wollte: Ihn zu sehen, fühlte sich wie Hitze und Lachen und Betrunkensein in einem an.

»Ich habe den Eindruck, hier störe ich«, sagte Valerian und war im Begriff, sich den Gästen zuzuwenden. »Wie bekommt dir übrigens mein Geschenk?«, fragte er über die Schulter.

»Geschenk?«

»Der Saft der Bariactar-Kirsche.«

»Sie hat brav davon getrunken«, antwortete Teddie. »Hinterher ging es dir besser, nicht wahr?«

Sofort war ihr Misstrauen wieder da. Letzte Nacht hatte sie den Namen des seltsamen Gebräues in den Computer eingegeben, aber eine Bariactar-Kirsche war in der weiten Welt des Internet unbekannt. Was hatten ihr die Kóranyis da eingeflößt?

»Ich finde die Wirkung so erstaunlich, dass ich das Elixier gerne unserer toxikologischen Abteilung zur Analyse geben möchte«, sagte sie. »Hätten Sie etwas dagegen?« Wenn sie mit einer abschlägigen oder ausweichenden Antwort gerechnet hatte, täuschte sie sich.

»Das ist eine hervorragende Idee«, sagte Valerian. »Auch mich würde interessieren, worin die Wirkung besteht. Man weiß nur, dass der Saft Stärke gibt und Wohlbefinden erzeugt. Aber nun lasse ich euch Turteltäubchen allein.« Er mischte sich unter die Vernissagebesucher.

»Ich hoffe, du langweilst dich nicht.« Taddeusz hakte sie unter. »Ich kann mit diesen Kunst-Events nicht viel anfangen. Wollen wir uns bald verdrücken?«

»Wohin denn?«

»An einen schummerigen Ort, wo wir ganz unter uns sind.«

Sam fühlte, dass ihr in seiner Gegenwart das Detektivspielen schwerfiel. »Warum muss es immer dunkel sein, wenn wir uns treffen?«

»Wie meinst du das?«

»Na ja … Ich hätte Lust, mit dir mal über eine Herbstwiese zu laufen oder shoppen zu gehen oder in einem Café in der Sonne zu sitzen.« Sie hoffte, das Wort Sonne würde eine Reaktion bei ihm auslösen, aber er blieb entspannt und freundlich.

»Du magst also nicht, dass ich ein Nachtfalter bin?«

»Ein ziemlich extremer Nachtfalter«, nickte sie. »Ich weiß gar nicht, wie du bei Tageslicht aussiehst.«

Taddeusz warf einen kurzen Blick in den hinteren Ausstellungsraum. Sam drehte sich um; täuschte sie sich oder hatte er zu seinem Vater geschaut?

Schon waren Teddies Augen wieder bei ihr. »Gut, wenn du willst, treffen wir uns tagsüber. Warum nicht gleich morgen?«

Wie hätte der alte Kóranyi über diese Entfernung mitanhören können, was sie und Taddeusz besprachen? Und doch wurde Sam den Eindruck nicht los, Teddie hätte eben bei seinem Vater die Erlaubnis eingeholt. »Morgen? Das passt mir gut. Da habe ich erst nachmittags Dienst.«

Während sie überlegten, was man zusammen unternehmen könnte, war Sam von seiner Zusage verwirrt: Hieß es nicht in jeder Beschreibung von Vampiren, dass diese nichts so sehr mieden wie das Sonnenlicht? Zwar schien die Sonne im herbstlichen London nicht allzu oft, aber ein kräftiger Sonnenstrahl konnte einen Vampir tödlich schwächen. War vielleicht doch alles ein Hirngespinst?

»Warum nicht nach Kew Gardens?«, fragte sie. »Ich möchte so gern mal wieder raus aus der Stadt.«

»Gute Idee«, pflichtete er ihr bei.

Sie verabredeten die Uhrzeit und den genauen Treffpunkt. Sam fiel im Moment nichts mehr ein, womit sie ihren Geliebten testen könnte. Einen Spiegel hatte sie nirgends entdeckt. Sie nippte an einem Glas Sekt und wandte sich den Bildern zu.

»Erzähl mal, was lösen sie bei dir aus?« Sam spürte eine kalte Hand an ihrem Hals und schaute in Mirceas atemberaubend schönes Gesicht.

»Was sie auslösen?« Sie räusperte sich. »Na ja, die Farben sind …«

»Mich interessieren nicht die Farben. Du! Du bist das Einzige, was mich interessiert. Du als Betrachter. Wenn die Bilder erst bei den Leuten daheim hängen, erfahre ich nie wieder, was sie darüber denken.«

Sam konnte sich zwar nicht vorstellen, dass irgendjemand solche Bilder an seine Zimmerwand hängte, aber das behielt sie lieber für sich.

»Was macht dieses Bild mit dir? Sag mir deine Gefühle.«

»Angst, Schock und Abscheu«, antwortete Sam spontan.

»Angst, Schock und Abscheu«, wiederholte Mircea. »So hätten wir die Ausstellung nennen sollen.«

Mr Lockool trat zu ihnen. »Gruseln Sie sich auch schön bei Mirceas Exponaten?«

Sam fand den Mann so widerwärtig, dass sie den Bildern nichts mehr abgewinnen konnte. »Ich finde sie einfach hässlich. Und ich frage mich, warum Sie so was malen und nicht etwas anderes.«

»Das ist eine gute Frage«, sagte Mircea unvermittelt ernst. »Da muss wohl irgendwas mit mir nicht stimmen, dass ich solch finsteren Mist male.« Das schöne Gesicht kam Sam mit einem Mal jünger und ziemlich traurig vor. Sie meinte, in Mircea ein verängstigtes Kind zu erkennen, das sich davor fürchtete, aus dem Haus zu laufen.

Plötzlicher Lärm lenkte Samantha ab; jemand war durch den Hintereingang hereingekommen. Bevor sie einen Blick auf den neuen Besucher werfen konnte, trat Teddie zu ihr.

»Wollen wir gehen?«

»Noch nicht.« Sie versuchte, ihm über die Schulter zu sehen. »Ich lerne gerade ein paar Leute kennen.« Er lächelte, aber sie bemerkte Unruhe in seinem Blick. Mit einem Schritt gelang es ihr, wieder freien Blick auf das Geschehen zu bekommen. Hatte dort nicht eine Brille aufgeblitzt? War Richard doch gekommen? Wusste er, dass sie auch hier war? Bevor Sam sich vergewissern konnte, war der Urheber des Tumults schon wieder verschwunden.

»War das nicht …?«

»Wer?« Teddie drehte sich um.

»Ich dachte, ich hätte deinen Bruder gesehen.«

»Dickie?« Scheinbar überrascht führte Taddeusz seine Freundin nach hinten. »Was war hier los?«, fragte er den Kellner.

»Schon erledigt«, antwortete der. »Bloß ein Penner, der was vom Buffet schnorren wollte.«

Teddie wandte sich zu Samantha. »Du hast dich wohl getäuscht.«

»Ich glaube aber, er war es.«

»Mister Lockool, haben Sie meinen Bruder gesehen?«, fragte Taddeusz den Gastgeber.

»Dickie?« Der Gockel grinste. »Das werde ich wohl nicht mehr erleben, dass man unseren Richard bei einer Vernissage antrifft.«

Darüber lachten sie beide herzlich. Sam war nicht zum Lachen zumute.

»Wieso interessierst du dich für meinen Bruder?« Taddeusz gab ihr ein volles Glas.

Das war der Moment, in dem Sam sich entscheiden musste. War ihr Gefühl für Teddie groß und vertrauensvoll genug, musste sie ihm jetzt offenbaren, dass sein Bruder einen schrecklichen, einen unaussprechlichen Verdacht gegen ihn hegte.

»Ich möchte eben alle aus deiner Familie besser kennenlernen«, antwortete sie stattdessen, nippte und wandte sich wieder den Bildern zu.

16

Bevor Sam am nächsten Morgen nach Kew Gardens aufbrach, wurde ihr zum zweiten Mal schlecht. Ist mir schleierhaft, dachte sie, über die Kloschüssel gebeugt. Ich habe kaum etwas gegessen und die zwei Gläser Sekt können ja wohl nicht die Ursache sein. Als sie mit üblem Geschmack in ihr Zimmer zurückkam, entdeckte sie neben dem Zahnputzglas das Fläschchen mit Teddies Geschenk. Komm bloß nicht auf dumme Gedanken! Solange du nicht weißt, was die Bariactar-Kirsche eigentlich ist, lässt du die Finger davon. Aber die Übelkeit wollte nicht weichen, elend war ihr, am liebsten hätte sie sich wieder ins Bett gelegt. Als ihr beim Versuch, in die Jeans zu schlüpfen, schwindelig wurde, entschied Sam sich kurzerhand um. Sie taumelte zum Waschbecken, entkorkte das Fläschchen und nahm einen zaghaften Schluck. Wieder schüttelte es sie von dem Geschmack, zugleich stellte sich auch diesmal das Wohlbefinden, jene unerklärliche Heiterkeit schon nach Sekunden ein. Wenn es so wunderbar wirkt, kann es wohl kaum schädlich sein, entschuldigte sie ihre Schwäche, band die Turnschuhe zu und verließ das Untergeschoss.

Der Tag hätte für ihr Experiment nicht pefekter sein können. Obwohl es der erste November war, vertrieb ein frischer Wind die tief hängenden Wolken, hin und wieder lugte die Sonne hervor. Sam nahm die Underground, brauchte fast eine Dreiviertelstunde bis an ihr Ziel, wurde aber mit einem zauberhaften Anblick belohnt. Die Treibhäuser von Kew Gardens, die Orangerien und Palmenpavillons sahen wie eine phantastische kleine Stadt aus. Im Wechsel von Sonne und Wolkenfetzen ließ der königliche botanische Garten seine Farben spielen, die Glashäuser funkelten, und das viele Grün darin war ein

Labsal an einem Herbsttag wie diesem. Trotz der vielfältigen Pracht gehörte Sams Aufmerksamkeit einem einzigen Baum, der Milleniums-Akazie, deren Stamm aus einem Teich emporwuchs. Sie war eines der Wahrzeichen von Kew Gardens. Dort hatten sie sich verabredet, dort wollte Sam Taddeusz erwarten.

Als sie den weit verästelten Baum erreichte, war er bereits da. Teddie stand am Ufer des Weihers und stocherte mit einem Zweig in der Böschung. Heute trug er nicht das gewohnte Schwarz, sondern einen hellen Regenmantel, der ihm über die Knie reichte und den er trotz des angenehmen Wetters bis obenhin zugeknöpft hatte. Die Sonnenbrille wirkte überflüssig, aber nicht unnatürlich. Während sie auf ihn zuging, schlug Sams innere Anspannung in Erleichterung um. Taddeusz war also kein Geschöpf der Nacht, keine der Kreaturen, die sich tagsüber angeblich in Särgen vor der Sonne verbargen! Er war hergekommen, sie hatten ein ganz normales Date wie irgendein x-beliebiges Pärchen. Glücklich winkte sie ihm und lief näher. Taddeusz warf den Ast fort und breitete die Arme aus.

»Ist das nicht herrlich hier?« Sie fiel ihm um den Hals.

»Wenn man Grün mag, ist es ganz nett.« Er drehte sich mit ihr im Kreis. »Was wollen wir unternehmen?«

»Alles angucken! Die Pflanzen sind wahnsinnig selten, einige sind in der freien Natur schon ausgestorben.« Sie zappelte, um abgesetzt zu werden.

»In der freien Natur ausgestorben …«, wiederholte Teddie. »Das klingt spannend.« Er ließ sie zu Boden. »Fangen wir mit den Orchideen an?«

»Warum?«

»Weil sie, so wie ich, Nachtschattengewächse sind.« Er lächelte.

»Dann auf zu den Orchideen!« Als sie sein Gesicht genauer betrachtete, fiel ihr eine winzige Veränderung auf. Es war die Hautfarbe. »Hast du … bist du im Sonnenstudio gewesen?«

»Ach, Unsinn.« Er wandte sich ab und suchte den richtigen Weg.

Sie lief um ihn herum. »Heute Morgen siehst du aus wie ein …« Sie zögerte, das Wort auszusprechen. »Wie ein Latin Lover!«

»Das kommt nur, weil wir uns noch nie draußen getroffen haben.«

»Wenn du wüsstest, wie froh mich unser Spaziergang macht.« Sie musste zwei Schritte gehen, wenn er einen tat; dabei hüpfte und sprang Samantha wie ein kleines Mädchen.

»Freut mich, dass du so gute Laune hast.« Während er es sagte, kam unvermittelt die Sonne hervor. Taddeusz wandte den Kopf ab.

»Was hast du?«

»Nur das Licht.« Schon schob sich eine Wolke über das Gleißen. »Meine Augen sind ziemlich empfindlich.«

Sam verbat sich, schon wieder einen Verdacht zu hegen. Es musste endlich Schluss damit sein! Wenn es einen schlagenden Beweis gab, dass eine Person kein Vampir war, dann war es das Tageslicht. Teddie hatte die Prüfung bestanden. Er war ein normaler junger Mann, mit dem sie Hand in Hand ins Orchideenhaus ging.

Es lastete ein seltsames Aroma auf der Atmosphäre des halbrunden Glastempels, feuchte Schwüle herrschte hier, das Atmen wurde schwer. Eine merkwürdige Verwandlung ging mit Taddeusz vor sich. Zum ersten Mal, seit sie ihn kannte, bemerkte Sam Begeisterung an ihm. Neugierig lief er zwischen den Pflanzen umher, sein Gesicht war freudig erregt.

»Ah, dieser Duft!«, rief er. »Spürst du die Intensität dieser

Gewächse? Andere Blumen können bloß blühen«, fuhr er auf Sams erstaunten Blick hin fort, »die Orchidee aber erglüht. Sie pulsiert und lockt, ihr Wesen ist verführerisch und zugleich von tödlicher Gefahr.« Er näherte sich einer Blüte, die fast schwarz war. »*Orchis sangrealis*«, flüsterte er, als spreche er mit der Blume selbst. »Leidenschaft bedeutet die Sehnsucht nach Auflösung, dem seligen Aufbäumen und Erlöschen. Wir wollen uns in der Liebe verlieren, um danach neu geboren zu werden.« Er beugte sich über den Blütenkelch und sog den Duft ein. »All diese Leidenschaft lauert wie ein Versprechen in der heiligen Blutorchidee.«

Während er sprach, fühlte Samantha das Unwohlsein wiederkommen, das sie am Morgen geplagt hatte; zugleich erregten sie seine dunklen Worte. Sie zog ihn zu sich und presste ihre Lippen auf seine. Bei ihrem Kuss stieß sie auf ein Hindernis. Das war keine kleine Missbildung des Gebisses, wie sie beim ersten Mal angenommen hatte, das waren Zähne, scharf wie Dolche. Solche Zähne konnten als Waffe dienen. Doch der seltsam verwesende Duft der Orchideen, die Schwüle und Teddies Nähe benebelten Samanthas Denken. Sie, die ausgezogen war, die Wahrheit ans Licht zu bringen, hatte nur noch den Wunsch, mit ihm zwischen den Orchideen niederzusinken. Er wehrte ihre Liebkosung ab; als sie nicht damit aufhörte, biss er sie kurz in die Zunge. Sam fühlte den spitzen Schmerz, nicht heftig, aber eigentümlich, es tat weh und war zugleich die Fortsetzung des Kusses. Sie wollte mehr und noch mehr von solchen Bissen und Schmerzen.

Teddie stieß sie zurück. »Hör auf«, zischte er. »Überall sind Leute.«

»Es sind die Orchideen«, gab sie flüsternd zurück. »Verführerisch und gefährlich – wunderst du dich, wenn ich darauf anspringe?« Sie trat zurück und atmete heftig durch die Nase, um Sauerstoff ins Gehirn zu kriegen. Doch ihre innere Zerrissenheit blieb. Die vernünftige Krankenschwester in ihr wollte zu sich selbst finden, zugleich sehnte sich das hoffnungslos verliebte Mädchen nach Taddeusz' Umarmung. Sie wollte von ihm mitgerissen, verführt, ja, sie wollte sogar von ihm gebissen werden!

»Wir hätten nicht herkommen sollen.« Auch ihm schien der Vorfall zuzusetzen; er entblößte die Zähne, ein dunkles Lächeln umspielte seine Züge. Samantha konnte den Blick nicht von ihm wenden; in diesen endlosen Sekunden war es ihr egal, ob er ein Vampir war oder nicht. Sie wollte ihn, so tief und unausweichlich, dass Teddie ein Monster hätte sein können, sie würde nicht von ihm lassen. Atemlos standen sie voreinander, wünschten, sehnten sich, zersprangen fast vor Gefühlen und versuchten, die Fassung wiederzugewinnen.

»Du reißt mich noch ins Verderben«, sagte sie.

»Ich wollte es nicht«, stammelte er. »Glaub mir, es ist nicht meine Schuld, aber ...« Er schlug die Hände vors Gesicht. »Es ist uns vorgezeichnet. Es gibt nichts, was wir dagegen tun könnten!«

Angst durchlief sie, der Schauder vor der tieferen Wahrheit seiner Worte. Zugleich das Glücksempfinden über seine düstere Liebeserklärung. Ja, dachte Samantha, wir sind einander vorbestimmt, es war Schicksal, ihm zu begegnen, Schicksal, in sein Leben, in das seiner Familie hineingezogen zu werden. Warum sträube ich mich dagegen? Ist es nicht das Aufregendste, Verrückteste, das mir je passiert ist?

»Lass uns gehen.« Er strebte zum Ausgang zurück.

Sie traten ins Freie. Als habe nur die Aura der Orchideen beide in diesen Zustand versetzt, brachte die kühle Herbstluft sie auf den Boden der Realität zurück.

»Das war ... sehr interessant.« Nüchtern schaute er auf die

Uhr. »Ich muss gehen. Ich habe einen wichtigen Geschäftstermin.« Er sah sich um, in welcher Richtung das Haupttor lag. »Bist du böse, wenn ich dich nicht nach Hause bringe?«

Auch wenn sie von dem abrupten Ende ihrer Verabredung enttäuscht war, wusste Sam, ein Höhepunkt wie der eben erlebte würde nicht wiederkehren. »Lauf nur. Ich gehe noch spazieren.«

Er verabschiedete sich, ohne sie noch einmal zu berühren. Während sie ihm nachschaute und die fliegenden weißen Mantelschöße kleiner und kleiner werden sah, erschrak Sam plötzlich. Dort, im Schatten eines Magnolienstrauches, stand er wieder. Der Unbekannte, der Vermummte, der ihr vor einigen Tagen einen solchen Schrecken eingejagt hatte. Noch konnte sie Taddeusz um Hilfe rufen, er würde den Verfolger hinter dem Strauch hervorzerren und ihm die Maske vom Gesicht reißen. Warum tat sie es nicht, wieso stand sie unbeweglich auf den Stufen des Orchideenhauses und beobachtete, wie ihr Liebster sich zwischen den exotischen Pflanzen verlor? Sam betrachtete das Phantom, das die Hand zur Sonnenbrille hob und sie verrückte. Sie setzte sich in Bewegung. Diesmal lief sie nicht vor dem Kerl davon, sondern ging direkt auf ihn zu. Zuerst sah es so aus, als wollte er im dichten Grün der Magnolie verschwinden, gleich aber tauchte der verschleierte Kopf wieder auf; Samantha war um einiges näher gekommen. Die Gestalt trat ins Freie und erwartete sie.

»Was soll das Versteckspielen?«, sagte sie. »Warum kannst du mich nicht ansprechen wie ein normaler Mensch, Dickie?«

»Weil ich keiner bin«, antwortete der Vermummte. »Wie hast du mich erkannt?«

»So wie du fummelt nur einer an seiner Brille herum.« Sie war erleichtert, dass sich ihre Vermutung bestätigte. »Schluss mit dem Mummenschanz. Du kannst dich demaskieren.«

»Wenn du auch nur das Geringste begreifen würdest, wüsstest du, das ist unmöglich!«

»Warum?« Sie streckte die Hand nach dem Schleier aus.

»Weil mich die Sonne umbringt!« Er trat zurück.

»Du behauptest, dass die Sonne, die du angeblich so liebst, deinen Tod bedeutet?«

»Wie oft soll ich dir das noch …?«

»Du behauptest, dass du und dein Bruder, dass deine ganze Familie Vampire sind?«

»Glaubst du mir endlich?«

»Nicht so rasch. Wenn die Kóranyis Vampire sind und sich vor dem Tageslicht verstecken müssen, wieso bin ich dann gerade eine Stunde lang mit Taddeusz bei herrlichem Wetter spazieren gegangen?« Triumphierend sah sie ihn an.

Der Vermummte faltete die Hände, die in schwarzen Handschuhen steckten. »Du bist wieder auf ihn hereingefallen«, murmelte er.

»Hereingefallen?«

»Er hat die Creme benutzt.« Richard zuckte die Schultern. »Valerian hat sie für uns entwickeln lassen.«

»Willst du mir weismachen, dass es eine Sonnenmilch für Vampire gibt?!« Sie war mit ihrer Geduld am Ende.

»So ist es. Die Herstellung ist kompliziert und teuer, aber geschützt durch dieses Gel, kann ein Vampir bis zu sechzig Minuten der Vernichtung der Sonne widerstehen. Wie lange, sagst du, warst du mit Teddie zusammen?«

»Wir …« Sie brauchte nicht nachzudenken. »Ungefähr eine Stunde.«

»Da hast du die Antwort.«

Sie war enttäuscht und ließ es an Dickie aus. »Und wieso läufst du dann rum wie ein Gespenst an Halloween?«, fragte sie spitz. »Benutz doch auch dieses Gel!«

»Sie geben mir die Creme nicht.«

»Warum nicht?«

»Weil sie wollen, dass ich im Haus bleibe, damit ich keine Dummheiten mache. Weil sie verhindern wollen, dass wir uns treffen!«

»Mit SIE meinst du Teddie und deinen Vater?«

Der Streit schien Richard anzustrengen, mit einem Seufzer sank er ins welke Gras. »Ich weiß nicht, was ich noch machen soll, damit du mir glaubst. Du bist die sturste Schottin, die ich kenne.«

»Wie viele Schottinnen kennst du denn?« Sie musste über die vermummte Gestalt in der Wiese lächeln.

»Nur dich.«

»Na komm, ich lade dich auf eine heiße Schokolade ein.« Sie fasste ihn am Arm.

»Aber ich kann nicht …«

»Ich weiß, du kannst keine menschliche Nahrung zu dir nehmen.« Sie half ihm auf. »Dann hältst du dich eben an der Tasse fest und erzählst mir alles der Reihe nach.« Sam staunte, wie selbstsicher sie mit den irrwitzigen Ereignissen umging, die auf sie einstürzten.

»Und du wirst … du willst mir zuhören?«

»Natürlich.« Hinter der Wiese entdeckte sie das Besuchercafé. »Ob ich dir glaube, ist allerdings eine andere Frage.«

Sie hakte den großen Jungen im schwarzen Mantel unter und lief mit ihm los.

17

Wen hast du zuerst kennengelernt, meinen Bruder oder Mr Lockool?«, fragte Richard. Sie saßen in einer Nische des Cafés mit schönem Blick über den botanischen Garten.

»Lockool, glaube ich.« Ihre Hand schob das Salz neben den Zuckerstreuer. »Er hielt sich zufällig in unserer Abteilung auf.«

»Eines kann ich dir versichern: Ein Zufall war das nicht.« Richard drückte sich in die Ecke, um mit seiner seltsamen Verkleidung nicht aufzufallen. »Und wann hast du Teddie zum ersten Mal gesehen?«

»Das war …« Sie staunte. »Am gleichen Abend!«

»Eure Begegnung wirkte auf dich wohl auch wie ein Zufall?«

»Zuerst ja. Er hat mich auf der Straße angesprochen.«

»Was wollte Lockool im Krankenhaus von dir?«

»Er wollte erfahren, ob ich Schottin bin. Ich habe gesagt, Lower Liargo liegt in England. Darauf wollte er wissen, ob nördlich oder südlich des Hadrianswalls.«

Interessiert blickte Richard auf. »Lass mich raten: Ich wette, Lower Liargo liegt im Norden.«

»Ja. Warum ist das wichtig?«

»Es ist wichtiger, als du denkst. Im Jahre 122 nach Christus ließ der römische Kaiser Hadrian in Britannien eine Befestigungsanlage errichten. Sie markierte die nördliche Grenze des Römischen Reiches. Entlang des Walls wurden schwer bewaffnete und gut befestigte Garnisonen angelegt. Der Wall verlief ohne Unterbrechung von der Ost- bis zur Westküste. Er hatte Tore und Wachtürme, von denen keiner weiter als eine römische Meile vom anderen entfernt lag. So verfügten die Römer praktisch über ein Telefonsystem: Binnen Kurzem konnten sie eine Nachricht von Küste zu Küste weitergeben.«

Ungeduldig stieß Samantha Salz und Zucker gegeneinander. »Und wozu diente die Anlage?«

»Zum Schutz vor den Urbewohnern Schottlands, den *Pikten*. Diese frühen Eingeborenen waren berüchtigt für ihre Grausamkeit. Sie sollen Menschen das Herz bei lebendigem Leib herausgerissen und gegessen haben. Sie vierteilten ihre Gefangenen, spießten sie auf Pfähle …«

Während er den blutrünstigen Bericht forsetzte, wurde Sam fahl zumute: Ihr Traum fiel ihr ein, von der weiß gekleideten Frau, der ein Unbekannter das Herz aus der Brust riss. »Hör auf«, rief sie. »Was hat das alles mit mir zu tun?«

»Leider sehr viel«, antwortete Richard bekümmert. »Lockool hat festgestellt, dass du Schottin bist, und zwar eine von altem Blut. Die wahre schottische Grenze verläuft nicht dort, wo heute die *Borders* sind, sondern entlang des Hadrianswalls.«

»Na und? Es gibt Tausende Schotten, von denen man das Gleiche behaupten kann.«

»Stimmt. Es muss noch einen anderen Grund geben, warum Lockool dich ausspioniert hat.« Er überlegte. »Was macht deine Familie?«

Sam berichtete von ihren Eltern, von John und seiner Kirchengemeinde und ihrer kränklichen Mutter Louise.

»Das hört sich recht alltäglich an.« Richard beobachtete die Kellnerin, die zwei Tassen heiße Schokolade auf ihr Tablett stellte. »Ich dachte, du stammst vielleicht von einem alten schottischen Clan ab.«

In ihrer Nervosität lachte Samantha. »Wir sind eine stinknormale Familie. Wieso sollten wir adelig sein?«

»Weil es eine uralte Verbindung gibt zwischen den Nachfahren der schottischen Pikten und dem früheren Dakischen Reich.«

»Dakisches Reich – wo soll das liegen?«

Trotz der dunklen Brille bemerkte Sam, dass seine Augen sie fixierten. »Das heutige Transsylvanien.«

»Moment.« Nun wurde es ihr zu bunt. »Willst du behaupten, die Schotten hätten was mit den Leuten aus Transsylvanien … oder sogar mit Vampiren gemeinsam?« Sam ließ sich nicht für dumm verkaufen; sie wusste über den Vampirkult Bescheid. »Glaubt man der Sage, war der erste Vampir Vlad der Dritte Tzepesz. Der wurde im Jahr 1448 Herrscher von Transsylvanien, also über tausend Jahre, nachdem der Hadrianswall gebaut worden ist!«

»Stimmt. Aber Drakula, der Fürst des Drachenordens, war leider nicht der erste Vampir.«

»Nein?«

»Oh nein. Unsere Rasse ist viel älter. Sie reicht zurück bis in die Zeit eures Erlösers.«

Ein Moment herrschte Stille, dann räusperte sich Samantha. »Das war vor mehr als zweitausend Jahren …«

Er nickte. »Es hat alles mit Blut zu tun, Samantha. Einfach alles. Warum ist das Blut Christi so wichtig für eure Religion? Warum trinken eure Priester symbolisch das Blut des Herrn bei jeder Messe? Weil es das Blut ist, das uns bindet. Das Blut entscheidet, wer wir sind und wohin wir gehören.«

Sie richtete sich auf. »Das ist Humbug. Wo soll der Zusammenhang sein? Du sagst, die Römer bauten den Hadrianswall. Und die Römer kreuzigten Christus. Behauptest du jetzt etwa, die Vampire trinken Blut, so wie es die christlichen Priester tun?«

»Nein.« Er bedeutete ihr, leise zu sein, an anderen Tischen

drehten sich bereits Leute um. »Aber überleg doch mal: Mit welchen Mitteln kann man einen Vampir in die Flucht schlagen, ja sogar töten?«

»Man hält ihm ein Kruzifix hin, man muss ihn mit Weihwasser besprengen oder mit geweihten Silberkugeln auf ihn schieß…« Sie unterbrach sich, da sie begriff, was sie gerade sagte.

»Siehst du. Es hat alles miteinander zu tun. Und es hat alles zur gleichen Zeit begonnen.«

»Zweimal heiße Schokolade.« Die Kellnerin stellte die Tassen ab. Dabei musterte sie den vermummten Gast. »Ist was mit seinem Gesicht?«, fragte sie.

»Was geht Sie das an?« Sam war so aufgebracht, dass ihr keine höfliche Antwort einfiel.

Die Kellnerin starrte Richards Schleier an und rührte sich nicht vom Fleck. »Hat das was mit seiner Religion zu tun oder so?«

»Er ist ein Vampir. So, jetzt wissen Sie's«, gab Samantha zurück. »Und jetzt lassen Sie uns bitte in Frieden.«

»Man wird ja noch fragen dürfen.« Kopfschüttelnd zog die Kellnerin ab.

»Danke«, seufzte Richard erleichtert. »Mir war klar, dass du Haare auf den Zähnen hast.«

»Was soll das nun wieder heißen?« Sam blies in das dampfende Getränk.

»Weil sie nur jemand sehr Starkes aussuchen konnten, um ihr Ziel zu erreichen. Jemand Schwächeres würde diese Tortur nicht durchstehen.«

»Welche Tortur stehe ich denn durch?« Der erste heiße Schluck tat gut. Samantha war jetzt in einem Zustand, in dem sie nichts mehr schockieren konnte.

»Bevor ich das beantworte, möchte ich noch eines wissen:

Ein paar Tage nachdem du Taddeusz kennenlerntest, warst du bei unserem Dinner.«

Sie nickte.

»Was ist dabei passiert?«

»Nichts. Teddie hat mir das Haus gezeigt. Er benahm sich wie ein vollendeter Gentleman. Nicht mal küssen wollte er mich.«

»Natürlich nicht.« Richard lachte. »Die Versuchung, dich zu beißen, wäre zu groß gewesen. Was passierte danach?«

»Nichts. Ich habe tagelang auf eine Nachricht von ihm gewartet.«

Er legte den Kopf schief. »Ach, und ist das normal zwischen Jungverliebten?«

»Taddeusz ist ein vielbeschäftigter Mann.« Sie wischte Kakao von der Oberlippe. »Ich habe mir nichts dabei gedacht.«

»Wie viel Zeit ist vergangen?«

»Vier Tage.«

»Und bei der nächsten Begegnung, nach genau vier Tagen, habt ihr miteinander geschlafen.«

»Woher weißt du das?!«

»Ich … nehme es bloß an«, stammelte er.

Sie überlegte. »Nicht sofort. Wir haben zuerst einen Rundflug über die Stadt gemacht.«

»Unwichtig«, winkte Richard ab. »Teddie hat vier Tage nichts von sich hören lassen, danach aber kam er sofort zur Sache. War es so?«

»Ja.« Sie wollte die Ungewissheit endlich beenden. »Was bedeutet das?«

»Er hat so lange gewartet, weil er wusste, dass du am vierten Tag fruchtbar sein würdest.«

Der Schrei der Empörung blieb ihr im Halse stecken. »Das ist unmöglich«, sagte sie leise.

»Taddeusz kann es riechen, wenn du fruchtbar bist oder wenn du deine Periode hast. Glaub mir, in Dingen des Blutes sind wir Experten.«

Eine Sekunde herrschte Schweigen zwischen ihnen.

»Und wozu ... wozu sollte er ...?«

»Sie wollen, dass du ein Kind bekommst.«

»Ein ... Kind?« In Samanthas Inneren schien sich eine gewaltige Woge aufzutun, die sie jeden Moment verschlingen würde. »Warum will Teddie ein Kind von mir?« Sie sprach so leise, dass Richard den Kopf vorbeugte.

»Auch wenn wir Vampire eine unglaublich hohe Lebenserwartung haben, die fast an die Ewigkeit heranreicht, muss sich der Clan von Zeit zu Zeit erneuern. Dazu brauchen wir das frische, lebendige Blut einer Menschenfrau. Dein Blut, Samantha.«

Sie hielt abrupt die Hand vor den Mund und wandte den Kopf. Schaute man in die heitere Vielfalt aus Pflanzen, kleinen Teichen und Gewächshäusern hinaus, war es fast unmöglich zu glauben, worüber sie beide sprachen. Ihre Sorge am Morgen nach der Liebesnacht kam ihr in den Sinn – die Angst, schwanger zu sein.

»Das Blut einer solchen *Menschin* muss junges Blut sein«, fuhr Richard fort. »Zugleich aber uralt.«

»Eine Schottin von echtem alten Blut«, zitierte Samantha die Worte Lockools. »Ist Mr Lockool auch ein Vampir?«

»So etwas Ähnliches. Er ist ein Adept meiner Familie. Er wurde gebissen und nun halten sie ihn mit Blut am Leben. Aber in den inneren Zirkel wird er nie eindringen.« Richard stützte sich auf die Ellbogen. »Es muss – muss noch einen Grund geben, warum sie dich als Mutter ausgesucht haben. Wenn es nichts mit deiner Familie zu tun hat ...«

»Warum hat Teddie mich bis jetzt nicht gebissen?«

»Nach einem Biss verwandelst du dich in eine Untote, dann bist du als Mutter nutzlos für sie.« Er ballte die Fäuste. »Sie brauchen dich lebend und gesund, sie brauchen dein warmes Blut, damit du einen gesunden Vampir zur Welt bringst, damit du unsere Rasse erhältst. Sobald du ihnen das Kind geschenkt hast, wird Taddeusz dich beißen, das ist sicher. Und dann bist du verloren.«

Sam erinnerte sich an Teddies messerscharfe Zähne, an die seltsame Gier, die ihn jedes Mal gepackt hatte, wenn sie sich küssten, aber auch daran, wie er sich beherrscht und Sam fast brüsk von sich gestoßen hatte. Möglicherweise kannte sie nun den Grund dafür. Sam sah aus dem Fenster, ihre Augen folgten dem Stamm einer Eiche nach oben. Obwohl sie ihr Laub schon abgeworfen hatte, waren die Äste grün. Efeu hatte sich an dem gesunden Baum hochgerankt und ihn bis zur Unkenntlichkeit überwuchert.

18

Sam erspürte die Stelle im Mund, wo Teddie sie gebissen hatte. Das merkwürdige Gefühl in der Zunge war noch nicht abgeklungen. Nachdem sie aus Kew Gardens zurückgekehrt war, hatte sie ihren Dienst begonnen. Auch wenn es fast unmöglich war, sich auf ihre Pflichten zu konzentrieren, gab der gewohnte Arbeitsablauf ihr die Kraft, nicht zusammenzubrechen. Sie versorgte die Patienten und erfüllte ihre Wünsche; am aufmerksamsten kümmerte sie sich um Andrew. Auch wenn er arglos daherplauderte, war nicht zu übersehen, dass sich sein Zustand verschlechterte. Seine Gliedmaßen waren kalt, der Blick glanzlos. Als Sam ihn wusch, entging ihr nicht, dass die vielen Einstichwunden, die er vom Anschluss an die Dialysemaschine hatte, nicht mehr verheilten. In ihrer Sorge um Andrew vergaß Samantha, dass es schon Zeit für die Abendvisite war – und plötzlich standen Sir Kennock und sein Team im Zimmer. Tante Margret strafte die Nichte mit einem vorwurfsvollen Blick, Sir Kennock übersah sie, wie er es immer tat. Sam fiel nichts Besseres ein, als regungslos dazustehen; wieder ertastete sie mit der Zunge den kleinen Biss in ihrem Mund. Während Sir Kennock sich mit Andrew unterhielt und gleichzeitig dessen Werte prüfte, ging Sam durch den Kopf, dass sie unverzüglich einen Arzt aufsuchen musste. Niemand aus der Klinik, beschloss sie. Hier brauchte keiner zu wissen, wie es um sie stand. Wer sagt denn, dass es wahr ist, beruhigte sie sich. Nur weil Richard das behauptet, bin ich noch lange nicht schwanger. Aber ihr Gefühl sprach das Gegenteil; zweimal schon die Anfälle von Übelkeit und ihre Monatsblutung war überfällig. Bildete sie sich das nur ein oder fühlte sie außerdem ein ungewohntes Ziehen in der Brust? Jedes dieser Symptome konnte auch andere Ursachen haben; am besten, sie machte zuallererst einen Schwangerschaftstest.

»Heute Abend die Kontrastmittelwerte.«

Sir Kennocks Satz riss Sam aus ihren Gedanken. Seine Worte bedeuteten, dass Andrew eine weitere unangenehme Untersuchung über sich ergehen lassen musste, die Blutanalyse in der Nuklearmedizin. Auch der Junge schien zu spüren, dass es ernst um ihn stand. Sonst hatte er dem Chef unbekümmerte Fragen gestellt, die das Team zum Lachen brachten, diesmal schwieg er und drehte sich stumm in die Positionen, um die Kennock ihn bat.

Sam trat vor. »Hat sich bereits ein neuer Spender gefunden?« Die Frage war heraus, bevor sie darüber nachdachte. Die Tatsache, dass Mrs Halifax ihre Nierenspende in letzter

Minute zurückgezogen hatte, war Andrew als Verschiebung erklärt worden. Sam verstummte; sie hätte sich auf die Zunge beißen mögen – aber das hatte schon ein anderer getan.

Sir Kennock wandte den Kopf mit einem Gesichtsausdruck, als habe er ein Insekt summen gehört. Er überging die Frage, plauderte noch kurz mit Andrew, danach zogen Kennock und seine Ärzte ab. Margret fasste Sam an der Hand und zog sie ins Bad.

»Noch ein solcher Fehler und ich kann dich hier nicht behalten«, sagte sie streng. »Was ist bloß los mit dir? Als du bei uns anfingst, dachte ich, aus dir wird eine gute Krankenschwester.«

»Bitte entschuldige, Tante Margret.«

»Wird dir die Arbeit zu viel? Sind es die Nachtschichten oder bummelst du in deiner Freizeit zu häufig?«

»Nein, Tante, das ist es nicht…« Was sollte sie, was konnte sie denn bekennen? So gerne Samantha jemanden ins Vertrauen gezogen hätte, war es unmöglich zu erzählen, was sich in den letzten Tagen zugetragen hatte.

»Du siehst erschöpft aus«, ließ Margret nicht locker. »Bist du krank?«

Es wäre der richtige Moment gewesen, nach einem guten Arzt zu fragen. »Ich komm schon klar«, entschied Samantha sich anders. »Bitte entschuldige noch einmal. Ich habe Andrew eben so gerne.«

»Das verstehe ich.« Die Tante nahm ihre Lernschwester bei den Schultern. »Aber in unserem Beruf muss man lernen, die Dinge nicht so nah an sich rankommen zu lassen. Also los, reiß dich zusammen.« Sie ließ Sam und den Patienten allein.

»Möchtest du, dass ich dich später in die Nuklearmedizin begleite?« Sam trat zu ihm ans Bett.

»Wenn du willst«, antwortete er scheinbar gleichgültig, aber sie spürte, es lag ihm viel daran.

*

Sam hielt den kleinen Streifen in die Höhe. Er war so blau, wie er nur sein konnte. Sie saß in ihrem Zimmer und hatte sich trotz aufgedrehter Heizung dicke Wollsachen angezogen. Sie fror am ganzen Körper. Es war so schrecklich, so unausdenkbar! Nun gab es fast keine Hoffnung mehr, dass Richard ihr bloß eine phantastische Geschichte erzählt hatte. *Es hat alles mit Blut zu tun, einfach alles,* erinnerte sie sich. Samantha wusste genau, was gerade mit ihrem Blut passierte. Die befruchtete Eizelle hatte sich in der Gebärmutter eingenistet und war damit an Sams Blutkreislauf angeschlossen. Ihr Körper produzierte ß-HGG, das Schwangerschaftshormon. Es zirkulierte bereits in ihrem Blut.

Sie ließ den Teststreifen auf den Tisch fallen, zog die Beine an und steckte den Kopf zwischen die Knie. Was sie einfach nicht begriff: Teddie hatte sie absichtlich geschwängert! Taddeusz, die erste große Liebe ihres Lebens, für den sie eine Leidenschaft empfand, derer sie sich noch gar nicht für fähig gehalten hatte. Am verwirrendsten war, dass sie diese absurde Sehnsucht weiterhin fühlte. Sie verzehrte sich danach, Teddie in seine Dunkelheit zu folgen; sie wollte ganz und für immer eins mit ihm werden.

»Du bist Krankenschwester am Chelsea and Westminster!«, riss sie sich in die Realität zurück. »Man hat dir beigebracht, wie der Körper funktioniert. Also nutze deine Kenntnisse!«

Sie war schwanger, daran gab es keinen Zweifel. Als Nächstes musste sie einen Arzt aufsuchen, um ihre Gesundheit und die des Fötus untersuchen zu lassen. Der Gynäkologe würde ihr Blut abnehmen – schon wieder Blut, immer das Blut! Sam schlug die Hände vors Gesicht. Was sollte sie dem Doktor nur sagen? *Wundern Sie sich nicht über die ungewöhnliche Blutzusammensetzung, ich erwarte das Kind eines Vampirs.* Würde der Arzt ihren Zustand als Risikoschwangerschaft einstufen? Sam setzte sich gerade hin. Gab es bei Risikoschwangerschaften nicht noch einen anderen Weg? Ich könnte es wegmachen lassen, dachte sie und erschrak gleichzeitig darüber. Es gibt Fälle, bei denen die Abtreibung ärztlicherseits empfohlen wird. Bei schlimmen Missbildungen, absehbarer Lebensuntauglichkeit, bei möglichen Schäden für die Mutter … Richards letzte Worte kamen ihr in den Sinn. Als sie aus dem Café aufgebrochen waren, hatte sie trotzig gesagt, dass sie Teddies Kind ja nicht austragen müsse. Trotz der dunklen Brille hatte sie seine warmen, mitleidsvollen Augen gesehen.

»Meine Leute sind nicht dumm«, hatte er geantwortet. »Sie haben dich, ausgerechnet dich gewählt.«

»Ja und?«

»Du bist Schottin und dein Vater ist Priester.«

Sie nickte zögernd.

»Würdest du es tatsächlich über dich bringen, das Kind zu töten?«

Obwohl Samantha tief im Innern die Antwort spürte, hatte sie gesagt: »Warum nicht? Wenn es ein Monster wird!«

»Ach Sam, du kennst dich selbst ziemlich schlecht.« Sie waren auf die Wiese hinausgetreten. Richard hatte die Arme auf den Rücken gelegt und war mit ebenso großen Schritten neben ihr hergegangen wie sein Bruder. »Ist dir bekannt, dass die jüngste Mutter auf der Welt, die ein gesundes Kind zur Welt brachte, die Peruanerin Lina Medina ist? Ihre Schwangerschaft begann im Alter von vier Jahren, bei der Geburt ihres Sohnes war sie selbst fünfeinhalb. Die älteste Frau der Welt, die nach einer künstlichen Befruchtung Zwillinge zur

Welt brachte, war 67. Die jüngste Mutter von sieben Kindern ist eine sechzehnjährige Argentinierin. Sie bekam mit vierzehn einen Sohn, dann zweimal hintereinander Drillinge, alles Mädchen.«

»Warum erzählst du mir das?« Samantha hatte gespürt, dass Tränen in ihre Augen drängten, und die Lider zusammengepresst.

»Um dir klarzumachen, dass die Wege des Blutes unergründlich sind. Das Leben, das sich im Blut entfaltet, ist so vielfältig und mysteriös wie die unzähligen Teilchen, aus denen Blut sich zusammensetzt. Etwas, das lebt, kann die phantastischsten Erscheinungsformen annehmen. So etwas für unmöglich zu halten, bedeutet nicht, dass es nicht passiert. Sieh mich an, bin ich nicht der beste Beweis für ein unnatürliches Lebewesen?«

Hinter dem Schleier hatte Samantha sein trauriges Lächeln gespürt.

»Das Kind, das du trägst, wird gewiss außergewöhnlich, vielleicht sogar ein Monster, aber nach den Gesetzen des Blutes wird es leben.«

»Es wird leben«, wiederholte Samantha in ihrem Zimmer. Sie sprang auf und schlug gegen die Wand. Dickie hatte recht. Ein Kind! Das war doch das Höchste, das Wunderbarste, das einem geschenkt werden konnte. Nie im Leben würde sie einem Wesen, das in ihrem Leib wuchs, etwas Böses antun, geschweige denn, es umbringen.

»Aber ich bin doch erst siebzehn«, flüsterte sie und hielt den Atem an. »Mein ganzes Leben würde sich dadurch …« Sie wusste nicht weiter. Frierend, zugleich von heißen Zweifeln geschüttelt, warf sie sich aufs Bett.

19

Er schlief, als sie eintrat. Leise setzte sie sich auf den Besucherstuhl. Diesmal machten Sam die Geräusche der Geräte, die Andrews Zustand stabil hielten, nicht traurig, sondern versetzten sie in einen Zustand der Ruhe. Sie war nicht zum Arzt gegangen. Bevor sie ihr Schicksal in die Hände der Medizin legen würde, wollte sie mit jemandem sprechen, der kein Fachmann war, aber viel über Schmerz und Leid wusste. Als Andrew erwachte, lächelte Sam ihn an.

»Ich habe von Weihnachten geträumt.« Er drehte sich zu ihr.

»Ich träume auch viel in letzter Zeit, aber nicht so schöne Sachen wie Weihnachten.«

»Ich war tot zu Weihnachten«, antwortete er schlicht. »Mein Sarg stand unter dem Weihnachtsbaum.«

»Hör auf.« Sie beugte sich zu ihm und streichelte seine eingefallene Wange.

»Mein Vater trug eine rote Mütze und war der Weihnachtsmann«, ließ Andrew sich nicht beirren. »Aber dann wurde ihm klar, dass kein Kind mehr da war, dem er den Weihnachtsmann vorspielen konnte. Daher blies er die Kerzen auf dem Baum wieder aus.«

»Ich schwöre dir, du wirst noch viele Weihnachten erleben. Den Sarg brauchst du noch lange nicht.«

Ein erstaunter Ausdruck lag auf dem Kindergesicht. »Weshalb bist du da so sicher?«

»Weil ich deine Freundin bin. Und weil ich es einfach weiß!«

»Mit Schwüren macht man keine Scherze.« Er hob den Kopf.

Wieso hatte Sam den Eindruck, dieser Junge konnte in sie hineinsehen? Warum machte sie ihm unsinnige Versprechen – er hatte ja recht: Wenn nicht bald ein Wunder geschah, wurde sein Traum Wirklichkeit; er würde Weihnachten nicht mehr erleben. Teddies Angebot fiel ihr ein. *Möchtest du, dass ich dem Jungen helfe?* Taddeusz kannte Sir Kennock persönlich, im Unterschied zu Samantha, die von ihm nicht einmal wahrgenommen wurde. Sie ertappte sich bei dem Wunsch, Andrew Hoffnungen zu machen. Es war unmöglich. Niemals durfte sie den Einfluss eines Vampirs benutzen, um jemand anderem zu helfen.

»Wenn du manchmal nicht weiterweißt …« Sie sah ihn nicht an. »Was machst du dann?«

»Ich denke mir aus, wie es wäre, nicht krank zu sein.«

»Das sind Träumereien. Aber wenn das auch nichts mehr hilft, wenn du ganz unten bist, was tust du dann?«

»Ist doch klar.« Er bewegte die Arme, die Schläuche und Elektroden machten klickende Geräusche. »Das macht doch jeder.«

»Was?«

»Ich laufe zu meiner Mama.« Er ließ den Kopf ins Kissen sinken. »Und seit ich nicht mehr laufen kann, kommt sie eben zu mir.«

Der Ratschlag kam für Sam ganz unvermutet. »Deine Mama?«, sagte sie leise.

»Natürlich.« Er schloss die Augen, als sei jede weitere Diskussion überflüssig.

»Die Mama, natürlich.« Sam stand auf, betrachtete das schmale Gesicht und verließ leise das Zimmer.

*

Samantha war beeindruckt; Tante Margret hatte großartig reagiert.

»In letzter Zeit fällt mir auf, wie elend du aussiehst«, hatte sie gesagt. »Wärst du nicht selbst damit gekommen, ich hätte es dir in den nächsten Tagen vorgeschlagen.«

»Nur übers Wochenende.« Sam war von einem Fuß auf den andern getreten. »Allerdings bin ich auf dem Dienstplan …«

»Mach dir darum keine Sorgen.« Die Tante hatte auf dem Bildschirm die Diensteinteilung hochgeladen. »Dann übernimmt eben Mary deine Schicht.« Per Mausklick hatte sie die Namen ausgetauscht. »Schon erledigt.« Margret war aufgestanden. »Fahr nach Hause, Sam. Was immer dir Kummer macht, daheim findest du eine Lösung. Und grüß Louise von mir.«

In ihrer Dankbarkeit hatte Sam sich zu einer Umarmung hinreißen lassen; wie immer war die Tante der Zärtlichkeit schroff begegnet.

»Montag früh Dienstantritt Punkt sieben! Lauf schon.«

Und Sam war gelaufen. Sie hatte alle Bedenken, ob es in ihrem Zustand überhaupt ratsam sei zu fliegen, weggewischt, ihr Konto geplündert und den billigsten Flug nach Newcastle gebucht. Sie hatte zu Hause angerufen, mit ihrem Vater gesprochen und ihm angekündigt, sie komme übers Wochenende heim. In seiner sanften Art hatte er versichert, ihr Zimmer erwarte sie.

Jetzt saß Samantha im Flugzeug, sah den Airport von London Luton unter sich versinken und war froh, dass der Flug kaum eine Stunde dauern würde. Seit Andrew sie auf die Idee gebracht hatte, kannte sie nur noch die Freude auf ihre Heimkehr, sie wollte zurück ins Nest. Insgeheim war ihr klar, dass sie mit dieser Reise auch Teddie und seiner düsteren Aura für ein paar Tage entfloh. Und das war das Beste, was ihr im Augenblick passieren konnte.

Die kleine Maschine landete in Newcastle-upon-Tyne. Sam

nahm den Shuttle zum Busbahnhof und von dort den Bus Richtung Carlisle. Sie hatte eine Sitzbank für sich, schlief ein halbes Stündchen, danach suchten ihre Augen bereits die ersten Anzeichen der vertrauten Gegend. Was war das nur? Wo kam diese Wärme her, die Zuversicht? Warum wurde Samantha so fröhlich ums Herz? Dort lag Lower Liargo, das Fünftausend-Seelen-Kaff im welligen Land. Es gehörte nicht mehr so recht zu England und noch nicht wirklich zu Schottland. Die Straße führte an der geschlossenen Zementfabrik vorbei, einem Schandfleck für die Gegend. Auf der Brücke lag noch Schlamm vom letzten Mal, als der Bach über die Ufer getreten war. Das Geschäft für Angelzubehör hatte noch immer keinen Anstrich gekriegt. Im Schaufenster der Bäckerei lagen wie stets die unansehnlichen Scones. Die Hauptstraße war zu schmal, weswegen die Fußgänger vor jedem heranbrausenden Moped zurücksprangen. Wie eh und je besaß der Hauptplatz als einzige Attraktion seine rote Telefonzelle. Der Ort hatte sich kein bisschen verändert, aber mit Sam war etwas passiert. Sie fand mit einem Mal alles anheimelnd, liebenswürdig und schön. Sie sprang aus dem Bus, dessen Türen sich so hurtig schlossen, als wolle der Fahrer nicht länger als nötig in Lower Liargo halten. Sam warf die Reisetasche über die Schulter und lief los.

Wie jedes Jahr bot Mrs Hamer das Untergeschoss ihres Hauses als Ferienwohnung an; aber niemand kam, um hier Urlaub zu machen. Die Bronzestatue von Sir Beathelread, dem Gründer des Ortes, war zugeschissen von Tauben und Möwen, das Ziergebüsch rund um das Denkmal im Sommer eingegangen. Samantha bog in die aufgesprungene Straße ein, an deren Ende das Gotteshaus der anglikanischen Kirchengemeinde stand und dahinter ihr Geburtshaus. Jetzt muss das mit der Wiedersehensfreude aber aufhören, dachte sie, hunderttausend Mal bin ich auf dieses Haus zugelaufen, fand es spießig, billig und viel zu klein. Wieso hüpft mir plötzlich das Herz, die alte Bruchbude zu sehen? Warum finde ich das Geißblatt an der Backsteinmauer so malerisch und die überlackierte blaue Tür einladend wie nie? Weil ich in der großen Stadt fremder geblieben bin, als ich es mir eingestand. Samantha ließ ihre Tasche fallen. Weil meine verwirrte Seele nichts sehnlicher braucht als etwas Heimeligkeit, an diesem Ort, wo niemand mich erschreckt und nichts mich überraschen kann. Sie hatte die Hand nach dem Klopfer kaum ausgestreckt, als die Tür aufging; vor ihr stand Vikar John Halbrook, ihr Vater. Der Gemeindepriester trug eine Gartenschürze; vorsorglich legte er die Rosenschere beiseite, bevor er Sam umarmte.

»Herbstarbeit?« Sie drückte den zarten Mann an sich.

»Ich schneide sie dieses Jahr stark zurück«, sagte er, über ihre Schulter gebeugt. »Der Sommer war kühl, sie konnten nicht voll austreiben.«

Die Hingabe, mit der John Louises Rosenbeet pflegte, hatte Sam früher genervt; jetzt gefiel ihr seine Liebe zu den Blumen.

»Hallo.« Sie sah ihm in die wässrig blauen Augen. Sein Blick war so sanft, dass Sam sofort wieder das Gefühl überkam, man müsse auf den unscheinbaren Mann aufpassen. Kaum zu glauben, was er in seiner Gemeinde durchgesetzt hatte. John war leise, zurückhaltend und besaß doch eine Kraft, die andere Menschen überzeugte.

»Ist sie oben?«, fragte Samantha.

»Heute nicht«, antwortete er frohgemut. »Sie kocht.«

»Mama?« Sam trat in die dämmerige Diele und nahm zu Recht an, dass der Vater die Tasche hinter ihr hertrug. Sie guckte in die Küche. »Pfannkuchen?«

»Mit Salbei und Walnüssen«, antwortete die Mutter und

umarmte ihre Tochter. Louise Halbrook trug nicht den gewohnten abgeschabten Morgenmantel; Samanthas Ankunft war ihr wichtig genug gewesen, in das weiche Wollkleid zu schlüpfen. In ihrer Kindheit hatte Sam nicht verstanden, warum ihre Mutter sich weigerte, traditionelle englische Gerichte zu kochen: das mächtige Frühstück mit Bohnen, Nieren und Speck, abends deftige Brotpuddings, Schmorfleisch, Rippchen mit Chips. Für Louise war die Gesundheit das Höchste, darum kamen bei ihr frische Früchte, Kräuter und Gemüse auf den Tisch; allerdings nur, wenn sie sich kräftig genug zum Kochen fühlte. Heute war so ein Tag. Sam musterte ihre Mutter aufmerksam. Manchmal war sie so von Schwäche und Lebensekel beherrscht gewesen, dass ihr hübsches Gesicht sich gleichsam nach innen stülpte; nichts als die spitze Nase und zwei ängstliche Augen nahm man dann wahr. Heute lag eine seltene Weichheit auf ihren Zügen, ein ungewohnter Optimismus.

»Setz dich, ist gleich fertig.« Mit der Kelle hob Louise den Pfannkuchen heraus, bestrich ihn mit der gehackten Füllung und rollte ihn zusammen.

Sam rutschte auf die alte Bank, auf der sie schon als Säugling geschlafen hatte.

»Du bleibst das ganze Wochenende?« Der Vater setzte sich neben sie.

»Sonntagabend geht mein Flug zurück.« Sie spürte, wie hungrig sie war. In den letzten Tagen, mit all den Ängsten und Schrecknissen, hatte sie kaum etwas hinunterbekommen. Wie sollte sie beginnen? Welches Ereignis musste sie mit den Eltern vordringlich besprechen? Die Schwangerschaft oder die Gefahr, in der sie sich offensichtlich befand? Eines hatte Samantha sich geschworen: Kein Wort über Vampire. Als sie nun am Esstisch ihres Elternhauses saß, kam ihr die ganze Angelegenheit so unwirklich vor, dass es ihr schwerfiel, daran zu glauben.

Sie aßen die pikanten Pfannkuchen, tranken von Johns Erdbeerwein, hinterher stellte er Kekse auf den Tisch. Auch wenn es fast nur Samantha war, die erzählte, erfuhr sie doch, was sich in der Kirchengemeinde getan hatte, dass die Orgel endlich den neuen Blasebalg bekommen hatte und John selbst das Instrument zur Weihnachtsmette einweihen wollte. Der Nachmittag dehnte sich behaglich vor ihnen aus, es gab keine Pflichten für Sam, das Krankenhaus und die Station für Organtransplantation waren weit fort. Selbst Teddie und die Familie Kóranyi rückten in beruhigende Ferne.

20

Der Abend war angebrochen. Zweimal hatte Sam die einleitenden Worte über ihren Zustand schon auf den Lippen gehabt, es dann aber besser gefunden, damit zu warten, bis John zum Vespergebet in die Kirche ging und die Frauen das Haus für sich hatten.

Kaum waren sie zu zweit, erkundigte sich die Mutter noch eindringlicher, ob es ihrem Mädchen in der Großstadt wirklich gut ging, wie sie zurechtkam, ob es ihr an irgendetwas fehlte. Da Louise so besorgt wirkte, wollte Sam sie zunächst beruhigen, erzählte von ihrer Arbeit auf der Station, dass Tante Margret ihr Regime dort streng, aber gerecht führte und stets ein wachsames Auge auf ihre Nichte hätte. Währenddessen bereitete die Mutter einen Brei für sich zu, zur Stärkung, wie sie sagte, jeden Abend esse sie davon.

»Warum ist Tante Margret eigentlich nicht verheiratet?«

Louise rührte im Topf. »Manche Menschen sind für das Alleinsein geschaffen. Außerdem …« Sie schaute über die Schulter. »Es gab da einen Karussellbesitzer in Hobbleton, der ihr das Herz gebrochen hat. Ich fürchte, auf den wartet sie immer noch.«

»Habt ihr euch als Kinder gut verstanden?« Sam zog ein weiteres Kissen heran und lümmelte sich auf die Bank.

»Maggie war immer die Bestimmende.« Louise füllte den dampfenden Brei in eine Schale und schnitt eine halbe Banane hinein. »Wenn nötig, hat sie in der Schule für uns beide gestritten. Ich bewunderte sie.«

Sam beobachtete, wie die Mutter mit winzigen Bissen aß, nicht genussvoll, sondern als ekle sie sich davor. »Was ist das für ein Zeug?«

»Da sind kräftigende Sachen drin, zum Beispiel …« Sie unterbrach sich. »Bloß kräftigende Sachen.«

»Wie war das für Margret, als du geheiratet hast und schwanger wurdest?«

»Sie ging nach London und wurde Krankenschwester.« Der Kopf der Mutter senkte sich über die Schale. »Ich folgte deinem Vater hierher.«

»Aber vorher habt ihr geheiratet?«

Einen Moment sah es so aus, als wollte die Mutter aufspringen und ins Freie stürzen, dann besann sie sich und setzte sich mit ernstem Gesicht neben Sam. »Als John und ich hierherkamen, war ich bereits in anderen Umständen.«

»Was denn, er hat dich erst geheiratet, nachdem du schwanger geworden bist?«

»Dein Vater wollte … er hätte mich schon früher zur Frau genommen. Es lag an mir, ich habe gezögert. Und dann …« Sie sah ihre Tochter an. »Tja, dann wurde es eben notwendig.«

»Ist ja ein Ding!« Lachend schlug Sam auf den Tisch. »Meine

Mutter, ein gefallenes Mädchen!« Sie hoffte, auf diese Weise unauffällig auf ihr eigenes Thema zu sprechen zu kommen. »Wie war das, als du mich in dir getragen hast?«

Irritiert rückte die Mutter ab. »Warum willst du das wissen?«

»Na ja, wir zwei, als wir noch unter uns waren, wie fühlte sich das an?«

»Schrecklich«, antwortete Louise. »Ich wusste nicht, dass es solche Schmerzen gibt.«

»Bei der Geburt?«

»Während der ganzen Schwangerschaft.« Sie verschränkte die Hände ineinander, dass die Knöchel weiß hervortraten.

»Gab es Komplikationen?«

»Du lagst ungünstig in meinem Körper. Darum haben sie dich vor der Zeit herausgeholt.«

»Vor der Zeit?!« Sam erstarrte. Wieso hatte ihre Mutter siebzehn Jahre geschwiegen, bevor sie ihr das offenbarte?

Louises Stimme klang noch leiser. »Ich hätte es sonst nicht überlebt.«

»Das heißt, ich bin schuld, dass du …«

»Nein nein.« Sie nahm die Hand ihrer Tochter. »Mit dir hat das nichts zu tun. Du warst ein süßes Baby, ein sehr liebes rothaariges Mädchen. Wir haben dich gleich ins Herz geschlossen.«

»Was ist nach der Geburt passiert?« Die zärtlichen Worte beruhigten Sam nicht.

»John und seine Kirche gaben mir die nötige Kraft. Das Gebet, die tägliche Nähe zu unserem Erlöser, das brauchte ich am meisten, um meine Wunde zu heilen. Ich brauche es heute noch.«

»Welche Wunde, Mama?«

»So gerne ich das Leben, das der Herr uns geschenkt hat,

als Aufgabe der Liebe und Freude ansehen möchte, erscheint es mir doch oft als dorniger Weg voller Martern und Schmerzen. Dann verliere ich jeden Mut.«

»Glaubst du, das habe ich von dir geerbt?«

»Oh nein, du bist vollkommen anders!«, rief Louise, überrascht über die Frage. »Du bist stark und optimistisch, das spürte ich vom ersten Tag an. Du hast nichts von mir, dir ist jede Düsternis fremd.« Plötzlich strahlte Louises Gesicht voll Wärme. »Ich kann dir nicht sagen, wie erleichtert ich darüber war.«

»Worüber?«

»Dass du ein Kind des Lichtes bist. Du bist ein Glückskind, Sam.«

Samantha hielt den Augenblick für gekommen, ihrerseits ein Bekenntnis abzulegen. »Kann sein, dass sich das Glück wirklich bei mir eingestellt hat.«

»Ach ja? Was ist passiert?«

»Ich habe jemanden kennengelernt.«

»Tatsächlich?« Louises blasses Gesicht wurde noch eine Spur fahler. »Einen Mann?«

Sam nickte.

»Kennst du ihn aus dem Krankenhaus?«

»Nein, er arbeitet nicht bei uns.«

»Aber er stammt aus London?«

Da fing es schon an. Eigentlich stammte Teddie aus London, doch betrachtete man es genauer, war seine Herkunft für Sam bis jetzt ein Geheimnis. »Wir haben uns zufällig kennengelernt«, antwortete sie ausweichend.

»Wie alt ist er? Wie heißt er? Ist er blond oder dunkel?« Die Fragen der Mutter überstürzten sich.

»Er ist ein dunkler Kerl mit welligem Haar und schwarzen Augen«, lächelte Sam.

»Erzähl, erzähl mir alles.« Unruhig stand Louise auf. »Wo habt ihr euch kennengelernt?«

»In einem Club. Er ist jung, ein toller Tänzer, von Beruf Geschäftsmann …« Irgendwann musste es ja heraus, also sah sie die Mutter fest an. »Wir haben miteinander geschlafen.«

»So schnell?«

»Mama, ich lebe in London, dort ist so was normal. Viel wichtiger ist aber …« Sie nahm allen Mut zusammen, befeuchtete die Lippen und räusperte sich. Sie wollte es jetzt einfach sagen.

Stand irgendwo eine Tür offen, hatte John zum Lüften eins der Fenster aufgemacht? Anders war es nicht zu erklären, wie die Fledermaus eingedrungen war, die in diesem Moment über die Frauen hinweghuschte. Sie flatterte von der Essecke ins Wohnzimmer, umschwirrte den Kamin und kehrte in die Küche zurück.

»Nein!«, schrie Louise mit einer Stimme, die Sam nie an ihr gehört hatte. »Geh weg!«

»Was hast du?«

»Ich hasse die Biester!« Louises Augen folgten dem Eindringling.

»Sie ist nur verschreckt.« Sam stand auf. »Sie will hinaus.«

Das Verhalten des Tieres deutete auf das Gegenteil hin. Es setzte sich ins Deckengebälk und krallte sich fest. Sam konnte seine winzigen funkelnden Augen sehen. Waren diese Tiere sonst nicht kleiner? Der schwarze Segler hatte fast einen halben Meter Breite. Schon legte er die Flügel an, als wollte er in der Küche übernachten.

»Komm, ich mach dir das Fenster auf.« Sam ging auf die Fledermaus zu.

»Fass sie nicht an!« Louise sprang zurück. »Wir müssen John rufen!« Sie taumelte in den Flur. »Wir brauchen Weihwasser!«

Sam war wie vom Donner gerührt. Weihwasser, wozu? Gebannt beobachtete sie, wie die Mutter an der Tür zerrte, sie aber nicht aufbekam.

»Er will doch nur zurück in die Nacht.«

Hatte sie der Fledermaus eben eine männliche Bezeichnung gegeben? Was war ihr da in den Sinn gekommen? Für einen Moment hatte sie angenommen, dass sich dort oben, neben dem Fliegenfänger, einer der Kóranyis festkrallte. Hielt sie es allen Ernstes für möglich, dass Teddie ihr in dieser Gestalt einen Besuch abstattete? War sie bereit, das normale Leben in diesem Haus mit der verrückten Vorstellung von Fledermausvampiren zusammenzubringen? Es war das Verhalten ihrer Mutter, das sie darauf gebracht hatte. Wie aber konnte Louise ahnen, in welche Gefahr sich ihre Tochter verstrickt hatte?

Die Mutter bemerkte Sams Erstaunen und versuchte, ihre Panik zu verharmlosen. »Was rede ich denn?« Sie kam in die Küche zurück. »Dein Vater soll den Besen holen, damit treiben wir sie hinaus.«

»Am besten, wir machen draußen Licht an.« Es war Johns Stimme; sie hatten nicht gehört, dass er durch die Hintertür gekommen war. »Hier drin sollte es dunkel sein.«

»John!«, rief Louise erleichtert. »Gute Idee!« Sie schaltete die Lampen aus.

»Hatten wir je so große Fledermäuse in der Gegend?«, fragte Samantha.

»Wir wollen sehen, dass wir sie loswerden.« Ihr Vater öffnete die Eingangstür und schaltete die Terrassenbeleuchtung ein. Im Haus wurde es finster. John nahm einen Besen und näherte sich dem Tier an der Decke.

»Im Namen unseres Herrn …«, flüsterte er. »In Christi Namen befehle ich dir, verlasse diesen Ort.« John näherte den Besen der hängenden Fledermaus.

Sam berührte seinen Arm. »Lass mich. Ich mach das.« Sie trat unter den Balken. »Du brauchst keine Angst zu haben. Es ist in Ordnung. Flieg weg.« Sam stellte sich vor, sie spräche mit Taddeusz. Er sollte sich keine Sorgen machen; sie würde nicht noch einmal versuchen, den Eltern ihr Geheimnis zu verraten. »Es ist alles in Ordnung.« War es wirklich ihr verwandelter Liebhaber, der dort hing, so würde er sie verstehen. Und wenn es bloß eine verirrte Fledermaus war, schadete es auch nichts. Als habe er sie genau verstanden, erglühten die stecknadelkleinen Augen. Im nächsten Moment breitete er seine Flügel aus, ließ sich fallen, flatterte über Samanthas Kopf, drehte eine Runde im Wohnzimmer und war in die Nacht entschwunden. Zu dritt schauten sie zur Tür. Eisiger Nebel hatte sich draußen gebildet, in Schwaden drang er in die Diele. Rasch löschte John die Außenlichter und schloss die Tür. Zugleich gingen die Lampen im Wohnzimmer wieder an.

»Was für ein Schreck in der Abendstunde!«, rief Sam, aber der coole Ton gelang ihr nicht. »Wahrscheinlich war dem Biest einfach kalt und es wollte sich aufwärmen.«

Louise konnte das Erlebte nicht so schnell abschütteln. »Ich glaube, ich muss ins Bett«, sagte sie mit zitternder Stimme.

»Das ist das Beste.« John legte ihr den Arm um die Schulter. »Ich bringe dir deine Medizin.«

»Danke.« Innig sahen sie einander an.

*

Sam lag wach; wer hätte in ihrer Situation auch ein Auge zugetan? Hier ist nicht London, dachte sie, wo ständig unglaubliche Dinge passieren. Sie lag in ihrem Kinderbett in Lower Liargo, dem langweiligsten, unscheinbarsten Ort im Vereinigten Königreich. Sollte es möglich sein, dass ihr der Spuk bis hierher gefolgt war? Hatte sie wirklich mit einer Fledermaus gesprochen, als sei diese ein verwandelter Vampir? Und was hatte das ungewöhnliche Verhalten ihrer Mutter zu bedeuten? Als Sam weiterhin nicht einschlafen konnte, ging sie hinunter, um ein Glas Milch zu trinken. John saß im Lichtkegel der farbigen Lampe und las. Sie nahm an, es wäre die Bibel, doch als er sich aufrichtete, erkannte sie ein anderes Buch in seiner Hand.

»Kannst du auch nicht schlafen?« Seine Augen waren rot gerändert, das blassgraue Haar zerzaust.

»Was liest du da?« Sie wollte nicht über die Vorfälle des Abends sprechen, wollte sich zu ihm setzen, in die Nähe ihres sanftmütigen Vaters.

»Ein Geschichtsbuch.« Er legte den Finger auf die Zeile. »Aus der Geschichte zu lernen, gibt mir die Ruhe, über die Ereignisse der Gegenwart gelassener nachzudenken.«

»Welche Geschichte ist das?«

Er zeigte ihr den Titel. *Ancient Scottish History.*

»Die Schotten? Wieso interessierst du dich für die?«

»Es sind unsere Nachbarn. Außerdem leben wir selbst auf uraltem schottischen Boden.«

Also doch, dachte Samantha. Genau wie Richard und Mr Lockool kannte ihr Vater die Zusammenhänge um das sagenumwobene Schottland der Urzeit.

»Wir wissen wenig über die schottische Urbevölkerung«, fuhr er fort. »Aus welchem Erdteil sie kamen oder warum sie die Insel besiedelt haben, ist weitgehend unbekannt. Nicht einmal der Name *Pikten* stammt von ihnen selbst.«

»Woher sonst?« Sam sank in den Lehnstuhl ihm gegenüber.

»Die Römer bezeichneten sie als *Picti*, das bedeutet die Bemalten. Es hatte mit ihrer Sitte zu tun, sich mit blauer Farbe zu tätowieren. Wie sie selbst sich nannten, wissen wir nicht.«

»Wieso heißt die Bevölkerung dann heute die Schotten?«

»Jahrhunderte, nachdem die Pikten den Besatzungsheeren der Römer das Leben schwergemacht hatten, fielen die keltischen *Skoten* im Norden ein. Sie besiegten die Pikten, siedelten sich an und verschmolzen schließlich mit dem Urvolk. Etwa ab diesem Zeitpunkt wurde das ganze Volk Schotten genannt.« John legte das Buch beiseite. »Doch die Urbewohner sind immer noch unter uns.«

»Woher weißt du das?«

»Es gibt einen Kult in der Gegend. Er hat nicht viele Mitglieder, aber er existiert. Sie nennen sich *Die Jünger Fortrius*. Sie halten rituelle Messen ab, heidnische Messen natürlich. Man nimmt an, FORTRIU sei eine alte piktische Provinz gewesen. Vielleicht war es aber auch der Name des ersten piktischen Königs.«

»Fortriu«, wiederholte Samantha. »Der Name klingt kein bisschen schottisch.«

»Der Ursprung der piktischen Sprache ist so geheimnisvoll wie das Volk selbst. Durch ihren Aufenthalt auf unserer Insel flossen irisch-gälische, aber auch britannische Lehnwörter in die Sprache ein. Daher nahm man lange an, sie sei indogermanischen Ursprungs. Ich bin aber der Meinung, dieses uralte Volk wanderte aus dem Osten zu uns ein.«

Sam staunte, mit welcher Intensität ihr Vater von etwas sprach, das seit Jahrhunderten abgetan zu sein schien. »Warum interessierst du dich dafür?«

»Wegen der Gewalt.« Er nahm die Brille ab.

»Gewalt?«

»Die Bräuche der Pikten müssen ungewöhnlich brutal gewesen sein. Und die Jünger Fortrius praktizieren diese Riten wieder.« Ein wachsamer Blick zu Samantha. »Ach, ich glaube, das willst du gar nicht wissen.«

»Erzähl schon.«

»Bei den Pikten gab es eine große Anzahl von Naturgöttern und Schutzgeistern. Geister der Wälder, Flussgottheiten, selbst Tiere wurden von ihnen verehrt. Ihren Gottheiten brachten die Pikten Opfer dar – auch Menschenopfer.«

»Woher weiß man das?« Sam spürte, wie ihre Zehen wieder kalt wurden, aber sie wollte kein Wort des Vaters verpassen.

»In den Aufzeichnungen römischer Geschichtsschreiber und christlicher Mönche heißt es übereinstimmend, Fortrius Krieger hätten die abgeschlagenen Köpfe von Feinden auf die Bäume gehängt, um Angreifer abzuschrecken. Es wurden auch Gravuren gefunden, auf denen Menschen in Kochkesseln abgebildet waren. Die Pikten glaubten offenbar, die Kraft ihrer Gegner aus ihnen heraussaugen zu können.«

»Aussaugen?« Sam war mit einem Mal hellwach.

»Der Brauch war bei Barbarenvölkern nicht unüblich. Man wünschte sich, den Mut und die Kraft der Feinde aus ihrem Blut zu trinken. Darum verspeisten die Pikten auch deren Herzen.«

Sam schluckte: Sie tranken das Blut, sie aßen das Herz? »Aber wenn diese Jünger Fortrius die Herzen anderer Leute essen … Warum ruft da keiner die Polizei?«

John lächelte. »Du und deine Phantasie. Natürlich ahmen sie den Brauch nur nach. Sie zünden große Feuer an, bemalen ihre nackten Körper und verspeisen die Herzen von geschlachteten Schweinen.«

»Wozu?«

»Das ist die Frage. Wozu stürzen sich Leute, an einem Gummiband aufgehängt, in den Abgrund? Weshalb fesseln und misshandeln sie einander zum Spaß? Zu welchem Zweck spielen sie brutale Computerspiele?« Er beugte sich zu Samantha. »Um einen besonderen Kick zu kriegen. Um sich aufzuheizen oder einfach, um imaginäre Gegner zu überwinden. Dieser schreckliche, dumme Trieb ist in der menschlichen Natur leider seit jeher angelegt.«

Sam erinnerte sich nicht, ihren Vater, der die Fehler anderer sonst verstand und tolerierte, je ein solch hartes Urteil sprechen gehört zu haben. »Und wirst du etwas gegen die Fortriu-Leute unternehmen?«

»Noch ist ihr Treiben nicht kriminell. Aber ich beobachte sie.«

»Woher weißt du überhaupt so genau, was sie bei ihren rituellen Messen tun?«

»Schluss jetzt«, unterbrach er. »Das ist kein Thema für einen nächtlichen Schwatz. Ich bin müde. Wir sollten noch ein paar Stunden schlafen.«

Er stand auf, strich Sam übers Haar und ging in sein Zimmer. Das Buch aber, das bebilderte Werk über die schottische Urgeschichte, blieb auf dem Lesetisch liegen. Sam saß noch ein paar Sekunden regungslos da, dann packte sie das Buch und lief die Treppe hoch. Sie schlüpfte ins Bett, machte Licht und schlug das Kapitel über die Pikten auf.

21

Pünktlich am Montagmorgen war Sam wieder bei der Arbeit. Die Reise in ihr altes Zuhause hatte nicht das gewünschte Ergebnis gebracht: Sie hatte sich wegen ihrer Schwangerschaft von den Eltern keinen Rat geholt. Dennoch war die kurze Zeit in Lower Liargo für sie eine Erholung gewesen. Sie hatte in sich die Überzeugung erneuert, nicht schutzlos und allein auf der Welt zu sein, sondern von diesen beiden Menschen bedingungslos geliebt zu werden.

Am Morgen nach dem Eindringen der Fledermaus hatte Louise ihr Zimmer nicht verlassen, John war mit dem Frühstück zu ihr hinaufgegangen. Sam hatte ihren Vater darauf zur Messe begleitet und über die Zahl der Gläubigen in seiner Kirche gestaunt. Auch viele junge Leute waren darunter. Sie hatte mit Freundinnen von früher geplaudert und war als das London Girl neidisch nach ihren Erlebnissen befragt worden. Nachmittags hatten sie und die Eltern einen Ausflug gemacht. In den herbstlichen Feldern rund um die Stadt hatte Sam ihre Sorgen beinahe vergessen, vielleicht auch, weil die schreckliche Übelkeit an diesem Tag ausgeblieben war. Als Louise und sie einen Moment allein waren, hatte sich die Mutter gewünscht, beim nächsten Mal alles über Sams neuen Freund zu erfahren. Um ihre Mutter nicht noch mehr zu ängstigen, hatte Samantha es dabei bewenden lassen. Ein kurzer Abschied und John hatte seine Tochter mit dem Auto zum Flughafen gebracht.

Sam nahm ihre gewohnte Tätigkeit wieder auf. War es nicht das Vernünftigste, sich so weit wie möglich an die Normalität zu halten, um vom Irrsinn der Ereignisse nicht fortgespült zu werden? Sam machte die Betten, leerte Urinflaschen und ging zum Lunch.

»Du kannst immer noch glücklich werden«, sagte sie nach Dienstschluss zu ihrem Spiegelbild. »Du liebst einen ungewöhnlichen jungen Mann. Sprich mit ihm, offen und ohne Heimlichkeiten. Teddie ist der Vater deines Kindes. Er hat dich in diese Lage gebracht. Ob mit finsteren Hintergedanken oder nicht, jetzt hat er sich auch darum zu kümmern.«

Sie warf einen Blick auf die Uhr; draußen musste es jetzt dunkel sein, Taddeusz würde also gerade zum Leben erwachen. Sam wählte ein hübsches grünes Wollkleid und schwarze

Stiefeletten. Kurz vor acht verließ sie die Abteilung. Der Bus brachte sie bis Hyde Park Corner, von dort ging sie zu Fuß. Sie hatte keine Einladung ins Kóranyihaus, hatte nicht einmal versucht, Teddie anzurufen. Wenn sie ihn und seine Fähigkeiten richtig einschätzte, wusste er ohnehin, dass sie kam. Jemand, der als Fledermaus in Lower Liargo auftauchte und ihre Familie zu Tode erschreckte, dem blieb nichts verborgen. Dennoch drehte sie erst eine Runde um den Belgrave Square, bis sie ihre Aufregung so weit im Griff hatte, dass sie sich traute, vor das schmiedeeiserne Gitter mit dem geschwungenen *K* zu treten. Heute tat sich das Tor nicht von selbst auf; Samantha zog an der altmodischen Klingel. Eine fremde Stimme meldete sich über die Gegensprechanlage.

»Ich bin Samantha, die Freundin von Taddeusz«, sagte sie. »Ist er da?«

Einige Sekunden war es still, dann öffnete sich nicht das doppelflügelige Tor, sondern eine kleine, darin eingelassene Tür. Sam näherte sich dem Portal und betrat die Eingangshalle. Ein Angestellter nahm ihr den Mantel ab.

»Mr Kóranyi erwartet Sie«, sagte er höflich.

Sie durchschritt den Korridor mit den dreizehn Säulen und erreichte das rote Treppenhaus. Der Gedanke durchzuckte sie, dass sie auf dem Weg nach oben gleich an Richards Zimmer vorbeimusste. Wusste auch er, dass sie zu Besuch kam? Die Antwort auf diese Frage blieb aus, denn im ersten Stock erwartete sie Taddeusz. Er trug ein blütenweißes Hemd mit hochgestelltem Kragen, hatte ein Buch in der Hand, den Finger zwischen die Seiten gelegt.

»Eine nette Überraschung.« Seine Augen glitten über ihr Kleid.

»Lüg nicht«, sagte sie offen. »Du wusstest, dass ich komme.«

»Ach ja?« Leichter Spott lag in seinem Ton. Mit einer Geste

bat er sie ins nächstbeste Zimmer, aber Sam war sicher, man hatte es vorbereitet. Ein Feuer brannte im Kamin, auf dem Tisch standen Süßigkeiten und eine Karaffe.

»Willst du etwas trinken?« Er ging voraus.

»Heute werde ich bestimmt nichts trinken«, antwortete sie. »Außer du hast eine ungeöffnete Cola im Kühlschrank.«

»Ist dir etwas über die Leber gelaufen?«

»Schluss mit der Komödie.« Sie schlug auf den Tisch. »Ich weiß nicht genau, wer du bist, und vor allem, WAS du bist. Ich weiß nur, dass ich verrückt nach dir bin. Ob das Liebe ist, kann ich nicht beurteilen, denn ich war noch nie wirklich verliebt.«

Wie um ihr zu zeigen, dass er ernsthaft zuhörte, nahm Teddie auf der Chaiselongue Platz und legte das Buch beiseite.

»Ich glaube, du kannst nichts dafür, dass du so bist«, fuhr sie fort. »Aber jetzt sind Umstände eingetreten, die uns beide gleichermaßen angehen. Und daher wollte ich dich fragen, ob du … ob du wirklich …« Sam spürte Schweißperlen auf der Oberlippe. Sie konnte es einfach nicht aussprechen! »Ob du in letzter Zeit mal in Lower Liargo gewesen bist.«

»Wo?«

»Hör auf damit!«, rief sie schroff. »Warst du dort?«

»Ja, ich glaube, mich zu erinnern … Gut möglich, dass ich dort gewesen bin.«

»Und bei diesem Besuch …« Sie schluckte. »Hast du da irgendwie anders ausgesehen?«

Seine Augen wurden schmal. »Ist das so wichtig?«

»Klar ist es wichtig, wenn du als …« Sie stockte wieder.

Er betrachtete seine Fingerspitzen. »Sagen wir, ich schätze es manchmal, auf Reisen in eine andere Haut zu schlüpfen.«

»Eine andere Haut«, wiederholte sie. »Wenn du dort warst, weißt du, weshalb ich meine Eltern besucht habe?«

Ohne Hast streckte er die Hand nach ihr aus. »Komm mal her.«

»Zuerst möchte ich, dass du mir antwortest!«

»Das will ich. Aber warum können wir das nicht sitzend besprechen?«

Sam setzte sich ans andere Ende des Sofas.

»Ich bin in einer schwierigen Situation«, sagte er leise. »Einerseits brenne ich darauf, dir die Wahrheit zu sagen, gleichzeitig fürchte ich, dich mit meiner Offenheit abzustoßen.«

»Aber nein!« Sie rutschte näher. »Schockiere mich, schockiere mich ruhig. Nichts ist schlimmer als diese Ungewissheit!«

»Ach, Samantha.« Er drehte den Kopf weg. »Ich will nicht, dass du durch mich zu Schaden kommst.«

»Bin ich das nicht längst?« Auch wenn es ihr ernst mit der Frage war, sah sie ihn zärtlich an. »Sag mir die Wahrheit, Teddie, ich flehe dich an.«

»Gut.« Er nahm ihre beiden Hände in seine Rechte. »Gleich beim ersten Mal, als ich dich sah, als wir uns kennenlernten, habe ich mich bis über beide Ohren in dich verliebt.«

Auch wenn sie das aus seinem Mund gerne hörte, blieb Sam wachsam. »Komm mir jetzt nicht auf die Tour.«

»Ich bin noch nicht fertig. Ich habe mich verliebt, obwohl ich glaubte, dass einer wie ich durch die Liebe nicht entflammt werden kann.«

»Einer wie du?«

»Es heißt von uns, in unsern Adern fließt kein lebendiges Blut, wir können unserer inneren Kälte nur durch das Blut lebendiger Menschen Herr werden. Von uns heißt es, wir existieren in einem Zwischenreich zwischen Leben und Tod, das der Ewigkeit ähnelt.« Der Druck seiner Hand wurde fester. »Ich hatte Angst, dich zu verletzen, dich unausweichlich in mein Schicksal zu verstricken. Aber dann stellte ich fest, dass ich meinen Hunger auf dein Blut nicht stillen konnte – ich brachte es nicht über mich. Ich vermochte dir nichts zuleide zu tun. Weißt du, was das bedeutet?«

Sie schüttelte den Kopf.

»Wenn ich bin, wie ich bin, wenn ich ein monströses Wesen bin und dich dennoch verschont habe, ist das nicht ein deutliches Zeichen von wahrer Liebe?«

So hatte Sam die Angelegenheit noch nicht gesehen. »Aber ich dachte, du beißt mich nicht, weil …« Wie konnte sie weitersprechen, ohne Richard zu verraten? Richard, der gesagt hatte, nach der Geburt des Kindes würde Sam für die Vampire jede Bedeutung verlieren. »Ich dachte, du verschonst mich, weil du mich brauchst«, endete sie halbherzig.

»Ich brauche dich ja auch, mein Liebling.« Nur ein kleiner Ruck war nötig, schon ließ sie sich in seine Arme ziehen.

»Darum geht es jetzt aber nicht mehr!« Sie bog den Kopf zurück. »Himmel noch mal, Taddeusz, ich erwarte ein Kind von dir.«

Ein Funke glomm in seiner Pupille auf, ein grünes Leuchten, das sofort wieder erlosch und dem Ausdruck der Freude wich. »Wirklich?«

»Als ob du das nicht wüsstest!« Sie wurde ernst. All ihre Versuche, die Wahrheit zu erfahren und ihr Leben zu retten, scheiterten an Teddie. Dem wunderbaren Teddie, der sie im Arm hielt, als wären sie ein ganz gewöhnliches Liebespaar. Verzweifelt schaute sie ihn an. »Was soll denn jetzt geschehen?«

»Als Erstes ziehst du hierher, damit wir uns um dich kümmern können.«

»Wer ist wir?« Sofort entzog sie sich seiner Berührung. »Dein Vater? Dein Clan? Warum wollt ihr euch *um mich kümmern*? Damit ich euch ein kleines Monster zur Welt bringe?!«

Betroffen lehnte er sich zurück. »Siehst du, gegen dieses schreckliche Vorurteil ist kein Kraut gewachsen. Selbst du bist nicht frei davon.«

»Vorurteil?!« Jetzt musste sie wirklich lachen. »Ihr saugt Leuten das Blut aus! Ihr bringt sie um, macht sie zu Monstern!«

»Und wenn ich dir schwöre, dass durch meine Hand seit Ewigkeiten kein lebendiger Mensch mehr zu Schaden gekommen ist?«

Verwundert sah Sam mit an, wie er die Hand zum Schwur auf sein Herz legte.

»Seit Ewigkeiten? Wie alt bist du denn?«

»Wenn unsere Familienchronik stimmt, werde ich in diesem Winter …« Er zögerte. »Tja, nach eurer Zeitrechnung bin ich 412 Jahre alt.«

Sie rang nach Luft. Nun war der letzte Zweifel gewichen. Ihr Geliebter, der Mann ihrer Träume, war ein Vampir.

»Dann bist du also … 1597 geboren«, sagte sie, um das Unfassbare nicht bloß stumm entgegenzunehmen.

»Tja, wie die Zeit vergeht.« Er legte die Hände zwischen die Knie.

»Dann … dann … hast du Queen Elizabeth I. noch auf dem Thron erlebt?«

»Sie war ein böser alter Drachen, das kannst du mir glauben. Die Leute damals haben sie gefürchtet.« Impulsiv beugte er sich zu Samantha. »Heute ist alles anders. Wir leben im 21. Jahrhundert. Heutzutage müssen wir nicht mehr zu Mördern werden, wenn wir uns ernähren wollen. Es gibt andere Methoden.«

»Zum Beispiel?«

»Die moderne Medizin ist wunderbar. Menschen, die unwiderruflich tot sind, können praktisch unbegrenzt am Leben erhalten werden, solange ein Rest ihrer Gehirnströme noch funktioniert.«

»Du meinst Komapatienten? An diesen bedauernswerten Geschöpfen vergreift ihr euch?«

»Sie merken doch nichts mehr davon! Erstklassig geeignet sind auch Unfallopfer, die auf dem Transport ins Krankenhaus sterben. Ein paar Minuten lang ist ihr Blut noch warm und frisch.« Er kratzte sich an der Stirn. »Natürlich bedeutete diese Vorgangsweise, dass wir unsere Aktivitäten auf einen Berufszweig verlegen mussten, bei dem der Tod zum Geschäft gehört.«

»Auf den Krankentransport?«

»Genau.« Er lächelte. »Du siehst, wir Kóranyis gehen einem hochanständigen Gewerbe nach.«

»Aber … aber …« So viel lag ihr auf den Lippen, sie wusste nicht, wo beginnen. »Ihr zapft das Blut verstorbener Menschen ab?«

»Wem schadet das? Steht das Herz einmal still, so stockt der Kreislauf, die Leichenstarre setzt ein und kurz darauf der Fäulnisprozess. Von da an ist ein Mensch nicht wertvoller als ein Schnitzel, das du an der Sonne liegen lässt. Bald kriechen Maden darauf herum. Wie sagte der gute alte Shakespeare? Ich habe ihn übrigens noch kennengelernt: *Der große Cäsar, tot und Lehm geworden / Verstopft ein Loch wohl vor dem rauhen Norden.*« Er lachte. »So geht es allen, Samantha, allen! Außer natürlich, man ist einer von uns.«

»Ein Mensch ist wertvoller als ein Schnitzel! Er hat Würde, seine Seele kehrt heim zu Gott! Man darf seine Überreste nicht schänden!«

»Ach, wenn du bloß über dein religiöses Elternhaus hinausblicken könntest«, antwortete er kopfschüttelnd. »Milliarden und Abermilliarden Menschen sind auf diesem Planeten bereits gestorben. Was geschah mit ihnen? Sie wurden dem ewigen Kreislauf des Stirb und Werde einverleibt. Ein Samen wird fruchtbar, ein Geschöpf entsteht, Pflanze, Tier oder Mensch. Er, sie oder es leben ihr Leben in seinen festgesetzten Grenzen. Dann stirbt das Wesen, es verwest, es wird zu Erde, aus der der nächste Samen emporsprießt. Das sind Gesetzmäßigkeiten, alles andere ist bloße Erfindung, die der Mensch benötigt, um seinem Dasein einen Sinn zu geben.«

»Du glaubst, Gott ist eine Erfindung?«

»Natürlich ist er das«, antwortete Taddeusz ungerührt.

»Und warum habt ihr dann solche Angst vor ihm?!« Sie schrie es ihm beinahe entgegen. »Wieso weicht ihr zurück, wenn ein Kruzifix vor euch auftaucht, warum können Gegenstände, die im Namen Gottes geweiht wurden, euren Tod bedeuten?«

Seine Zunge spielte einen Moment nervös über die Zahnreihe. »Da hast du mich an einer wunden Stelle erwischt. Oder wie heißt es so schön in euren Märchen: *Das hat dir der Teufel gesagt!*«

»Nein. Nur mein gesunder Menschenverstand.« Sie stand auf. Ihr Kopf fühlte sich frei an. Sie hatte gehört, was sie hören wollte, ihre Zweifel waren beseitigt. Sie hatte in einen Abgrund geschaut, dessen Grässlichkeit sie bis zu diesem Moment nicht für möglich gehalten hatte. Nun musste sie handeln. Welcher Schritt zuerst kam und welches Ergebnis daraus entstehen würde, lag noch im Nebel. Aber eines wusste Samantha: Wer ihr Wissen besaß, wer den definitiven Beweis hatte, dass im heutigen, weltaufgeschlossenen London Vampire ihr Unwesen trieben, der musste dagegen etwas unternehmen.

Als habe Taddeusz ihre Gedanken verfolgt, kam er ebenfalls hoch. Er überragte sie um ein ganzes Stück. »Wenn alles so schrecklich ist, was ich anstelle«, sagte er leise, »was hältst du davon, wenn ich dir mitteile, dass ich eine Niere für den kleinen Andrew habe?«

Es traf sie wie ein Peitschenschlag. »Die will ich nicht!«, rief Sam in unverhohlener Panik. »Ich will gar nichts mehr von dir! Keine Niere und keine Liebe und ich will auch dein Kind nicht!«

Er senkte den Kopf, bis sich ihre Stirnen beinahe berührten. »Wir wissen beide, dass das nicht stimmt.«

»Natürlich stimmt es nicht.« Sie brach in Tränen aus. »Ich liebe dich, ich bin glücklich, das Zeichen deiner Liebe in mir zu spüren, aber … es ist ein Vampir! Du bist ein Vampir!«

»Sei nicht zu hart mit uns.« Seine Hand umschloss ihren Hinterkopf wie eine Schale. Sam erschauerte. Sosehr sie sein fürchterliches Tun verabscheute, so wahrhaftig sie sich von ihm und den Seinen abwenden wollte, seiner Berührung konnte sie nicht widerstehen.

»Lerne uns besser kennen, bevor du uns verurteilst.« Er kraulte ihr Haar, ein erregendes Lächeln umspielte seine Lippen. Noch während er sie in seine Arme schloss, hob er Samantha hoch. Leicht wie eine Feder kam sie sich vor.

»Nicht … nicht, Teddie«, seufzte sie.

Ohne sich um ihren Widerspruch zu kümmern, trug er sie aus dem Zimmer und die Treppe hoch in den Turm.

»Geliebte Samantha«, flüsterte er. »Komm und bleib bei mir. Für immer.«

»Ich darf nicht …« Sie sah ihn an.

Er betrat sein Zimmer und schloss hinter ihnen die Tür.

22

Das war unklug von dir.« Die Stimme war nicht laut und doch schallte sie aus allen Ecken des Gemäuers wider. »Du hättest ihr nur eine Andeutung machen sollen, um sie zu beruhigen. Ihr die ganze Wahrheit zu offenbaren, bringt uns in Gefahr.« Die kantige Silhouette verharrte über dem Angesprochenen. »*Sie* wird zur Gefahr.« Valerian Kóranyi leckte über seine Reißzähne. »Wir müssen sie loswerden oder endgültig integrieren.«

»Jetzt schon?« Wie ein Häufchen Elend saß sein erstgeborener Sohn zu Füßen des Vaters. »Und die Brut, die wir so sehnsüchtig erwarten?«

»Deine Schuld.« Der alte Vampir faltete die Hände.

»Wenn ich sie jetzt beiße, stirbt das Kind«, versuchte Taddeusz, den Alten umzustimmen.

»Es werden andere kommen.«

»Du weißt, sie ist einmalig.« Teddie sah auf. »Ein Mädchen von feinster Rasse, von edelstem Blut! Sie setzt die Linie fort, die du …« Der eisige Blick des Vaters brachte ihn zum Schweigen.

»In diesem Moment kann sie deine Offenbarung bereits weitertragen.« Valerian legte die Arme auf den Rücken und nahm seinen Gang wieder auf.

»Wem sollte sie es erzählen? Und vor allem, wer würde ihr glauben?«

»Was ist, wenn sie mit dieser Geschichte zu ihrem Chef geht?«

»Sir Kennock?« Teddie winkte ab. »Der Mann ist noch skrupelloser als wir.«

Ein niederträchtiges Lächeln huschte über Valerians Gesicht. »Da hast du recht. Ich glaube, er ahnt längst, dass die prachtvollen Leichen, mit denen wir ihn versorgen, nicht alle eines natürlichen Todes gestorben sind.«

»Solange er damit weiter *Frankenstein* spielen kann, ist es ihm egal«, nickte Taddeusz und hoffte, seinen Vater besänftigt zu haben.

»Das ändert nichts. Dieses Mädchen ist eine tickende Zeitbombe«, entgegnete Valerian. »Zweifellos liebt sie dich. Sie ist dir vielleicht sogar hörig, aber was geschieht, wenn sie plötzlich ihr Gewissen entdeckt? Wenn sie alles ihrer Tante erzählt und die ruft die Kommissare von UK-Transplant. Willst du das?« Valerian schlug einen härteren Ton an. »Ich kenne die Familie Halbrook! Es sind Kleriker, Fanatiker, und sie haben Samantha in diesem Geiste erzogen.« Er bemerkte, dass die Leuchtdiode an seinem Telefon blinkte. »Daher beschließe ich, dass du sie in Kürze integrieren wirst.« Er ging hinter den Schreibtisch. »Zum nächstmöglichen Zeitpunkt.«

Der dunkle junge Mann schwieg.

»Haben wir uns verstanden?«

»Ja, Vater«, murmelte Teddie.

Valerian hob ab. »Guten Abend, Herr Minister.« Sein Ton wurde freundlich. »Natürlich, wenn ich dem Gesundheitsministerium behilflich sein kann. Wie viele Helikopter brauchen Sie denn?«

Während sein Vater mit dem Minister plauderte, verließ Taddeusz das Büro. Er war verwirrt. Er kannte die eigentümliche Stimmung an sich nicht, die ihn überkommen hatte. Er kannte überhaupt nicht allzu viele Stimmungen. In diesem Moment gestand er sich ein, dass dieses naive rothaarige Mädchen ihn auf seltsame Weise berührte. Seltsam deshalb, weil ein kaltes Herz wie seines doch eigentlich keine Rührung empfinden konnte. Teddie hatte einen Kloß im Hals. Vielleicht ist das die

Gefahr, von der Papa redet, dachte er. Samantha vermag etwas in mir zu bewegen, das ich nicht kontrollieren kann. Es ist wohl besser, wenn ich sie beiße und einen Schlussstrich unter die merkwürdige Affäre ziehe.

Seufzend bog er in den Korridor, der zu seinem eigenen Büro führte. »Na schön. Dann muss ich sie eben beißen.« Er verschwand in der Dunkelheit.

In einem anderen Winkel derselben Finsternis richtete sich ein junger Mann auf. Er hatte dort gekauert und gelauscht. Er hatte gehört, was Vater und Bruder beraten hatten und zu welchem Schluss sie gekommen waren. Er wartete ein paar Sekunden, um das Schwindelgefühl in seinem Kopf loszuwerden; er war wohl zu schnell aufgestanden. Er wusste, wozu seine Familie fähig war, er hatte all das befürchtet. Leider hatte er keine Ahnung, was er, der Schwächste von ihnen, dagegen tun konnte. Richard ging den gleichen Korridor entlang wie sein Bruder. Um nicht zu straucheln, stützte er sich an der Wand ab. Auch ihn verschluckte die Dunkelheit.

*

»Unmöglich«, flüsterte Samantha. Sie lag stockstill und wartete. Nach einer Weile hoffte sie, sich getäuscht zu haben, und zog das Kissen unter den Kopf. Da war es schon wieder! Erst ein Kribbeln, dann ein leichter Ruck – ein Stoß, ohne Zweifel. Sie setzte sich kerzengerade auf. 5:53 zeigte die Weckeruhr, Sam hätte noch eine halbe Stunde schlafen können. Es war wirklich unmöglich. Um es sich zu beweisen, sprang sie aus dem Bett und bückte sich über die schmale Bücherreihe. *Die Lernschwester, Die OP-Schwester, Aufsätze zur Organtransplantation, Angewandte Gynäkologie*, lauteten die Titel. Mit dem letzten Wälzer schlüpfte sie unter die Decke und schlug ihn auf. Ungeduldig überblätterte sie die Kapitel über Empfängnis und die ersten beiden Schwangerschaftsmonate, las flüchtig, was über den dritten dort stand, und hielt beim zweiten Trimenon inne. Sie zog die Lampe heran und las, dass im vierten Monat einer Schwangerschaft die Hormonproduktion aus dem Eierstock nicht mehr benötigt würde, da die Plazenta so weit ausgereift sei, dass sie die schwangerschaftserhaltenden Hormone selbst bildete. Die morgendliche Übelkeit bessere sich danach in der Regel.

»So weit, so gut.« Ihr Blick glitt die Seite hinunter, und da stand es auch schon: *Die ersten Bewegungen des Fötus werden spürbar.* Sam ließ das Buch sinken und rechnete nach. Anfang Oktober hatte sie Taddeusz kennengelernt und etwa eine Woche später mit ihm geschlafen. Bald darauf war ihre Periode ausgeblieben. Ungewöhnlich früh hatten die Anfälle von Übelkeit begonnen. Und heute schrieben sie den 16. November. Während Samantha rechnete, passierte es zum dritten Mal. Ein Stoß, ein Ziehen, ein unübersehbarer Tritt gegen die Innenseite ihres Bauches.

»Ich bin erst im zweiten Monat!«, rief sie, als könne sie das Phänomen damit zum Stillstand bringen. »Es kann sich unmöglich schon so kräftig bewegen!« Sie schaute ins Buch.

Die Gewichtszunahme beträgt ca. 1,5 Kilo pro Monat. Rötliche Schwangerschaftsstreifen treten durch Dehnung des Bindegewebes auf. Häufig erscheint eine dunkle Linie zwischen Bauchnabel und Schambein.

Vorsichtig, als habe sie eine Giftschlange im Bett, öffnete Sam die Knöpfe ihres Schlafanzugs bis hinauf zu den Brüsten. Langsam schob sie den Stoff beiseite. Sie hätte die Lampe gar nicht auf ihren Bauch zu richten brauchen; die Linea Negra war deutlich erkennbar. Es sah aus, als habe jemand einen Strich auf Samanthas Bäuchlein gemalt. Bäuchlein? Das war mehr, einen regelrechten Wanst konnte sie ertasten. Die schmale Taille hatte einer Kugel Platz gemacht, nicht größer als eine Honigmelone, aber unübersehbar. An deren Rändern zogen sich unschöne Streifen entlang. Erschrocken, als habe sie einen Hautausschlag entdeckt, sprang Sam zum zweiten Mal auf, machte alle Lichter an, warf Jacke und Hose ab und stellte sich nackt vor den Spiegel.

»Oh Gott.« Sie schlug die Hand vor den Mund. Dort stand ihr kein Teenager gegenüber, sondern eine sichtbar schwangere Frau. Ihre Beine waren ein wenig geschwollen, der Bauch sprang unter dem Nabel deutlich vor, die Brüste waren schwerer geworden, die Warzen dunkler. Hätte man Sam die Prüfungsfrage gestellt, in welchem Schwangerschaftsmonat sich diese Frau befand, sie hätte auf den fünften Monat getippt.

»Wie ist das möglich, wie ist das nur möglich?«, wimmerte sie, voll Angst, die Kontrolle über ihren Körper zu verlieren. Endlich fasste sie den Entschluss, den sie viel zu lange aufgeschoben hatte: Sie musste dringend zum Arzt.

Der Wecker zeigte 6:12. Um diese Zeit war nur der Bereitschaftsdienst auf der gynäkologischen Abteilung, die Ärzte kamen nicht vor acht. Du machst es in der Mittagspause, beschloss sie. Die Gewissheit, dass man unter diesem Dach jede erdenkliche medizinische Hilfe bekam, machte sie ruhiger.

Das Radio schaltete sich mit dem Wetterbericht ein, Samantha wechselte den Sender. Nackt wie sie war, warf sie das Handtuch über die Schulter und lief ins Bad. Als sie sich später anzog, registrierte sie, wie knapp der Schwesternkittel saß. Über Bauch und Busen spannte er so sehr, dass sie noch heute in die Wäscheabteilung musste, um die Kleidergröße zu wechseln; sonst würde bald jeder sehen, wie es um sie stand. Ob

Tante Margret etwas bemerkt hat, überlegte sie, schlüpfte in die Schuhe und fuhr nach oben.

Während der Dienststunden vergaß Sam zeitweise ihren Zustand. Erst als sie bei Andrew eintrat, fiel ihr Teddies Angebot wieder ein. Sie zog die Jalousien hoch und betrachtete den schlafenden Jungen. Die Kontrollapparate liefen gleichmäßig, eine Infusion trat über den Katheter in seinen Körper ein. War es wirklich falsch, diesem schwerkranken Kind zu helfen? Rechtfertigte seine Gesundheit nicht jedes Opfer? Wenn es stimmte, dass die modernen Vampire keine Menschen töteten, wenn Taddeusz tatsächlich jemanden gefunden hatte, der im Sterben lag und nach seinem Tod Andrews Retter werden konnte, durfte sie dieses Angebot ausschlagen? Sam setzte sich an den Bettrand. Vielleicht stimmt es wirklich, dachte sie, vielleicht ist ein toter Mensch nichts anderes als die Summe seiner Einzelteile. Wenn Andrew mit Teddies Hilfe dieses Bett für immer verlassen könnte, muss ich seine Hilfe nicht annehmen? Sie weckte den Jungen sanft, servierte ihm sein Frühstück und plauderte eine Viertelstunde mit ihm.

Kurz vor Mittag erinnerte ein Ziehen in der Bauchgegend sie daran, was sie sich vorgenommen hatte. Mit dem Personalaufzug fuhr sie ins vierte Obergeschoss. Um diese Zeit waren die Wartezimmer voll und die meisten Ärzte beschäftigt, doch als Insider wusste Sam, dass irgendwer immer gerade Pause machte. In ihrer Schwesterntracht ging sie selbstbewusst an den wartenden Frauen vorbei. Die runden Bäuche, die aufgequollenen Beine der Hochschwangeren erinnerten sie daran, dass ihr eigener Zustand für jemanden im zweiten Monat unerklärlich war. Sie nickte der Empfangsschwester freundlich zu, die wohl annahm, Sam habe beruflich hier zu tun. Nach kurzem Suchen fand sie die Teeküche und darin eine junge

Ärztin, die es sich mit einem Schinkensandwich gemütlich gemacht hatte.

»Hallo. Hätten Sie einen Moment Zeit für mich, Doktor äh…« Sie entzifferte das Namensschild. »Doktor Caine.«

»Setz dich. Was gibt's?«, antwortete die Ärztin kauend.

Sam machte keine langen Umschweife, sondern sagte, dass sie schwanger sei.

Lächelnd zeigte die Ärztin auf Sams gespannten Kittel. »In deinem Zustand ist das wohl keine große Neuigkeit mehr für dich. Fünfter Monat?«

Sam schluckte. So deutlich war es also bereits zu erkennen. »Ich habe da eine Frage.«

»Wer ist dein behandelnder Arzt?« Dr. Caine trank einen Schluck Tee. Sie hatte ihr blondes Haar zum Zopf geflochten und warf ihn über die Schulter.

»Ich dachte… dass Sie mich vielleicht kurz untersuchen könnten.« Auf den irritierten Blick der anderen setzte Sam hinzu: »Ich besuche sonst meinen Hausarzt in Schottland. Aber im Moment komme ich hier nicht weg.«

»Das geht nicht. In deinem Zustand brauchst du medizinische Versorgung vor Ort.«

»Hätten Sie vielleicht Zeit…?« Hoffnungsvoll sah Sam sie an.

»Du hast ja Nerven.« Trotz der schroffen Antwort schmunzelte Dr. Caine. »Na gut. Ein paar Minuten länger werden die andern wohl warten können.«

Als hätten sie gemeinsam etwas zu erledigen, gingen die beiden Frauen in Weiß durch die Station und betraten einen freien Untersuchungsraum. Sam machte sich unten frei und wollte die Position im Gyn-Stuhl einnehmen.

»Nicht nötig.« Dr. Caine zeigte auf die Behandlungsliege. »Das lässt sich alles schon mit dem Ultraschall sehen.«

»Sie können es bereits sehen?« Sam legte sich hin.

»Ist das dein erstes Kind?« Die Ärztin schien erst jetzt zu bemerken, wie jung Samantha war. »Natürlich ist es das. In der jetzigen Phase ist der Fötus schon ziemlich aktiv. Seine Lunge arbeitet bereits, er *atmet* das Fruchtwasser ein und aus, man könnte sagen, er trinkt es. Auch der Magen und die Nieren sind schon in Betrieb. Vorsicht, kalt.« Die Ärztin strich ein Gelee auf Samanthas Bauch und schaltete das Gerät ein. »In welchem Monat bist du?«

»Tja …« Sie hielt den Atem an.

»Ruhig weiteratmen. Du und dein Arzt, ihr müsst doch den Geburtstermin errechnet haben.« Dr. Caine wurde ungeduldig. »Wo ist dein Mutterpass?«

»Den habe ich … in Schottland vergessen.« Sam fühlte den Sensor über ihre Bauchdecke gleiten, zugleich erschienen grauschwarze Strukturen auf dem Bildschirm.

»Dir als Krankenschwester brauche ich wohl nicht zu sagen, wie wichtig regelmäßige Kontrolle ist.« Die Ärztin hielt inne. »Oh. Na bitte sehr. Damit ist es wohl klar.« Unter den seltsamen Gebilden auf dem Monitor bewegte sich etwas. »Also im fünften Monat bist du auf jeden Fall.« Dr. Caine lächelte.

»Im fünften …?« Ruckartig hob Sam den Kopf.

»Gratuliere«, sagte die Ärztin. »Willst du's wissen?«

»Was wissen?«

»Es gibt Mütter, die sich überraschen lassen wollen, ob es ein Junge oder ein Mädchen ist.«

»Das sehen Sie schon?!« Sam zwang sich zur Ruhe. Im Grunde bestätigte die Ärztin nur, was sie selbst im Morgengrauen entdeckt hatte: Ihre Schwangerschaft verlief schneller als normal. Wie sollte sie aber Dr. Caine nach der Ursache fragen, ohne ihr Geheimnis aufzudecken? Zum hundertsten Mal fühlte sich Samantha in einem Albtraum gefangen;

konnte sie nicht einfach erwachen und feststellen, es war nur ein Spuk? Denn wenn es keiner war, tauchten dort auf dem Bildschirm soeben die Umrisse eines Vampirbabys auf.

»Du wirst einen Jungen zur Welt bringen.« Die Ärztin ließ das Gerät weitergleiten. »Einen erstaunlich kräftigen Jungen. Also, ich würde sagen, der Bursche wird ein Riese.« Sie musterte die Patientin.

»Sein Vater … ist auch sehr groß.« Sam beobachtete die Konturen. Kopf und Rumpf waren deutlich erkennbar, auch die Gliedmaßen und die Nabelschnur. »Na so was«, flüsterte sie. »Ein Sohn.« Ohne dass sie es wollte, schossen ihr Tränen in die Augen. Sie wandte sich ab.

»Das kann einen schon umhauen.« Dr. Caine legte ihr die Hand auf die Schulter. »Auch wenn du aus unserer Branche bist, bist du eine sehr junge Mutter. Beim ersten Mal erscheint es fast jeder Frau wie ein kleines Wunder.« Sie schaltete das Gerät aus, riss Papier von einer Rolle und wischte Sams Bauch ab. »Soweit ich das ohne Blutbild und sonstige Untersuchungen beurteilen kann, ist alles in Ordnung.« Sie stand auf und wusch sich die Hände. »Entbindung ungefähr Mitte März«, sagte sie über die Schulter. »Hat das dein Arzt auch errechnet?«

»März?« Sam verbarg ihren Schreck. »Mhm, Sie haben's ziemlich genau getroffen.« Hastig stand sie auf und schlüpfte in ihre Sachen. »Danke, dass Sie sich Zeit genommen haben.« Ihr fiel noch etwas ein. »Ähm, meine Versicherungskarte …«

»Lass mal.« Dr. Caine begleitete sie zur Tür. »Kleiner Service unter Kolleginnen.« Mit einem Händedruck verabschiedeten sie sich; gleich darauf stand Sam auf dem Korridor.

Im März, überlegte sie. Wenn sich das Wesen in ihrem Bauch in zwei Monaten doppelt so rasch entwickelt hatte wie üblich, musste man nicht davon ausgehen, dass dieser Prozess anhalten würde? Sam stellte alle möglichen Hochrechnungen an, bis sie einsah, dass etwas so Unvorstellbares wie der Fötus eines Vampirs nicht mit menschlichen Maßstäben zu ermessen war. Ab wann würde sie nicht mehr in der Lage sein, ihrer Arbeit nachzugehen? Konnte sie Mutterschaftsurlaub einreichen, obwohl sie nicht einmal ein ärztliches Attest hatte? Sollte sie zurücklaufen, Dr. Caine alles gestehen und sich stationär einweisen lassen? Ohne jeden Zweifel war dies eine Risikoschwangerschaft und ein Abbruch immer noch möglich. Musste sie nicht an sich selbst denken, an ihre Gesundheit, ihre Zukunft? Mit siebzehn Jahren ein Baby zu kriegen, war nicht ungewöhnlich, wohl aber, einen Vampir zur Welt zu bringen! Hektisch stieß Sam die Luft aus, rannte zum Aufzug, fuhr nicht auf ihre Station zurück, sondern drei Stockwerke tiefer. Sie musste allein sein und nachdenken, bevor sie den nächsten Schritt tat. Sie durfte ihr Schicksal auf keinen Fall den Vampiren überlassen. Nur auf sie selbst kam es an!

23

Du kannst nicht abtreiben«, sagte Richard. »Jetzt nicht mehr.«

Das war nicht die Antwort, die Sam erhofft hatte. »Wieso nicht?«

»Die Brut in dir ist schon zu stark. Versuchst du sie jetzt zu töten, bringst du dich selbst um.«

Sie zog die Jacke vor der Brust zu. »Warum sagst du mir das erst jetzt?«

Der Wind griff in Richards Mantelschöße. Es war ein ungemütlicher Novemberabend, eisiger Nieselregen ging nieder.

Die beiden liefen auf der unteren Uferpromenade der Themse entlang, weil hier der Nebel am dichtesten war. Sie erreichten den Bogen der Battersea Bridge.

»Wir sollten uns nicht mehr treffen.« Unsicher sah Richard sich um. »Um deinetwillen. Mein Vater besitzt starke telepathische Kräfte. Ich habe zwar trainiert, meine Gedanken vor ihm zu verbergen, aber ich fürchte ...«

»Mit wem soll ich sonst reden!« Ärger und Furcht waren in ihrer Stimme. »Soll ich zu Teddie laufen und ihm sagen, dass ich sein Kind nicht will?«

»Du darfst Taddeusz überhaupt nicht mehr sehen.« Er fasste sie am Arm. »Das Beste wäre, du verschwindest, Samantha, du haust ab, tauchst irgendwo unter.« Seine Worte hallten unter dem Brückengewölbe nach.

»Weshalb?« Ihr Herz schlug bis zum Hals. »Solange ich schwanger bin, kann mir nichts passieren, hast du gesagt.«

»Normalerweise stimmt das auch. Das Ganze ist so verrückt! Ihr seid beide verrückt!« Er lief in den Nebel hinaus. »Du hast dich in einen Vampir verliebt und Taddeusz ...«

»Ja?« Schon hatte sie ihn eingeholt. »Was ist mit Teddie?«

Richards Brille beschlug, im Gehen nahm er sie ab und wischte sie trocken. »Auch wenn es das bei uns eigentlich nicht gibt, scheint er sein Herz für dich entdeckt zu haben.«

»Sein Herz?« Urplötzlich wurde Sam warm; die Ängste und Nöte rückten an den Rand ihres Bewusstseins, ihre Liebe zu Teddie überstrahlte alles. »Freut er sich auf sein Kind?«

»Samantha!«, schrie Richard sie an. »Eben wolltest du es noch wegmachen lassen! Und jetzt schmachtest du wieder nach diesem ... nach meinem verfluchten Bruder! Weißt du, warum er dir das Bariactar-Elixier zu trinken gibt? Weil du das Wesen in deinem Körper sonst nicht ertragen würdest. Die Schmerzen würden dich töten!«

»Aber er ist doch nur zur Hälfte ein Vampir!«, entgegnete sie. »Die andere Hälfte, die von mir stammt, muss menschlich sein!«

Richard schüttelte den Kopf. »Die Vampirbrut ist stärker als du, selbst wenn sie noch klein ist. Du musst den Saft der Kirsche trinken, um dich zu schützen und zugleich den Vampir zu ernähren.« Er zeigte auf ihren Bauch, der sich selbst unter der dicken Jacke abzeichnete. »Was glaubst du eigentlich, wann es so weit ist?«

Vor einer Steintreppe, die ins Wasser führte, blieben sie stehen.

»Sag du mir, wann«, flüsterte Sam.

»Nicht, wie du denkst, nach neun Monaten.«

»Da bin ich schon selbst draufgekommen. Wann also?«

»Auch wenn Vampire sagenhaft alt werden, dauert ihr Wachstum im Mutterlieb nicht länger als ...« Er holte tief Luft. »13 Wochen.«

Ungewollt begann sie zu lachen. »Das ist undenkbar.« Wusste sie es nicht besser? Hatte ihr nicht das Stoßen und Schlagen des Kleinen an diesem Morgen gezeigt, wie groß er schon war? Sprachen die Ultraschallbilder Dr. Caines nicht die gleiche Sprache? Zum dritten Mal an diesem Tag rechnete Samantha nach. »Das wäre ja ... zu Weihnachten«, sagte sie tonlos. »Zu Weihnachten werde ich Mutter sein?«

»Wenn du dann noch lebst.« Richard starrte auf die schwarzen Wellen. »Ich meine, das Leben, wie du es kennst, wird vorbei sein. Auf eine andere Weise existierst du vielleicht noch, aber es wird dir schlimmer als die schlimmste Folter erscheinen.«

»Was soll ich nur tun?« Langsam, sich selbst kaum bewusst, trat Sam auf die erste Stufe ins Wasser. »Noch bin ich kein Vampir, sondern ein Mensch. Wenn es zum Äußersten kommt …« Sie ging noch einen Schritt tiefer. »Ich könnte mich umbringen.«

Er antwortete nicht gleich. »Das wäre eine Möglichkeit«, sagte er schließlich, als sprächen sie über etwas ganz Belangloses.

»Mein Tod wäre die Rettung?« Auf der nächsten Stufe wurde Sams Fuß bereits vom eisigen Themsewasser umspült.

»Keine Rettung, nur die Chance, meiner Sippe zu widerstehen.«

Sie fühlte die Feuchtigkeit klamm ihr Bein hochkriechen. Sie roch den Nebel, roch den Tod. »Kannst du mir helfen?«, flüsterte sie. In dieser entsetzlichen Sekunde hoffte Sam, Richard möge ihr einen Stoß geben und ihr das Unausdenkbare erleichtern. Sie würde ins schwarze Wasser gleiten, hinuntersinken und von dem leidenschaftslosen Fluss fortgetragen werden, bis nichts von ihr, nichts von dem Furcht einflößenden Kind übrig geblieben sein würde.

»Hilfe von mir?«, hörte sie Richard sagen. »Ich bin ein Schwächling. Nutzlos von Geburt, untauglich von meinem Charakter.« Er seufzte tief. »Ich bin weder schwarz noch weiß, nicht gut oder böse, ich bin noch elender dran als du.« Er beugte sich über die steinerne Böschung. »Wenn es nur das Geringste ändern würde, stürzte ich mich noch vor dir ins Wasser.«

Eine ganze Weile sagte keiner von ihnen ein Wort. Ein merkwürdiger Gedanke bemächtigte sich Samanthas. Selbst Raubtiere, die man später hinter Gitter sperrte, waren nach der Geburt süß und hilflos. Man konnte sie auf dem Arm halten und mit ihnen spielen.

»Zu Beginn bist du klein und schutzlos«, sagte Sam zu dem Wesen in sich. Wie musste sie das Baby ernähren, brauchte es zuerst Muttermilch oder von Anfang an Blut? Welchen Namen gab man einem kleinen Vampir, wie könnte sie ihn nennen? Ohne es zu bemerken, hob sie den linken Fuß aus dem Wasser. Samantha öffnete ihre Jacke. Was für ein kräftiger Bursche er war; selbstvergessen strich sie über ihren runden Bauch. Ihr Blick suchte Richard. Gefangen zwischen Entschlusslosigkeit und Verzweiflung, stand er einige Schritte entfernt am Ufer.

»Warum warte ich nicht einfach, bis der Junge auf der Welt ist?«, rief sie ihm zu.

Er schüttelte bloß den Kopf. Sam aber staunte, wieso sie die Idee nicht früher gehabt hatte. War ihr Sohn erst geboren, stellte er keine körperliche Bedrohung mehr für sie dar. Und danach – warum sollten Teddie und der Clan ihr etwas antun? Brauchten sie nicht eine gesunde Mutter, die sich um das Baby kümmerte? Mit einem Mal kam Sam ihre Situation gar nicht mehr so hoffnungslos vor. Teddie war zwar ein Vampir, aber er liebte sie und er freute sich auf sein Kind. An diesem ungemütlichen Ort, am nebeligen Ufer der Themse, musste Samantha auf einmal lachen. Wäre es nicht verrückt, mit Teddie loszuziehen, um Babysachen für einen Vampir auszusuchen?

Schaudernd erinnerte sie sich daran, dass sie noch vor ein paar Sekunden erwogen hatte, sich und ihr Kind umzubringen. Und jetzt dachte sie bereits über die Frage der richtigen Babyausstattung nach.

»Es gibt bestimmt eine Lösung.« Zwei große Schritte hinauf und sie hatte die Treppe unter sich gelassen. Das Leben war irrwitzig, das Leben war lebensgefährlich; aber es war immer noch besser als der Tod.

»Komm.« Sie nahm Richards Hand. »Meine Füße sind eisig. Lass uns gehen, sonst hole ich mir zu allem Übel noch eine Erkältung.« Sie zog den Vampir weiter, hinein in den Nebel. Ihre

Schritte waren noch zu hören, als die beiden sich schon lange im milchigen Dunst verloren hatten.

24

Sam lag auf dem eiskalten Steinblock, ihre Gliedmaßen waren nach vier Richtungen ausgestreckt und Seile daran festgebunden. Jedes Seil wurde von einem Mönch straff gehalten, sie konnte nichts als den Kopf bewegen. Sie fragte nicht nach einer Erklärung, sah sich nur um. Dieser Ort hatte mit einer Kirche, jedenfalls einer, wie ihr Vater sie verwaltete, nichts zu tun. Und doch kam es ihr vor, als befinde sie sich in einem Gotteshaus. Durch tiefen Schnee war sie hierhergebracht worden, hatte davor eine düstere, kahle Landschaft vorbeiziehen sehen, bis sich vor ihr im eisigen Licht die Umrisse eines gewaltigen Bauwerkes abgezeichnet hatten. Samantha kannte Schlösser und Burgen aus ihrer Heimat, diese Festung aber wirkte bedrohlich und zugleich uneinnehmbar. Das erste Tor war durch eine Zugbrücke und spitze Gitter gesichert gewesen, seine Mauern waren mehrere Meter dick. Das zweite Tor bestand ganz aus Eisen. Erst nach dem Passieren des dritten, mit Menschenschädeln bestückten Tors war das Hauptgebäude aufgetaucht, eine befestigte Kirche. Mönche hatten sie in Empfang genommen, sie vollständig entkleidet und ihren hochschwangeren Körper auf dem steinernen Altar ausgebreitet.

Auch wenn im Qualm der Kerzen alles nur schemenhaft zu erkennen war, entdeckte Sam über sich eine Kanzel, bullig und drohend, aus einem einzigen Stein gemeißelt. Auf dieser Empore stand eine Figur. Sie war nicht von Licht, sondern von

Dunkelheit umstrahlt. Samantha vermochte es nicht anders zu beschreiben: Das Wesen dort oben leuchtete wie ein schwarzer Diamant. Weder konnte sie seine Züge noch sein Gewand erkennen, doch seine Aura erfüllte die Liegende mit der Gewissheit, dass sich in ihm höchste Grausamkeit mit uraltem Wissen verband. Sam hatte keinen Zweifel daran, dass sie hier aufgebahrt lag, um zu gebären. Sie sollte sich öffnen und die Frucht ihres Leibes darbringen, auf diesem Altar, der nicht dem Gott der Christenheit geweiht war. Und doch sah sie sich umgeben von vertrauten kirchlichen Einrichtungen. Über ihrem Kopf erhob sich ein geschnitztes Chorgestühl; in die Säulen, die das Gewölbe trugen, waren Figuren von Märtyrern eingemeißelt, deren Leiden aufs Plastischste dargestellt waren. Nur eines konnte Sam nirgends entdecken: das Symbol des Kreuzes. Zuerst hatte sie die Musik für Frauengesang gehalten, doch diese Stimmen gelangten in eine Höhe, die menschlichen Wesen nicht mehr zuzuordnen war. Hinter den Mönchen, die Sam festhielten, zeichneten sich die Schemen weiterer Gestalten ab, die sich im Dunkel verloren. Die Mönche sprachen nicht, beteten nicht, es war ein rhythmisches Keuchen und Murmeln, das Sam vernahm. Auch wenn ihr die Sprache unbekannt war, schälte sich ein wiederkehrendes Wort daraus hervor: *Fortriu*. Samantha hatte dieses Wort schon gehört, doch die Erinnerung ließ sie im Stich, in welchem Zusammenhang. Nur davon, dass sich mit diesem Begriff etwas Bedrohliches verband, war sie überzeugt.

Jemand trat an sie heran, sein Antlitz blieb unter der Mönchskapuze verborgen. Er wurde von einem Zweiten begleitet, der trug eine durchsichtige Schale; eine rote Flüssigkeit schwankte darin. Der Mönch tauchte einen verdorrten Zweig hinein, dessen Blätter welk und grau waren. Als der erste Tropfen auf Samanthas Körper fiel, erwartete sie einen Schmerz, doch das rote Nass verteilte sich auf ihrem gewölbten Bauch wie ein wundertätiges Öl. Sie dachte an Blut – Opferblut. Mensch oder Tier? Aber der Geruch, den die ölige Flüssigkeit verströmte, war nicht der des Blutes.

»Barhyaghtar«, murmelte der Mönch und salbte Samanthas Bauch.

»Barhyaghtar«, wiederholte sein Begleiter.

Auch wenn sie das Wort anders aussprachen, sollte dies etwa der Wirkstoff der Bariactar-Kirsche sein? In dem Fläschchen, das in Sams Zimmer stand, war der Saft vielfach verdünnt; hier aber verwendete der Mönch den dickflüssigen Extrakt der Kirsche, ein Öl, das ihr abgepresst worden sein musste.

»Was wollt ihr von mir?«, rief sie und hob den Kopf; ihr Bauch wölbte sich vor ihr auf. Ein einzelner Mönch trat aus der Versammlung, während die beiden mit der Schale im Zwielicht verschwanden. Der Mönch schlug die Kapuze zurück, Sam zuckte zusammen. Es war niemand anders als Valerian Kóranyi, der Vampir. Nicht länger hielt er den Anschein des freundlichen Vaters aufrecht, seine Augen funkelten böse, von den Zähnen tropfte Blut.

»Ich will dieses Kind«, sagte er, den Blick auf Sams roten Bauch gerichtet.

»Das Kind gehört der Mutter«, antwortete sie. »Es ist menschlich, du bist es nicht.«

»Das Kind wäre menschlich, wenn die Mutter es wäre!«

Bin ich bereits verwandelt?, durchfuhr Sam die Angst. Haben die Vampire mich überwältigt und zu einer der Ihren gemacht? Rasch legte sie zwei Finger auf ihre Halsschlagader. »Ich spüre meinen Herzschlag«, rief sie. »Mein Blut zirkuliert. Das deine aber ist längst erstarrt und verdorben. Darum musst du dich bis in alle Ewigkeit vom Blut anderer ernähren!«

»Das Kind ist mein.« Unerbittlich kam der Vampir auf sie

zu. Gierig betrachtete er ihren aufs Äußerste gespannten Bauch.

In ihrer Verzweiflung hob sie den Kopf zu dem von Dunkelheit umstrahlten Wesen. Samantha schrie seinen Namen: »Fortriu!«

Da erhob sich ein Wind im Innern des Gemäuers, die Kerzen flackerten. Der Wind war eine flüsternde Stimme, die Stimme der schwarz leuchtenden Gestalt. Sam wollte verstehen, was sie sagte, doch der Wind legte sich bereits wieder, der Schein auf der Kanzel erlosch. Die Mönche näherten sich zum zweiten Mal mit der Schale und salbten Samantha, diesmal jedoch nicht nur den Bauch, sondern den ganzen Körper. Überall drang der Zweig mit der Flüssigkeit hin, auf jede Stelle ihres Körpers verteilte sich das Öl. Es dauerte nicht lange und Sam war von oben bis unten rot bestrichen. Blutig wie das Neugeborene, das ihrem Schoß bald entspringen würde, sah sie aus. Als der Mönch den Zweig an seinen Begleiter zurückgab, traute sie ihren Augen nicht: Die Blätter waren ergrünt, sie sprossen und wuchsen. Gleichzeitig fühlte Samantha in sich selbst ein Keimen und Spannen, ein freudiges Hervorwachsen, als flössen ihr aus dem Extrakt unbekannte Kräfte zu, als sei sie unbezwingbar und könne den Widerstand jedes Feindes brechen.

»Wo bist du?«, rief sie Valerian zu, ihr Blick suchte den alten Vampir. »Jetzt nehme ich es mit dir auf!« Aber Valerian Kóranyi war verschwunden. Um ihn im Halbdunkel entdecken zu können, riss Sam die Augen weit auf …

… und starrte an die Decke ihres Zimmers. Ihr Gesicht, ihr Hals und die Brust fühlten sich nass an. Hatte man sie tatsächlich mit rotem Saft beschmiert? Nein, es waren Tränen, die sie während ihres Traumes vergossen hatte. Ein heftiges

Schluchzen schüttelte Sam, sie presste die Faust gegen den Mund, doch das Schreien ließ sich nicht zurückhalten. Samantha schrie, schrie drei Stockwerke unter der Erde, in der Gruft, die ihr Zimmer war. Sie wollte aufspringen, aber ihr Körper gehorchte nicht, war gelähmt von den Bildern, die ihr so wirklich erschienen waren, wie kein Traum es je vorzugaukeln vermochte. Samantha fühlte sich weiter umfangen vom Schauplatz des Grauens, sah die Kirchenburg inmitten der verschneiten Landschaft, die widernatürlichen Mönche, den Opferstein und darauf sich selbst; in ihrer Phantasie durchlebte sie das ganze schreckliche Ritual noch einmal.

Endlich gelang es ihr, Gegenstände im Zimmer auszumachen, den baumelnden Galgen, die gestapelten Nachttische, die ausrangierte OP-Lampe über sich. Ihr Blick fiel auf das leuchtende EXIT-Zeichen. Das piktografierte Männchen war auf der Flucht, es rannte, aber wohin? Mühevoll, wie nach langer Krankheit, setzte Samantha sich auf, stellte die Füße zu Boden, fühlte den kalten Kunststoff unter den Sohlen und schwankte zum Waschbecken. Seltsam, wie wenig von dem erlebten Schock sich in ihrem Gesicht widerspiegelte. Ein schlaftrunkenes, zerstrubbeltes Mädchen stand ihr gegenüber, dessen Bauch unter der Schlafanzugjacke spannte. Sie steckte ihr Haar hoch und wusch das Gesicht mit kaltem Wasser. Sie konnte sich unmöglich wieder schlafen legen. Die Uhr stand auf kurz vor 5:00, Sam zog sich an, fuhr ins Erdgeschoss und lief in die Nacht hinaus. Sie wollte nicht denken, keine Schlüsse aus ihrem Traum ziehen, Samantha wollte nichts, als sich am Leben spüren. Sie lief die Fulham Road stadtauswärts; selbst um diese Zeit war der Verkehr lebhaft. Sie sah ihre Beine unter sich ausschreiten, hörte ihren Atem, die kalte frische Luft tat gut. Sie warf die Arme in die Höhe, stieß kleine Schreie aus und fühlte sich nach einer Weile endlich wieder als Wesen von dieser Welt, aus dieser Stadt, ein junges Mädchen, das einen üblen Traum verscheucht hatte.

25

Samantha erfuhr es bei Dienstantritt: Noch in den Morgenstunden sollte Andrew operiert werden; überraschend hatte sich eine Spenderniere gefunden. Sir Kennock war bereits dabei, sie aus dem Verstorbenen zu explantieren. Die Station wurde von jener hektischen Konzentration erfasst, wie Sam sie vor großen Operationen mehrmals erlebt hatte. Auch wenn sie sich für Andrew freute, ging sie nicht gleich zu ihm, sondern als Erstes zu Tante Margret.

»Ist das bei Andrews seltener Blutgruppe nicht ein außergewöhnlicher Zufall?« Die Oberschwester saß vor dem Computer. Auf ihren erstaunten Blick hin erklärte Sam: »Schon der zweite Spender in so kurzer Zeit? Woher ist diese Niere so plötzlich aufgetaucht?«

»Die Datenbank hat sie uns zugewiesen. Was soll daran ungewöhnlich sein?«

»Und der Spender … oder die Spenderin – woher stammt der?«

Ungeduldig drehte die Tante sich um. »Ich weiß, wie sehr Andrew dir am Herzen liegt, aber ich habe alle Hände voll zu tun, um das Organ korrekt zu registrieren, bevor wir operieren.« Neugierig trat Sam an den Bildschirm heran. »Die Daten sind vertraulich.« Margret drehte den Monitor zur Seite.

Doch diese Sekunde hatte ausgereicht: Der Name des Spenders lautete *Gregory Bull.* »Woran ist Mr Bull gestorben?«

Die Oberschwester wurde ärgerlich. »Hast du schon deine Frühstückstabletts verteilt?«

»Frühstück serviert, Bettpfannen geleert, Kissen aufgeschüttelt.« Sam setzte eine bittende Miene auf. »Tante Margret. Ich bin Lernschwester. Wie soll ich was Richtiges lernen, wenn du mich nur die Betten machen lässt?«

Nach kurzem Zögern gab Margret den Bildschirm frei. »Also schön. Mister Bull war neunundzwanzig Jahre alt und hatte …«

»So jung?«

»Je jünger das Organ ist, desto besser.«

»Was für eine Krankheit hatte er?«

»Krankheit?« Die Tante scrollte zu der Stelle, wo Todesursache und Todeszeit standen. »Nein, der Mann hatte einen Unfall. Heute früh um 5:20 fuhr Mr Bull mit seinem Motorrad gegen einen Baum. Man brachte ihn auf die Unfallstation, dort starb er.«

»Motorrad?« Der Umstand erinnerte Sam an etwas. Wie ein Schock durchfuhr sie jedoch ein anderer Gedanke: Wie hatte Teddie ihr bereits vor zwei Tagen die Niere für Andrew ankündigen können, obwohl der Spender erst vergangene Nacht gestorben war? Ein Unfall um fünf Uhr früh – wer fuhr um diese Zeit mit dem Motorrad durch Nacht und Nebel?

»Wo ist die Leiche?«

»Wir hatten Glück. Mr Bull lebt hier in London. Er wurde vom Unfallort direkt ins Chelsea and Westminster transportiert. Sir Kennock vollzieht die Explantation hier im Haus.«

Sam war so gut wie sicher, dass diese Sache mit Glück nichts zu tun hatte. »Danke, Tante. Ich lasse dich jetzt wieder arbeiten.« Nachdenklich verließ sie das Büro und ging in Andrews Zimmer. Der Junge hatte bereits ein Beruhigungsmittel bekommen; aus müden Augen sah er seine Freundin an.

»Heute ist dein großer Tag.« Sie setzte sich zu ihm.

»Wirst du da sein, wenn ich wieder zu mir komme?« Seine kleine Hand tauchte über der Bettdecke auf.

Sam drückte sie. »Klar bin ich hier. Ich will doch wissen, wie sich das anfühlt, eine brandneue Niere zu haben.«

»Sie sagen mir nicht, von wem ich sie bekomme. Weißt du es denn?«

»Ich?« Sie lachte etwas zu laut. »Ich bin hier Anfängerin. Mir sagen die gar nichts.« Noch während sie sprachen, spürte Sam, wie Andrews Hand erschlaffte, er war friedlich eingeschlafen.

Wenig später versammelte sich das Team im OP. Sam beobachtete, wie der Junge in seinem Bett durch den Korridor gerollt wurde und in der aseptischen Schleuse verschwand. Gleich darauf rauschte Sir Kennock in der blauen Chirurgenmontur vorbei; auf einem Wagen brachte Tante Margret die Kühlbox mit dem Transplantat hinterher. Die Türen zum Allerheiligsten schlossen sich. Samantha schickte ein stilles Gebet zum Himmel, dass die Operation gut verlaufen möge. Dann überlegte sie. Normalerweise wurde die Leiche eines gerade Verstorbenen in die pathologische Abteilung geschafft, wo man sie aufbewahrte, bis der Pathologe sie zur Bestattung freigab. Da es bei Organspenden aber schnell gehen musste, war Sam sicher, der tote Mr Bull befand sich noch in Sir Kennocks Bereich. Ein Stockwerk tiefer hatten sie einen dafür vorgesehenen Raum. Sam nahm die Treppe und vergewisserte sich, dass sonst niemand hier unten war. Die Neonbeleuchtung ging an, einen Moment stand sie still. Sie ahnte, was sich in dem länglichen Kunststoffbehälter befand. An der Wand hing eine Box mit Latexhandschuhen, Sam zog ein Paar heraus, stülpte sie über und öffnete vorsichtig den Deckel.

Zu Beginn ihrer Ausbildung war sie auf der Anatomie gewesen, wo den Lernschwestern konservierte Leichenteile gezeigt worden waren. Dieser Mann hatte noch vor wenigen Stunden am Leben teilgenommen; Sam brauchte einen Moment, um den Anblick zu verkraften. Seltsamerweise lag er auf dem Bauch. Ihr fiel ein, dass man die Niere meist von hinten, über den Rücken entnahm. Dort entdeckte sie einen langen Schnitt, der mit wenigen Stichen zugenäht worden war. Ein Teil des Körpers war mit einem grünen Laken bedeckt, beherzt zog Sam es beseite. Ein muskulöser junger Mann mit lockigem Haar tauchte auf, die Haut gebräunt und straff. Sie berührte seine Schulter; er fühlte sich noch nicht kalt an, doch die Totenstarre setzte bereits ein. Und jetzt? Sie überlegte. Was suchst du, was willst du beweisen? Sam beugte sich über Mr Bulls Hals und tastete die Aorta auf beiden Seiten ab; dort war nichts zu entdecken. Sie hob die rechte Hand hoch, sein Handgelenk war unversehrt, ebenso das linke. Während sie die gleiche Untersuchung an den Füßen vornahm, fragte sie sich, an welcher Verletzung der Motorradfahrer eigentlich gestorben war. Als sie weiterhin nichts fand, wodurch sich ihr Verdacht erhärtete, blieb ihr nichts übrig, als den Mann umzudrehen. Es war ein schauderhafter Anblick. Bei dem Aufprall war Mr Bull offenbar der Helm vom Kopf gerissen worden, seine Stirn war zerschmettert. Trotz der Verunstaltung erkannte man noch seinen auffallenden Schnurrbart; er hatte ihn lang wachsen lassen und an den Spitzen gezwirbelt. Sam riss sich zusammen und begann, Brust und Bauch abzusuchen. Weshalb ist sein Brustkorb nicht geöffnet worden?, fragte sie sich. Bei einem Spender mit seltener Blutgruppe wurden meist mehrere Organe entnommen.

Plötzlich sah sie die Wunde. Sie war so unauffällig, dass man nur darauf stieß, wenn man sie suchte. Auf der Innenseite von Mr Bulls Oberschenkel befanden sich zwei Einstiche. Sie hätten von einer Injektionsnadel herrühren oder auch Zeckenbisse sein können. Samantha wusste es besser. Ihre Hand glitt über die Stelle: Die Verletzungen saßen über der *Arteria femoralis*, der großen Oberschenkelarterie, die das Bein mit Blut versorgte. »Hier haben sie dich also angezapft.«

Vor sich hatte Samantha den Beweis, dass ihr Geliebter seinen Beruf missbrauchte, um an das Blut von frisch Verstorbenen zu kommen. Wann und unter welchen Umständen Teddie Mr Bulls Blut getrunken hatte, wusste sie nicht; es spielte auch keine Rolle. Das Gute, das er tat, indem er Andrew zu einer neuen Niere verhalf, wurde durch das Verwerfliche der Leichenschändung zunichtegemacht. Zum ersten Mal gestand sie sich ein, dass die Liebe zu diesem Mann – zu dieser Kreatur – widernatürlich war. Sie musste sich ihre Liebe aus dem Herzen reißen, wollte sie nicht daran zugrunde gehen.

»Aus dem Herzen reißen«, sagte sie in das stille Totenzimmer hinein. Die Erinnerung an ihren Traum war plötzlich da. Aus dem Herzen reißen?

26

Aber es war nur ein Traum«, flüsterte Samantha. »Oder war es doch mehr?«

Zum zweiten Mal an diesem Vormittag starrte sie auf Margrets Computerbildschirm. Das Büro war leer, Andrews Operation dauerte noch an. Sams Finger flogen über die Tasten. Wie beim letzten Mal fand sie unter dem Begriff »Bariactar-Kirsche« keinen Eintrag. Sie gab »Stärkungsmittel« ein, darauf »Herz-Kreislauf-Stärkung«, und als das auch kein entsprechendes Ergebnis brachte, den Suchbegriff »Blutreinigung«. Eine lange Reihe von Kräutern tauchte auf, Sam scrollte die Liste nach unten: Ackerschachtelhalm, Allmannsharnisch, Angelika, Bachbunge, Barhyaghtar, Birke, Brennnessel. Als sie schon bei »Frauengüldenkraut« angelangt war, fiel es ihr plötzlich auf, hastig ruckte sie die Maus wieder nach oben; da stand es: Barhyaghtar! Aufgeregt klickte Samantha es an.

> **Barhyaghtar**. *Abart der Tollkirsche (Atropa), Nachtschattengewächs. Ausdauernde, krautige Pflanze, bis zu 80 cm hoch. Langstielig, einzellige Köpfe. Kugelig schwarze Früchte, weswegen die Pflanze auch »Barhyaghtar belladonna« genannt wird. Durch die Cuticula geben die Trichome ein öliges Sekret ab. Da die Pflanze zum letzten Mal im 19. Jahrhundert nachweisbar ist, sind ihre Wirkstoffe nicht mehr bekannt. Vermutet werden: Apoatropin und Cordialotin.*

Laut las Samantha weiter. »Obwohl Barhyaghtar belladonna als hochgiftig galt, wurde das Elixier ihres Saftes in vieltausendfacher Verdünnung zur Blutreinigung und Herzstärkung verwendet. Der Sage nach soll der Extrakt der Kirsche außerdem Drachenkräfte verleihen, sowie Unverletzlichkeit für begrenzte Zeit.« Sam betrachtete eine Zeichnung, auf der die Pflanze abgebildet und beschrieben war. In der untersten Zeile fand sie einen Link: Die Jünger Fortrius.

Gebannt und mit erhobenem Finger starrte sie auf den Bildschirm. Der rote Saft auf meiner Haut, dachte sie, die Mönche, die den Namen der Frucht gebetsmühlenartig wiederholten, meine außergewöhnlichen Kräfte – also war es doch nicht nur ein Traum! Samantha senkte den Finger und drückte auf Enter. Eine gewöhnliche Homepage sprang auf. Sie gehörte einem Verein, der sich mit Anschrift und Telefonnummer präsentierte. Die *Jünger Fortrius* stellten sich als Bund von Naturliebhabern dar, die sich zur Ausübung »vergessener Naturbräuche« trafen. Sosehr Samantha auch nach weiteren Informationen suchte, das war alles. Kein Hinweis auf die Barhyaghtarkirsche, ihre Wirkung oder eine geheime Rezeptur. Sam fiel der Satz ihres Vaters ein: *Die Bräuche der schottischen Urbevölkerung müssen brutal gewesen sein. Die Jünger Fortrius praktizieren diese Riten heute wieder. Sie essen die Herzen ihrer Feinde, sie trinken ihr Blut.*

In diesem Augenblick spürte Sam in ihrem Inneren einen Stoß; das vorgebeugte Sitzen schien dem Bewohner ihres Bauches nicht zu gefallen. Sie richtete sich auf, atmete durch, erschöpft lehnte sie sich zurück. Wohin soll das führen, dachte sie. Immer wenn ich glaube, ein Geheimnis gelüftet zu haben, taucht das nächste auf. Was hat eine ausgestorbene Kirsche mit diesem Verein in Nordengland zu tun? Du kriegst es nur heraus, wenn du danach fragst. Ohne lange zu überlegen, griff sie zum Telefon und wählte die Nummer von der Homepage. Der Vorwahl nach zu schließen, musste es ein Ort unweit von Lower Liargo sein. Es klingelte einmal, zweimal, nach dem sechsten Mal legte sie wieder auf.

Samantha war im Begriff, an ihre Arbeit zurückzukehren, als das Telefon läutete. Bestimmt hätte sie Tante Margrets Apparat nicht abgenommen, wäre auf dem Display nicht die Nummer der Jünger Fortrius erschienen. Die rufen zurück, durchfuhr es sie. Die wissen, wo ich bin! Jetzt wissen sie, wo sie mich erreichen können! Am liebsten hätte sie das Büro so rasch wie möglich verlassen, aber Sam konnte nicht widerstehen.

»Ja?« Sie hielt den Hörer ans Ohr.

»Sie interessieren sich für unseren Verein?«, fragte eine freundliche Männerstimme.

»Ich … Nein, ich bin eher zufällig auf Ihre Website gesurft«, antwortete sie so desinteressiert wie möglich.

»Wieso haben Sie dann den Barhyaghtar-Link benutzt? Weshalb interessieren Sie sich für dieses Heilkraut?«

Sie schluckte. »Das war nur Zufall. Im Netz kommt man häufig von einem aufs andere. Womit befasst sich eigentlich Ihr Verein?«

Einen Moment war es still. »Sind Sie von einer Zeitung?«

»Nein!« Sie lachte nervös. »Ich interessiere mich lediglich für vergessene Naturbräuche. Dürfte ich bei einem Ihrer Rituale mal dabei sein?«

»Wir sind eine rein männliche Vereinigung«, antwortete er.

»Können Sie mir etwas über die Barhyaghtar belladonna sagen?«

»Die Kirsche ist seit über einem Jahrhundert ausgestorben.«

»Aber irgendwo muss sie noch existieren. Ich habe den Saft …« Was für ein Fehler! Wieso war sie so dumm, von sich selbst zu sprechen!

»Darf ich Ihren Namen erfahren?«, kam die neugierige Frage.

In Panik legte Samantha auf. Sie schloss alle Programme, löschte den Verlauf der Websites und fuhr Margrets Computer herunter. Trotzdem war ihr klar, dass sie die Verbindung damit nicht vollständig kappte. Wer wollte, konnte die Spur zu ihr über die Telefonnummer zurückverfolgen. Trotz ihrer Angst, einen schlimmen Fehler begangen zu haben, verspürte Sam mit einem Mal entsetzlichen Heißhunger. Zwar hatte sie heute noch kaum etwas gegessen, doch ein solch wildes Hungergefühl war ihr unbekannt. Als sie das Büro verließ, wäre sie vor Schwäche fast hingefallen. Du musst bei Kräften bleiben, dachte sie, du musst auf dich achten und auf den Kleinen.

Im Korridor zeigte das Signallicht an, dass die Operation

noch in Gang war. Mit bangen Gedanken an Andrew verließ Sam die Station. Heute lief sie nicht zur Cafeteria, sondern in die Kantine. Sie brauchte etwas Anständiges zu beißen.

»Bitte geben Sie mir zwei davon.« Vor der Speiseausgabe zeigte sie auf die brutzelnden Rindfleischscheiben auf dem Bräter.

»Zwei Hamburger.« Der Küchenbulle wollte die Bestellung eintippen.

»Ohne Brötchen, ohne Pommes, ohne Zwiebel.«

»Bloß Fleisch?«

»Bloß Fleisch.« Herausfordernd sah sie ihn an. »Und bitte fix, ich falle gleich um vor Hunger.«

»Die sind aber noch fast roh.«

»Je blutiger, desto besser.«

Sam bekam zwei dampfende Scheiben aufgetan, bezahlte und setzte sich. Beim ersten Bissen quoll ihr das Blut entgegen, gierig kaute sie und schmatzte dabei so laut, dass sich am Nebentisch zwei Ärztinnen umdrehten. Während sie weiteraß, erfüllte Sam eine neue Genugtuung: Sie kam den Zusammenhängen allmählich auf die Spur! Sie wartete nicht länger untätig darauf, was andere mit ihr vorhatten; der Traum hatte eine Tür aufgestoßen, hinter der sich vielleicht das Mittel zur Rettung vor den Vampiren verbarg. Aber ich brauche Hilfe, dachte Sam, ich muss Richard einweihen. Er war zwar auch ein Vampir und ein ziemlich schwächlicher dazu, aber er war ein Mann. Und Sam brauchte einen Mann, um bei den Jüngern Fortrius vorzustoßen.

Während sie ihren Hunger stillte, fiel ihr auf, dass sich noch jemand über die Mahlzeit freute: der Junge in ihrem Bauch. Den Vormittag über hatte er viel geruckt und gestoßen, hatte seiner Mutter Schweißausbrüche und Krämpfe verursacht; nun hielt er auf einmal still. Es ist das Blut, dachte sie, er mag

Blut. Nachdem sie den Teller leer gegessen hatte, nahm Sam ihr Handy und wählte Richards Nummer. Seltsamerweise ertönte weder ein Klingelzeichen noch meldete sich die Mailbox. Es war, als ob die Nummer nicht existierte. Im Gefühl, sich übergessen zu haben, stand sie auf und marschierte mit vorgewölbtem Bauch zur Kantine hinaus.

Auf dem Korridor ihrer Abteilung begegnete sie mehreren Ärzten. Die Operation war beendet. Andrew lag sicher noch nicht wieder auf seinem Zimmer, sondern im Überwachungsraum, wo ein Ärzteteam rund um die Uhr bereitstand.

Vor der Tür des Überwachungsraumes traf Sam auf Tante Margret. »Wie ist es gelaufen? Alles in Ordnung?«

Die Oberschwester nahm die Operationshaube ab und wischte eine Haarsträhne aus der Stirn. »Es gab Komplikationen, sein Kreislauf ist zusammengebrochen, wir hätten ihn beinahe verloren. Aber jetzt scheint er über den Berg zu sein.«

»Was ist mit der Niere?« Sam konnte einen Rülpser nicht unterdrücken.

»Das werden die nächsten Stunden zeigen.« Margret senkte den Blick auf Samanthas Bauch. »Und wie geht es dir?«

Rasch versuchte Sam, den Kittel zu schließen.

»Wie lange willst du eigentlich noch so herumlaufen, ohne mir ein Wort zu sagen?«

Sam schnappte nach Luft, brachte aber keine Antwort heraus.

»Warum bist du nicht gleich zu mir gekommen?«, sagte die Tante vorwurfsvoll. »Dein kleines *Andenken* ist mindestens fünf Monate alt. In deinem Zustand hätte ich dir die Stelle hier gar nicht geben dürfen.«

»Ich wollte … dir keine Schwierigkeiten machen.«

»Aber genau das hast du getan.« Auf Sams Versuch, etwas

zu erwidern, hob Margret die Hand. »Nicht jetzt. Hier können wir nicht reden. Komm nach Dienstschluss in mein Büro.«

Samantha versprach es. Mit gemischten Gefühlen kehrte sie an die Arbeit zurück. Natürlich war die Tante sauer auf sie, doch im Grunde machte es keinen Unterschied: Binnen Kurzem hätte jeder die Wahrheit gesehen. Ihr blieb kaum noch Zeit zu handeln. Mit jedem Tag, den sie weiter verstreichen ließ, würde sie schwerfälliger und hilfloser werden. Zum zweiten Mal rief sie Richard an, wieder ohne Erfolg. Gleich darauf wurde ihr übel; sie führte es auf ihre ungewöhnliche Mahlzeit zurück. Als sie den Brechreiz kaum noch unterdrücken konnte, eilte sie auf ihr Zimmer und trank von dem Elixier. Erstaunlich, wie schnell es wirkte. Sie hielt die Flüssigkeit gegen das Licht. Hellrote und dunklere Schwaden wechselten sich ab. Wie stark mochte die Verdünnung sein, dass die enthaltenen Gifte Sam keinen Schaden, sondern Wohlbefinden bescherten?

In ihrer Tasche vibrierte etwas. Sie nahm das Handy und las eine Nachricht, die von Richards Nummer abgeschickt worden war. Sie enthielt nur ein einziges Wort: HELP. Richards Befürchtungen fielen ihr ein, seine Angst, die Familie könnte draufkommen, dass er mit Samantha gemeinsame Sache machte. Sie tippte die Frage ein, was los sei, wartete minutenlang – seine Antwort blieb aus. Was gab es da noch zu überlegen? HELP. Ihr Freund brauchte Hilfe. Sam nahm den Mantel vom Haken.

27

Ihr Plan konnte tödliche Folgen haben. Lediglich ihr Bauch und sein kleiner Bewohner gaben Sam die nötige Zuversicht, um an der Klingel des Kóranyi-Hauses zu ziehen. Das Tor glitt auf, die Haustür öffnete sich, Sam ging die Halle mit den dreizehn Säulen entlang. An der Treppe erwartete sie ein Angestellter. In ihrer Situation half nur Frechheit.

»Ich möchte zu meinem Verlobten.«

»Mr Kóranyi ist nicht im Haus«, antwortete der fahle Bedienstete.

»Dann warte ich auf ihn.«

»Gerne. Wenn Sie im Salon …« Er wies die Treppe hoch.

»Nicht nötig. Ich gehe in den Turm.« Sie wollte ihm vorauseilen, schon auf dem nächsten Absatz holte er sie ein.

»Mr Taddeusz wird sich bestimmt in wenigen Minuten um Sie kümmern.«

»In wenigen Minuten? Verstehe, gleich geht die Sonne unter.« Sie sah den Angestellten herausfordernd an.

Der ließ sich nicht abwimmeln. »Sie werden feststellen, dass es im Salon viel bequemer für Sie ist.«

»Na gut, warte ich eben dort.« Sie erreichten den ersten Stock, Sam ließ sich die Tür öffnen und fläzte sich auf das nächstbeste Polstermöbel, als habe sie alle Zeit der Welt.

»Darf ich Ihnen eine Erfrischung bringen?«

»Ich möchte heiße Schokolade mit viel Schlagsahne.«

»Schlagsahne?« Er räusperte sich. »Ich bin nicht sicher, ob die Küche darauf eingerichtet ist.«

»In meinem Zustand brauche ich so viel Sahne wie möglich.« Sie streichelte ihren Bauch. »*Ihm* schmeckt das ganz besonders.« Sie lächelte bittend.

»Schlagsahne«, murmelte der Angestellte und zog sich zurück.

Samantha ließ ein paar Sekunden verstreichen, dann huschte sie zur Tür und lauschte. Sie hörte seine Schritte nach unten verklingen. Rasch zog sie die Schuhe aus und schlich zum zweiten Mal die Treppe hoch. Hastig nahm sie Etage um Etage, bis sie atemlos vor Richards Tür stand. Ohne anzuklopfen, trat sie ein. Der Raum sah so unordentlich aus wie immer und doch war diesmal etwas anders. Hier hatte ein Kampf stattgefunden. Der Infusionsständer lag umgekippt neben dem Bett, das Laken war an den Seiten herausgezerrt worden, als habe jemand versucht, sich daran festzukrallen. Schubladen standen offen, ein Regal war zusammengekracht. Sam entdeckte einen einzelnen Turnschuh, der ohne Zweifel Richard gehörte. Sie hatten ihn fortgeschafft! Wie konnten sie ihrem eigenen Sohn, ihrem Bruder so etwas antun? Entmutigt sank sie aufs Bett und ließ den Blick umherschweifen. Sie hatten auch seine Plüschtiere durchwühlt. Nein, es sah nur so aus – ein Tier schien aus der Sammlung hervorgekramt worden zu sein. Die Stoffratte lag in einer ungewöhnlichen Position auf dem Stuhlrand; mit einer Pfote zeigte sie nach unten. Sam hatte Berichte gelesen, in denen Ratten mit Vampiren in Zusammenhang gebracht wurden. Wollte Richard ihr sagen, dass er sich in eine Ratte verwandelt hatte?

»Nun bleib aber mal auf dem Teppich.« Sie umrundete die Stoffratte. Wenn jemand gekidnappt wird und in letzter Sekunde eine geheime Botschaft zurücklassen will … Sam schlug mit der flachen Hand gegen die Stirn …, dann versucht er, seinen Aufenthaltsort zu signalisieren! Wo würde man in einem Haus Ratten vermuten? Im Keller natürlich. Und genau dorthin zeigte das Plüschtier: Sie hatten Richard im Keller eingesperrt!

Sam lief aus dem Zimmer und den gleichen Weg zurück, den sie gekommen war. Sie galoppierte die Stufen hinunter, hielt sich strauchelnd am Geländer fest, warf zwischendurch einen Blick in den Treppenschacht. Erschrocken zügelte sie ihren Atem; von unten kamen ihr Schritte entgegen. Sie schaute aus dem Fenster: Noch war die Sonne ein glutroter Ball am Abendhimmel. Teddie war es also sicher nicht. Sekunden später erreichte sie den Salon, huschte hinein und landete keuchend auf dem Sofa.

Schon ging die Tür wieder auf. »Heiße Schokolade mit Schlagsahne«, sagte der Angestellte nicht ohne Stolz.

»Das hat ja gedauert. Aber vielen Dank.« Sam rekelte sich, als sei sie kurz eingenickt. Sie folgte ihm zu dem Tisch, wo er das Silbertablett abstellte.

»Kann ich sonst noch etwas für Sie tun?« Er schenkte ein.

Sam antwortete nicht. Sie war von einem Anblick gefesselt, der auf den ersten Blick harmlos schien. Hier in der Nische hatten die Kóranyis gerahmte Fotografien hängen, Erinnerungen an Begegnungen mit Persönlichkeiten der Gesellschaft. Sie zeigten Teddie und seinen Vater auf einer Galapremiere, beim Handshake mit einer Königlichen Hoheit; auf einem Bild war Valerian mit Sir Kennock abgelichtet. Aber nicht dieses Foto starrte Samantha an, sondern eine Gruppenaufnahme. Sie zeigte die Mitglieder des Motorradclubs *Blood Suckers*, dessen Sponsoren die Kóranyis waren. Auf dem Bild stand Taddeusz, umringt von zwanzig Kerlen in Leder-Outfits, die ihre schweren Maschinen vor sich aufgereiht hatten. Einer der Motorradfreaks lachte fröhlich, er hatte muntere Augen und einen auffallenden Schnurrbart; an den Enden war er gezwirbelt. Vertraulich legte Taddeusz ihm den Arm um die Schulter. Das war niemand anders als Mr Bull! Mr Bull, der nun tot im Tiefgeschoss des Krankenhauses lag, während seine Niere ihre Arbeit im Körper des kleinen Andrew aufnahm.

»Miss?«, fragte der Angestellte.

Teddie hat ihn umgebracht, dachte Sam. Er wollte mir einen Gefallen tun, fand heraus, dass Mr Bull Blutgruppe AB negativ hatte, und tötete ihn. Er hat ihm das Blut ausgesaugt und seine Leiche zur weiteren Verwertung Sir Kennock überlassen. So etwas macht mein Geliebter, der Mann, dessen Sohn ich in mir trage!

»Miss?« Der Bedienstete hielt ihr die dampfende Tasse hin. Obenauf schwamm ein cremiger Sahnehügel.

»Ich habe es mir anders überlegt!« Sie zwang sich, einen klaren Kopf zu bewahren. Draußen schickte die Sonne ihre letzten Strahlen über die Dächer; in wenigen Minuten würde es dunkel sein. »Ich kann leider nicht länger warten.«

»Aber Mr Kóranyi erscheint gewiss jeden Moment.«

Auf sein *Erscheinen* bin ich gar nicht neugierig, dachte sie. »Richten Sie ihm einen lieben Gruß aus.« Sie machte die ersten Schritte zur Tür. »Ich melde mich morgen wieder.«

»Und die Schokolade?«, fragte der Angestellte, verstimmt, weil sein Getränk nicht gewürdigt wurde.

»Schmeckt bestimmt köstlich!« Schon war sie draußen. Sie presste die Hand gegen ihren Bauch und hastete nach unten.

Help!, gellte es in ihrem Kopf. HELP!, so hatte Richards Botschaft gelautet. Doch Samantha sah ein, dass es so gut wie unmöglich war, gleich etwas für ihren Freund zu tun. Die Hausangestellten hatten ein Auge auf sie, außerdem würde Teddie jeden Moment hier sein. Kaum anzunehmen, dass er ihr gestatten würde, in den Keller hinunterzusteigen. Wenn du Richard helfen willst, musst du die Sache besser vorbereiten, dachte Sam. Einem anderen Verdacht konnte sie jedoch gleich auf den Grund gehen: War Taddeusz ein Mörder? Hatte er Mr

Bulls Blutgruppe schon vorher gewusst und ihn mit voller Absicht geopfert? Oder gab es nicht auch die Möglichkeit, dass er nach dessen tödlichem Unfall lediglich schnell reagiert hatte? Sam musste so rasch wie möglich ins Krankenhaus, an Tante Margrets Computer. Sie rannte durch den marmornen Korridor und weiter ins Freie. Erleichtert stellte sie fest, dass das Tor aufschwang und ihr den Weg freigab. Sam eilte auf den Belgrave Square, zurück unter die Menschen.

*

Nach halbstündiger Fahrt mit dem Bus erreichte sie eine Straße, in der es ohne Kenntnis der Hausnummer unmöglich gewesen wäre, die Adresse, die sie in Tante Margrets Computer aufgespürt hatte, zu finden. Die Reihenhäuser sahen identisch aus. Jedes hatte einen ebenerdigen Erker, zwei Dachgauben und eine braune Eingangstür. Mr Bull wohnte mit seiner Familie im Haus Nr. 112. Samantha fasste sich ein Herz und klingelte. Während Schritte näher kamen, durchfuhr es sie plötzlich, dass Mrs Bull vom Tod ihres Mannes möglicherweise noch gar nichts wusste.

Der Anblick der Frau in Schwarz bewies ihr das Gegenteil. »Entschuldigen Sie die Störung. Ich komme vom Chelsea and Westminster Hospital«, sagte sie.

Mrs Bull, eine mollige Dreißigjährige, bat sie herein.

»Sie kommen wegen der Überstellung? Ich habe dem Krankenhaus schon telefonisch mitgeteilt, welches Bestattungsinstitut wir…« Sie verlor die Fassung, zog die Kleenex-Box heran und schnäuzte sich ausgiebig.

»Ich bin nicht wegen der Überstellung hier.« Auf eine Geste der Witwe nahm Sam Platz. »Ich arbeite in der Abteilung, wo man Ihrem Mann das Spenderorgan entnommen hat.«

Aus tränenverschleierten Augen musterte Mrs Bull ihr

Gegenüber. »Für eine Ärztin sind Sie aber noch ziemlich jung.«

»Dieser Unfall«, überging Sam die letzte Bemerkung. »In unserer Datei steht, Ihr Mann sei kurz nach fünf Uhr morgens zu Tode gekommen. Wieso ist er um diese Uhrzeit und noch dazu bei Regen Motorrad gefahren?«

»Darüber zermartere ich mir seit Stunden den Kopf.« Mrs Bull seufzte. »In der Nacht hat uns ein Anruf rausgeläutet. Greg wollte mich nicht stören und hat unten telefoniert. Als ich das nächste Mal wach wurde, stand er im Lederdress vor mir, den Helm unterm Arm, und sagte, er hätte was zu erledigen. Draußen goss es aus Eimern! Ich fragte ihn, was der Unsinn soll. Darauf sagte er: Bin bald zurück, mach mir was Leckeres zum Frühstück. Das war das letzte Mal, dass ich ihn gesehen habe!« Die Frau schluchzte.

Sam setzte sich neben sie und streichelte ihre Schulter. »Hat er nicht gesagt, von wem der Anruf kam? Könnte es einer seiner Kumpels gewesen sein – vom Motorradclub?«

»Um vier Uhr morgens? Das wäre doch unerhört.«

Sam wartete, bis das Weinen nachließ. »Sagt Ihnen der Name Kóranyi etwas?«

»Natürlich.« Ein unerwartetes Lächeln huschte über das gerötete Gesicht. »Das ist eine Familie, die uns viel Gutes getan hat.«

»Wie meinen Sie das?«

»Als wir die Kreditrate für Gregs neue *Harley* nicht bezahlen konnten, streckte Mr Kóranyi uns die Summe vor.«

»Wann hat Ihr Mann sich als Organspender registrieren lassen?«

»Wir beide«, antwortete Mrs Bull stolz. »Das war uns eine Freude, nach allem, was die Kóranyis für uns getan haben. Was diese Sache betrifft, ist Mr Valerian ein Missionar. Bei jedem

Motorcycle-Treffen schärft er uns ein, wie viel Gutes man als Organspender tun kann. Bedauerlicherweise sind schon einige Clubmitglieder unter traurigen Umständen zu Organspendern geworden.«

»Sie meinen, sie hatten ähnliche Unfälle wie Ihr Mann?«

»Ähnlich? Nein.« Sie schniefte. »Es ist nun mal ein gefährlicher Sport. Trotzdem und das ist mein einziger Trost …« Sie nahm Sams streichelnde Hand.

»Was, Mrs Bull?«

»Dass Gregs Niere das Leben eines anderen Menschen rettet.«

Sam brachte es nicht über sich, dieser Frau gegenüber ihren Verdacht auszusprechen.

»Wann werden Sie ihn überstellen?«, fragte Mrs Bull beim Abschied.

»Bestimmt bald.« Sam sah das Bild der verunstalteten Leiche vor sich. »Aber Sie sollten den Sarg nicht mehr öffnen, behalten Sie Ihren Gregory so in Erinnerung, wie er vor dem Unfall gewesen ist.«

Sam ging zum Gartentor. An der nächsten Ecke blieb sie stehen. *Mörder, Mörder!* Sam konnte nichts anderes denken. Mit seiner geschenkten Niere hatte Teddie ihr bloß Sand in die Augen gestreut. Ein Mensch war gestorben, hinterrücks hatte Teddie ihn im Morgengrauen um die Ecke gebracht, damit ein Junge lebte. Mit entschlossenen Schritten strebte sie zur Bushaltestelle. Taddeusz war ein Monster. Ein Monster, das nicht davor zurückschreckte, den eigenen Bruder einzukerkern. Für Sam gab es jetzt nur noch ein Ziel: Sie musste Richard befreien!

28

Sam mochte Knoblauch, um den Essensgeschmack zu verfeinern. Die Menge an Knollen aber, die sie eingekauft hatte, wäre ausreichend für Jahre gewesen. Sie fand ihre Vorbereitungen so albern, dass sie mehrmals laut lachen musste. Zum Beispiel, als sie drei Knoblauchzöpfe der Länge nach zusammenknotete, um ihren Bauch band und wie einen Gürtel befestigte. Als sie das Heiligenbild zur Hand nahm, wurde sie an ihre früheste Kindheit erinnert: Ihr Vater hatte es ihr geschenkt; es zeigte Jesus auf dem Ölberg, in der Stunde seiner ärgsten Bedrängnis. Sam steckte es in die Brusttasche, genau über dem Herzen. Sie nahm das kleine Kreuz von der Wand, es war aus Birkenholz, weiß und schlicht. Ihr Vater hatte erzählt, es sei vor Jahrhunderten aus einem großen Kreuz geschnitten worden, das zur Zeit der Kreuzzüge den Ordensrittern vorangetragen worden sei. Sie steckte es so in den Ärmel ihres Mantels, dass sie es jederzeit hervorziehen konnte. Bevor sie das Krankenhaus verließ, machte sie einen Umweg über den Kühlraum: Sam brauchte Blut.

Während sie gleich darauf im überfüllten Bus stand, glitten ihre Augen über den Plan der öffentlichen Verkehrsmittel. Am Notting Hill Gate hätte sie auf den Flohmarkt gehen können, in der Beaufort Street kannte sie ein preiswertes Schuhgeschäft. Wäre sie in Westminster ausgestiegen, läge die Pracht des alten mächtigen London vor ihr. Sie aber musste zum Belgrave Square. Samantha hasste diesen Weg mittlerweile; hätte sie gewusst, welche Abscheu der Platz eines Tages bei ihr hervorrufen würde, sie hätte Teddies Einladung dorthin gewiss ausgeschlagen. Vor Anspannung knirschte sie mit den Zähnen. Du musst nur noch einmal in das schreckliche Haus, weil du deinen Freund nicht im Stich lassen darfst. Sam hoffte inständig, dass Richard in der Zwischenzeit nichts passiert war. Während sie sicherheitshalber nach dem Kruzifix in ihrem Ärmel tastete, bemerkte sie den angewiderten Blick des Gentleman neben ihr: Der strenge Geruch, der von Sams Knoblauchgürtel ausging, veranlasste ihn, von ihr abzurücken.

Von Hyde Park Corner ging sie die wenigen Straßen, bis sie das Tor mit dem schmiedeeisernen *K* erreichte. Bevor Sam ihren Vorstoß begann, nahm sie eine Knoblauchknolle und biss hinein. Sie schüttelte sich vor Ekel; der Geschmack des frischen Knoblauchsaftes war nicht schlimm, doch gleich würde dieselbe Wirkung einsetzen, wie wenn man beim griechischen Schnellimbiss zu viel Tsatsiki aß. Es setzte noch eine andere Reaktion ein: Das Kind in ihr begann, auf eine Weise zu revoltieren, dass Sam sich augenblicklich am Gitter festhalten musste. Der Junge strampelte und boxte, er gebärdete sich wie ein Berserker; sie hatte den Eindruck, dass er in ihrem Bauch regelrecht schrie. Er protestierte gegen den Saft, den die Mutter zu sich nahm. Ich will dich nicht vergiften, redete Sam dem Fötus zu, bitte hör auf, ich beiße auch nicht wieder in diese Knolle. Es dauerte eine Weile, bis das Kind sich beruhigte. Sam zog an der Klingel.

Noch während sie auf das Portal zulief, erkannte sie die hochgewachsene Silhouette. Dort stand ihr Geliebter, dort stand der Mörder von Mr Bull und wahrscheinlich von unzähligen anderen.

»Du liebst Überraschungen fast so sehr wie ich«, begrüßte Taddeusz sie. Er sah so unverschämt gut und dabei so freundlich aus, dass es Sam wie immer schwerfiel zu glauben, dass dies nur eine Maske war, hinter der sich seine tiefe Verdorbenheit verbarg.

»Du vernachlässigst mich.« Sie lächelte angestrengt.

»Du hast recht.« Sein Gesicht wurde traurig. »Ich habe es nicht übers Herz gebracht, dich …« Er biss sich auf die Lippe. »Wie geht es dem Kleinen?«

»Der wächst in einem Tempo, dass mir ganz schwindelig wird.« Durch den Mantel hindurch präsentierte sie ihren Kugelbauch.

»Komm.« Er zog sie über die Schwelle.

Mit pochendem Herzen sah Sam zu, wie die schwarze Pforte hinter ihr zufiel. Von nun an war sie auf sich allein gestellt.

»Willst du in den Turm?«

»Lieber nicht, Taddeusz.« Sie standen sich gegenüber. Beiden war die unlösbare Situation bewusst. »Ach Teddie, was soll nur aus uns werden?«

»Was könnte denn aus uns werden?« Er hatte sie noch nicht berührt. »Weshalb bist du gekommen?«

»Ich möchte mehr über dich erfahren. Über euch.« Wenn du wüsstest, weswegen ich in Wirklichkeit hier bin, dachte sie und drängte sich an ihn. »Ich möchte sehen, wo du dich tagsüber aufhältst.«

Auch er legte die Arme um sie, zuckte aber im nächsten Moment zurück. »Was ist das?« Mit zwei Griffen öffnete er ihren Mantel und starrte auf den Knoblauchschmuck um ihren Bauch.

»Ich habe Angst vor dir«, sagte sie mit offenem Blick. »Das musst du begreifen. Wie soll ich mich sonst vor dir schützen?«

»Damit etwa?« Er lachte, dass die Reißzähne sichtbar wurden. »Das Zeug ist doch nur ekelhaft.«

»Hat es gar keine Wirkung auf dich?«

»Das ist Hokuspokus aus grauer Vorzeit.« Er machte eine abfällige Geste, aber Sam bemerkte, dass er sich einen Schritt zurückzog. Ein wenig Schutz verlieh das Gemüse also doch.

»Du willst meinen Ruheraum sehen?« Er wies ins Innere des Hauses. »Dann komm.«

Nebeneinander durchschritten sie die Halle; beim Gehen schlugen die Knoblauchknollen auf Sams Bauch gegeneinander. Sie stiegen nicht wie sonst die Treppe hoch, sondern bogen in einen ebenerdigen Korridor. An seinem Ende tauchte der Tempel aus schwarzem Granit auf, den Taddeusz ihr beim ersten Besuch gezeigt hatte. Davor lag ein kleiner Teich, dessen Wasser so glatt war, als habe man Öl darauf gegossen. Sie nahm an, nun würden sie in das unheimliche Gebäude hineingehen, aber Teddie hielt sie zurück.

»Nicht dort. Der Tempel ist nur Verzierung.«

Er machte einen Schritt ins Wasser. Obwohl es tief aussah, benetzte die schwarze Flüssigkeit bloß seine Sohlen. Sam beugte sich vor und erkannte einen metallenen Steg knapp unter der Oberfläche. Auf ihm ging Taddeusz in den Teich hinaus. Er drehte sich um. »Bist du etwa wasserscheu?«

Auf Zehenspitzen folgte sie ihm. In der Mitte holte Teddie zu ihrem Erstaunen sein Handy hervor und gab eine Ziffernfolge ein. Sogleich öffnete sich eine viereckige Klappe nach unten. Normalerweise hätte sich das Wasser dorthin ergießen müssen; eine Auffangrinne verhinderte es.

»Hier sind wir vor Überraschungen sicher.« Teddie streckte die Hand aus. »Die Anlage war meine Idee.« Man merkte ihm an, wie stolz er auf die Konstruktion war. »Ich habe Papa so lange zugeredet, bis er sich vor der modernen Technologie nicht länger verschloss.« Er zeigte auf eine schmale Treppe.

Wenn ich da runtergehe, lässt er mich nie wieder raus, dachte Sam. Warum nehme ich nicht die Beine in die Hand und renne?

»Dort erwartet dich keine Gefahr«, sagte er, als habe er ihre Gedanken gelesen.

Gegen ihre sonstige Angewohnheit schlug Sam ein Kreuz und folgte ihm in die Tiefe. Sie erreichten ein uraltes Gewölbe, wie man es in einem solchen Haus erwarten konnte und wie es für eine Vampirfamilie standesgemäß erschien.

»Das ist der Geschmack meines Vaters.« Entschuldigend zuckte Teddie die Schultern. »Diese Art Schlafzimmer ist nicht zeitgemäß, ich weiß, aber in diesem Punkt ist Valerian konservativ.«

Zuerst traute Sam ihren Augen nicht, aber war es wirklich verwunderlich, dass hier unten zwei mächtige Särge standen, erhöht auf marmornen Katafalks? Entsprach das Gewölbe aus unbehauenem Stein, entsprachen die Gasfackeln an den Wänden nicht genau der Vorstellung, die man vom Ruhelager eines Vampirs hatte? Die Särge waren geschlossen; Sam zweifelte nicht daran, dass sie nun, nach Sonnenuntergang, leer waren.

»Hier schlafen du und dein Vater?«, fragte sie, als sei es das Natürlichste von der Welt.

»Nur wenn wir in London sind. Auf Reisen verwenden wir selbstverständlich leichtere Boxen.«

»Klar.« Neugierig bewegte sie sich durch die Krypta, ihre Augen suchten den dritten Sarg.

»Allerdings wurden in den guten alten Zeiten selbst diese übergewichtigen Särge auf große Fahrt geschickt.« Teddie trat an einen Katafalk. »Sieh mal.« Er führte eine verrostete Eisenstange durch zwei metallene Hülsen, wodurch er den Sarg verriegelte. »Dann wurde ein Vorhängeschloss drangehängt, das verhinderte, dass Uneingeweihte in die Box einbrechen konnten. Schließlich verfrachtete man das Ding in den Laderaum eines Schiffes und schon ging es die Themse hinunter und hinaus aufs Meer.« Die Geschichte amüsierte ihn. »Was für ein Aufwand, bloß um unsere Familie durch die Welt zu schippern.«

»Gibt es euch wirklich überall?« Sie berührte den Eisenriegel.

»Kulturen verschmelzen, die Welt wird ein Dorf: Es ist der Lauf der Dinge. Warum sollten meine Leute nicht auch davon profitieren?«

Währenddessen bemerkte Sam eine Reihe vergitterter Türen an den Wänden. »Was wird dahinter aufbewahrt?«

Teddie ging auf die nächstgelegene Tür zu, legte einen Schalter um, das Zischen von Gas, hinter dem Gitter entzündete sich eine Fackel. »Wir sind ein gastfreundliches Haus.« In der Nische erhob sich ein länglicher Betonklotz, darauf stand ein schlichter Sarg. »Das sind unsere Gästezimmer.«

»Und wo schläft dein Bruder?«, fragte sie so harmlos wie möglich.

Für den Bruchteil einer Sekunde huschten Teddies Augen zur letzten Nische. Auch wenn sein Mund noch lächelte, überzog ein kalter Glanz sein Gesicht. »Dickie ist ein verrückter Träumer, der mit der Realität nicht klarkommt. Was hat er dir erzählt?«

»Nichts. Er wollte im Gegenteil von mir einiges wissen.«

»Und zwar?«

Fieberhaft ließ sie sich die nächste Lüge einfallen. »Er wollte, dass ich ihm von der Sonne erzähle, von Sonnenuntergängen, und wie man sich fühlt, wenn man beim ersten Sonnenstrahl nach draußen geht. Ach Teddie …« Sie wandte sich zu den geschlossenen Särgen. »Was ist nur mit mir los? Ich sterbe vor Angst, wenn ich an dich denke, ich habe die schlimmsten Albträume, und zugleich …« Sie lehnte sich an den Katafalk. »Zugleich träume ich von deiner Zärtlichkeit, deiner Wildheit. Ich sehne mich danach, dass wir uns lieben!«

Sein Schatten fiel auf sie, er zog sie an sich. »Es gibt ein Mittel, dich ein für alle Mal von deiner Furcht zu befreien. Ich bin bis jetzt davor zurückgeschreckt, weil ich will, dass unser Kind gesund zur Welt kommt. Aber vielleicht ist es an der Zeit, dich hier und jetzt in eine von uns zu verwandeln!« Seine Augen glühten vor Verlangen. »Dann wären wir für immer vereint. Unsere Liebe würde bis in die Ewigkeit dauern.«

»Ja, ja …«, hauchte sie. »Aber nicht hier.« Sie entzog sich seinem Griff und wollte den Sargdeckel anheben. Er war unheimlich schwer.

»Was tust du?«

»Wenn dies unsere endgültige Vereinigung ist, will ich sie wie eine echte Vampirbraut erleben!«

Taddeusz begriff, was sie vorhatte, und öffnete den Sarg mit einer Hand. Er war mit schwarzem Damast ausgeschlagen, am Kopfende lag ein Kissen.

»Komm, mein Liebster, komm …«

Teddie sprang auf den Marmorblock und zog Samantha hoch. Rücklings trat er in den Sarg, sank auf das Lager und zog sie auf sich.

»Zieh das aus, schnell.« Er nestelte an ihren Mantelknöpfen.

»Ja, gleich.« Sie beugte sich über sein Gesicht. »Erst ein Kuss, mein Geliebter …« Samantha öffnete den Mund, näherte sich seinen Lippen und atmete kräftig aus.

»Aaaaaah!«, schrie der Vampir. »Was ist das?!«

»Aber mein Liebster, das bin doch nur ich!« Sie hauchte ihm ein zweites Mal ins Gesicht. Die Knoblauchdünste verbreiteten sich so stark, dass selbst Sam übel wurde. Taddeusz wandte den Kopf angewidert hin und her, doch er konnte dem Geruch, der ihrem Mund entströmte, nicht entgehen. Sam hauchte weiter, pustete so kräftig sie konnte, und tatsächlich schien der Gestank des Knoblauchs den Vampir zu betäuben. Sein Blick wurde glasig, das Kinn sackte nach unten, sein Kopf fiel aufs Kissen. Sofort kam Sam auf die Beine und stieg neben dem Sarg auf den Katafalk.

»So, mein Liebster! Jetzt weißt du, wie es ist, eine Menschenfrau zu küssen!« Sie sprang vom Sockel. Mit beiden Händen ergriff sie den Sargdeckel und zog; das Gewicht ließ ihn von selbst zufallen.

Da fuhr Teddies Hand in den Schlitz und verhinderte, dass sich der Sarg völlig schloss. Seine Hand besaß genügend Kraft, um den Deckel Stück für Stück hochzuschieben; darunter erblickte sie sein Gesicht. Die Augen funkelten böse, der Mund war aufgerissen, messerscharfe Zähne blitzten darin. Vor Angst schrie Samantha, drückte den Deckel verzweifelt nach unten, aber Taddeusz' Kraft war sie nicht gewachsen. Gleich würde er herausspringen und sie überwältigen!

Sam ließ los. In dem Augenblick, als der Vampir sich zu befreien glaubte, zog sie das Kruzifix aus dem Ärmel und schlug es ihm ins Gesicht. Das geweihte Holz grub sich in seine Züge, er zuckte zurück und fiel nach hinten. Sam schlug den Deckel über ihm zu. Sie brauchte keine Sekunde, um die Eisenstange in die Verankerung zu schieben. Zitternd zog sie die Hände zurück.

Der gefangene Vampir begann, im Innern zu toben und zu schlagen, er bäumte sich auf, der Sarg geriet in Bewegung; Holz knackte, es rumpelte auf dem Marmorblock. Schritt für Schritt taumelte Sam nach hinten. Das Getöse des Vampirs wurde noch wütender, sie musste sich beeilen. Vor der Gittertür hing ein Schloss; hier wurde jemand gefangen gehalten. Sam lief zu dem zweiten Sarg, zog die Stange heraus und schob sie in das Vorhängeschloss. Mit aller Kraft drückte sie dagegen, presste und hebelte, sie schrie vor Anstrengung. Ein Ruck, ein Krachen, im Schwung wurde sie zu Boden gerissen – das Schloss war zersprungen.

Sam rappelte sich auf und betrat die Nische. Hier gab es keine Gaslampe, im Finstern stieß sie gegen ein Hindernis; ihre Hand glitt über glattes Holz. Fahrig zog sie ihr Handy aus der Tasche; das Display gab so viel Licht, dass sie das geschwungene *K* auf dem Sargdeckel entziffern konnte.

»Richard?« Sie lauschte auf ein Zeichen. »Hey, Richard, bist du da drin?« Nichts rührte sich. Sam klopfte. »Richard, wach auf!« Wieder keine Antwort. Hatte sie den ganzen Wahnsinn unternommen, um jetzt vor einem leeren Sarg zu stehen? Draußen war das Poltern schwächer geworden, doch es war kaum anzunehmen, dass Teddie die Kräfte verließen. Ein Gedanke durchzuckte Sam: Was, wenn Valerian im Haus war? Wenn er nach unten kam und sie entdeckte? Wie würde sie ihm Widerstand leisten können? Sie schob den Gedanken beiseite, sie musste sehen, dass sie von hier wegkam! Sie öffnete die Verriegelung des Sarges, stemmte sich mit der Schulter dagegen und hob den Deckel. Das Licht ihres Mobiltelefons erhellte einen traurigen Anblick. Auf schwarzem Damast lag der junge Vampir. Er trug ein T-Shirt mit aufgedruckter Sonne und schmuddelige Jeans; die Brille war ihm von der Nase gerutscht. So wie sie ihn gefangen hatten, war er in den Sarg geworfen worden. Wieso schlief er noch? Es war längst Nacht. Samantha berührte ihn an der Schulter.

»Dickie! Mach schon, wir müssen los!«

Ein leises Seufzen, er erwachte nicht. Sie nahm seine Hand, die war eiskalt. »Tut mir leid, aber es geht nicht anders.« Aus ihrer Manteltasche nahm Sam einen Trichter und einen Beutel mit Blut. Sie zog Richards Kinnlade nach unten, führte mit der einen Hand den Trichterhals in seinen Mund, mit der anderen entfernte sie den Verschluss und kippte den Inhalt in den Trichter. Währenddessen hielt sie Richard die Nase zu. Er rang nach Luft, zugleich schluckte er reflexhaft das eingeflößte Blut. Mit einem Mal trank er gieriger und hatte binnen Kurzem den ganzen Beutel geleert.

»Braver Junge.« Sie warf einen Blick nach draußen. Noch hielt der Riegel an Teddies Sarg.

»Mmmh, lecker!« Richard setzte sich auf. »Was war das?«

»Na, was schon.« Sie warf den Beutel beiseite.

Er wischte über den Mund, starrte seine Hand an. »Blut!«, flüsterte er. »Was hast du getan?«

»Wir müssen verschwinden.« Sie zog ihn am Ärmel.

»Du hast mir Blut eingeflößt!«

»Hat dir aber offenbar geholfen. Komm jetzt!«

»Weißt du, wie lange ich schon in Hungerstreik bin? Du hast meinen ganzen Protest zunichtegemacht!«

»Tut mir leid, dass ich versuche, dein Leben zu retten! Wie sollte ich deine Nachricht denn sonst deuten?« Sie hielt das Handy hoch. »HELP?!«

Als würde er sich seiner Lage erst jetzt bewusst, verstummte Richard. »Du hast recht.« Er hob ein Bein aus dem Sarg. »Entschuldige.« Mit Samanthas Hilfe sprang er zu Boden.

Als sie die Nische verließen, staunte Richard noch mehr. »Du hast Taddeusz …?« Er setzte die Brille auf, ein ungläubiges Lächeln huschte über sein Gesicht.

»Komm! Keine Ahnung, wie stabil so ein Sarg ist.« In diesem Moment des Triumphs konnte Samantha nicht an sich halten. Sie sprang zum Kopfende und rief: »Wenn's nach mir geht, kannst du bis in alle Ewigkeit da drin bleiben!« Sie haute auf den Deckel.

Hinter Richard erreichte sie die Eisentreppe, nacheinander stiegen sie hoch.

»Was ich nicht begreife …« Er schaute zurück. »Teddie muss außer sich sein vor Wut, sonst wäre ihm die Sache mit dem Nebel längst eingefallen.«

»Nebel?« Sam warf auch einen Blick nach unten; ihr stockte der Atem. Aus der Ritze des Sarges drang etwas hervor, das wie ein bläuliches Gas aussah. Langsam formte es sich zur Wolke und sank schwer zu Boden.

»Na also«, nickte Richard. »Hätte mich auch gewundert, wenn Teddie die alten Tricks nicht mehr draufhätte.«

»Weg hier!« Sam rannte über den Teich voraus, dass es nach allen Richtungen spritzte.

»Nicht so eilig.« Seine Schritte klatschten hinter ihr her.

»Was denn! Willst du warten, bis der Nebel über uns herfällt?« Vor dem Tempel erwartete sie ihn.

»Selbst für einen Vampir ist es kompliziert, die Molekularstruktur umzustellen. Teddie wird damit einige Zeit beschäftigt sein.«

»Du hast ja die Ruhe weg!« Sie nahm seine Hand und zerrte ihn weiter.

»Es hat keinen Sinn«, rief er in ihrem Rücken.

»Was hat keinen Sinn?« Sie durcheilten den Korridor mit den dreizehn Säulen.

»Davonzulaufen. Wir können ihnen nicht entkommen.«

»Du bist mir ja eine echte Hilfe!« Sie erreichten die verschlossene Tür. »Kannst du uns wenigstens aus dem Haus bringen?«

»Na sicher.« Ein Knopfdruck, und die Tür war offen. »Aber wie ich schon sagte, es ist zwecklos. Taddeusz und Valerian finden uns überall.«

»Ach, halt die Klappe.« Sie schob den schlaksigen Kerl ins Freie. Er ließ auch das Gittertor aufschwingen, sie liefen auf den matt beleuchteten Belgrave Square.

»Was für eine sanfte, liebliche Nacht«, schwärmte Richard und hob den Blick in den Nieselregen.

»Du bist schon ein ziemlicher Freak.« Sam wandte sich Richtung Busstation. »Warte.« Unter einer Straßenlaterne blieb sie stehen. »So kannst du unmöglich einsteigen.« Mit dem Mantelärmel wischte sie ihm über den bluttriefenden Mund.

Richard leckte einen Blutstropfen von den Lippen. »An das verdammte Zeug könnte ich mich gewöhnen.«

29

Das Gute an meiner Bleibe ist, dass es gar keine Bleibe ist.« Sam hatte Richard am Nachtpförtner vorbeigeschleust; nun standen sie vor dem Personalaufzug. Die Tür glitt auf, sie stiegen ein, Sam steckte ihren Schlüssel ins Schloss. »Ohne den Schlüssel kann keiner den Fahrstuhl bedienen.«

Unten angekommen schloss sie ihr Zimmer auf. »Willkommen in meinem Reich!«

»Und ich dachte immer, dass ich unordentlich bin.«

Nun da Richard den Blick umschweifen ließ, sah Samantha ihr Chaos mit anderen Augen. Ihre Klamotten lagen überall wild durcheinander. Das Bett war ungemacht, Pizzaschachteln, Reste von Sandwiches und leere Coladosen stapelten sich auf dem Tisch.

»Hab wohl vergessen, der Putzfrau Bescheid zu sagen.« Mit einem Seufzer fiel sie aufs Bett. »Mach es dir bequem, wo du kannst.«

Richard setzte sich auf den einzigen Blechstuhl und streckte die Beine aus. Ungewohnte Stille umfing die beiden.

»Und jetzt?«

»Jetzt brauch ich erst mal eine Pause.« Kaum hatte sie sich ausgestreckt, fielen Sam schon die Augen zu. »Danach … erzähl ich dir … meinen Plan.« Ihr Kopf sank zur Seite.

Richard stand auf. Das Blut hatte ihn hellwach gemacht. Er ging ein paar Schritte auf und ab und putzte seine Brille. Liebevoll, zugleich besorgt betrachtete er das schlafende Mädchen.

Ein paar Stunden später war Sam wieder auf den Beinen. Die Weckeruhr zeigte 4:00 früh.

»Was weißt du über die Wirkung von Barhyaghtar belladonna?« Sie pustete in ihren Kaffee, den sie vom Automaten geholt hatte.

Richard saß neben ihr auf dem Bett. »Was weißt du darüber?«, fragte er.

»Dass es ein Gift ist. Aber ein Gift, das mir guttut.« Sie strich über ihren Bauch. »Es beruhigt den kleinen Mann dort drin. Der benimmt sich nämlich manchmal schon so ungezogen wie sein Vater.« Sie nippte. »Mir ist klar, dass das stark verdünnte Elixier zur Blutreinigung und Herzstärkung dient. Aber wie steht es mit dem Extrakt?« Aufmerksam sah sie ihn an. »Sag mir etwas über die Drachenkräfte, die der Saft verleiht.«

Als habe sie eine magische Formel ausgesprochen, rückte Richard von ihr ab. »Du bist wirklich eine kleine Hexe.«

»Bleib auf'm Teppich. Sag mir einfach, was du weißt.«

»Barhyaghtar belladonna ist das einzige Mittel auf der Welt – und ich meine wirklich das einzige –, mit dessen Hilfe du den Kampf gegen einen Vampir gewinnen kannst. Die Kirsche ist älter als die Menschheit. Ihre besonderen Kräfte wurden seit Urzeiten verehrt. Auch der Drachenorden, durch den Vlad Drakula seinen Namen erhielt, geht auf die Anbetung der Barhyaghtar-Kirsche zurück.«

»Sekunde, das kapier ich nicht. Die Kirsche gibt Kräfte, einen Vampir zu besiegen, und wird trotzdem von den Vampiren verehrt?«

Richard stand auf. »Unser Herz ist kalt, unser Blut erstarrt, und doch sind wir jedem sterblichen Menschen an Kräften überlegen. Der Barhyaghtar-Extrakt bringt unsere untoten Körper in Wallung, er erzeugt eine unbekannte Hitze in uns, erregend wie eine Droge, aber genau wie bei einer Droge können wir an einer zu starken Dosis zugrunde gehen. Mein Vater hat einen kleinen Vorrat davon. Er bewacht ihn wie einen Schatz.«

»Das reicht mir nicht.« Sam trank ihren Kaffee. »Ich brauche eine ganze Menge von dem Zeug. Ich habe vor, euch Leichenschändern das Handwerk zu legen und zu verhindern, dass mein Sohn einer von euch wird.«

Hinter den Brillengläsern wurden Richards Augen groß. »Mir scheint, du bist doch keine Hexe, du hast eine Schraube locker.«

»Ich hab's im Traum gesehen«, entgegnete sie. »In meinem Traum haben mich unbekannte Mönche von Kopf bis Fuß mit dem Barhyaghtar-Extrakt eingeschmiert. Danach hatte ich Kräfte, die ich mir nie hätte träumen lassen. Ich werde es euch zeigen!« Noch während sie es sagte, dachte Sam, dass ihr Vorhaben reiner Irrsinn war. In ihrem Zustand sollte sie besser das Bett hüten, zur Schwangerschaftsgymnastik gehen oder sich einen Mutterschaftspass besorgen. Solche Dinge standen für eine werdende Mutter an, nicht die Suche nach Zaubersäften und der Kampf gegen Vampire. Sam schaute zur Tür. Richard hatte natürlich recht; bald würden sie hier sein. Wenn es Taddeusz gelungen war, sie als Fledermaus in Lower Liargo aufzuspüren, wie leicht würde er hier eindringen und dem Kampf ein Ende setzen, bevor er überhaupt begonnen hatte.

»Es heißt, die Kirsche ist im 19. Jahrhundert ausgestorben«, kehrte sie zu ihrem Thema zurück.

»Das haben unsere Vorfahren in die Welt gesetzt.« Er winkte ab. »Kein Mensch soll uns jemals mithilfe der Kirsche bekämpfen.«

»Das heißt, es gibt sie noch! Wo?«

Seufzend setzte sich Richard zu ihr. »Das ist so geheim wie der Schatz der Tempelritter oder der Aufbewahrungsort des Heiligen Grals. Nicht einmal wir wissen es.«

Sam nahm seine Hand. Sie war groß und fest und wärmer, als sie angenommen hatte. Der junge Vampir erwiderte ihren Händedruck, es schien ihm wohl zu tun, eine menschliche Berührung zu spüren.

»Seit Bram Stoker in seinem Roman die Story von Drakula ausgegraben hat, glaubt ihr Menschen daran, dass Vlad Drakul, der Pfähler, die oberste und höchste Instanz der Vampire ist. Unser Stammvater sozusagen. Wir ließen euch in dem Glauben, denn so blieb der Name des wahren und mächtigsten Beherrschers der Untoten im Verborgenen. Er, der schon zu Lebzeiten Jesu Christi da war, er, der den Kampf gegen das Christentum begründete, der unsterblich und unser aller Anführer ist…«

»Fortriu«, sagte Samantha schlicht.

»Bist du Hellseherin?« Richard riss seine Hand zurück. »Kannst du Gedanken lesen?«

»Nein, aber im Internet surfen. Da steht alles drin.«

»Du kennst Fortriu und sein Vermächtnis?«, flüsterte er.

»Ich habe sogar mit seinen Anhängern telefoniert.« Sie grinste.

»Was, wie? Niemand kann…«

»Soll ich dir die Telefonnummer zeigen? Die Jünger Fortrius haben ihr Hauptquartier irgendwo dort, wo ich geboren bin. In der Nähe des Hadrianswalls.«

Richard lachte erleichtert. »Aber doch nicht diese Spinner! Das ist bloß ein Club von Verrückten, die Gerüchte und Sagen zusammengetragen haben und lächerliche Messen abhalten, bei denen sie Schweineblut trinken.«

»Wenn das nur harmlose Freaks sind, wieso hat ihre Website einen Link zur Barhyaghtarkirsche?«

»Das … weiß ich nicht«, antwortete er überrascht. »Wahrscheinlich weil sie ebenso gut im Surfen sind wie du.«

»Wenn wir weiterkommen wollen, müssen wir dorthin, und zwar so schnell wie möglich.« Sam sprang auf und kramte in ihrem Koffer nach den passenden Klamotten.

»Wir, was … bist du übergeschnappt?«

»Schließlich können wir uns nicht bis in alle Ewigkeit hier verstecken.« Sie packte ihren Rucksack. »Wir fahren zu den Jüngern Fortrius.«

»Warum rufst du nicht einfach noch mal dort an?« Besorgt stand er auf.

»Am Telefon sagen die nichts. Außerdem …« Sie schnaubte ärgerlich. »Sie reden nur mit Männern! Das ist dein Stichwort, Dickie.«

»Was?«

»Ich brauche dich, um mit den Sektenmitgliedern Kontakt aufzunehmen.«

»Das meine ich nicht.« Er schob die Brille hoch. »Du hast mich Dickie genannt.«

»Und, gefällt dir das nicht?«

»Hm, eigentlich gefällt es mir recht gut.« Er lächelte.

Zum ersten Mal bemerkte sie das vertraute Kóranyi-Zwinkern in seinen Augen. Er kann seinem Bruder nicht das Wasser reichen, dachte sie, aber ganz süß ist er auch.

»Komm.« Sie hängte den Rucksack um. »Lass uns verschwinden, bevor auf der Station die Frühschicht beginnt. Soll ich dir …« Sie konnte ein Grinsen nicht verkneifen. »Soll ich dir noch einen Blut-Cocktail einpacken?«

*

Sie standen im Kühlraum der Transplantationsstation. Sam hatte vier Beutel voll Blut in der Hand und wollte sie einpacken, als Richard den Kopf hob. Seine Nasenflügel zitterten.

»Er ist da«, zischte er.

»Wer?«

»Mein Vater.«

»Wo?«

»Ganz nahe.« Hektisch fuhr er sich durchs Haar.

»Woher weißt du, dass er es ist?« Sie drückte die Blutbeutel an die Brust.

»Ich rieche ihn. Und genauso wittert er mich.«

Sam senkte den Blick auf die Beutel. »Er riecht Blut? Dann wollen wir deinen Papa mal ein bisschen verwirren.«

Bevor Dickie sie daran hindern konnte, riss sie den ersten Beutel auf und verspritzte den Inhalt auf dem Boden. Sam lief Richtung Ausgang. »Komm!« Schon goss sie den zweiten Beutel über den Kunststoffboden. Dann hastete sie um die Ecke.

»Nicht dorthin!« Richard sprang ihr nach. »Du läufst ihm direkt in die Arme.«

Entschlossen machte sie kehrt, öffnete eine Tür und zog Richard mit sich.

»Wo sind wir?«, fragte er in dem Zimmer, das in völliger Dunkelheit lag.

»Guten Morgen, Andrew.« Sam näherte sich dem Bett ihres Freundes. »Bist du schon wach?«

»Bei dem Krach, den ihr da draußen macht, kann doch keiner schlafen.« Der Kopf des Jungen kam vom Kissen hoch. »Wer ist das? Und wieso blutest du so stark?«

Sie schaute an sich hinunter. Ihre Jacke, auch die Jeans waren von oben bis unten voll Blut. »Ach du lieber … Das ist nicht mein Blut«, beruhigte sie Andrew. »Dürfen wir uns hier verstecken?«

»Vor wem?« Neugierig setzte der Kleine sich auf.

»Vor seinem Papa.« Sie deutete auf Richard.

»Ist das dein Lover? Der, von dem du erzählt hast?«

»Mein …? Nein, nicht was du denkst.« Sie lächelte Dickie entschuldigend an.

»Wieso ist sein Papa sauer auf euch?«

»Das erzähl ich dir ein andermal.« Hektisch schaute Sam sich um; nirgends im Zimmer hing ein Kruzifix. Auch ihre Knoblauchkette hatte sie nicht dabei.

»Du warst noch kein einziges Mal bei mir, um zu fragen, wie es mir geht«, sagte Andrew vorwurfsvoll.

Sie kam an sein Bett. »Entschuldige, aber in letzter Zeit hatte ich so viel um die Ohren …« Sie strich über das strubbelige Haar. »Wie geht es dir?«

»Ich muss nicht mehr an die Maschine«, antwortete er stolz. »Und wenn meine neue Niere so weitermacht, darf ich in ein paar Wochen nach Hause.«

Für einen Moment huschte das Bild des toten Mr Bull durch Sams Kopf. »Das ist toll. Wenn du wüsstest, wie sehr mich das freut!« Sie schloss Andrew in die Arme. »Hör zu. Ich muss für ein paar Tage weg. Aber wenn ich zurück bin, feiern wir, dass es dir wieder so gut geht. Einverstanden?«

»Was ist mit deinem Bauch?« Er zeigte auf Sams kleine Kugel.

»Auch das erzähle ich dir beim nächsten Mal.«

Draußen waren Schritte zu hören. Schritte von harten Männersohlen. Sie kamen den Flur entlang, erreichten Andrews Zimmertür, gingen weiter, schließlich blieben sie stehen.

»Er kommt zurück!«

»Ist das sein Papa?«, flüsterte der Junge.

Beide nickten, sahen sich um und sprangen gleichzeitig zur Badezimmertür.

»Wartet!«, rief Andrew.

Die Schritte waren vor der Tür, es klopfte leise. Der Knauf drehte sich, langsam schwang die Tür auf. Eine Silhouette im Mantel stand draußen. Der kleine Patient rührte sich nicht.

»Guten Morgen.« Die Silhouette trat näher.

Der Junge wischte sich über die Augen. »Gibt's schon Frühstück?«, fragte er schlaftrunken.

Der Besucher hatte dunkles Haar, seine Augen durchdrangen das Zwielicht. »Wie geht es deiner Niere?«, fragte er so selbstverständlich, als habe er Andrews Krankenblatt studiert.

»Sind … sind Sie Arzt?«

»Achte immer auf dein Blut, kleiner Freund. Dein Blut ist kostbar und selten.« Mit einem Schritt stand Valerian über ihm. »Wo sind sie?«

Der ängstliche Blick des Jungen ging zum Bad. Der Vampir wandte den Kopf dorthin. »Du willst mich glauben machen, sie seien da drin, nicht wahr? Du bist ein ziemlich guter Schauspieler für dein Alter.«

Andrew schluckte. Ohne Hast wandte der Besucher sich zum Fenster.

»Ich frage mich allerdings, wem die Turnschuhe gehören, die dort unter dem Vorhang hervorragen. Ich glaube, die habe ich schon einmal gesehen.« Er richtete sich auf. »Wenn ich nicht irre, gehören sie meinem jüngsten Sohn.«

Mit angehaltenem Atem beobachtete Andrew, wie der Mann im dunklen Mantel auf das Fenster zuging. Er streckte die Hand aus und wollte den Stoff mit dem freundlichen Blumenmuster beiseiteziehen.

»Wer hat diese Sauerei angerichtet?«, tönte es markig vom Korridor. Im nächsten Augenblick stand Oberschwester Margret im Zimmer. »Hallo, Sie da! Sind Sie das gewesen?!«

Ungehalten über die Unterbrechung, drehte der Vampir sich um.

»Ja, Sie!«, rief Margret. »Haben Sie das Blut verschüttet?« Sie legte den Lichtschalter um und stutzte bei dem merkwürdigen Anblick: Dort stand ein eleganter älterer Mann, eine Hand nach der Gardine ausgestreckt. Auf dem Boden sah man blutige Fußspuren von unterschiedlicher Größe, sie endeten beim Vorhang.

»Was machen Sie hier um diese Zeit? Und wer sind Sie, wenn ich fragen darf?«

»Ich besuche unseren kleinen Freund.« Er lächelte. »Außerdem habe ich zwei Turteltäubchen aufgespürt.«

»Sie haben was?«, fragte die Oberschwester aufgebracht.

»Wollen Sie sie sehen?« Mit Schwung riss Valerian den Vorhang zurück.

Er und Margret starrten auf die leere Wand. Dort standen Richards Turnschuhe, ihr Besitzer war verschwunden.

»Das ist doch …!« Valerian stürzte ans Fenster.

»Moment mal.« Schon war die Oberschwester bei ihm. »Wer immer Sie sind, das ist eine Intensivstation! Hier kann nicht jeder reinkommen, wie es ihm passt! Ich rufe jetzt den Sicherheitsdienst.« Tante Margret griff zu ihrem Mobiltelefon.

Draußen auf dem Gesims standen die Flüchtenden rechts und links der Fensteröffnung. Von drinnen hörten sie aufgebrachte Stimmen. Vorsichtig riskierte Sam einen Blick hinein. Valerian und Tante Margret standen einander gegenüber und stritten.

»Warum tut er nichts … nichts *Vampiriges*?«, fragte sie leise.

»Das kann er sich nicht leisten.« Auch Richard schaute hinein. »Nicht in der Öffentlichkeit.« Sie beobachteten, wie Valerian und die Oberschwester das Zimmer verließen, wie

Andrew sich zum Fenster wandte und den Daumen nach oben reckte.

»Kaum zu glauben, dass ich auch mal Glück habe.« Sam winkte zurück und senkte den Blick nach unten. »Schaffst du den Sprung?«

Sie standen auf dem ebenerdigen Mauerabsatz; von hier in den Vorgarten zu springen, war kein Kunststück.

»Du hältst mich wohl für einen richtigen Loser.«

»Nein, aber …« Sie zeigte auf seine Füße. »In Socken könntest du dir wehtun.«

»Ich bin ein Vampir, gnädiges Fräulein!« Er breitete die Arme aus. »Große Höhen sind kein Problem für mich.« Richard sprang, fiel aber nicht wie erwartet zu Boden, sondern hielt sich einen Moment länger in der Luft und landete elegant zwischen den Sträuchern.

»Nicht schlecht für einen Kerl in Socken.« Lachend ging Sam in die Hocke, schützte ihren Bauch mit den Händen und ließ sich fallen. Sie spürte feuchtes Erdreich, Dickie half ihr auf.

»Danke.« Sie rückte ihm die Brille zurecht. »Los, weiter!«

»Moment.« Er hielt sie fest. »Dieses Gerenne ist sinnlos. Wohin soll es als Nächstes gehen?«

»Zum Bankautomaten. Wir brauchen Geld.«

»Und dann?«

»Klamottenladen. Ich muss die blutigen Sachen loswerden und du kommst ohne Schuhe nicht weit.«

»Und dann?«

»Ich fürchte, ich habe nicht mehr genügend Kohle für zwei Flüge. Wir müssen die Bahn nehmen.« Sie drängte ihn zur Straße.

»Du willst wirklich mit diesen Sektenbrüdern reden?«

»Natürlich!« Samantha lief auf die belebte Fulham Road.

»Ich wollte nur sichergehen.« Er hielt sie fest. »Mach dir um das Geld keine Sorgen.«

»Was?«

Er steckte zwei Finger in den Mund, pfiff und winkte ein Taxi heran. Überrascht sah sie ihn an. Neben ihnen hielt der Wagen.

»Ich habe genug davon.« Richard zuckte die Achseln.

»Wieso …? Ich habe dich aus der Gruft befreit. Im Sarg wirst du wohl kaum Pfundnoten eingesteckt haben.«

»Nein, aber das hier.« Er öffnete sein Hemd. An einem Kettchen baumelte eine Kreditkarte. »Lass uns shoppen gehen.«

Verwundert betrachtete sie den langen Kerl in den schlotterigen Klamotten und den grünen Socken. »Du bist ziemlich cool«, lächelte sie. »Aber glaubst du nicht, dass dein Daddy die Karte sperren lässt?«

»Die hier nicht. Seit Jahren habe ich heimlich was auf ein Konto getan, von dem die Familie nichts weiß.«

»Steigt ihr nun ein, oder was?«, fragte der Taxifahrer.

Sie schlüpften auf den Rücksitz. »Ich kenne einen Laden, der rund um die Uhr aufhat«, sagte Sam und nannte dem Fahrer die Adresse.

»Wir müssen uns beeilen.« Richard schaute aus dem Fenster. »Es wird bald hell.«

30

Das Kind war unruhig, stieß und trat; kaum war Sam mal eingeschlafen, ließ eine Bewegung des kleinen Kerls sie wieder hochfahren. Sie presste beide Hände auf den Bauch. »Bitte sei friedlich. Wir stehen das gemeinsam durch«, beschwor sie ihn. »Wenn du erst auf der Welt bist, wird uns schon das Richtige einfallen.« Sie wandte den Blick zu Richard. »Schläfst du?«

»Ich denke nach.« Er hatte die Blende des Fensters heruntergelassen und trug seine übliche Verkleidung. Der Hut war ihm in die Stirn gerutscht.

»Worüber?«

»Selbst wenn deine Tante die Polizei gerufen hat, wird das Valerian nicht aufhalten.«

»Klar, jemanden mit seinen Beziehungen verhaftet man nicht.« Sie rückte näher. »Sind euch die Behörden noch nie auf die Schliche gekommen? Ich meine, Vampire sind ja nicht gerade unauffällig.«

»Natürlich wurden wir oft verfolgt. Im Laufe der Jahrhunderte mussten wir unseren Aufenthaltsort häufig wechseln. In London haben wir uns erst vor 300 Jahren niedergelassen.«

»Erst?«

»Vergiss nicht, wie alt wir sind.«

»Ach ja, wie alt bist du eigentlich?«

Das Brummen des Flugzeugs veränderte sich, da es bereits zum Sinkflug ansetzte.

»Nächstes Jahr werde ich hundertsiebzehn.«

»Hundertsieb… Da hast du dich aber ziemlich gut gehalten.« Sam kicherte.

Richard war nicht zum Lachen zumute. »Ich möchte dich mal sehen, wenn du mit so einem Fluch leben müsstest.«

»Wie ist es euch gelungen, der Verfolgung der Menschen immer wieder zu entgehen?«

»Gefängnisse schrecken uns nicht. In St. Petersburg haben sie Papa eingesperrt und wollten ihn hinrichten. Er blieb nicht mal fünf Minuten in seiner Zelle.«

»Wieso?«

»Er wurde zur Fledermaus und flog zum Fenster hinaus. Allerdings musste die Familie Russland fluchtartig verlassen.«

Sam rutschte in eine bequemere Lage. »Diesen Verwandlungstrick musst du mir erklären. Es gibt physikalische Gesetze. Wie könnt ihr euch darüber hinwegsetzen und zu Fledermäusen werden oder zu Nebelschwaden?«

»Unser Repertoire umfasst noch Schwarze Ratten, Giftspinnen, Kohlraben, Motten und Wölfe.«

»Wölfe?« Zweifelnd starrte sie den Vermummten an. »Dann haben mich meine Augen also nicht getäuscht. Als du mich das erste Mal verfolgt hast, wurdest du zu einem …?«

»Ich wusste nicht, was ich sonst tun sollte. Du wolltest den Polizisten auf mich hetzen. Der Wolf ist mein Lieblingstier.«

»Mein Freund Dickie – ein Wolf.« Bewunderung lag in ihrer Stimme. »Wie funktioniert das?«

»Auf submolekularer Basis. Während der Metamorphose bedienen wir uns der primitiven genetischen Codes, die in uns gespeichert sind. Jedes Wesen trägt die Gene seiner Stammesgeschichte in sich, aber nur der Vampir ist imstande, diese Zellinformation noch zu nützen. Das bedeutet …«

Weiter kam Richard nicht. Samantha bäumte sich auf, presste die Fäuste gegen den Bauch und stieß einen Schmerzenslaut aus. Die Leute in der Reihe neben ihr fuhren zusammen.

»Bitte! Hör auf, ich flehe dich an! Wie willst du gesund zur Welt kommen, wenn du deine Mutter schon im Mutterleib umbringst!«

»Ist alles in Ordnung, Miss?« Die Stewardess stand vor ihr. Sam wurde so sehr von Schmerzen geschüttelt, dass sie nicht antworten konnte.

»Meine Frau ist nur schwanger«, sprang Richard für sie ein. »Es ist alles okay.«

»Wirklich?« Die Flugbegleiterin musterte das ungewöhnliche Paar. Eine blutjunge Schwangere und ein von Kopf bis Fuß vermummter Mann. »Vielleicht hätten Sie in Ihrem Zustand nicht mehr fliegen sollen.«

»Wo hast du deine Tropfen, Schatz?« Richard öffnete Sams Rucksack, holte ein Fläschchen heraus und flößte ihr einen Tropfen daraus ein. Innerhalb von Sekunden ließen die Beschwerden nach. »Sehen Sie, alles bestens«, sagte er zur Stewardess.

Als sie wieder unter sich waren, sah Sam ihn an. »Du bist ja ziemlich einfallsreich, wenn's brenzlig wird.«

»Was hast du gedacht – dass ich ein tollpatschiger Idiot bin, der ständig in Ohnmacht fällt?«

»Zuerst hab ich das wirklich gedacht.« Erleichtert, dass der Schmerz vorüber war, lehnte sie sich an seine Schulter. »Du hast mich vorhin *deine Frau* genannt.«

»Entschuldige, kommt nicht wieder vor.«

»Wir zwei wären schon ein komisches Ehepaar«, lächelte sie, »mit 100 Jahren Altersunterschied!« Danach wurde Samantha still. »Wir können nicht zu meinen Eltern«, sagte sie nach einer Pause. »Ich darf Mama nicht so einen Schreck einjagen. Als ich vor Kurzem bei ihnen war, sah man noch nichts von der Schwangerschaft. Und guck mich jetzt an.«

»Mir ist noch ein anderes Problem eingefallen: Wie kommen wir vom Flughafen aus weiter?«

»Hast du keinen Führerschein?«, fragte sie überrascht.

»Nein, und du?«

»Ich bin gerade erst siebzehn geworden.«

»Ich offiziell auch.« Richard schob den Hut zurück und kratzte sich am Kopf. »Ich wollte die Prüfung ablegen, ehrlich. Hab sogar schon ein paar Fahrstunden genommen.«

»Das hilft uns jetzt aber nicht weiter.«

»Stimmt. Ohne Führerschein kriegen wir kein Mietauto.«
»Also müssen wir den Bus nehmen«, seufzte Samantha.
»Nicht unbedingt.«

*

Mit einem Bündel Banknoten kam Richard vom Geldautomaten zurück und verhandelte mit dem Taxifahrer. Der schwergewichtige Mann starrte den vermummten Kerl an und schüttelte den Kopf. Richard legte den ersten Schein in seine Hand und zeigte in eine bestimmte Richtung; wieder lehnte der Fahrer ab. Erst nach der vierten Banknote ließ er den Kofferraum aufspringen, Richard verstaute den Rucksack und half Sam beim Einsteigen. Vom Flughafen aus ging es westwärts, hinein in die hügelige Landschaft.

Samantha lehnte sich zurück. Sie stellte sich die Felder und sanften Berge im Frühling vor. Die Raps- und Kartoffelfelder, die von Steinmauern eingefriedeten Weiden, auch die Eichenwälder sahen in der warmen Jahreszeit wunderschön aus. Nun duckte sich das Land unter dem tief hängenden Dezemberhimmel. Tatsächlich schrieben sie heute schon den ersten Advent. Die Schieferdächer glänzten vom letzten Regenguss. Noch ein paar Grade kälter und es würde schneien.

»Wieso haben die Jünger Fortrius ihr Hauptquartier ausgerechnet in Trickleton?« Richard holte Sam aus ihren Gedanken.

»Weil durch den kleinen Ort die Ruine des Hadrianswalls verläuft. Das Bauwerk hat für die Verehrer Fortrius eine große Bedeutung.«

»Ach, zu den Irren wollt ihr?« Unvermittelt drehte der Fahrer sich um. »Hätte ich das gewusst, hättet ihr euch einen andern suchen müssen.«

»Warum?«

»Diese Typen sind in der Gegend unbeliebt.«

»Tun sie denn ungesetzliche Dinge?« Sam beugte sich vor.

»Ungesetzlich … keine Ahnung. Von ihren Partys erzählt man sich die schlimmsten Sachen.« Er warf einen Blick in den Rückspiegel. »Sind Sie etwa auch so'n Fortriu-Heini?«, fragte er Richard.

»Wo denken Sie hin? Ich habe bloß … ein kleines Hautproblem.«

Eine halbe Stunde später erreichten sie Trickleton. Sam hatte angenommen, der Ort würde Lower Liargo ähneln, doch diese Gemeinde war anders. Die Gassen wirkten verwahrlost, Müllsäcke lagen auf dem Bordstein, die meisten Läden waren zugezogen. An vielen Häusern hing das Schild, dass sie zu verkaufen seien; sie wirkten bereits verlassen. Angst lag über dem Ort; am stärksten fühlte Samantha das, als sie die Kirche erreichten. Die hohen Fenster waren eingeschlagen, das Hauptportal hatte man mit Brettern vernagelt. Ein Fensterflügel knarrte im Wind.

»Hier ist doch was faul«, knurrte der Taxifahrer und stieg so plötzlich auf die Bremse, dass die Fahrgäste nach vorne geschleudert wurden. »Endstation. Weiter geht's nicht.«

»Haben wir die Adresse erreicht?« Sam hielt sich den Bauch.

»Ich fahr keinen Meter weiter.« Als Richard ihm Geld geben wollte, winkte der Fahrer ab. »Behalten Sie's. Ihr steigt hier aus.«

Gleich darauf standen Sam und Richard auf der Kreuzung und sahen dem entschwindenden Taxi nach. Die rasch dahinziehenden Wolken waren so dunkel, dass Richard es wagte, die Sonnenbrille zu heben.

»Hier ist ein Ort der Kraft«, sagte er leise. »Du hattest recht. Es walten besondere Mächte an dieser Stätte.«

»Was für Mächte?«

»Ich spüre …« Als schnüre ihm etwas die Luft ab, riss Richard den Kragen auf. »Ein uraltes Wissen beherrscht die Stadt. Ein Wissen, das die Menschen nicht aufrichtet, sondern zu Boden drückt.« Er zeigte in eine Richtung. »Es ist … der Wall!«

Sam konnte nichts Besonderes entdecken. Nahe der Kirche erhob sich ein unscheinbarer Hügel, in seiner Nähe standen keine Häuser. Das braune Gras bog sich im Wind, es war seit Langem nicht geschnitten worden. »Was ist dort, der Friedhof?«

»Kein Friedhof. Und doch sind unter diesem Hügel viele Seelen gefangen.« Langsam ging Richard darauf zu. »Als man den Hadrianswall baute, teilte er das Land von Küste zu Küste. Über weite Strecken war er aus Stein. Doch nachdem die Römer aus Britannien abgezogen waren, verfiel das Gemäuer. Die Menschen benutzten die Steine, um Straßen zu bauen. Heute steht der Wall fast nur noch dort, wo er aus Lehmziegeln errichtet wurde – so wie hier.«

»Dieses Hügelchen soll der Hadrianswall sein?« Sam war enttäuscht.

Er nickte. »Wir stehen an der wahren Grenze zu Schottland.«

»Glaubst du mir also, dass die Jünger Fortrius geheime Kräfte besitzen?«

Richard schien in sich hineinzuhorchen. »Nein. Sie sind es nicht selbst. Sie sind bloß … Sklaven. Gefangene einer Macht, die aus der Tiefe wirkt.«

»Aus welcher Tiefe?« Sie kletterten auf den Hügel.

»An diesem Ort treffen Kräftelinien der Erde zusammen. Diese Linien verlaufen über den ganzen Erdball. Sie sind unterirdisch verbunden. An ihren Schnittpunkten spüren die Menschen eine besondere Aura.« Richard atmete durch, als begreife er selbst es erst in diesem Moment. »Der Hadrianswall ist eine Linie geballter Kraft! Deshalb kann ER hier zutage treten!«

»Wer, ER?« Sam spürte nichts als ein leichtes Kribbeln in den Beinen. Eines jedoch hatte sich verändert: Das Ungeborene in ihrem Leib war vollkommen still geworden. Sie strich über den Bauch. »Er hat aufgehört«, flüsterte sie. »Hier fühlt er sich wohl.«

»Er spürt den Ursprung, er fühlt die Kraft des Vaters.«

»Von wem sprichst du?«

»Fortriu.« Richard legte den Arm um seine Begleiterin. »Seine Macht tritt hier zutage. Hier ist Fortrius Land. Hier ist er der Herrscher.«

31

Über eine Meile gingen sie nun schon auf dem Kamm des Hügels. Von hier oben schaute man weit ins Land. Die Gegend wirkte grau und sonderbar verlassen. Nirgends in der Nähe des Walles wurde etwas angebaut, nirgendwo weideten Tiere. Trickleton lag bereits hinter ihnen. Da ergriff Richard Samanthas Hand.

»Wir sind am Ziel.«

Vor ihnen erhob sich eine Ruine.

»Das ist doch nur ein Haufen Steine.«

»Es ist ein alter Festungsturm. So baufällig, wie du meinst, ist er nicht.«

Auch Sam bemerkte, dass das untere Geschoss instand gesetzt worden war.

»Hier erwarten sie seine Rückkehr«, sagte Richard. »Sie warten auf den König und Meister.« Er sah sie an. »Bist du sicher, dass du diesen Schritt tun willst? Sind wir erst einmal eingetreten, umfängt uns Fortrius Gesetz.«

»Was könnte schlimmer sein, als ein Vampir zu werden? Wenn ich noch etwas unternehmen kann, um diesem Schicksal zu entgehen, will ich es versuchen.«

Hand in Hand schritten sie auf den Turm zu. Leere Fensterhöhlen starrten sie an. Ein Blitz oder ein Erdrutsch hatte das Mauerwerk gespalten; von den Zinnen bis zur Grundmauer klaffte der Riss. Unterhalb der Festung waren Öffnungen in den Lehmwall getrieben worden, massive Gitter verschlossen die Eingänge. Im bewohnten Teil dagegen entdeckten sie Gardinen hinter den Fenstern, die Läden waren frisch gestrichen, in den Blumenkästen blühten Pelargonien.

»Sollten die Jünger Fortrius Blumenliebhaber sein?« Sam stieß ihren Begleiter an. »Das ist doch …« Sie starrte auf den Fußabstreifer. *Bring Glück herein,* stand darauf. Der Türklopfer hatte die Form eines Spechtes. Bevor Sam damit gegen die Tür schlug, sah sie noch einmal zurück. »Also dann. Die Show beginnt.« Sie klopfte dreimal.

Gleich darauf hörten sie muntere Geräusche aus dem ersten Stock. »Jahaa! Momentchen!«

Trippelschritte auf der Treppe, die Tür schwang auf.

»Ja bitte? Na so was, zwei Wanderer!«

Eine entzückende alte Dame schaute zu ihnen hoch. Sie trug eine Spitzenbluse, ihr Wollrock reichte über die Knie, an den Füßen hatte sie rosa Pantoffel. Die weißen Löckchen waren auf einer Seite platt gedrückt.

»Tschuldigung, aber Fred und ich machen um diese Zeit unseren Schönheitsschlaf«, kicherte sie.

Ein Blick zu Richard bewies Sam, wie überrascht auch er von diesem Empfang war.

»Ich bin Myrtle-Mae.« Ohne nach dem Grund des Besuches zu fragen, bat die Frau sie herein. »Was ist mit Ihrem Gesicht?« Sie betrachtete Richard mit schief gelegtem Kopf. »Einen Sonnenbrand können Sie sich bei dem Wetter wohl kaum geholt haben.« Sie wartete seine Antwort nicht ab, sondern führte die beiden durch einen Korridor aus Naturstein in das gemütlich eingerichtete Wohnzimmer. Blumenmuster zierten Couch und Lehnstuhl, die Teppiche waren flauschig, in einer Ecke stand ein Klavier.

»Wie schön Sie es haben«, sagte Sam. »Wohnen Sie schon lange hier?«

»Oh nein. Wir hatten erst nach Freds Pensionierung Zeit, den alten Turm umzubauen. Ihr könnt euch nicht vorstellen, wie das hier vor der Renovierung ausgesehen hat.«

»Die Festung stand also leer?«

»Natürlich. Wir sind die ersten Bewohner seit den alten Römern.« Sie lachte.

»Und was hat Sie bewogen, hierherzuziehen?«

»So viele Fragen, mein Kind. Jetzt gibt es erst mal Tee.« Die alte Dame eilte zum nächsten Durchgang. »Wollt ihr Gurken-Sandwiches oder lieber Teegebäck? Am besten bringe ich beides.« Sie trippelte hinaus.

Kopfschüttelnd sah Sam sich in dem freundlichen Zimmer um. »Ich kann nicht glauben …« Auf dem Kaminsims entdeckte sie gerahmte Fotografien, darüber ein steinernes Familienwappen. »Bist du sicher, dass wir hier richtig sind?«

»Sonderbar.« Richard trat ans Fenster. »Wieso fragt sie uns nicht, was wir wollen? Warum lässt sie uns so bereitwillig herein?« Er schaute in den bewölkten Himmel. »Vielleicht wussten sie, dass wir kommen.«

»Nun mach mal 'nen Punkt.« Sie betrachtete die Bilder, auf denen wohl die Kinder und Enkel der Hausherren abgelichtet waren. »Es sind alte Leute, sie freuen sich, Gesellschaft zu haben.«

»Ich hoffe, ihr sprecht nicht von mir und Myrtle-Mae.«

Die beiden fuhren herum. In der Tür stand ein alter Mann, der sich auf einen Stock stützte. Sein Haar war weiß und voll, es gab ihm das Aussehen eines ergrauten Engels.

»Ich bin Fred«, sagte er. »Willkommen. Hat Myrtle-Mae euch schon Tee angeboten?«

»Sie war so freundlich.« Sam ging auf den Hausherrn zu und wollte ihm die Hand schütteln. Als habe er es nicht bemerkt, packte er den silbernen Knauf des Stockes mit beiden Händen.

»Du hast uns durchschaut«, lächelte er. »Besucher sind selten bei uns, darum freuen wir uns besonders, wenn jemand vorbeikommt. Habt ihr euch verlaufen?«

»Ehrlich gestanden …« Sie warf einen Blick zu Richard. »Wir sind Studenten und interessieren uns für alte schottische Bräuche. Und wir haben gehört …«

»Was studiert ihr?« Er setzte sich in den Lehnstuhl, ohne den beiden einen Platz anzubieten.

»Völkerkunde«, antwortete sie nach kurzem Zögern.

»An welcher Uni?«

Einen Moment war es still. »Glasgow«, sagte Sam aufs Geratewohl. »Wir haben recherchiert, dass in dieser Gegend alte Bräuche der schottischen Urbevölkerung wiederbelebt wurden.«

»Die Jünger Fortrius«, nickte er so selbstverständlich, als wüsste das jedes Kind.

»Ja«, rief Sam. »Können Sie uns mehr dazu sagen?«

»Natürlich. Wir sind die Jünger von Fortriu.«

»Sie … Sie sind …?!« Sam blieb die Spucke weg.

»Haben wir vor ein paar Tagen nicht schon miteinander telefoniert?« Der alte Mann blieb freundlich und doch nahm Sam plötzlich etwas Stechendes in seinem Blick wahr. Als er den Stock beiseitestellte, entdeckte sie, dass der Silberknauf die Form eines Kopfes hatte.

»Telefoniert?«, fragte sie unsicher.

»Der Anruf kam nicht aus Glasgow, sondern von einer Londoner Nummer.« Er beugte sich vor. »Euer Interesse muss ziemlich groß sein, wenn ihr den weiten Weg in den Norden gemacht habt.«

»Sie sagten am Telefon, die Jünger seien eine rein männliche Vereinigung«, erwiderte Sam. »Wieso können Sie nun doch mit mir sprechen?«

»Liebes Kind, hier rufen oft die verrücktesten Leute an«, seufzte er. »Spinner, die sich irgendwelchen okkulten Hokuspokus von uns versprechen. Am Telefon gebe ich grundsätzlich keine Auskunft.« Er wandte den Blick zu Richard. »Jetzt zu dir, mein Junge: Was soll die Aufmachung? Bist du auch so ein Verrückter, der hier anklopft, um phantastisches Zeug zu hören?«

»Ich leide bloß unter einer Allergie.« Richard wechselte einen Blick mit Samantha. »Wo sind die wirklichen Jünger Fortrius?«

»Na, wir sind das!« Mit einem Silbertablett kam Myrtle-Mae zurück. »Liebling, könntest du bitte den Tisch …«

»Vor meiner Pensionierung war ich Historiker.« Fred stand auf und räumte den Couchtisch ab. »Mein Spezialgebiet sind Ureinwohner, vor allem die Völker, die Schottland besiedelten, bevor *Good Old Brittania* alles unter seine Herrschaft brachte.«

Währenddessen goss Myrtle-Mae den Tee in chinesisches Porzellan; die Tassen waren mit einem Drachenmotiv verziert. »Milch?«

Sam schüttelte den Kopf. »Aber diese Bräuche, die … grausamen Rituale der Pikten, wo werden die durchgeführt?«

»Bräuche? Riten?« Aufmerksam musterte er die Besucherin, die auf einer Ecke des Sofas Platz nahm. »Wovon redest du?«

»Auf Ihrer Homepage wird erwähnt …« Sie stockte, da sie sich verraten hatte. Auf der Website der Jünger Fortrius hatte es keine Hinweise auf irgendwelche Rituale gegeben. Sams Wissen stammte aus dem Buch ihres Vaters und von seiner nächtlichen Erzählung. Sie nippte am Tee, um sich den Fehler nicht anmerken zu lassen.

»Die Pikten waren ein wildes Volk«, nickte Fred. »Aber das muss man als normales Verhalten der damaligen Zeit betrachten. Selbst die ›zivilisierten‹ Römer kreuzigten ihre Verurteilten, zerschlugen ihre Gliedmaßen, schlitzten ihnen die Gedärme auf und blendeten sie mit glühenden Eisen.«

»Liebling, bitte nicht beim Tee!«, rief Myrtle-Mae.

»Entschuldige, Darling.« Er ließ sich ein Gurkenschnittchen reichen. »Ich möchte unseren jungen Besuchern nur klarmachen, dass man das soziale Leben vor zweitausend Jahren nicht mit heutigen Maßstäben messen kann. Ein Menschenleben zählte damals nichts, und Schmerz war die einzige Methode, seine Feinde zur Aufgabe zu zwingen.« Er betupfte die Mundwinkel mit der Serviette. »Was taten die Pikten genau genommen? Sie kämpften dagegen, dass fremde Invasoren sie unterwarfen. Aus heutiger Sicht muss man die Römer als Hightech-Supermacht ansehen. Sie hatten die modernsten Waffen, die beste Logistik und einen unstillbaren Appetit auf fremde Länder.«

»Wer war Fortriu?« Sam knabberte an einem Cracker. »Wieso haben Sie Ihren Verein die Jünger Fortrius genannt?« Auch wenn sie die Ausführungen interessant fand, hatten sie nichts mit dem Grund dieser Reise zu tun.

»Fortriu ist eine Sagenfigur.« Fred lächelte milde.

»Bloß eine Sage?« Sam war maßlos enttäuscht.

»Es gab unterschiedliche Clans unter den Pikten und jeder hatte seinen eigenen Anführer. Manche waren für ihre Schlauheit bekannt, andere galten als besonders grausam, wieder andere verehrte man für ihre Weisheit. Als die Pikten bereits von den Römern unterworfen worden waren, formte sich aus den Überlieferungen mehrerer Piktenführer die Sage vom legendären König Fortriu. Unter seiner Herrschaft sollen die Pikten angeblich noch in Freiheit gelebt haben. Fortriu, hieß es, sei unsterblich. Nach seinem Tod lebe er im Innern der Erde weiter, um eines Tages, wenn die Not der schottischen Clans am größten sei, wieder hervorzukommen und eine neue, segensreiche Herrschaft anzutreten.« Fred trank seine Tasse aus.

»Das bedeutet, Fortriu hat nie existiert?«, fragte Sam.

»Es gibt keinen stichhaltigen historischen Beweis seiner Existenz.«

Richard hatte die ganze Zeit geschwiegen. »Er wartet im Innern der Erde«, wiederholte er leise. »Um eines Tages erneut seine Herrschaft anzutreten.«

»Es ist nur ein Märchen.« Fred nahm seinen Stock und rieb mit der Hand über den Knauf.

»Was stellt dieser Kopf dar?«

»Mein Spazierstock?« Fred lachte. »Es ist ein Drachenkopf. Der Drache ist im Norden als Kunstmotiv sehr beliebt.«

»Und dieses Wappen?« Richard zeigte an die Stelle über dem Kamin.

»Das ist ebenfalls ein Drachen. Das Relief stammt allerdings aus älterer Zeit.«

»Trug Fortrius Wappen nicht auch einen Drachen?« Aufgerichtet saß Richard da.

Fred stand auf. Ohne sich auf den Stock zu stützen, ging

er zum Kamin. »Der Drache gilt als das Wappentier, dem die stärkste Kraft innewohnt. Er rangiert damit über dem Adler, dem Wolf oder dem Löwen. Fortriu, dem mächtigsten Herrscher, gebührte das mächtigste Wappen.« Lächelnd drehte er sich um. »Und trotzdem ist er nicht mehr als eine Sagenfigur.«

»Aber wieso sollten die Erbauer dieses Turmes das Wappen eines erfundenen Königs in ihre Mauern meißeln?«, fragte Sam.

Einen Augenblick war es still. Fred und Myrtle-Mae sahen sich an.

»Ihr seid wissbegierige junge Leute.« Wieder hatte der Hausherr diesen stechenden Blick. »Darum will ich eine Ausnahme machen und euch zeigen, wie unser Verein zu seinem Titel kam.«

»Ach, Darling, nicht die Treppe.« Myrtle-Mae schüttelte ihren Lockenkopf. »Ich weiß nicht, ob meine alten Knochen das mitmachen. Und das Mädchen in ihrem gesegneten Zustand dort runterzuschleppen, halte ich auch für keine gute Idee.«

»Es wird schon gehen«, beeilte Sam sich zu antworten und stand auf.

Fred bot Myrtle-Mae seinen Arm an. »Sie können stolz darauf sein«, sagte Myrtle-Mae zu den Besuchern. »Nicht jeder bekommt von Fred eine Schlossführung geboten.«

Das Ehepaar ging voraus. Sam hängte ihren kleinen Rucksack über die Schulter und folgte ihnen. Richard hielt sich dicht hinter ihr. Sie bogen in einen Korridor, in den kein Tageslicht fiel. Vor einer Metalltür zog Fred einen silbernen Schlüssel heraus und sperrte auf. Er machte Licht. Glühlampen wiesen über eine gewundene Treppe den Weg in die Tiefe.

»Dort unten befanden sich vor fast 2000 Jahren die Waffenkammern der römischen Truppen, die Unterkünfte für die gewöhnlichen Soldaten und die Gefängniszellen.«

Während Sam hinter dem Hausherrn herging, entdeckte sie, dass sich die Wände veränderten. Waren sie oben aus Stein gewesen, bestanden sie ab einer bestimmten Tiefe aus Lehmziegeln.

»Sind wir bereits im Innern des Walles?«

»Du hast es erfasst«, antwortete Myrtle-Mae. »Die Römer waren geschickte Baumeister.«

Die Treppe endete in einem runden unterirdischen Raum. Auch hier machte Fred Licht. Der Boden war aus gestampftem Erdreich. Mehrere Korridore gingen von hier ab.

»Ja und?« Sam sah sich um. »Wollten Sie uns nicht zeigen, wie Ihr Verein zu seinem Namen kam?«

»Richtig. Ihr wollt die Jünger kennenlernen.« Fred wies in den mittleren Gang. »Hier entlang, bitte.« Er ließ die Gäste vorgehen.

Nach wenigen Metern verschwand die Lehmmauer, und sie gelangten an eine Eisentür, die Fred öffnete. Eine lange Reihe von Gitterstäben wurde sichtbar. Dahinter herrschte Dunkelheit.

»Voilà!«, rief Fred in einigem Abstand. »Die Jünger von Fortriu!«

Hinter dem Gitter flammte Licht auf. Es war, als ob der Tag ins Innere des Festungswalles einbrach und die Maske der Täuschung abfiel. Nach einem Moment der Blendung öffnete Sam die Augen. Richard hielt die Hand schützend vor sein Gesicht. Sie waren nicht allein. In dem angrenzenden Raum befanden sich Menschen. Sam konnte kaum glauben, wie viele es waren. Die unterirdische Halle musste riesig sein und doch schienen die zahllosen Menschen sie fast zu sprengen. Keiner von ihnen saß oder lag, sie standen dicht an dicht, standen und starrten mit aufgerissenen Augen ins Leere. Sonst wirkten sie wie ganz normale Leute. Sie waren unauffällig gekleidet, manche mit Mantel und Hut, andere im Hemd, wieder andere hatten sich bis auf die Unterwäsche ausgezogen. Sam fiel auf, dass es nur Männer waren. Nun da die Lampen sie dem Dunkel entrissen, wurden diese Menschen unruhig. Samantha erschrak so sehr, dass ihr der Atem stockte. Denn es war kein Erwachen, das den Menschenhaufen befiel, eher eine quälende Unruhe. Sie schwankten gegeneinander, senkten die Köpfe, manche duckten sich; doch ihre Augen blieben geöffnet. Darin entdeckte Sam kein Leben, sondern die Spiegelung eines nicht enden wollenden Todes. Aus ihren Mündern kamen dunkle, verstörte Laute, manche fletschten die Zähne. Sie waren nicht bei sich, eine unerklärliche Ohnmacht lag über ihnen.

»Sind das …« Sam vermochte den Gedanken kaum auszusprechen. »Sind das alles Vampire?«

»Schlimmer«, stieß Richard hervor. »Sie sind tot, ohne gestorben zu sein. Man gestattet ihnen nicht einmal das erbärmliche Dasein von Schattenwesen. Man zwingt sie zur Gefangenschaft im Reich zwischen dem irdischen Jetzt und der Ewigkeit.«

»Nicht mehr lange«, hörten sie hinter sich Myrtle-Maes Stimme. »Sie werden leben. Sie werden kämpfen! Zum Ruhme des einen Gebieters!« Im Gesicht der freundlichen alten Dame zeigten sich Hass und Triumph.

»Er wird hervorkommen aus der Tiefe.« Fred trat neben sie, den Stock mit dem Silberknauf drohend erhoben. »Er wird ein neues Regiment errichten, ein Zeitalter der Kraft! Fortriu!«, stießen sie gemeinsam hervor. »Fortriu!«, schrien sie mit zu Fratzen verzerrten Gesichtern.

Sam tat einen Sprung; es war zu spät. Eine Gittertür fiel zwischen ihr und den beiden ins Schloss, Fred drehte den Schlüssel herum.

»Warum so eilig?« Er grinste. »Ihr seid gekommen, die Jünger Fortrius zu sehen. Ihr habt euer Ziel erreicht. Nun werden sie euch Gesellschaft leisten. Ich fürchte nur, ihre Anwesenheit könnte unangenehm für euch werden.« Er hängte den Schlüssel um den Hals.

Verzweifelt blickte Sam zu Richard. Dann schlug sie in sinnloser Wut gegen die Stäbe. »Was soll das? Wir sind Studenten auf einem Forschungstrip!«

»Ach, seid ihr das?« Myrtle-Mae kam ans Gitter. »Solltest du in deinem Zustand das Studium nicht an den Nagel hängen und beginnen, Babysöckchen zu stricken?« Sie lachte auf eine Art, dass es Sam kalt über den Rücken lief. »Du trägst den Spross der Kóranyis in dir, meine Liebe. Der Kindesvater, unser verehrter Freund Taddeusz, ist nicht erfreut darüber, dass du so anstrengende Reisen unternimmst.« Myrtle-Maes Augen funkelten böse. »Daher macht er sich bald auf den Weg, um dich abzuholen. Ist das nicht nett von ihm?«

Sam starrte Richard an. »Sie haben es … die ganze Zeit gewusst?!«

»Natürlich haben wir es gewusst.« Fred trat an einen altertümlichen Mechanismus heran. »Warum sollten wir euch aber die Entdeckerfreude nicht lassen? Eure raffiniert ausgedachte Flucht, eure alberne Lügengeschichte und diese lächerliche Verkleidung.« Spöttisch musterte er Richard. »Dass du dich nicht schämst, in diesem Aufzug herumzulaufen. Du bist ein Kóranyi! Eine Schande für das ganze Geschlecht.«

Mit einem Griff riss Richard die Brille und den Schleier ab. »Das ist das schönste Kompliment, das Sie mir machen konnten.«

»Es ist bestimmt das letzte, glaub mir.« Fred legte die Hände an ein mächtiges Holzrad. »Die Römer waren erfindungsreich, wenn es galt, ihre Feinde zu quälen. Solltet ihr also unsinnigerweise an Flucht denken …« Er drehte den Mechanismus. Ein Stahlseil straffte sich, das zur Decke lief und dort umgelenkt wurde. Im Augenblick, als Fred daran zog, hob sich das Gitter ein wenig. Auf der anderen Seite wurden die vor sich hindämmernden Wesen unruhig.

»Die römischen Wachsoldaten hatten viel Freizeit. Sie vertrieben sie sich, indem sie außer den Gefangenen wilde Tiere hier unten einsperrten. Tagelang gaben sie ihnen nichts zu fressen.« Fred zog das Gitter noch ein Stück hoch. »Und wenn ihnen besonders langweilig war, bedienten sie diesen Mechanismus. Es muss ein Spaß gewesen sein, dem Spektakel zuzusehen.«

»Aber auch eine ziemliche Sauerei«, schüttelte Myrtle-Mae den Kopf.

»Es geschieht ihnen nichts«, lächelte er. »Noch nicht.«

Sam wich an die Wand zurück. Auf der anderen Seite bückten sich manche der Kreaturen und langten unter dem Gitter durch. Ausgezehrte Hände mit überlangen Fingernägeln kratzten und schabten über den Boden.

»Bei Tag sind sie harmlos.« Fred ließ das Rad zurücklaufen. »Aber sobald die Sonne verschwunden ist, verwandeln sie sich.«

Die greifenden Hände verschwanden, die Metallstäbe rasteten auf dem Boden ein.

»Was waren das früher für Menschen?«, fragte Sam trotz ihrer Abscheu.

»Leute aus der Gegend«, sagte Myrtle-Mae. »Arbeitsam, freundlich und unbedeutend.«

»Ihr habt sie entführt?« Sam betrachtete die Unglücklichen. »Jemand muss sie doch vermissen. Haben ihre Familien nicht die Polizei eingeschaltet?«

»Sei nicht so naiv.« Fred spuckte den Satz förmlich aus. »Du bist nicht in der Gewalt von Kriminellen. Hier herrschen das Recht und die Macht Fortrius! Glaubst du, irgendwelche Provinzpolizisten wären imstande, sich gegen ihn zu stellen?«

»Komm, Darling, mir wird kühl.« Myrtle-Mae nahm seine Hand. »Wir sollten die Plauderei verschieben, bis Teddie sich um die beiden kümmert.«

»Du hast recht.« Fred griff zum Lichtschalter. »Es gefällt euch wahrscheinlich nicht, im Dunkeln zu bleiben, aber glaubt mir, in der Finsternis sind die Jünger Fortrius viel friedlicher.« Er knipste die Lampen im Kerker aus. Sofort erstarb das Stöhnen und Knurren; die Menge wurde still.

»Noch eine Frage!«, rief Sam. »Am Telefon wollten Sie mir über den Standort der Barhyaghtarkirsche nichts sagen. Warum tun Sie es jetzt nicht?!«

»Ihr glaubt also, von hier fliehen zu können?«, fragte Myrtle-Mae amüsiert. »Was für ein unerschütterlicher Idealismus.« Sie überlegte. »Die Kirsche ist auf der ganzen Welt ausgestorben. Es gibt nur einen einzigen Ort, wo man aus ihr …«

»Nicht, Darling«, unterbrach Fred.

»Keine Sorge, Schätzchen. Ich verrate nichts. Nur so viel: Ein armes Land besitzt großen Reichtum. In den Bergen trinkt man Kräuterlikör.« Sie kicherte. »Darüber können sie rätseln, bis ihr Stündchen geschlagen hat.«

Der Weißhaarige nahm seine Frau in den Arm. »Du bist ein verrücktes altes Mädchen.«

»Deshalb passen wir ja so gut zueinander.« Sie lachten und traten den Rückweg an. Einen Moment später erlosch auch das Licht im Korridor.

Blind und ängstlich drängte sich Sam an Richard. Er schlug seinen Mantel um sie. So standen die beiden in großer Not.

32

Hör auf, es hat keinen Sinn.« Richard ging in dem Viereck auf und ab.

Sam hatte ihren Nagelknipser aus dem Rucksack gekramt und die kleine Feile aufgeklappt. »Keinen Sinn, unser Leben zu retten?« In der Finsternis hörte man hektisches Schaben und Kratzen. »Ich muss … das … tun!«, keuchte sie. »Sonst verlier ich den Verstand.«

»Taddeusz tötet dich nicht. Nicht solange er auf das Kind hoffen kann. Mich allerdings …« Er machte fünf Schritte auf die eine Seite und fünf zurück.

»Ich dachte, man kann Vampire nicht töten.« Verbissen feilte sie weiter.

»Nicht so, wie man einem Menschen das Leben nimmt.« Fünf Schritte. »Papa und Teddie werden mich in einen qualvollen Schlaf versetzen, der dem Tod ähnelt. Ein Albtraum, eine Ewigkeit.« Fünf schwere Schritte zurück.

Irrsinniges Schaben, Sam schrie vor Anstrengung, dann ließ sie sich gegen die Wand sinken. »Hätte ich bloß diesen Kirschsaft, damit könnte ich …!« Erst wurde es still, darauf begann sie, haltlos zu lachen.

»Was ist?« Richard blieb stehen.

»Ich sitze am tiefsten Punkt des Hadrianswalles. Neben mir dämmern untote Leute vor sich hin. Ich stehe im Bann von Fortrius Macht und … und …« Sie hielt sich den Bauch vor Lachen. »Und überlege mir, wie ich an Kirschsaft rankomme! An Kirschsaft!« Sam lachte so wild und verzweifelt, dass das Keuchen und Murmeln hinter dem Gitter erneut anschwollen.

»Still, sei still, das führt zu nichts.« Er ging in die Hocke und umfasste sie mit beiden Armen. »Die zwei Alten können unmöglich wissen, wo der Barhyaghtar-Strauch wächst. Solange ich denken kann, hat Papa mir gesagt, der Aufenthaltsort der Kirsche sei verloren gegangen. Niemand weiß ihn, außer …«

»Ja?« Seine Berührung tat ihr gut.

»Niemand außer Fortriu selbst.«

»Na toll.« Sie kuschelte sich an den Vampir. »Fragen wir ihn doch einfach. Hallo, Mr Fortriu?«, rief sie, als spräche sie in ein Telefon. »Wie geht's? Schönes Wetter heute. Wären Sie so nett, uns zu sagen, wo die Barhyaghtar-Kirsche wächst? Wir wollen Marmelade daraus machen. Na prima, besten Dank und auf Wiederhören!« Aus Sams verzweifeltem Gekicher wurde ein Weinen, die Tränen rannen ihr übers Gesicht und machten Richards Mantel nass. *»Ein armes Land«,* flüsterte sie. *»Ein armes Land besitzt großen Reichtum.* Was könnte Myrtle-Mae gemeint haben?«

»Gar nichts. Weil sie nichts weiß.«

»Die ärmsten Länder liegen in Afrika.« Sam ließ sich nicht beirren. *»In den Bergen trinkt man Kräuterlikör.* Wo gibt es Berge in Afrika? Vielleicht hat sie Südamerika gemeint, vielleicht das Anden-Gebirge? Dort sind die Leute auch ziemlich arm.« Sie fuhr sich übers Gesicht. »Allerdings habe ich noch nie gehört, dass man in den Anden …«

»… Kräuterlikör trinkt«, ergänzte Richard.

Sie schwiegen, aber Sam spürte, er dachte nach. »Was überlegst du?«

»Nichts.« Er strich über ihr Haar.

»Sag schon.«

»Es ist … zu unwahrscheinlich.«

»Jetzt sag aber!« Sie befreite sich aus seinem Arm und kam auf die Knie. Obwohl sie nicht das Geringste sah, starrte sie dorthin, wo sie sein Gesicht vermutete.

»Ich kann nicht glauben, dass Myrtle-Mae die *Alte Heimat* gemeint hat.«

»Alte Heimat, hä?«

»Hast du nie auch nur ein einziges Vampirbuch gelesen?«, fragte er ungläubig.

»Das war mir immer zu blöd. Wusste doch jeder, dass da bloß Quatsch drinsteht.«

»Quatsch oder nicht, laut Bram Stoker stammen die ersten Vampire aus dem *Alten Land.* Das Gebiet, in dem Drakula herrschte. Die Walachei.«

»Walachei?« Sie rutschte noch näher heran. »Hab ich auch noch nie gehört.«

»Heute heißt es anders. Heute gehört es sogar zu uns.«

»Was denn, die Walachei gehört zu Großbritannien?«

»Nicht so.« Sein Finger tippte auf ihre Nase. »Was ist 2007 geschehen?«

»Keine Ahnung, Herr Lehrer.« Sie stieß ihn in die Rippen. »Willst du mich so lange auf die Folter spannen, bis Teddie da ist?«

»2007 ist Rumänien der Europäischen Union beigetreten.«

»Na klar. Rumänien und Polen und die Tschechen und … und noch ein paar andere«, sagte sie, da sie in Politik nicht besonders beschlagen war.

»2007 war Sibiu sogar Europäische Kulturhauptstadt.«

»Ja, schön, Sibiu, na und? Was hat das mit unserer Kirsche zu tun?!«

»Sibiu hieß früher Hermannstadt. Es liegt in den Südkarpaten. Es ist die Hauptstadt des früheren … Transsylvanien.«

Sam spürte, wie ihr Herz schneller schlug. »Transsylvanien?«

»Trotz aller Modernisierung ist Rumänien noch immer ein

armes Land. Es wird von hohen Bergen durchzogen. Und in den Bergen gibt es eine einheimische Spezialität, die seit Jahrhunderten nur dort hergestellt wird.«

»Kräuterlikör«, flüsterte sie.

»Ein dunkler, schwerer Likör.« Er räusperte sich. »Rund um Sibiu ist das alte Land, die Alte Heimat.«

Sie schwiegen eine ganze Weile. Sie hielten sich ängstlich umfasst.

»Wenn wir hier rauskönnten …«, begann Sam schließlich. »Wüssten wir … vielleicht, wo wir suchen müssten.«

Er schwieg weiterhin. Auch Sam konnte nicht recht daran glauben, dass ihnen in ihrer ausweglosen Situation ein rettender Gedanke gekommen sein sollte.

»Das nützt ja nichts«, sagte sie dumpf. »Meine Feile hat gegen die Eisenstäbe keine Chance.«

Er sagte weiterhin nichts, doch sie spürte, wie er unruhig die Arme bewegte.

»Was ist? Willst du dich vielleicht mal dazu äußern?«

»Ich habe das Gelübde abgelegt«, murmelte er. »Ich darf es nicht brechen.«

»Was für ein Gelübde?«

»Ich habe geschworen, mich niemals meiner speziellen Vampirkräfte zu bedienen.«

»Das ist ja wunderbar heldenhaft von dir«, antwortete sie. »Aber welche speziellen Kräfte hat denn ein Vampir wie du?«

»Ich könnte … Nein!« Unvermittelt kam er hoch und nahm seinen Gang wieder auf.

»Dickie, du machst mich wahnsinnig! Was könntest du?«

Kein Wort von ihm. Fünf Schritte hin, fünf wieder zurück.

»Wieso weißt du eigentlich, wie weit du gehen kannst, ohne dir den Kopf an der Mauer anzurennen?«

»Ultraschall«, lautete die nüchterne Antwort.

»Wie bitte?«

»Ich mache das im Dunkeln ganz automatisch.« Er ging weiter. »Ich sende Ultraschallwellen aus, und durch das Echo weiß ich, wo das nächste Hindernis ist.«

»So wie Fledermäuse?« Sie traute ihren Ohren nicht.

»Nein. So wie Vampire es machen. Hast du dir Teddies Ohren mal näher angesehen?«

»Seine Ohren … nein, ich war zu sehr mit seinen Lippen beschäftigt.«

»Wir haben da so Rillen drin, die das Echo eines Hindernisses verstärken. Wir können auch UV-Licht sehen. Und wenn wir in dunkler Nacht fliegen, orientieren wir uns an den Linien des Erdmagnetfeldes.«

»Du könntest also wirklich fliegen?«

»Ich hab es seit Ewigkeiten nicht mehr gemacht.«

»Aber du könntest!«

»Ich schwor, es nie wieder zu tun.«

Sam stand auf. »Sag mal, tickst du noch richtig?« Sie hielt sich den Bauch, in dem es wieder zu rumoren begann. »In Kürze kommen die hier runter, um uns umzubringen, und du überlegst, ob du deine kindischen Schwüre brechen darfst?!«

Sie hörte, wie er vor Anspannung keuchte und die Arme bewegte.

»Na los, sei ein Vampir!«, schrie sie. »Verwandle dich!«

»Es geht ja gar nich.«, antwortete er kleinlaut.

»Wieso?«

»Ich bin zu schwach. Die Wirkung der Blutspeisung hat nachgelassen.«

»Wenn's nur daran liegt, dagegen weiß ich ein Mittel.« Sie kramte in ihrem Rucksack und fand das Gesuchte. Im nächsten Moment klatschte ein weicher Gegenstand an Richards Brust. »Bitte sehr. Das ist mein letzter. Wohl bekomm's.«

»Ich kann nicht. Sonst werde ich wieder abhängig von dem Zeug!«

»Runter damit!«

Fast gerieten sie in eine Rangelei; Sam wollte den Beutel aufreißen, er suchte, ihn vor ihr zu schützen.

»Also gut!« Widerstrebend nahm er ihn an sich. »Aber bitte halte dir die Ohren zu.«

»Du bist das schlimmste Sensibelchen, das ich kenne.« Sie steckte zwei Finger in die Ohren. »Erledigt! Ich höre nichts.«

Samantha schummelte. Wie aus der Ferne hörte sie, wie der Verschluss des Beutels aufriss, wie Richard ihn ansetzte und den ersten angewiderten Schluck nahm. Sie hörte, wie er hastiger, gieriger trank und den Beutel schließlich mit tierischen Lauten leerte.

»Wie ich das hasse.« Er warf die leere Verpackung in die Ecke.

»Geht's besser?«

»Ja klar.« Er rülpste. »Klar geht es besser. Aber ich hasse mich dafür.«

»Das kannst du später machen.« Sie klopfte ihm auf die Schulter. »Jetzt heißt es: Manege frei für den ersten Rundflug meiner ganz persönlichen Fledermaus.«

»Mach dich nur lustig.«

»Würd ich nie tun. Bloß draußen wird es bestimmt schon dunkel, also beeil dich.«

Er zog sich in die hinterste Ecke zurück. Sam vernahm ein Geräusch, das sich wie das Klatschen bei einer Schlammschlacht anhörte. »Beginnst du schon? Moment! Wenn du eine Fledermaus geworden bist, kannst du mich dann überhaupt noch verstehen?«

»Klar und deutlich«, keuchte er. »Und jetzt halt die Klappe, ich muss mich konzentrieren.«

Ein anschwellendes Schaben, etwas scheuerte, schlang und wand sich, als ob in einem Brei gewühlt würde. Dann hörte es sich an wie etwas, das auftauchte. Ein versuchter Schrei, doch kein Laut kam aus seiner Kehle. Stumm, mundlos und blind schrie es, als wäre es nur ein Wollen. Jetzt schlug es, zappelte auf dem Boden, bäumte sich auf, schlug flach und hell auf den Grund. Aus der Dunkelheit drang ein saugendes Röcheln, etwas erhob sich, kratzte, wischte flappend die Wände entlang. Sam wagte sich einen Schritt näher – und wurde vom Atem des Geschöpfes gestreift. Es öffnete die glühenden Augen und erhob sich vor Samantha in die Luft. Sie streckte die Hand aus, fühlte eine pelzige Brust und weit ausgebreitete Schwingen. Seine Glieder bewegten sich unglaublich schnell. Sam begriff, dass ihr Kamerad und Weggefährte sich wahrhaftig in eine Fledermaus verwandelt hatte.

»Hast du gesehen, wo Fred den Schlüssel hat? Den Silberschlüssel, mit dem er alle Türen hier runter aufgesperrt hat?«

Statt einer Antwort hörte sie ein kurzes Fiepen.

»Um den Hals. Er trägt ihn um den Hals!« Vor ihr flatterte es gewaltig. »Den brauchen wir! Kannst du ihn holen?«

Wieder das Fiepen. Etwas huschte an Sams Kopf vorbei, ihr wehten die Haare ins Gesicht. Es flog zum Gitter, zwischen den Stäben hindurch, schon hatte die Fledermaus die unterirdische Zelle verlassen.

»Viel Glück, Dickie!«, rief Sam ihrem mutigen Freund hinterher. Dann war sie allein.

33

Sie saß gegen die Mauer gelehnt, beide Hände lagen auf ihrem Bauch. Während sie saß und nichts unternahm, als auf die Geräusche von nebenan zu lauschen, während sie hoffte, die Kreaturen, von denen sie nur durch die Gitterstäbe getrennt war, würden nicht wieder zu schrecklichem Leben erwachen, beschlichen Samantha merkwürdige Gedanken. Sie stellte sich vor, wie Taddeusz, ihr monströser Geliebter, sich in London von einem großen jungen Mann ebenfalls in eine kleine Fledermaus verwandelte. Wie er als Nachttier den Flug über England antrat, über die Hügel von Cambridge, über Nottingham und Manchester flog, hinein ins Gebiet der großen Seen. Wie er beim Solway Firth das Meer überquerte und schließlich auf dem Hadrianswall landen und sich rückverwandeln würde. Seine Reise hatte nur einen Zweck: Sam von den Lebenden zu den Toten zu befördern. Denn egal ob sie getötet oder in einen Vampir verwandelt würde, hinterher wäre sie kein Menschenwesen mehr. Taddeusz, den sie fürchten, den sie verfluchen musste, war ihr ärgster Feind. Doch statt ihm Hass und Abscheu entgegenzubringen, hatte sie Sehnsucht nach ihm, ein Teil von ihr freute sich auf das Wiedersehen.

In der Ecke der alten römischen Gefängniszelle kauernd, schlug sie die Hände vors Gesicht. Was auch passiert war, was in den nächsten Stunden noch alles geschehen würde, sie fühlte sich diesem Vampir auf unerklärliche Weise nahe, es gelang ihr nicht, ihm alles denkbar Schlechte an den Hals zu wünschen. Er war ein Mörder, ein Leichenschänder, ein unnatürliches Geschöpf der Dunkelheit, er befehligte Mächte, die es bedingungslos zu bekämpfen galt. Wahrscheinlich befehligte er auch die beiden Alten, die diese Festung hüteten und in ihr ein Heer von Unglücklichen gefangen hielten. Aber bei alledem wusste Sam, sie konnte Teddie nicht hassen. War ihre unglückliche Liebe wirklich der einzige Grund dafür, oder gab es noch ein geheimes Band, das zwischen ihnen bestand? Samantha strich über ihren Bauch. Der kleine Bewohner hatte sich nicht wieder geregt, ihm gefiel es an diesem Ort. Hier waren die Pforten des Bösen, hier spürte man den Sog von Kräften, die aus verborgener Tiefe emporwuchsen; doch das Kind fühlte sich wohl.

Sie wusste nicht, wie viel Zeit vergangen war, aber andere schienen es zu wissen. Als hätte ein geheimes Uhrwerk die volle Stunde geschlagen, begannen sich die Jünger Fortrius in ihrem Verlies zu regen. Zuerst wurde das Keuchen lauter, dann ließen Geräusche darauf schließen, dass die Wesen auf die Beine kamen. Ein rhythmisches Stampfen begann, das Sam nicht anders deuten konnte, als dass die Unglücklichen hinter den Gitterstäben im Gleichschritt auf der Stelle marschierten. Gleich Urwesen stießen sie Laute aus, die bald in ein einziges Wort mündeten: »Fortriu!« Zugleich war es ein Flehen, eine quälende Sehnsucht, den Herrscher aus der Tiefe hervorzulocken.

Sam stand auf und floh in den hintersten Winkel. Die stampfende Horde wurde wild und stieß gegen die Eisenstäbe. Sie rammten das Gitter, es dröhnte Metall; Sam schien, als ob die ganze unterirdische Festung in Bewegung geriet.

»Dickie«, wimmerte sie. »Dickie, wo bleibst du nur?«

Plötzlich krümmte sie sich vor Schmerz. Das Kind schien den Aufruhr mitzuerleben, es strampelte, boxte und stieß, es gebärdete sich wie verrückt. Sam versuchte noch, ihren Rucksack zu erreichen, um die Bariactar-Tropfen hervorzuholen, doch das Toben ihres eigenen Kindes wurde so ungestüm, dass der Schmerz sie überwältigte, bewusstlos sank sie zu Boden.

Hinter ihr wüteten die entmenschten Jünger des Herrschers der Tiefe.

*

Fledermäuse sind bestens dafür geeignet, sich in der Dunkelheit fortzubewegen, doch nicht jede Fledermaus hat einen guten Orientierungssinn. Richard Kóranyi, der untypischste aller Vampire, besaß keinen. Außerdem verfügte er über wenig Flugerfahrung. Der Zelle war er glücklich entronnen – es bedeutete keine Schwierigkeit, zwischen Gitterstäben hindurchzufliegen – gleich darauf stieß er aber bereits auf ein Hindernis. Die Tür zum Gang war aus Eisen; außer einem Guckloch in Augenhöhe gab es kein Durchkommen. Dickie flatterte dreimal an die viereckige Öffnung heran, doch er wagte nicht, sich hindurchzustürzen. Meine Schwingen sind zu breit, dachte er, ich werde dagegenprallen und mir etwas brechen. Sinnlos flatterte er durch den Raum, bis seine Kräfte nachließen. Warum landest du nicht auf dem Absatz des Gucklochs, überlegte er, klappst die Flügel zusammen und kriechst hindurch. Auch das stellte sich als undurchführbar heraus, da Fledermäuse nicht wie Vögel landen, sondern sich mit ihren Klauen an Decken oder Vorsprüngen festkrallen und hängen bleiben. An der glatten Eisentür gab es nichts, um sich festzukrallen. Egal, was mit mir passiert, sagte sich der flügelschlagende Vampir, ich muss alles unternehmen, Sam aus ihrer tödlichen Not zu befreien. Alles! Er setzte zum Sturzflug an, segelte zu dem kleinen Loch und legte im letzten Moment die Flügel an. Mit den Krallen versuchte er, den oberen Rand zu umklammern, doch er war zu schnell, rutschte ab, purzelte kopfüber in die Öffnung, die Flügel sperrten sich und wurden schmerzhaft gequetscht. Richard fiepte, aber im nächsten Moment war er durch! Es gelang ihm allerdings nicht, die Schwingen sofort wieder auszubreiten, ungebremst stürzte er ab und landete zerschunden auf dem Steinboden.

Wer glaubt, Fliegen macht Spaß, hat keine Ahnung, dachte Richard. Mühsam sortierte er die Flügel und die dünnen Beine, streckte sich und wollte weiter. Doch da Fledermäuse nicht fliegen, sondern nur gleiten, wurde ein klägliches Flügelschlagen daraus, das ihn nicht in die Höhe brachte. Ich muss einen erhöhten Punkt erreichen! Auf seinen kurzen Beinen machte er sich auf den Weg. Wie ein gestrandeter Segelflieger schleppte er die lappigen Schwingen mit sich, erreichte eine Stufe und zog sich daran hoch. Er erklomm eine zweite Stufe und von dort eine Mauernische. Das sollte genügen, dachte er, ging in Flugposition und sprang. Er flatterte wild, zu wild vielleicht, denn er kam wohl ins Fliegen, prallte aber im nächsten Moment gegen die gegenüberliegende Wand. Ich bin eine Schande für das ganze Fledermausvolk! Er spreizte die großen Ohren und stieß einen durchdringenden Laut aus. Mithilfe des Echos, das der Ultraschall von den Wänden zurückwarf, gelang es Richard, die Orientierung wiederzuerlangen. Er segelte durch die nächste Öffnung. Sie mündete in den runden Saal, von dem die vielen Durchgänge abzweigten. Zu viele. Nach wenigen Minuten hatte sich Richard rettungslos verirrt. Planlos flatterte er durch das unterirdische Labyrinth. Du hast immer gesagt, du bist ein Versager. Wie fühlt sich das an, so sehr recht zu behalten? Vor Verzweiflung fiepend, suchte er einen Durchschlupf, der ihn zur Treppe bringen und hinauf zu den beiden Alten führen würde. Wenn ich noch lange so weitermache, habe ich keine Kraft mehr, Fred den Schlüssel zu klauen! Richard steuerte einen steinernen Vorsprung an, drehte sich im Flug um und klammerte sich an die Decke. Er klappte die Flügel zusammen und hing schwankend da. Wieso schwanke ich?, überlegte er. Irgendwo in der Nähe streicht

Luft in die Höhe, hier muss ein Durchzug sein. Dickie breitete die Schwingen aus, ließ sich fallen und trachtete, auf der steigenden Luft zu treiben. Tatsächlich entdeckte er gleich darauf die Treppe, segelte an ihr empor, flatterte um zwei Ecken und erreichte den Korridor, der ins Wohnzimmer von Fred und Myrtle-Mae mündete.

Die alten Leute saßen vor dem Kamin. Doch wie sehr hatten sie sich verändert! Fred trug einen schwarzen Gehrock, schwarze Weste und Hose, auf seinem Kopf saß ein Zylinder. Myrtle-Mae hatte ein altmodisches schwarzes Kostüm angezogen, einen Hut aufgesetzt und einen Schleier vor dem Gesicht.

»Ich hab's dir gesagt: Wir hätten uns nicht so früh umzuziehen brauchen«, quengelte der alte Mann. »Bei dem Wetter dauert der Flug von London länger.«

»Mir ist es lieber so. Sonst ziepelst du noch an den Hosenträgern rum, wenn es unten schon klingelt.« Sie sah ihn von der Seite an. »Außerdem steht dir die Aufmachung so gut.«

»Teddie ist ein alter Bekannter.« Fred stocherte im Feuer. »Für ihn brauchten wir das Brimborium nicht zu veranstalten.«

»Er ist der zweithöchste Adept!« Kopfschüttelnd schaute seine Frau ihn an. »Über ihm steht in der Rangordnung nur Valerian und darüber nur …« Mit ehrfürchtiger Geste wies sie auf das Kaminwappen. »Auch wenn Taddeusz noch jung ist, sollten wir uns ihm gegenüber ehrerbietig zeigen.«

»Ist ja gut, altes Mädchen.« Fred legte den Schürhaken beiseite. »Ist ja schon gut.«

Myrtle-Mae schaute zur Pendeluhr. »Ob die Jünger bereits erwacht sind?«

Im gleichen Moment begann die Uhr, neun Mal zu schlagen.

»Tja, mittlerweile regen sie sich wohl schon.«

»Die arme Kleine.« Myrtle-Mae zupfte am Schleier. »Dürfte ungemütlich für sie werden. Und keiner ist da, der ihr beisteht.«

»Außer diesem Schwächling Dickie«, sagte Fred. »Eine Schande, dass so ein Verräter den guten Namen Kóranyi tragen darf.«

In diesem Moment hörten sie ein helles Fiepen. In der nächsten Sekunde war die wütende Fledermaus über ihnen. Auch wenn sein Maul klein und seine Krallen nicht besonders lang waren, stürzte sich Richard auf die Wächter von Fortrius Festung, versetzte Myrtle-Mae einen Schlag mit den Schwingen, dass ihr der Schleier ins Gesicht klatschte. Schon war er über dem Hausherrn, stieß herab und biss ihn ins Ohr. Fred hielt die Hand an die blutende Wunde; da biss Dickie ihn in den Finger.

»Tu doch was!«, keifte Myrtle-Mae.

»Was kann ich denn …?!« Fred wollte seinen Stock packen, doch darauf hatte der Angreifer nur gewartet. Mit den Krallen hackte Richard in Freds Stirn, sodass dieser vor Schmerz den Kopf herumriss. Sein Hals lag frei. Dickie nahm alle Konzentration zusammen und setzte zum Sturzflug an. Mit den Zähnen packte er das Kettchen, das über dem Kragen schimmerte, und zerrte daran. Er konnte es zwar hervorziehen, doch über den Kopf des Alten brachte er es nicht.

»Er will den Schlüssel!« Geistesgegenwärtig sprang die kleine Frau Fred zu Hilfe. Mit einer Hand schützte er seine Augen vor den Flügeln des Vampirs, die andere griff nach der Kette. Richard warf sich flatternd herum, zerrte und zog und ließ das silberne Ding nicht los.

»Warte, ich helfe dir!« Myrtle-Mae langte zum Hals ihres Mannes hoch. Ihre Finger näherten sich der gespannten

Kette – die in diesem Augenblick zerriss. Richard taumelte fliegend zurück, Kette und Schlüssel im Maul. Zwar prallte er durch den Ruck gegen den Kamin, doch er fing sich, packte die Beute fester und flog mit hektischen Schlägen in den Korridor.

»Hinterher!«, schrie der Hausherr.

»Hinterher!«, pflichtete ihm seine Frau bei.

Auf ihren alten Beinen waren sie nicht annähernd so schnell wie die siegesgewisse Fledermaus. Richard flog, was das Zeug hielt, er schwebte die Treppe hinunter, sauste durch den runden Saal, in den Durchgang, an dessen Ende die eiserne Tür lag. Er legte die Flügel an und schoss durch das Guckloch. Gekonnt breitete er die Schwingen wieder aus; nun war es nur noch ein kleines Stück bis zum Gitter, hinter dem Sam ihn erwartete.

Als er sich dem Gitter näherte, vergaß der Vampir vor Schreck, mit den Flügeln zu schlagen, denn im Saal daneben war der Irrsinn ausgebrochen. Die Jünger Fortrius tobten, brüllten und schlugen um sich, in blinder Raserei beschworen sie das Chaos herauf. Vielleicht kann Licht sie erschrecken, dachte Richard, steuerte mit der Schnauze den Schalter an und prallte dagegen. Die Deckenlampen beleuchteten die Szene. In Todesangst stand das rothaarige Mädchen im hintersten Winkel ihrer Zelle; schützend hielt sie den Rucksack vor ihren Bauch. Eben noch hatte sie ohnmächtig dagelegen, doch das Brüllen der Horde hatte sie zur Besinnung gebracht. Sie starrte auf die Bedrohung hinter dem Gitter, das gesamte Heer der Jünger war auf den Beinen, mit Ausnahme derer, die der Tumult zu Boden gerissen hatte. Die Vordersten wurden gegen die Gitterstäbe gepresst, ihre blicklosen Augen waren aufgerissen, sie streckten ihre klauenhaften Hände in Samanthas Richtung. Das Gitter erzitterte von der nachdrängenden

Rotte, Stein und Staub bröckelten von der Decke. Der Zorn der Jünger hatte die mächtige Gittereinfassung an manchen Stellen bereits verbogen; da und dort zwängte sich ein Kopf, ein Oberkörper hindurch, dazu das grauenhafte Gebrüll der Kreaturen.

Die Fledermaus war zur Stelle; in ihrem Maul blitzte ein silbernes Ding. Sam riss den Kopf hoch und erkannte ihren Retter. Ein Laut des Schmerzes und der Erleichterung entfuhr ihr. Das Silberding fiel auf sie zu, Sam fing den Schlüssel, warf den Rucksack über die Schulter und wollte zur Tür. Um ans Schloss zu kommen, musste sie jedoch dicht an den Jüngern vorbei. Sie streckte den Arm aus, um den Schlüssel in die Öffnung zu schieben. Sofort drängte Fortrius Heer in die gleiche Richtung. Das Gitter bebte, überall waren Hände und Krallen, die Hinteren sprangen auf die Schultern der Vorderen, beinahe brachten sie das Gitter zu Fall. Als sie den Schlüssel fast eingeführt hatte, verrenkte sich einer der Jünger und attackierte sie mit dem Fuß. Ohne die Hilfe der Fledermaus hätte Samantha der Mut verlassen. Richard flog zwischen die Tobenden hinein, schlug mit den Krallen zu, biss in die Gliedmaßen der Jünger, stieß auf ihre Augen ein und zwang sie, sich für Momente zurückzuziehen. Lange genug, damit Sam den Schlüssel herumdrehen konnte. Die Tür ging auf, sie rannte.

»Komm!«, schrie sie dem Freund zu.

Schon war das helle Flattern über ihr, dahinter heulten die Jünger vor Wut.

Benommen, wie sie war, taumelte Sam zur Tür mit dem Guckloch, benutzte den Schlüssel zum zweiten Mal und lief in den Rundsaal.

Der Stock mit dem Silberknauf sauste von oben herab und traf Sam an der Schulter, sodass sie ächzend zu Boden ging.

Am Eingang zum Saal stand Fred, Myrtle-Mae bewachte die Tür von der anderen Seite.

»Weiter kommst du nicht, Kind!«, kreischte die alte Frau.

Sam sah das Stockende zum zweiten Mal hochsausen, schützte ihren Bauch und rollte sich herum. Fred schlug ins Leere. Der Schwung riss ihn weiter, er taumelte vorwärts. Im rechten Augenblick kam Samantha hoch, duckte sich und rammte dem Mann im Gehrock ihren Kopf in den Unterleib.

»Aaah…«, machte Fred, japste nach Luft und musste erleben, wie die Ohrfeige einer verzweifelten Schwangeren schmeckt. Sam schlug dem Alten mit solcher Wucht ins Gesicht, dass ihm der Zylinder vom Kopf flog. Myrtle-Mae konnte ihrem Mann nicht zu Hilfe eilen, sie hatte alle Hände voll zu tun, sich die Fledermaus vom Leib zu halten. Die alte Dame sprang und zappelte, hielt ihren Hut fest und konnte doch nicht verhindern, dass sie gebissen und von den scharfen Krallen gekratzt wurde.

Samantha keuchte und meinte, vor Anstrengung gleich wieder ohnmächtig zu werden, doch schließlich erreichte sie den Fuß der Treppe und drehte sich um. »Das genügt!«, schrie sie, als Dickie nicht von Myrtle-Mae abließ. Sam lief die Stufen hinauf, über sich hörte sie das Flattern der Fledermaus. Sie erreichten das obere Stockwerk, mit lautem Knall warf sie die Tür zum Keller zu und sperrte ab.

»Das… hätten wir«, hechelte sie, schleppte sich zum Sofa und sank darauf.

Richard war durch den errungenen Sieg nicht zu beruhigen, aufgeregt huschte er zur Pendeluhr. »Du hast keine Zeit, dich auszuruhen, wir müssen los, müssen weiter, sofort, nun mach schon!«, schrie Richard die Erschöpfte an. Doch alles, was Sam verstand, war ein unausgesetztes Fiepen.

»Ist ja gut, ich komme gleich«, murmelte sie. »Nur ein paar Minuten…«

Dickie flog zum Kamin und stieß eine Fotografie vom Gesims, krachend ging sie zu Boden. Sam starrte das Bild an: Es zeigte Fred und Myrtle-Mae, zwischen ihnen lächelte Teddie in die Kamera.

»Er ist …« Sie hob den Blick. »Er ist bald hier?«

Aufgeregt fiepte die Fledermaus.

Sam stand auf. »Dann müssen wir schleunigst hier weg.«

Richard segelte vor seiner Freundin zum Ausgang.

»Halt!« Vor der Pforte blieb sie stehen und zeigte auf eine Glastür, die in die Garage führte. »Zu Fuß haben wir keine Chance.« Sam lief in die Garage, wo mehrere Fahrzeuge standen: ein Pkw, ein Gemüselaster und ein Mofa. An der Wand hingen die Schlüssel.

»Keine Zeit, erst Fahrstunden zu nehmen«, entschied sie, schnappte sich den Mofaschlüssel, lief an den Autos vorbei und schwang sich auf den Roller. Sie startete und legte den Gang ein. Es ruckte, fast fiel sie wieder herunter. Sam klammerte sich am Lenker fest und rollte auf das Tor zu. Sie zog an dem Bändel, das die Garage von innen öffnete. Kalte Nachtluft schlug ihr entgegen, draußen lag friedlich der Hügel des Hadrianswalles.

»Wir sind frei«, flüsterte sie.

Richard hielt sich flatternd über ihr in der Luft. Sam schaute nach hinten, das Fahrzeug hatte keinen Rücksitz.

»Ich weiß, du würdest dich gerne zurückverwandeln, aber ich fürchte, zu zweit sind wir für das klapperige Ding zu schwer. Hältst du's noch ein bisschen in diesem Zustand aus?«

Statt einer Antwort flog die Fledermaus in die Nacht davon. Vorsichtig ließ Sam die Kupplung los und hob die Beine. Holpernd trug sie das Mofa auf den Weg und von dort die Rampe des Hadrianswalles hinunter. Das Mädchen und die Fledermaus verschwanden in der Dunkelheit.

34

Richard stand vor Samantha – nackt. Ohne dass sie ihn zu auffällig betrachtete, musste sie zugeben, er war gut gewachsen. Ein paar Pfund mehr auf den Rippen und er konnte sich mit seinem schönen Bruder durchaus messen.

»Wir kommen auf dem klapperigen Ding unmöglich bis Glasgow!«, rief der vor Kälte schlotternde Vampir. Die schottische Nacht war eisig.

»Das sind von hier aus höchstens sechzig Meilen.« Sie öffnete ihren Rucksack und holte Richards Klamotten heraus.

»Sechzig Meilen auf einem Mofa?« Zitternd schlüpfte er in die Boxershorts und zog seine Socken an. »Wir holen uns den Tod!«

»Ich dachte, Vampire können nicht sterben.« Sie half ihm ins Hemd.

»Auf einen bloßen Verdacht hin willst du eine derartige Reise antreten?«

»Es ist unsere einzige Chance.« Sam sah ihn an. »Wir sind Fortrius Jüngern entkommen, na und? Deshalb hat sich unsere Lage kein bisschen gebessert. Bald werde ich einen Vampir gebären, du hast deine Familie verraten – jeder Untote Englands wird uns hetzen.«

»Hör zu.« Er wandte sich ab, um seine Hose zu schließen. »Das war blöd von mir, dir die Sache mit der *Alten Heimat* zu erzählen. Die Chancen, die Barhyaghtar-Kirsche dort zu finden, sind gleich null.«

»Im Gegenteil, es war der beste Einfall, den du je hattest. Ich bin überzeugt, in deiner alten Heimat liegt die Rettung für uns.« Entschlossen ging sie zum Mofa.

»Samantha, du träumst!« An der Schulter hielt er sie fest.

»Lass uns von mir aus nach Glasgow fahren, dort setz ich dich in ein Flugzeug – irgendwohin, nur weit weg! Versteck dich, bring das Kind zur Welt und danach …« Er ließ die Hand sinken. »Ach, ich weiß auch nicht, was danach sein wird.«

»Deshalb will ich die letzte Chance nützen, die ich noch habe. Alles, was ich dazu brauche, sind deine Kreditkarte und ein Internetcafé.« Sie schwang sich aufs Mofa und startete. Unbeholfen kletterte Richard auf den Gepäckträger.

»*Sie finden uns, überall auf der Welt*. Das sind deine Worte, Dickie«, sagte Sam über die Schulter. »Wir müssen nur schneller sein als sie.«

Als sie die Kupplung losließ und das Zweirad sich schwankend in Bewegung setzte, zweifelte selbst sie daran, dass es ihnen auf diesem Gefährt gelingen würde, schneller als irgendjemand zu sein.

»Halt dich fest!« Sie gewannen an Fahrt. Sam spürte, wie Richard die Arme um ihren Bauch legte. Seine Hände fühlten sich warm an.

*

»Wir müssen nicht mal umsteigen.« Sam ließ den Pfeil über den Bildschirm tanzen. Der Ort, den sie erreicht hatten, besaß weder Supermarkt noch Tankstelle; sie hatten lediglich einen Shop für einheimische Wollbekleidung gefunden. Vorne wurde Bier verkauft, hinten gab es einen Internet-Point. »Ist aber ziemlich teuer, der Flug.« Sie drehte sich zu Richard um.

»Das ist egal.« Er gab ihr die Kreditkarte. »Bloß weiß ich nicht, was wir in Bukarest sollen.«

»Du bist ein störrischer Esel. Wir nehmen den Frühflug nach Rumänien: Da ist es noch dunkel und du kannst ohne Maske reisen. Von Bukarest aus sind wir schon am Nachmittag in der Alten Heimat.« Sie zeigte ihm den Google-Ausdruck.

»Guck mal, nach Sibiu sind es nur 300 Meilen. Ein Katzensprung.«

»Und was willst du machen, wenn wir dort sind? Bei der erstbesten Tür klingeln und sagen: Guten Tag, hätten Sie etwas Kirschsaft für uns?«

»Das überlege ich mir, wenn ich vor der erstbesten Tür stehe.« Ihr Finger schwebte über der ENTER-Taste. »Also, bezahlst du?«

Wortlos nickte er. Samantha gab die Daten ein und buchte den Flug für zwei Personen mit *Carpatair* nach Bukarest. »Frühstück ist im Preis inbegriffen«, grinste sie. »Ich sterbe vor Hunger.«

»Erst müssen wir nach Glasgow kommen.« Missmutig starrte Richard auf den Drucker, der ihre Bestätigung ausspuckte.

»Wir haben die ganze Nacht Zeit.« Sie schloss das Programm, nahm die Papiere und bugsierte ihren Freund ins Freie.

*

Samantha täuschte sich. Sie hatten nicht die ganze Nacht Zeit. In Fortrius Festung auf dem Hadrianswall war mittlerweile eine nachtschwarze Fledermaus eingetroffen und hatte sich in einen wütenden Vampir zurückverwandelt.

»Ihr habt euch übertölpeln lassen!« Drohend ragte Taddeusz über dem verängstigten Ehepaar auf.

»Wer hätte gedacht, dass Dickie ... dass Euer Bruder zu solchen Mitteln greifen würde?«, widersprach Fred. Sein Stehkragen war aufgesprungen, das Ohr blutete.

»Das ist allerdings wirklich kaum zu glauben.« Teddie ging im Salon auf und ab. »Dazu muss Richard sich gespeist haben! Woher hatte er das Blut dafür?«

»Keine Ahnung.« Hinter dem verrutschten Schleier war Myrtle-Maes Gesicht kaum zu sehen.

»Warum habt ihr die Jünger nicht auf sie losgelassen?« Beim Kamin blieb Taddeusz stehen.

»Es ging alles so schnell, Exzellenz.« Fred wagte den Vampir nicht anzusehen. »Außerdem haben sie mein Mofa geklaut.«

»Ihr werdet alt, ihr beiden.« Teddies Ton war eiskalt. »Vielleicht sollte ich euch auch in Jünger verwandeln.«

»Nein!«, riefen die Alten wie aus einer Kehle. »Wir wollen nicht in den ewigen Todeszauber eingesponnen werden! Dann tötet uns lieber!«

»Denkt nach!« Er stand wieder vor ihnen. »Was habt ihr den beiden verraten? Wohin könnten sie unterwegs sein?«

»Wahrscheinlich sind sie bloß abgehauen«, sagte Myrtle-Mae. »Sie werden sich verstecken.«

»Da kennt ihr meine Samantha schlecht.« Ein bewunderndes Lächeln huschte über das Vampirgesicht. »Sie ist mutig, sie ist gerissen und erfindungsreich. Sie führt etwas im Schilde, und ich muss wissen, was! Was wollten sie in der Festung?«, schrie er die beiden an.

Fred und Myrtle-Mae senkten die Blicke. Keiner wagte, als Erster zu sprechen.

»Wird's bald!«

»Sie haben Fragen gestellt«, murmelte Fred.

»Worüber?«

»Sie wollten wissen, wo man … wo man …« Er biss die Kiefer aufeinander.

»Wo man die Kirsche findet«, hauchte Myrtle-Mae.

Taddeusz' Gesicht wurde todernst. »Und was habt ihr gesagt?«

Der alte Fred sah seine Frau vorwurfsvoll an.

35

Glasgow-Airport, fünf Uhr morgens. Trübe Dunkelheit. Samanthas Hände waren so erfroren, dass sie es kaum schaffte, den Motor abzustellen.

Hinter ihr stieg Richard ab. »Du…hu stur…es Biest…«, schnatterte er frierend.

»Aber wir haben es geschafft.« Sie bewegte die Finger, rubbelte ihre Arme und sprang auf und ab. »Mach mit, dann wird dir warm!«

»Ich kann … mich nicht … bewegen.«

»Du bist so eine Memme.« Statt sich selbst aufzuwärmen, rieb sie seine Schultern, die Brust und die steifen Arme. »Besser?«

»Viel besser. Und jetzt?« Er schaute zum beleuchteten Flughafen.

»Jetzt gibt's was Warmes.« Sam hängte den Rucksack um. »In zwei Stunden geht unser Flug.« Zuversichtlich strebte sie auf die gläserne Eingangsfront zu. Der frierende Vampir folgte ihr.

Zehn Minuten später hatte sie einen Kaffeebecher in der einen, ein Roastbeef-Sandwich in der anderen Hand. Die warme Milch und das Fleisch taten ihr gut; Sam kaute genüsslich und voll Zuversicht auf das Kommende. Richard war zum Check-in gegangen, um ihre Boarding-Tickets zu holen. Sam ließ den Blick umherschweifen. Im Innern des Gebäudes herrschte freundliche Helligkeit, während draußen eisiger Regen niederging. Sie lauschte in sich hinein. Das kleine Wesen hatte die Strapazen der letzten 24 Stunden klaglos mitgemacht; Sam spürte die Bewegungen ihres Kindes, aber seine schmerzhaften Lebensäußerungen schienen der Vergangenheit anzugehören. In vertrauensvoller Ruhe wuchs es seiner Geburt entgegen.

Was bin ich im Begriff zu tun?, dachte Sam. Ich verlasse England an der Seite eines Vampirs, fliege nach Osteuropa, ohne die geringste Ahnung, was mich erwartet. Wäre es nicht sinnvoll, sich auf die Reise vorzubereiten? Was weiß ich über Rumänien? Nichts. Unweit des Coffeeshops lag ein Buch- und Zeitschriftenladen. Sam schaute sich nach Richard um; am Schalter dauerte es offenbar länger. Den Becher in der Hand, überquerte sie den Gang und betrat die Buchhandlung. Die Reiseführer wurden auf einem Drehständer angeboten. Oben fand Sam Ägypten und Alaska. Sie bückte sich, um weiter unten nach einem Rumänien-Führer zu suchen.

»Verzeihen Sie, Miss, Getränke sind hier drin nicht gestattet.«

Es klang wie der freundliche Satz eines Angestellten. Sam richtete sich auf, um der Aufforderung Folge zu leisten. Sie schaute in Teddies Augen.

»Ziemlich früh auf den Beinen«, sagte er. »Du siehst müde aus.« Er trug seinen schwarzen Mantel und die Sonnenbrille; wie ein verkaterter Manager sah er aus oder wie ein Popstar, der nicht erkannt werden will.

Auch diesmal geschah das Unerklärliche: Sams Herz schlug heftiger, als sie ihn sah. Sein geheimnisvoller Anblick, die Coolness, mit der er ihr aufgelauert hatte – trotz allem konnte sie ihn nicht verabscheuen. Sam ersehnte seine Berührung, wollte Wärme von jemandem, der nur Kälte, nur den Tod geben konnte. Er spürte den Zwiespalt, der sie beinahe zerriss. Ihn selbst schien die unlösbare Situation traurig zu machen.

»Weshalb musste es mit uns so weit kommen?«

»Das wusstest du, als du mich zum ersten Mal angesprochen hast.«

»Ich wusste nicht, dass ich dich …« Er presste die Lippen zusammen. »Ich wusste nicht, dass du es mir so schwer machen würdest.«

Sie war verzweifelt, hätte ihn schlagen mögen und küssen, ihn vor aller Welt beschimpfen und ihm die Polizei auf den Hals hetzen – Samantha tat nichts davon. Der Bücherständer hatte sich weitergedreht; als er zum Stillstand kam, befand sich der Reiseführer *Rumänien* genau vor ihren Augen.

»Du hast Urlaubspläne?«, fragte Teddie sarkastisch. »Wohin soll es gehen?«

Ohne dass sie sich durch einen Blick verraten hätte, zog er das Büchlein heraus. »Ach ja, die Alte Heimat ist voller Schönheiten. Ich hätte dir Transsylvanien selbst gerne einmal gezeigt.«

»Warum tust du es nicht?«, fragte sie kühn.

»Um diese Jahreszeit kann es in den Karpaten ungemütlich werden. Ich möchte dir das schenken«, sagte er und wandte sich zur Kasse.

»Warum?«

»Weil du leider nicht nach Rumänien fährst. Ich kann es nicht zulassen.« Er legte das Buch auf den Tresen und zog Geld aus der Tasche.

In diesem Moment, als Sam, kraftlos zwischen Resignation und Sehnsucht, einfach stehen blieb, als es ihr egal war, welches Schicksal sie nehmen würde, als sie nur den dunklen Geliebten in ihm sah, spürte sie, wie jemand ihren Arm packte, sie herumdrehte und der lebensbedrohenden Erstarrung entriss. Vor ihr stand Richard, ebenso groß wie sein Bruder, ohne dessen Ausstrahlung, doch liebenswürdig, impulsiv und in höchster Sorge. Lautlos zog er Sam aus dem Laden, zurück auf den lichtdurchfluteten Wandelgang. Er sprach kein Wort, machte ihr keinen Vorwurf, holte sie nur aus dem Bannkreis des eigenen Bruders.

Es waren kaum fünf Sekunden vergangen. Taddeusz bekam den Rumänien-Führer in einer Tüte ausgehändigt, wandte sich um und begriff. Sam und Richard strebten bereits auf das leuchtende Departure-Schild zu; dahinter lag die Sicherheitsschleuse. Die Schlange war kurz, der Andrang auf dem Flughafen um diese Uhrzeit gering. Richard hielt Sam an der einen Hand und zeigte mit der anderen die Boarding-Karten. Sie stellten sich in die Reihe.

Taddeusz tat einen Sprung, so gewaltig, wie ihn kein Normalsterblicher hätte vollführen können. Rascher, als es das Auge wahrnahm, gelangte er zu dem Uniformierten, der die Bordkarten kontrollierte. Ohne zu zögern, fasste Taddeusz in dessen Magengegend; lautlos sackte der Mann zusammen.

»Schnell, ein Arzt, dem Mann ist schlecht geworden!«, reagierte Teddie auf die erschrockenen Blicke der Umstehenden. Eine freundliche Dame kümmerte sich um den Bewusstlosen.

Taddeusz erreichte die Security-Schleuse. Mehrere Passagiere trennten ihn von den Flüchtenden. »Verzeihen Sie, meine Frau hat etwas vergessen.« Er versuchte, einen korpulenten Mann beiseitezuschieben.

»Denken Sie sich was Originelleres aus. Jeder kommt der Reihe nach dran.«

Sam legte währenddessen ihren Rucksack auf das Fließband. Da Richard kein Gepäck hatte, war er bereits durch die Schleuse gegangen. Nichts piepte, unbehelligt ließ man den Vampir durch.

»Haben Sie einen Computer dabei?«, fragte eine mütterliche Beamtin mit weißen Handschuhen.

»Nein.« Sam drängte ebenfalls zur Schleuse.

»Irgendwelche Flüssigkeiten? Cremes, ein Shampoo?«

»Ich habe ... nein, wirklich nicht.« Sie schaute sich um und bemerkte den Kampf zwischen Taddeusz und dem Korpulenten. Der Vampir versuchte vorbeizukommen, ohne unnötiges Aufsehen zu erregen.

»Stellen Sie sich hinten an wie alle!«, keuchte der Mann und hielt Teddies Arm umklammert.

»Kleingeld, Gürtel, Schlüssel, sonstige Metallgegenstände?« Die Beamtin ließ sich nicht aus der Ruhe bringen.

»Ich trage keinen Gürtel, sehen Sie doch!« Sam hob ihre Jacke und präsentierte den schwangeren Bauch.

»Und was ist das?« Unverändert freundlich zog die Frau das Fläschchen mit dem Bariactar-Saft aus dem Rucksack.

»Meine Medizin!« Sam wollte ihr die Flasche entreißen.

»Die müssen Sie in einen durchsichtigen, verschließbaren Beutel packen.«

Mittlerweile war der Supervisor auf den Tumult aufmerksam geworden: Da stand eine aufgeregte Schwangere an der Kontrolle, dahinter hatten ein dicker und ein dunkel gekleideter Passagier eine Meinungsverschiedenheit. Der Supervisor trat neben seine Angestellte.

»Bei nur einer Flüssigkeit geht es auch ohne Plastikbeutel, Gwen«, sagte er versöhnlich, nahm das Fläschchen und hielt es gegen das Licht.

»Das sind meine Tropfen!« Flehentlich sah Sam ihn an.

Taddeusz erkannte, dass ihm nur noch Momente blieben. Mit brutalem Griff zwang er den Mann in die Knie. Der schrie und klammerte sich an Teddies Beinen fest.

»Ich denke, das geht in Ordnung.« Der Supervisor händigte Sam den Bariactar-Saft aus. Mit zwei Schritten erreichte sie den Kontrollpunkt. Auch bei ihr piepte nichts, unbehelligt gelangte sie in den Sicherheitsbereich.

Während alle den schreienden Dicken anstarrten, rannte Teddie los. Er sprang durch die Schleuse und war nur noch ein kleines Stück hinter seiner Braut. Taddeusz streckte die Hand nach ihr aus.

War es Teddies Gürtel, seine Armbanduhr, die Manschettenknöpfe? Es fiepte in den höchsten Tönen! Das Kontrollsystem schlug an.

»Halt!«, rief der Supervisor. Er war ein friedliebender Mann, zugleich sehnte er sich seit Langem nach einem Alarm, bei dem er beweisen konnte, dass er seinen Posten zu Recht innehatte. Als der Kerl im dunklen Mantel mit der verdächtigen Sonnenbrille nicht stehen blieb, sondern an den verdutzten Beamten vorbeiwollte, schrie der Supervisor das Wort, das er in seiner ganzen Dienstzeit noch nie benutzt hatte: »Code sieben!« Er steckte die Trillerpfeife in den Mund, ließ einen ohrenbetäubenden Pfiff los und rief erneut: »Code sieben! Code sieben!«

Seine gut trainierten, durch den Alltagstrott gelangweilten Angestellten griffen den Befehl freudig auf. Sie rissen ihre Waffen aus den Halftern, entsicherten und richteten sie auf den vermeintlichen Terroristen. Zwei von ihnen, deren gestählte Muskeln fast ihre Uniformen sprengten, warfen sich auf den Eindringling. Mit gezielten Schlägen brachten sie Teddie zum Einknicken. Der Vampir wehrte sich mit übernatürlichen Kräften. Er packte einen an der Gurgel und schleuderte ihn quer durch den Raum, dem anderen brach er den Arm. Im nächsten Moment schaute Taddeusz in die Mündungen mehrerer Pistolen. Er sah die nervösen Mienen der Schützen, hörte deren gebrüllte Befehle. Mit einem Seufzer ließ er sich vom nächsten Securitymann zu Boden drücken.

»Das ist ein Missverständnis«, sagte er zum Supervisor. »Ich kann es erklären.«

»Das werden Sie auch tun müssen, Sir«, sagte der Beamte. Die Pistolenläufe kamen näher. Dahinter sah Taddeusz, wie sein Bruder und seine Braut in dem Korridor verschwanden, der zu den Flugsteigen führte. Dass die beiden ihm diesmal entkamen, war halb so schlimm: In Rumänien würde es genügend Gelegenheiten geben, sie unschädlich zu machen. »Ich möchte meinen Anwalt sprechen«, sagte Taddeusz.

Auch wenn Sam von Richard unnachgiebig weitergezogen wurde, warf sie einen Blick zurück. Eskortiert von vier Beamten, wurde ihr Geliebter abgeführt. Er überragte die Uniformierten um Haupteslänge. Sie wusste nicht, ob sie froh war oder traurig. Als sie das richtige Gate erreichten, wurde der Flug nach Bukarest bereits aufgerufen.

36

Hier ist ja alles wie bei uns.«

Erquickt durch einen zweistündigen Schlaf, musterte Sam die moderne Ankunftshalle. Ihr Gesicht hatte wieder etwas Farbe bekommen, die Augen waren blank.

»Was hast du erwartet?« Vermummt trat Richard aus der Herrentoilette. »Einen Urwaldflughafen, wo du von Taschendieben beklaut wirst, kaum dass du aus dem Flugzeug steigst?« Vorsichtig sah er sich um. Die Passanten schenkten seiner Aufmachung kaum Aufmerksamkeit, denn auf dem *Henri Coanda Airport Bucuresti* tummelte sich viel internationales Publikum. Westliche Manager, Leute in arabischen Gewändern, bunt gekleidete Schwarzafrikaner und verschleierte islamische Frauen.

»Aber wir sind doch immerhin … auf dem Balkan.« Sam

suchte nach einem Merkmal, wodurch sich die Umgebung von westlichen Flughäfen unterschied.

»Die Menschen hier sind Romanen, keine Slawen.« Richard zog den Hut in die Stirn. »Sie stehen den Italienern und Franzosen sprachlich näher als den slawischen Völkern.«

»Da hat wohl einer die Weisheit mit dem Löffel gefuttert.« Sie musterte ihn von der Seite.

»Nein, aber während du schliefst, habe ich in einer Broschüre geblättert. Der Balkan beginnt erst in Bulgarien.«

»Und was sind das für Leute?« Vor dem Ausgang lagerte eine bunt gekleidete Familie. Der Vater spielte Akkordeon, die Mutter sang, die Kleinen flitzten umher und bettelten die Leute an. Die überrumpelten Fluggäste versuchten, ihr Gepäck in Sicherheit zu bringen, immer wieder fielen Münzen für die Musikanten ab.

»Das ist… die Ausnahme von der Regel.« Richard zeigte auf ein Hinweisschild. »Wir brauchen ein Auto.«

»Ich dachte, du hast keinen Führerschein.« Sie versuchte, Schritt zu halten.

»Hab ich auch nicht.«

Schon tauchten die beleuchteten Mietwagenschalter auf. Den renommierten Firmen schenkte Richard keine Beachtung. Rechts außen entdeckte er ein kleines Büro mit dem Schild: *Brâncuçi Cars – Best in Romania!*

»Guten Tag. Was kostet mich Ihr billigster Wagen für drei Tage?«, fragte er den Angestellten.

»Den billigsten würde ich Ihnen nicht empfehlen.« Ein spitznasiger Mann hob den Blick von der Zeitung und musterte Sam. »Beim Zustand Ihrer Frau sollten Sie ein bequemes Modell nehmen, Sir. Wohin soll die Fahrt denn gehen?«

»Nach Sibiu.«

»Ein schönes Reiseziel«, nickte der Mann. »Aber die Autobahn führt leider nur bis Pitesti. Danach sind unsere Straßen um diese Jahreszeit … gewöhnungsbedürftig.« Er tippte auf das Foto eines geländegängigen Wagens. »Mit Vierradantrieb kann Ihnen allerdings nichts passieren.«

»Dann nehmen wir den.«

»Ihre Kreditkarte bitte, Sir, und den Führerschein.«

Ohne zu zögern, legte der vermummte Vampir das Gewünschte auf den Tresen.

Sam warf einen neugierigen Blick auf die in Plastik eingeschweißte Karte; sie zeigte Richards Bild. Darunter stand *Führerschein-Einführungskurs.* Schaute man nicht genau hin, übersah man, dass das Dokument unecht war.

Der Angestellte zog die Kreditkarte durch seine Maschine und schrieb Richards Daten ab. »Hier steht kein Geburtsdatum, Sir.«

»Das ist auch nicht nötig.« Dickie zog die Karte zu sich. »Die haben in die britischen Führerscheine so viele Sicherheitscodes eingebaut, dass sie unmöglich zu fälschen sind.«

»Ich verstehe.« Der Spitznasige betrachtete den Kreditkarten-Ausdruck, der die gewünschte Summe zeigte. Er musterte die junge Schwangere und ihren vermummten Begleiter – nur dem Führerschein schenkte er keinen Blick mehr. Das Geschäft war gemacht.

»Viel Vergnügen mit Brâncuçi Cars. Sie werden Ihre Wahl nicht bereuen.« Er drückte Richard einen Autoschlüssel in die Hand. Der ließ sich den Standort des Fahrzeugs erklären und verließ mit Sam die Ankunftshalle.

»Bei diesem Auto ist ja alles verkehrt rum«, sagte Richard, als er den Fahrersitz vergeblich auf der rechten Seite suchte. »Oh Mist, die Rumänen fahren auf der falschen Seite!«

Bevor sie sich in Bewegung setzten, gab es noch die Frage zu lösen, wie man ein Auto lenkt, das nicht eine, sondern zwei

Gangschaltungen besitzt. Nervös saß Richard über den Hebeln, erschrak über die Warnleuchten, die bei unsachgemäßer Bedienung aufblinkten, und schob Sam unwirsch beiseite, als sie ihm auch noch dreinreden wollte. Sie waren übernächtigt, hatten eine unglaubliche Flucht hinter sich, und Sam wurde hungrig. Dennoch beschlossen sie, erst einmal die Stadt hinter sich zu lassen. Endlich fand Richard den richtigen Gang und die Scheibenwischer, schaltete die Heizung ein und fuhr im Schritttempo in den Nieselregen.

»Ist bloß ein bisschen ungewohnt«, murmelte er.

Trotz der fremdsprachigen Beschilderung fand er mit Samanthas Hilfe die Autobahn, die in den Norden des Landes führte. Auf den ersten Kilometern war sein Fahrstil ruckartig, er gab zu wenig Gas, schaltete zu spät, der Motor klopfte, heulte und starb ab. Zweimal gelangte er nach dem Abbiegen auf die falsche Spur und wurde angehupt. Sam verkniff sich jede Bemerkung, sie wusste, er tat sein Bestes.

Zuerst wurde die Straße von heruntergekommenen Wohnkasernen flankiert, die Fassaden hatten längst ihre Farbe verloren; die TV-Schüsseln auf den Balkonen machten das Bild noch trostloser. Sind die Außenbezirke von London etwa schöner, dachte Sam und nahm sich vor, kein vorschnelles Urteil zu fällen. Ihre Geduld wurde belohnt. Sie kamen in eine Landschaft, wie sie samtiger und einladender nicht hätte sein können. Auch wenn die Sonne nicht durch den Nebel fand und der Regen sich wie eine nasse Hand über alles legte, wirkte der harmonische Wechsel von waldigen Hügeln, gepflügten Feldern und Dörfern so heiter auf die Sinne, dass Sam die Schuhe auszog, ihren Sitz in die Liegestellung senkte und es sich gemütlich machte.

»Schön ist das hier. So unberührt.«

»Na, ich weiß nicht.« Richard zeigte auf ein verwittertes

kommunistisches Denkmal, das vom Strom der Zeit vergessen worden war: ein massives Steintor mit Hammer und Sichel und einer kyrillischen Inschrift. Richard wich einem Schlagloch aus und trat aufs Gas.

»Lass uns langsam fahren.« Sie lächelte. »Wir haben es nicht eilig.«

»Besonders da wir nicht einmal wissen, wo wir eigentlich hinwollen.« Er schnaubte.

»Wenn keine Sonne scheint, könntest du das Ding doch abnehmen.« Sie wollte ihn aufheitern, aber Richards Laune sank von Kilometer zu Kilometer.

»Bescheuerte Idee«, murrte er. »Was für eine idiotische Idee, ohne Ziel ins Alte Land zu fahren!« Vor Ärger drückte er auf die Hupe. »Der Lösung des Rätsels werden wir hier genauso wenig näherkommen wie in England oder Schottland oder sonstwo!«

»Was ist los mit dir?« Sie fixierte ihn aus zusammengekniffenen Augen. »Habe ich deshalb Blut aus meiner Station gestohlen, dich gefüttert, mich mit deinem Vater rumgeschlagen, habe ich mich deshalb in Fortrius Festung einkerkern lassen, bin ich deshalb von untoten Jüngern fast umgebracht worden und habe in Eiseskälte die Flucht vor Teddie überstanden, um mir jetzt dein Gemeckere anzuhören?! Wir sind noch gar nicht im Alten Land; wir haben die Leute noch nicht erreicht, die den Kräuterlikör herstellen und uns sagen können, wo die Kirsche wächst. Aber wir sind gesund, wir sind den Bestien entkommen, wir haben sogar deinen Bruder abgehängt! Es ist schön hier, Dickie, schau nur, hier stehen noch nicht so viele Hochspannungsmasten und Windräder und der ganze Zivilisationsblödsinn.« Sie warf sich gegen die Lehne. »Darum will ich jetzt kein mies gelauntes Wort mehr hören. Das Einzige, was ich will, ist, was Anständiges essen.«

Nach der flammenden Ansprache war es erst einmal still im Wagen.

»Wir könnten dort in der Raststätte haltmachen«, sagte Richard, als vor ihnen ein Schild auftauchte.

»Moment mal …« Sam verstummte von einer Sekunde zur nächsten.

»Was?«

»Irgendwas ist hier.« Sie stellte die Füße zu Boden und starrte aus dem Fenster. »Etwas Neues … Unbekanntes.« Sie ließ die Scheibe herunter. »Etwas Bedrohliches.«

Weit und breit sah man nur Hügel, vereinzelte Baumgruppen, Ackerland, entfernte Wälder.

»Ich spüre es ganz stark.« Sie umfasste ihren Bauch, in dem es plötzlich wieder unruhig wurde. »Du musst das doch auch fühlen.«

»Was denn, Samantha?« Er stieg vom Gas.

»Nicht langsamer fahren! Wir müssen rasch durch. Etwas Schreckliches ist hier!«

Nach der nächsten Kurve kam ein Wegweiser in Sicht: *Snagov, 3 km.*

»Von dort kommt es!« Sie zeigte auf das Schild und begann, stoßweise zu atmen. Die Krämpfe wurden stärker. Die Abzweigung lag unmittelbar vor ihnen.

Richard fuhr, ohne zu antworten. Er chauffierte vorgebeugt, die Augen starr auf die Straße gerichtet. »Das ist unmöglich«, flüsterte er.

»Was – was?!« Sie krümmte sich vor Schmerzen.

»Du hast nie gelesen oder gehört, was sich in Snagov befindet?«

»Nein! Wie sollte ich!« Sie umklammerte ihren Bauch mit beiden Armen. »Willst du's mir jetzt endlich sagen?!«

Der Wald zur Rechten lichtete sich, ein See wurde sichtbar.

In seiner Mitte lag eine Insel, darauf erkannte Sam ein Gebäude mit mehreren Türmen. »Was ist das?«

»Ein Kloster.«

»Und weshalb geht es mir in der Nähe dieses Klosters so dreckig?«

»Es wurde im 16. Jahrhundert erbaut.« Richard fuhr im selben Tempo weiter. »Die Stiftskirche soll allerdings viel früher begonnen worden sein, unter der Herrschaft von …«

»Aaaah!« Die Schwangere schlug vor Schmerz auf das Armaturenbrett.

»Unter der Herrschaft von Fürst Vlad III.« Der Geländewagen raste über die kurvenreiche Straße.

»Vlad – der Pfähler?«, fragte Sam atemlos. »Vlad Drakula?«

Er nickte. »Vor der Altarwand der Kirche liegt Drakulas Körper begraben.« Er sah sie kurz an. »Nur sein Körper, nicht der Kopf.«

»Wieso nicht?«

»Weil es damals wie heute die beste Methode ist, einen Vampir unschädlich zu machen, indem man seinen Kopf vom Körper trennt.«

Mit jedem Meter, den das Kloster Snagov hinter ihnen verschwand, ließen Samanthas Krämpfe nach. »Und wo ist sein Kopf?« Endlich waren sie wieder von schützendem Wald umgeben.

»In Honig«, antwortete Richard.

»Wie bitte?«

»Der türkische Sultan, der das Land im 15. Jahrhundert kontrollierte, wollte einen sicheren Beweis, dass sein Erzfeind Vlad Drakul tot ist. Man brachte ihm Vlads Kopf, nachdem man ihn ordentlich in Honig konserviert hatte. Der Sultan ließ den Kopf zur Abschreckung auf eine Stange spießen und weithin sichtbar aufstellen.«

Der Schmerz hatte sich verflüchtigt. Vor Erleichterung ließ Sam die Luft ausströmen. »Dann ist Drakula also wirklich tot?«

»Ich habe dir schon einmal gesagt, Fürst Vlad ist nicht wichtig für unseren Stamm. Dass um den Pfähler bis heute so ein Brimborium gemacht wird, ist uns Vampiren ganz recht. Denn die wirkliche Macht befand sich immer woanders.«

Ernst sah sie ihren Freund an. »Bei Fortriu?«

Er schob die Sonnenbrille hoch und erwiderte ihren Blick. »Wir nähern uns Fortrius Stammland. Bist du sicher, dass ich nach diesem Vorfall weiterfahren soll?«

Der milchige Tag war so düster, dass man schon den Abend vermutete, dabei waren es bis dahin noch einige Stunden. Wortlos beugte sich Sam zu Richard, nahm ihm die Brille und den Schleier ab.

»Besser so?«

Er spähte zum dicht verhangenen Himmel und nickte. »Ich begreife nicht, wieso du Drakulas Präsenz so deutlich spüren konntest, als wärest du ein Vampir.«

»Keine Ahnung, warum.«

»Nur ein Vampir weiß es, wenn er sich in der Nähe von Vampiren befindet. Euch Normalsterblichen bleibt es verborgen. Deshalb konnten wir uns so viele Jahrhunderte in eurer Mitte unbehelligt aufhalten.«

Sie strich über ihren Bauch. »Vielleicht habe gar nicht ich es gespürt, sondern das Kind. Trotzdem …« Sam hob die Augen. »Auch jetzt fühle ich, dass wir uns auf ein Ziel … nein, auf DAS Ziel zubewegen.«

»Wie meinst du das?«

»Es ist wie eine Kraft, ein Sog. Ich weiß einfach, dass die Richtung stimmt. Am Ende dieser Strecke liegt das, wonach wir suchen.«

»Wie ist das möglich, Sam! Du bist eine siebzehnjährige Schottin, die ein einziges Mal mit einem Vampir geschlafen hat! Wieso solltest du plötzlich so außergewöhnliche Wahrnehmungen haben?« Beinahe hätte Richard einen Steinwall übersehen. Er riss das Lenkrad zur Seite.

»Es ist eine Art von Angst. Aber etwas anderes ist stärker, das Gefühl …« Sie zögerte. »Das Gefühl zurückzukehren.«

Richard stieg auf die Bremse, die Räder blockierten. Mitten auf der Straße blieben sie stehen. »Mir scheint, du wirst langsam wirr im Kopf!« Er nahm sie bei den Schultern und schüttelte sie. »Du bist das erste Mal in Rumänien, bist nichts als eine schwangere Touristin. Also erzähl mir nicht so was!«

»In meinem Körper wächst ein Wesen heran, dessen Ursprung eng mit diesem Land verbunden ist«, gab sie zurück. »Oder hast du eine bessere Erklärung?« Da Richard schwieg, fuhr sie fort: »Glaub mir, am liebsten würde ich mit dem Reiseführer durch die Gegend fahren und mir die Sehenswürdigkeiten anschauen. Aber so ist es leider nicht. Wir fahren in deine Alte Heimat, und ich habe wirklich das Gefühl, nach Hause zu kommen.«

Richard reagierte nicht. Der Motor machte ein tiefes brummendes Geräusch.

»Fahr weiter.« Sie stieß ihn in die Seite. »Im Gegensatz zu euch Blutsaugern haben wir Menschen Hunger. Ich sterbe vor Kohldampf. Auf zur nächsten Tankstelle.«

Nachdenklich legte Richard den Gang ein. Vor ihnen lag die gewundene Straße.

37

Auch wenn in den kommenden Stunden nichts Außergewöhnliches geschah, blieb Sam unter dem unerklärlichen Eindruck, dass sie geführt, mehr noch, von etwas angezogen wurde. Sie fühlte sich nicht als Fremde, die neugierig auf Entdeckungsreise geht, sondern empfand sich auf einer Fahrt durch vertraute Umgebung. Nicht dass sie die hufeisenförmigen Berge, die mit dichtem Tannenwald bewehrten Hügel, die schneebedeckten Felszinnen je im Leben schon gesehen hätte, und doch kamen ihr die verwitterten Heiligengestalten auf den Kirchenportalen, die Ruine der Zisterzienserabtei mit ihren nackt in den Himmel ragenden Kaminen bekannt vor.

An einer Tankstellenraststätte hatten sie essen wollen; hier war etwas Überraschendes geschehen. So groß Sams Hunger gewesen sein mochte, als die Pommes frites vor ihr auf dem Teller lagen, hatte sie nichts davon angerührt. »Ich kann nicht.«

Richard, der ebenfalls nichts aß, hatte beide Teller an die Theke zurückgebracht.

»Ist was damit nicht in Ordnung?«, hatte die Wirtin gefragt. »Ihr Mädchen muss essen – in ihrem Zustand.« Sie war in die Küche gelaufen und mit einem Teller dicker roter Suppe zurückgekommen. »Iss, Kind, das gibt Kraft.«

Sam hatte den Blick lustlos auf die Suppe gerichtet und nur aus Höflichkeit gekostet. Plötzlich war sie von Heißhunger befallen worden; sie löffelte so hastig, dass es auf ihre Brust und den Tisch tropfte.

»Was ist das?«, hatte sie gierig gemurmelt.

»Blutsuppe«, lachte die Wirtin, die sich freute, dass ihre Hausmannskost geschätzt wurde. »Das ist was Richtiges, jaja.«

Auf der Weiterfahrt war Richard immer schweigsamer geworden. Der düstere Tag war einer verhangenen Dämmerung gewichen und schließlich einer eiskalten Nacht. Die Straße wurde schlechter, schmaler, sie führte kurvenreich in die Höhe. Kein Zweifel, sie hatten den Anstieg in die Karpaten begonnen. Durch kleine Städte mit klingenden Namen waren sie gekommen – *Cinçsor, Hârteni, Vîldîhid.* Dort war ihnen das merkwürdige Gemisch aus Uraltem und Modernem aufgefallen: Bauern mit kleinen Hüten saßen am Straßenrand, ihre Frauen trugen unter den Mänteln bestickte Blusen, sie hatten ihren Proviant als Bündel dabei. Daneben unterhielten sich junge Frauen in Jeans und hohen Stiefeln, westeuropäische Autos glitten in die Parklücken, vor der Hotdog-Bude drängte sich eine Schlange. Wieder auf freier Strecke, nach Stunden, in denen sie stetig an Höhe gewannen, fragte Richard, ob Sam nicht müde sei; man sollte sich nach einer Übernachtungsmöglichkeit umsehen.

»Wie weit ist es noch bis Sibiu?« Aus munteren Augen sah sie ihn an.

»Im Grunde müssten wir längst da sein.« Er zog die Karte zu Rate, die ihnen der Mann von *Brâncuçi Cars* mitgegeben hatte. »Ich bin immer der Straße gefolgt. Bloß hätte schon seit einiger Zeit diese Abzweigung auftauchen sollen, die uns auf schnellstem Weg nach Sibiu bringt.«

»Ist doch egal.« Sie lächelte auf eine Weise, die er nicht an ihr kannte. »Fahr einfach weiter – solange du auf der rechten Seite fährst.« In der engen Kurve kam der Wagen den Felskanten gefährlich nahe, Sam griff ins Lenkrad und brachte ihn wieder auf Kurs. »Hoppla«, kicherte sie.

Nun hatte Richard genug von ihrem unerklärlichen Verhalten. Er fuhr an den Straßenrand und hielt. »Wir haben seit zwei Tagen kaum geschlafen. Du musst umkommen vor Müdigkeit.«

»Unsinn, mir geht's bestens.« Sie rückte unverschämt nahe. »Ich bin hellwach, schau nur.« Scherzhaft klimperte sie mit den Wimpern.

»Das ist aber nicht normal! Menschen werden nachts müde und müssen schlafen. Bloß weil ich und meinesgleichen die Nacht zum Tag machen, brauchst du dich nicht auch so zu verhalten!«

»*Üüch und meuuunesgleichen*«, spottete Sam. »Huhuu! Es spricht der große Vampir persönlich! Ich mag aber nicht schlafen, ich mag weiterfahren. Und weißt du, warum? Weil es mir hier gefällt.«

»Aber wie kann es …!« Fassungslos zeigte er zum Fenster hinaus. »Man sieht nichts in dieser Milchsuppe, es ist stockfinster und kalt!«

»Trotzdem fühlt es sich gut an.« Sie nahm seine erhobene Hand. »Dazu muss ich nichts sehen und nichts hören, ich brauche nur meinem sechsten Sinn zu vertrauen, um zu wissen, dass die Gegend hier zu mir passt.«

»Und was ist das für ein neuer Sinn, der dir so unglaubliche Informationen verschafft?« Mit verschränkten Armen lehnte er sich zurück. »Etwa dein Mutterinstinkt?«

»Kann sein.« Sie legte die Hand auf den Bauch. »Es ist ein Gefühl von Geborgenheit.«

»Samantha.« Er zwang sich zur Ruhe. »Du bist ein paar tausend Kilometer fort von England. Wir stehen auf einer verdammten Höhenstraße in den Karpaten, und ich bin ziemlich sicher, dass ich eine Abzweigung übersehen habe. Wie kannst du dich in unserer Lage geborgen fühlen?«

»Wenn ich's wüsste, würde ich es dir sagen!«, blaffte sie zurück. »Und jetzt habe ich genug von dem Frage-und-Antwort-Spiel. Fahr weiter oder bleib stehen, mach was du willst!« Sie rutschte auf ihre Seite und schloss die Jacke bis obenhin.

»Also schön.« Richard manövrierte den Wagen noch ein Stück ins Dickicht und stellte den Motor ab. »Wir machen jetzt Rast. Wenn sich der Nebel legt, oder wenn es hell wird, oder wenn ich verstanden habe, was mit dir los ist, geht es weiter.«

Sie antwortete nicht, rutschte in die Kuhle zwischen Tür und Rückenlehne, schloss die Augen und war gleichzeitig hellwach. Sam konnte sich die Veränderung, die in ihr vorging, selbst nicht erklären, sie fürchtete sich davor, gleichzeitig genoss sie die Ruhe und jene phantastische Kraft, die sie durchströmte. Es war, als habe Sam England nur den Rücken zukehren und nach Transsylvanien zu kommen brauchen, um ihre wirklichen Kräfte kennenzulernen. Es ist der helle Irrsinn, so etwas auch nur zu denken, ging ihr durch den Kopf. Was sollten denn das für Kräfte sein?

In diesem Moment kam ihr der Traum in den Sinn, jener entsetzliche Albtraum, der sie hinterher heulend durch den Regen hatte laufen lassen: ihr Traum, gefesselt in einer Kirche zu liegen, die eigentlich keine Kirche war, und von Mönchen mit dem Extrakt der Barhyaghtar-Kirsche bestrichen zu werden. In diesem geträumten Zustand hatte Samantha das gleiche Gefühle von Macht und Kraft besessen, kein Hindernis hatte sie aufhalten, keine Gefahr sie abschrecken können. Was ist los mit mir, dachte sie mit klopfendem Herzen. Warum spüre ich das alles so stark? Wo gerate ich hin?

Es war mitten in der Nacht, viel zu früh also, als dass es hell werden konnte; auch der Nebel hatte sich nicht gelichtet. Und doch fühlte sich Sam geblendet. Sie hätte dieses merkwürdige Licht als ein dunkles Leuchten beschrieben. In Wirklichkeit schrak sie auf, weil sich etwas dem Auto näherte.

»Richard…«, flüsterte sie, »Dickie!« Sie fasste auf seine Seite – er war nicht da! »Oh Gott im Himmel, was ist das, was ist das nur?« Zu Tode erschrocken, drehte sie sich in alle Richtungen, weil sie nicht sagen konnte, von wo das Unbekannte sich auf sie zubewegte. »Verdammt, Dickie, wo bist du? Warum lässt du mich jetzt allein?«

------- *W-i-l-l-k-o-m-m-e-n-d-a-h-e-i-m* ---------

Das war keine Stimme, die sie hörte. Es hätte der Wind sein können, der in den Bäumen rauschte, aber da draußen war es windstill; kein Blättchen regte sich.

------- *J-e-t-z-t-i-s-t-e-s-n-i-c-h-t-m-e-h-r-w-e-i-t* -------

So sagte dieses Etwas, dieses Nichts, das keinen Körper, keinen Mund hatte und doch eine Sprache kannte, die Samantha unmittelbar erreichte.

»Wer bist du?« Sie legte die Hände schützend über ihr Kind und starrte aus weit aufgerissenen Augen in die dunkel erleuchtete Nacht.

------ *Du-kennst-mich* ----- ließ sich die Stimme nun deutlicher vernehmen.

----- *Du-hast-mich-immer-gekannt-Denn-ich-bin-du-und-du-bist-ich* -----

»Was heißt das?!«

----- *Komm-nach-Hause-Meine-Macht-schützt-dich* ------

»Wer bist du?!«, rief sie in höchster Not.

------- *Du-kennst-meinen-Namen-Du-kennst-ihn-seit-uralter-Zeit* ------ *K-o-o-o-o-m-m* ------ *k-o-m-m-h-e-i-m-S-a-m-a-n-t-h-a* -------

Die Stimme entfernte sich, auch das Glühen der Finsternis schwand, wurde undeutlich und schließlich von der Nacht verschluckt.

»Fortriu«, sagte Sam in die Stille.

Sie hatte keinen Beweis, keinerlei Gewissheit, aber es gab keinen Zweifel in ihr, dass sie gerade mit IHM gesprochen hatte, mit Fortriu, dem Urvater, dem Mächtigsten, dem das Volk der

Vampire untertan war. Jede andere wäre in dieser Situation im schützenden Wagen geblieben, hätte ihn von innen verriegelt und auf den Sonnenaufgang gewartet, auf das heilsame Licht, das alle Dämonen ins Schattenreich verbannt. Sam aber riss die Tür auf, sprang ins Freie, achtete nicht auf den morastigen Boden, die Sträucher und Dornen, die ihr den Weg versperrten. Sie lief dorthin, wo sie meinte, die Stimme gehört zu haben. Sie rannte voll Neugier, begierig, noch mehr zu erfahren. Sie lief und strauchelte, fiel zu Boden und richtete sich wieder auf. In ihrem verrückten Tun wusste ein Teil von ihr, dass der Dämon fürchterlich von ihr Besitz ergriffen hatte und dass diese Leidenschaft sie in den Abgrund führen würde. Die andere Samantha, das Geschöpf, das vor unbändiger Kraft beinahe platzte, ließ sich nicht aufhalten. War es ein Jungwald, durch den sie sich schlug, war es Geröll, das sie übersprang? Führte der Weg in eine Schlucht oder geradewegs auf einen Gipfel hinauf? Ihr war es einerlei; der Trieb, das Umgetriebensein ließen ihr keine Entscheidung. Samantha folgte dem Ton, sie folgte dem Dunkel, folgte dem Blut. Ja, in Wirklichkeit war es ihr eigenes Blut, das ihr den Weg vorgab, das Lebenselixier, das durch ihre Adern pulste, ihr in den Ohren rauschte, ihr Herz brennend schlagen ließ. Hätte Sam sich jetzt selbst gesehen, wie sie mit fliegend rotem Haar durch das Nirgendwo taumelte, die Hände sehnsüchtig von sich gestreckt, mit geweiteten, irren Augen, kehlige Laute ausstoßend, sie hätte nicht geglaubt, dass sie das war, Sam Halbrook aus Lower Liargo, die Lernschwester, die werdende Mutter. Sie aber musste als dieses andere, dieses ihr selbst unbekannte Mädchen immer weiterlaufen, an ein Ziel, das aus Wahnsinn bestand. War es der Orkus, auf den sie zutaumelte, oder die allerletzte Erfahrung, die des Todes? Rennend begann sie zu schreien, springend riss sie sich die Jacke, den Schal, den Pulli vom Leib; im Unterhemd hetzte sie weiter.

Sam wusste nicht, wie lange es sie so trieb, die Zeit hatte jede Bedeutung verloren. Erst als der letzte Nährstoff in Samantha verbraucht, der letzte keuchende Atemzug getan war, als ihr sich selbst vernichtender Körper keine Reserven mehr hatte, überkam sie eine allumfassende Schwäche, sie sank in eine erbarmungsvolle Ohnmacht; auf moosigem Boden fiel sie hin, das Gesicht unter den Händen geborgen. Um sie herum wogte der Nebel wie ein feuchtes Bett.

38

Die Tatze, die Samanthas Schulter berührte, war die klauenbesetzte Tatze eines Wolfes.

Nachdem es Richard nachts im Wagen nicht mehr ausgehalten hatte, war er ausgestiegen und hatte die Schlafende kurz sich selbst überlassen. Als er zurückkam, war sie verschwunden gewesen. Er hatte nach ihr gerufen, gleich darauf ihre Spuren am Straßenrand gefunden und war ihr in das Waldstück gefolgt. Bald hatte er begriffen, dass es ihm mit den Sinnen eines Menschen nicht möglich sein würde, Sams Fährte aufzunehmen. Also war Richard auf alle viere niedergesunken und hatte sich der unendlichen Anstrengung unterzogen, abermals die Erscheinung zu wechseln. In seinem innersten Kern hatte er die Verwandlung begonnen, jede einzelne Zelle Richards war vom menschenähnlichen zum tierähnlichen Wesen mutiert. Denn er war vorher kein Mensch gewesen und er würde nachher kein Tier sein. Er blieb ein Vampir, dem das Gesetz der Metamorphose zu Diensten stand. Seinen Händen entsprossen schwarze Klauen, die Wirbelsäule verwandelte sich in die eines Vierbeiners; aus Haaren wurden Borsten, aus Zähnen das fletschende Gebiss des Wolfes. Vor allem aber schärfte sich sein Geruchssinn. Der Vampir nahm die Witterung einer Schlange auf, die vor Stunden hier durchgekrochen war, er roch den Kot eines Kilometer entfernten Marders – seine Schnauze schnupperte nach Samantha.

Sie war ihm eine weite Strecke voraus, Hügel, Schluchten und ein Fluss lagen dazwischen. Der Wolf preschte los. Seine Pfoten berührten kaum den Boden, so gewaltig waren die Sprünge, mit denen er durch das Dickicht setzte. Zwischendurch sah er hoch, schon verscheuchte das Morgengrauen die Nacht; es besorgte ihn nicht. Samanthas Schicksal war sein Antrieb, für sie sprang er in den erwachenden Tag.

Er fand sie erst, als am Horizont bereits ein rosa Schleier aufschwebte; der Morgen schien klar und heiter zu werden. Richard fand das halb nackte Mädchen an einem Punkt, von wo aus jeder weitere Schritt den Tod bedeutet hätte. Sie lag auf dem felsigen Abbruch am Rand einer Schlucht. Hier ging es so tief hinab, dass der Boden des Abgrunds von Nebelschwaden bedeckt war. Wieso sie das Hindernis rechtzeitig bemerkt hatte, war kaum zu begreifen, denn ringsum herrschte dichteste Wildnis.

Der Wolf stand über seiner Freundin, erleichtert, aber auch von unnennbarer Trauer erfasst. Er hob den schwarz bepelzten Schädel und stieß das schauerlichste Geheul aus. Das Mädchen regte sich nicht. Sie nahm auch nicht wahr, dass der Wolf mit den Zähnen ihren Gürtel packte und die Schlafende in die Sicherheit einer moosigen Kuhle zog. Er lief hierhin und dahin, suchte Blätter und Rindenstücke; mit der Schnauze stieß er sie über Samantha, deren Haut an manchen Stellen schon blau wurde. Zum Schluss ließ sich der Wolf so über ihr nieder, dass er sie mit seinem eigenen Körper wärmte. Aus ernsten Augen schaute er in den Tag.

Jetzt erst, da die drängendste Sorge um Sam nachließ, nahm er seine Umgebung wahr. Dieser Abgrund war nicht das Ende der Welt. Dahinter, näher als gedacht, tauchte der nächste Bergrücken auf. Auf dem zerklüfteten Grat erhob sich ein klotziger Bau. Er war zu gleichen Teilen eine Burg, eine Festung – und ein Kloster. Er war von dicken, bewehrten Mauern umgeben, Wassergräben und Wälle schützten den innersten Kern, in dem der Wolf nichts anderes erkannte als eine Kirche. Von diesem Moment an wusste er, wohin die Schwangere gerannt war, welches Ziel sie während der ganzen Fahrt gehabt, von welchem Ort der Kraft sie sich angezogen gefühlt hatte. Er wusste es und es ängstigte ihn bis in die Tiefe seines gespaltenen Herzens. Der Wolf, der Vampir, der junge Mann, der das schwangere Mädchen mehr liebte als jedes andere Wesen auf der Welt, spürte, dass sich dort drüben sein und Samanthas Schicksal erfüllen würde.

39

Das Mädchen und der Wolf gingen nebeneinander. Zuerst hatten sie vorgehabt, zum Wagen zurückzukehren, doch als sie nahe der Schlucht auf einen Pfad stießen, waren sie ihm gefolgt. Sie hatten einander angesehen und im Blick des anderen gelesen, dass es keinen Sinn hatte, nach dem normalen Weg zu suchen, die gewöhnliche Route dorthin zu nehmen, wo ihr Ziel lag. Es war nicht nötig, wieder in ihre Verkleidung zu schlüpfen und sich den Anschein eines harmlosen Touristenpärchens zu geben. Um in die Festung jenseits des Abgrunds zu gelangen, mussten sie anders sein, außergewöhnlich, einmalig.

Sam staunte auch nicht darüber, dass ihr nicht kalt war. Ihr Mantel und die Jacke waren verloren gegangen; es war Dezember und sie befanden sich hoch in den Bergen – aber Sam fror nicht. Während sie in der Annahme weitergingen, der Bergrücken würde sich irgendwo senken und ins Tal führen, während sie hofften, auf diese Weise den Weg zur Festung zu finden, begann es zu schneien. Sam schaute hoch; das war nicht das dürftige Nieseln, das man in London für Schnee hielt, wenn der Regen sich in Eisstaub verwandelte. Hier fielen dichte Flocken, groß wie Federn und so kalt, dass sie Sams rotes Haar binnen Kurzem mit einem weißen Schleier überzogen. Mit ausgebreiteten Armen blieb sie stehen und schaute blinzelnd in die herabsinkende Pracht. Auch der Wolf hob den Blick, die Flocken schmolzen auf seiner dampfenden Schnauze. Das Wetter änderte sich weiter. War der Schnee zuerst sanft und lautlos herabgekommen, wurde er bald vom Wind vor sich hergepeitscht; wie mit Messern schnitt er den Wanderern ins Fleisch. Der Wolf mit seinem dichten Fell ertrug das Gestöber, Sam aber wurde von den Böen hin und her gerissen. Zitternd, die Arme um sich geschlagen, stellte sie sich in den Windschatten eines Baumes. Der Wolf kam dicht an seine frierende Begleiterin heran und legte sich vor ihr in den Schnee.

»Was soll das?« Sie klapperte mit den Zähnen. »Warum läufst du nicht weiter?« Sie wollte über ihn drübersteigen, er packte ihren Fuß sanft mit den Zähnen. »Willst du rasten?«, fragte Sam und spürte die Erleichterung, die sich mit diesem Wunsch verband.

Er lief ein Stück voraus. Der felsige, schneeumtoste Grat war längst nicht mehr so hoch wie zu Beginn ihres Marsches; man konnte die Talsohle sehen. Aber selbst mit den Augen eines Wolfes war schwerlich auszumachen, ob in der Tiefe ein Haus stand. Nur ein dunkelgrau aufsteigender Schleier verriet, dass dort unten ein Feuer brannte.

Sam erreichte ihn. »Wer wohnt in dieser Einöde?« Sie spürte Arme und Beine, auch ihr Gesicht nicht mehr, daher war es gleichgültig, wer im Tal hauste: Dieses Gemäuer und das Feuer, das darin brannte, waren die einzige Chance, nicht zu erfrieren.

So schnell sie noch konnte, machte sich Sam an den Abstieg. Der Wolf umsprang sie, hielt sie von eisigen Abbrüchen fern, er bellte und heulte, wenn sie vor Entkräftung zu Boden zu sinken drohte. Die Senke kam näher, auch das Haus zeichnete sich allmählich in Konturen ab, aber an jeder Wegkehre wurde Samantha wieder enttäuscht; das Ende des Pfades war noch nicht erreicht. Sie bückte sich, um einen losen Schnürsenkel zu binden, und bemerkte, dass sich ihre Finger nicht mehr bewegen ließen. Erschrocken hielt sie die blau gefrorenen Glieder vor den Mund. Der Atemhauch wurde zu eisigen Nadeln, die sich auf die gefühllosen Finger legten. Sie schob die Hand unter die Achsel und bewegte sie rhythmisch. Ihre Augen waren blind von Schnee, die Wimpern drohten zusammenzufrieren. Richard lief voraus, kam zurück, stieß sie mit der Schnauze an; sie kletterten über den nächsten vereisten Höcker. In ihrer Ausbildung zur Krankenschwester hatte Sam gelernt, dass Gleichgültigkeit und Schlafsucht die deutlichsten Anzeichen waren, dass ein Mensch erfror. Das einzige Mittel dagegen war Gehen. Auch wenn jeder Hügel sie zum Hinsetzen aufforderte, wenn sie meinte, die nächste Kehre nicht mehr zu schaffen und ins Geröll zu stürzen, Samantha schleppte sich voran. Sie starrte ihre Schuhe an; Schritt für Schritt kamen sie unter ihr zum Vorschein. Was sie weitertrieb, war ein Gefühl von Trotz. Sie hatte nicht all diese Ängste und Nöte, diese Strapazen auf sich genommen, um hier draußen, in der weißen Wüste, zugrunde zu gehen. Sie würde ihr Kind, das schwer in ihrem Innern wog, nicht dem Tod durch Erfrieren aussetzen. Sie würde sich retten, sie würde ihr Kind retten …

Doch der Zorn und alle Ausdauer halfen nicht gegen die turmhohen Steine, die sie umgehen, den brüchigen Schotter, über den sie klettern musste. Samantha hörte das Tosen nicht mehr, den unausgesetzten Sturm. Sie spürte nicht, dass ihre Haut an vielen Stellen aufgeplatzt war und die Wunden augenblicklich gefroren. Und irgendwann war es zu Ende. Als sie die nächste Kurve umblickte und der Zugang zu jenem Haus immer noch nicht zu erkennen war, sank Samantha in die Knie. Umsonst kam Richard zu ihr gelaufen, knurrte, winselte, biss sie sogar, um sie zum Aufstehen zu bewegen. Sam rührte sich nicht mehr.

40

Das Merkwürdigste war der Geruch. Träge und übel lastete er im Zimmer. Ein Zimmer? Ja, ein niedriger Raum mit Holzdecke, schwere Balken trugen das Dach, die Wände waren grob mit Lehm verputzt. Es war kein richtiges Bett, in dem Sam lag, bloß ein Lager, ein mit Stroh gefüllter Sack; aus einer Decke hatte ihr jemand ein Kissen gemacht. Sie lag unter einem Tierfell. Als ihre Finger darüberglitten, entdeckte sie den Verband; jemand hatte ihre Hand bandagiert, in ihren Fingern juckte es. Ihr war warm, behaglich und schlaftrunken zumute; aufgeweckt hatte sie der Geruch. Es stank, als würden Innereien mit etwas sagenhaft Ekelhaftem verkocht. Sam wollte das Fenster öffnen und richtete sich vorsichtig auf. Da hörte sie einen Sprung, ein Schlurfen, schon stand einer in der Tür, wie man ihn nicht alle Tage sieht. Ein Mann, vielleicht auch ein Bursche; er hatte einen kahlen Schädel, aber keine Glatze. Es sah aus, als sei ihm das Haar vom Kopf gefressen worden. Auffällig waren die weit auseinanderstehenden Augen, verschwindend darunter die Nase, dafür besaß er einen Mund von unnatürlicher Breite. Der Rest des Gesichtes verschwand in dem massigen Körper, den eine hellgraue Kutte bedeckte. An einem Fuß trug er einen Stiefel, am anderen aber nicht. Dieser Fuß war nackt und von ungewöhnlicher Größe.

»Guten Abend«, flüsterte Sam. »Haben Sie mich gerettet?«

»Khh«, machte er und riss den Kopf herum. »Khh!«, rief er.

Darauf waren weitere Schritte zu hören, Richard kam herein. Der Vampir hatte wieder seine Menschengestalt angenommen; wie der andere trug auch er eine Kutte.

»Richard!« Ihre Erleichterung war groß. »Wo sind wir? Ist

das … ein Mönch?«, fragte sie leiser, da sie nicht sicher war, ob der Kahlkopf ihre Sprache verstand.

»Das ist Bogdán Voronedz. Ihm gehört dieser Hof. Ihm verdankst du, dass du noch am Leben bist.«

»Khh«, machte Voronedz zur Bekräftigung.

Sam schaute zwischen den beiden hin und her. »Hat er gesehen, wie du dich zurückverwandelt hast?«

»Durch ihn wurde es überhaupt erst möglich.« Richard stellte sich neben den Gastgeber. »Meinetwegen hat Bogdán einen Bock geschlachtet.«

»Was für einen Bock?«

»Boo – khhh!« Das Wort zauberte ein Grinsen auf Voronedz' Gesicht. Er schlurfte hinaus und kam mit einem Ziegenschädel zurück. »Booo – kkhh!«, triumphierte er.

Die toten Augen des Ziegenbocks waren auf Sam gerichtet, das Maul wie zum Schrei geöffnet; angewidert wandte sie den Blick ab.

»Weshalb war das nötig?«

»Ich hatte keine Kraft mehr. Ich hätte mich speisen müssen, aber …« Richard senkte den Kopf. »Aber nicht einmal als Wolf bringe ich es über mich, ein Lebewesen anzufallen und auszusaugen.«

»Dann weiß Mr Voronedz also …« Unauffällig zeigte Sam auf den Hausherrn, »… was du in Wirklichkeit bist?«

»Ja, natürlich.«

»Ist er auch einer – von euch?«

»Nein, das würden sie nicht dulden.« Richard versenkte die Hände in den Ärmeln der Kutte.

»Sie?« Sam kam auf die Ellenbogen hoch.

»Die Brüder des Ordens. Fortrius Ritter.«

»Ritter?« Samantha war jetzt hellwach. »Ich dachte, das sind Untote, so wie dein Vater.«

»Oh nein«, erwiderte Richard. »Die Ritter sind anders, sie sind außergewöhnlich.«

»Mach's nicht so spannend. Bevor wir da raufgehen, möchte ich wissen, was sind das für Leute?«

Er zögerte mit der Antwort. »Ich weiß es selbst nicht genau. Fortrius Ritter sollen wie wir Vampire ein Alter erreichen, das weit über jedes menschliche Maß hinausgeht. Andererseits heißt es, sie würden sich nicht von Blut speisen, sondern …« Er räusperte sich, »… sie führen *Das Neue Leben*.«

»Das begreife ich nicht. Du bist ein Vampir, wir sind in deiner Alten Heimat, aber du weißt nicht, was für Leute auf dem Schloss dort oben wohnen?«

»Die Ritter Fortrius waren seit jeher von einem Geheimnis umgeben. Nicht einmal Papa weiß genau, was sich auf der Burg abspielt.« Richard setzte sich an den Rand des Lagers, das Stroh knisterte. »Aber du, Samantha, du weißt das alles schon lange.«

»Ich?« Maßlos erstaunt sah sie ihn an.

»Du spürst es, du ahnst es, denn du bist mir in allem vorausgeeilt.« Seine Stimme war nun ganz ernst. »Dein Innerstes wusste, dass wir den Flug und die Fahrt hierher unternehmen müssen. Du wusstest, unser Ziel liegt nicht in Sibiu oder sonstwo in Transsylvanien, sondern hier, mitten in den Karpaten. Du kanntest den wahren Ort bereits. Diesen Ort! Diesen Berg, an dessen Fuß wir uns befinden. Dein tiefes Ich, Samantha, hat dich die ganze Zeit geleitet, und damit auch mich.« Er legte seine Hand auf ihren Verband. »Wieso dir das alles bekannt ist, und warum es kein Hindernis gibt, dich aufzuhalten, kann ich nur vermuten. Vielleicht wirst du es mir eines Tages selbst offenbaren.«

Sie riss ihre Hand zurück. »Aber wie kann ich das, wenn ich es selbst nicht weiß!« In der Wärme begannen die Erfrierungen zu schmerzen. Voronedz guckte neugierig über Richards Schulter.

»In deinem Wissen, auch in deinen Träumen liegt alles begründet, Sam. Darin liegt auch der wahre Grund, warum mein Bruder dich ausgewählt hat, dich und keine andere. Hier versteckt sich die Ursache, weshalb du uns Vampiren Segen bringst, gleichzeitig aber auch eine schreckliche Bedrohung für uns bist. Deshalb schwanken mein Vater und Teddie in ihren Absichten: Sollen sie dich zu einer der Unseren machen oder sollen sie dich töten? Du, du selbst bist der Grund.«

»Sag mir, wieso!« Die Tränen ließen sich nicht länger zurückhalten, Sam weinte verzweifelt.

»Du bist anders, bist besonders. In früherer Zeit hätte man gesagt, du bist auserwählt.«

»Auserwählt? Ich, eine Berufsanfängerin aus dem Chelsea and Westminster Hospital? Ich bin ein Niemand, der das Pech hat, mit euch Blutsaugern in Berührung gekommen zu sein! Das ist meine ganze Auserwähltheit!«

»Mit Glück oder Pech hat das nicht das Geringste zu tun.« Richard stand auf und gab den Blick auf den staunenden Voronedz frei, der immer noch den Ziegenschädel in der Hand hatte.

Sam hielt es nicht länger im Bett. »Wir kommen mit Spekulieren nicht weiter.« Sie schlug das Bärenfell beiseite, sprang auf, schlagartig wurde ihr schwindelig. Sie taumelte gegen die Wand und stützte sich auf das Fensterbrett.

»Boo-khh«, rief Voronedz mit breitem Grinsen.

»Bogdán meint, der Eintopf ist jetzt fertig.«

»Eintopf?« Angeekelt verzog sie die Miene. »Ist es das, was hier so riecht?«

»Der Bock soll nicht nur einen hungrigen Vampir speisen. Er wird auch dich zu Kräften bringen.«

»Lieber sterb ich, als das zu essen, was hier so stinkt!«

»Und dein Kind?«

Entmutigt ließ sie die Schultern sinken. »Ach, ich weiß überhaupt nicht mehr, was ich denken soll.«

»Vertrau mir.« Er strich ihr übers Haar. »Iss eine Kleinigkeit, es sind alles natürliche Zutaten.«

Voronedz huschte zur Tür und verschwand. Man hörte das Klappern von Töpfen.

»Und wenn ich seinen Eintopf wieder auskotze?« Schritt für Schritt ließ Samantha sich nach drüben bringen.

»Es ist Ziegengulasch mit gekochten Eingeweiden, frischem Blut und …«

»Bääääh.« Sam wurde von Ekel gepackt. Hätte sich irgendetwas in ihrem Magen befunden, sie hätte es sogleich von sich gegeben.

Die Stube war sagenhaft schmutzig, und doch spürte man, dass ihr Bewohner sich darin wohl fühlte. Voronedz benützte einen holzbefeuerten Herd; Hammer und Sichel zeigten, dass er aus einem ehemals kommunistischen Betrieb stammte. Das Zimmer wies noch andere Zitate dieser Zeit auf: die Plastikfliesen hinter der Anrichte, die Vorhänge aus Synthetikstoff; auf einem Haken hing sogar ein alter Uniformrock der Sowjetarmee.

»Ziemlich ungewöhnlich möbliert ist der Pförtner dieses Ordens.« Sam setzte sich an den Tisch.

»Regierungen kommen und gehen.« Richard trat an den Herd. »Bogdán aber war schon immer da. Zur Zeit der rumänischen Könige, während der Revolution, er hat auch die Diktatur überstanden. Stimmt's, Bogdán?« Er nahm einen tiefen Teller.

»Khh«, nickte Voronedz und klatschte eine große Kelle dunkelroten Brei darauf.

»Oh mein Gott.« Zum zweiten Mal wandte Sam den Kopf ab.

»Boo – kkhh«, ermunterte Voronedz und steckte einen Löffel hinein.

»Koste es wenigstens.« Richard setzte sich zu ihr. »Sonst beleidigst du ihn.«

Samantha nahm eine winzige Spitze von dem Essen und schmeckte. Sie schmeckte etwas mehr: Der Brei hätte besser gewürzt sein müssen, aber im Großen und Ganzen war es ein Eintopf, der sich essen ließ.

»In der Not frisst der Teufel Fliegen«, seufzte sie, machte »mmmmmhhh!« zu Voronedz und aß.

Sie aß den ersten Teller leer und ließ sich einen zweiten geben. Sie fühlte, wie das gegarte Fleisch ihr Kraft gab; die Zutaten aus Gemüse, Blut und Werweißwas taten ihr gut. Sie spürte auch, dass das Kind durch die Nahrungsaufnahme ruhiger wurde.

»Wann können wir weiter ans Ziel?« Sie kratzte den letzten Rest aus dem Teller.

»Ruh dich erst mal aus.«

»Mir geht es gut. Wir müssen zur Festung hoch, je eher, desto besser.«

Richard gab das Geschirr dem Hausherren, der es achtlos in die volle Spüle stellte.

»Teddie ist uns sicher schon auf der Spur«, ließ Sam nicht locker. »Vielleicht sogar Valerian. Wir müssen ihnen zuvorkommen.«

»Es hat wirklich keine Eile.« Traurig, zugleich liebevoll sah Richard sie an. »Die in der Festung wissen längst, dass wir kommen.«

»Was? Hat er uns verpfiffen?« Unauffällig zeigte sie auf Bogdán.

»Ich fürchte, sie wussten es von Anfang an.«

»Aber wieso …?« Noch während Sam die Frage stellte, fiel ihr die Antwort ein. Sie erinnerte sich an die flüsternde Stimme, die im Wald auf sie zugekrochen war, die erleuchtete Finsternis, die Präsenz jener dunklen Macht. »Wir sind aufgebrochen, um den Extrakt der Barhyaghtarkirsche zu finden, wir sind losgezogen, um mich davor zu bewahren, ein Vampir zu werden. Und jetzt?«, fragte sie leise. »Was wird in der Festung mit uns geschehen?«

»Ich weiß es nicht.« Richard legte beide Hände auf ihre Schultern. »Ich weiß nicht einmal, ob sie dort den Barhyaghtarsaft haben.«

»Ich aber.« Mit entschlossenen Augen sah sie ihn an. »Ich habe es geträumt. Und sagtest du nicht: *In meinen Träumen liegt alles begründet*?«

»Du hast recht«, antwortete Richard mit plötzlicher Klarheit. »Wenn du bereit bist, dann brechen wir auf.«

Sie wollte sich wegdrehen, aber Richard hielt sie fest.

»Samantha, ich … wollte dir sagen, egal was dort oben passiert, ich bin immer für dich da. Weil ich dich nämlich …«

Liebevoll legte sie ihm die Hand auf den Mund. »Nicht jetzt, Dickie.« Sie lächelte. »Das kannst du mir sagen, wenn wir heil von dort oben zurück sind.«

»Ja, das ist besser.« Er schluckte und senkte den Blick.

Sie trat ans Fenster. Es hatte zu schneien aufgehört. Wellig deckte das Weiß die scharfen Formen des Gebirges zu. »Dort auf dem Felsen werden wir erwartet.« Auch wenn Sam sich ihre plötzliche Zuversicht nicht erklären konnte, lächelte sie in die weiße Landschaft hinaus.

41

Wie zwei Pilger brachen sie auf. Da Sams Kleider irgendwo im Karpatenwald lagen, hatte Bogdán auch ihr eine Kutte gegeben. Damit nicht genug, wollte er ihnen die Reise erleichtern und führte sie in den Stall. Neben einigen Ziegen, Hühnern und Hasen hielt er dort auch zwei Lasttiere. Sam dachte zuerst, es seien Pferde, aber ihre Köpfe waren zu groß, die Beine zu kurz, sie wirkten plumper.

»Khh«, machte Voronedz zur Erklärung.

»Maultiere«, sagte Richard.

Es gab keine Sättel zum Reiten, der Hausherr legte den Tieren die Packdecken über, zäumte sie auf und ließ es sich nicht nehmen, die Schwangere persönlich hinaufzuheben.

»Hast du nicht mal gesagt, dass du reiten kannst?« Richard saß bereits auf dem anderen Tier.

»Na ja, aber nicht auf so was.« Sie klammerte sich fest. »Ich bin unsere Highland-Ponys gewohnt.«

»Einmal Reiter, immer Reiter.« Geschickt dirigierte Richard das Maultier aus dem Stall, drückte Bogdán zum Abschied die Hand und ließ sein Muli den Hügel hochlaufen. Samantha presste ihrem Maultier die Absätze in die Flanke; ohne Hast holte das Tier zu Richard auf. Auch das habe ich geträumt, erinnerte sie sich. Allerdings bin ich in meinem Traum auf einem rabenschwarzen Hengst durch die Nacht geprescht, vor mir galoppierte ein dunkel gekleideter Mann. Damals glaubte ich, Teddie führe mich durch die majestätische Landschaft, ich glaubte sogar, dass wir in unseren Flitterwochen wären. Sam stieß das träge Tier unausgesetzt an, damit es nicht stehen blieb. Jetzt sitze ich auf dem faulsten Maultier Rumäniens, und nicht Teddie begleitet mich, sondern Richard. Statt we-

»Ich habe es gelesen. In einem Buch, das gleichermaßen in die Vergangenheit wie in die Zukunft blickt. Einem Buch, das die Urzeit der Menschen genauso kennt wie das Heute und das Morgen.«

»Wer hat es geschrieben?« Ein Blick in Richards Augen genügte. »Fortriu«, wusste Sam die Antwort von selbst.

Er nickte. »Fortriu schreibt: *In den Jahrhunderten ungeheuerlicher Kriege konnte sich bis heute keines der Völker in unserem Land behaupten. Sie wurden aus dem Vulkantrichter der Landschaft hinausgeschleudert, sie erloschen, wurden von Stärkeren erbarmungslos zerbrochen und vernichtet. Sie versanken, versickerten in den Schüben neu hereinbrechender Stämme. Und es werden immer neue wilde und todesverachtende Völker aus sämtlichen Richtungen der Windrose in den Bannkreis der Karpaten geweht werden, zu uns, nach Transsylvanien.*«

Richard zeigte zu dem Bauwerk hoch. »Um nicht von jedem neuen Ansturm fortgeweht zu werden, erbauten die Menschen solche Festungen. Sie dienten als Klöster, als Lebensraum und als Kirchen. Sie dienten allen möglichen Orden als Zuflucht und Heimstätte, christlichen und heidnischen – und selbstverständlich auch Fortrius Jüngern.«

»Willst du damit sagen, im Innern des Klosters stoßen wir wieder auf diese Masse von Untoten, wie schon in Schottland?«

»Nein.« Er hielt sein Reittier zurück, das nicht länger stehen bleiben wollte. »Die Gefangenen im Hadrianswall heißen zu Unrecht Jünger Fortrius. Sie sind bloß ein Sklavenheer, das der Fürst jederzeit rufen oder zu Schatten zerfallen lassen kann. Dort oben aber lebt der wahre Orden, die Ritterschaft, die Fortrius Gesetz befolgt.«

»Ist er … Ist er jetzt auch dort oben?«

»Er ist überall und nirgends. Er ist so alt, dass seine Erscheinungsform nicht mehr den Gesetzen der Materie folgt. Von meinem Vater habe ich gelernt, dass der Fürst von Zeit zu Zeit unter seinen Rittern auftaucht, um neue Befehle zu geben, Machtansprüche zu schlichten und um das Blutfest zu feiern.« Auf ihren fragenden Blick fuhr er fort: »Nicht alle Jünger Fortrius sind Vampire, aber alle Vampire haben sich seinem Willen unterzuordnen. Denn es gibt kein Gesetz über ihm.«

»Das heißt, dein Vater, der mächtige Vampir Valerian Kóranyi, ist bloß ein … Angestellter Fortrius?«

»Sein oberster Gefolgsmann«, nickte Richard. »Allerdings …« Ihn fröstelte, er steckte die Hände in die Kuttenärmel. »Einmal habe ich ein Gespräch zwischen Teddie und meinem Vater belauscht, in dem Valerian von einem Machtkampf sprach.«

»Ein Machtkampf?« Sams Muli wollte an einem Gestrüpp knabbern, unwillig trieb sie das Tier wieder an Richard heran.

»Wir Vampire …« Er suchte nach den rechten Worten. »Wir vermehren uns ähnlich wie Viren: Ein Virus befällt einen gesunden Menschen, saugt seine Lebenskräfte auf und der Befallene steckt weitere Menschen an. Vampire infizieren die Menschen durch ihren Biss und …«

»Jaja, das ist doch nichts Neues.« Ungeduldig riss sie am Zügel.

»Warte.« Er beugte sich zu ihr. »Mein Vater sagte damals zu Teddie: *Fortriu will die Macht der Parasiten brechen. Er will die Kraft der Vampire benutzen, um ein neues Geschlecht zu schaffen und das Alte verschwinden zu lassen.*«

»Ein neues Geschlecht?« Sie rieb ihre rot gefrorene Nase. »Wozu sollte ein neues Geschlecht von Untoten gut sein?«

»Mehr konnte ich nicht verstehen. Aber du kannst dir vorstellen, dass mein Vater sich nicht kampflos zum alten Eisen werfen lässt. Wie und wo es zur Auseinandersetzung kommen wird, weiß ich nicht.«

»Na schön.« Sie lenkte es auf das geöffnete Tor zu. »Die Rivalitäten der Oberbosse gehen uns nichts an. Wir haben unseren eigenen Kampf zu bestehen.« Sie trat dem Muli in die Flanken; es setzte zu einem gemütlichen Trab an. Mit gemischten Gefühlen folgte Richard der Reiterin.

42

Sam und Richard erreichten die Zugbrücke, ohne einem einzigen Lebewesen zu begegnen. Gleichzeitig fühlte Sam auf Schritt und Tritt, dass sie beobachtet wurden. Auf knarrendem Untergrund überquerten sie den Graben, der nicht wie erwartet mit Wasser gefüllt war, sondern in eine schwarze Tiefe führte. Sam sah das hochgezogene Gitter mit seinen Spitzen über ihrem Kopf; die Mauer, die es beschützte, war mehrere Meter dick. Die Einfahrt war gepflastert. Das nächste Tor bestand aus Eisen; als Sam nur noch wenige Meter entfernt war, schwangen die Flügel auf. So werden Ehrengäste empfangen, dachte sie und versuchte, den merkwürdigen Übermut zu bekämpfen, der sie befiel. Beim dritten Tor wurde sie aufs Heftigste an ihren Traum erinnert, denn die Befestigung war mit Menschenschädeln bestückt. Sie erreichten einen Innenhof. Hier hörte die Bepflasterung auf, verwelktes Gras durchbrach die Schneedecke. Sam wunderte sich, dass im frischen Schnee nicht ein einziger Fußabdruck zu sehen war; die Hufe ihres Maultiers bahnten die ersten Tritte. Sie drehte sich um.

»Die schlafen wohl noch alle?«

Richards Gesicht war auffallend blass; nervös schaute er sich um. An drei Seiten begrenzten Mauern den Hof, kleine Türen und Fenster waren darin eingelassen, Treppen und Balustraden führten daran entlang. Das Ganze wirkte wie ein altertümliches Motel mit sehr vielen Zimmern.

»Hier sind also die Gästezimmer.« Sam konnte ein Grinsen nicht unterdrücken.

»In früheren Zeiten, wenn die Festung angegriffen wurde, fanden alle Menschen der Umgebung im Inneren Zuflucht.« Richard brachte das Tier zum Stehen. »Ob heute hier jemand wohnt …« Er zuckte mit den Schultern.

»Wollen wir mal reinschauen?«

»Nicht«, warnte er. »Nicht absteigen, wenn es nicht unbedingt nötig ist.«

»Was denn sonst? Willst du hoch zu Ross sitzen bleiben, bis wir erfroren sind?« Sie schwang ein Bein auf die andere Seite und wollte zu Boden springen. »Ich wette, dort drin wird geheizt.«

Der Schmerz kam so unvermittelt, war so schneidend und grässlich, dass Sam mit einem lang gezogenen Schrei die Zügel fahren ließ, das Gleichgewicht verlor und gestürzt wäre, hätten sich ihr nicht zwei Gestalten in den Weg gestellt. Im Moment des Fallens, der ihr endlos erschien, nahm sie Kutten wahr, heller als ihre eigene. Ernste Augen waren unter den Kapuzen auf Sam gerichtet, kräftige Arme fingen sie auf. Die Ordensbrüder nahmen das schreiende Mädchen wie eine reife Frucht in Empfang. Ohne zu zögern, trugen sie Sam an den Türen und Treppen vorbei auf den nächsten Durchgang zu. Alles ereignete sich schnell und gespenstisch lautlos. Aus verdrehten Augen versuchte sie zu erkennen, was mit Richard geschah. Auch um sein Maultier hatten sich Mönche geschart. Das Mauergewölbe zog über Samantha vorbei, dann war wieder der bleiche Himmel da, sie hatten den nächsten Hof erreicht. Der unausgesetzte Schmerz verhinderte jeden klaren Gedanken; Sams Leib war ihre größte Bedrohung, von diesem Leib ging nichts als Qual aus. Daher ließ sie alles mit sich geschehen, sie sah die Männer in den Kutten als Retter, die ihr bald Linderung verschaffen würden.

Nachdem sie den Hof passiert hatten, tauchte ein Gebäude auf, das Düsternis verströmte; so als ob sich von dort ein langer Schatten über alles legte. Dieser Bau – aus zusammengekniffenen Augen nahm Sam es wahr – war unzweifelhaft eine Kirche. Musik drang aus dem Inneren, Musik, die aus einer fremden Welt zu stammen schien. Ich kenne das, durchfuhr es die Gepeinigte, ich habe es bereits einmal gehört. Aber noch etwas wurde ihr bewusst: Diese Töne erklingen mir zu Ehren, nur auf mich haben hier alle gewartet, ich bin das Objekt der Verehrung, zugleich aber bin ich das Opfer! Ein Schrei über ihr unentrinnbares Schicksal drang zum Himmel empor. Verzweifelter konnte eine Menschenseele sich nicht aufbäumen, doch unbeirrt trugen die Mönche sie auf den Kircheneingang zu und weiter ins Innere. Nach der eisigen Kälte da draußen umfing Sam hier angenehme Wärme. Es war auch feucht, das helle Geräusch von Wassertropfen, die von allen Seiten herabrieselten, legte sich über die Musik. Zugleich machte dichter Qualm das Atmen schwer. Sam wusste nicht, ob die zahllosen Kerzen, die das Gewölbe erhellten, diese Trübe erzeugten, oder war es das Räucherwerk, das in metallenen Becken verbrannt wurde?

Als sie den Kopf ein wenig hob, entdeckte sie am anderen Ende des Kirchenschiffes den monolithischen Stein, schwarz und glatt, es war der Altar. Sie erwartete, dort von einer Priesterschar empfangen zu werden, erwartete, dass sich ihr Traum in allen Einzelheiten bewahrheitete. Doch nichts wies darauf hin, dass ihr Körper auf dem Stein aufgebahrt würde, keine Opfergaben lagen bereit, auch die Schale mit dem Saft der Barhyaghtar-Kirsche fehlte. Der Stein war leer und unbefleckt.

Plötzlich, als wären sie den Wänden entstiegen, traten von beiden Seiten Ritter heran. Auch sie trugen lange Gewänder, doch auf ihren Mänteln und Brustpanzern entdeckte Sam das Symbol des Drachen, Fortrius Zeichen. Mit wenigen Griffen befreiten die Ritter die Mönche von der Last der Schwangeren. Dreizehn Ritter hoben Samantha hoch über ihre Köpfe, auf gestreckten Armen trugen sie sie weiter.

Mit mühsam verdrehten Augen versuchte sie, Richard zu entdecken. Einige Meter hinter ihr wurde er von mehreren Mönchen in die Kirche geführt und festgehalten. Sam verstand: Was nun auch geschehen würde, sie allein hatte es zu meistern, niemand durfte ihr beistehen, niemand in das Kommende eingreifen. Benebelt vom Qualm der Räucherbecken, ließ sie den Kopf wieder sinken. Ich habe mich auf diese Reise begeben, um mein drohendes Schicksal abzuwenden, dachte sie. Ich wollte die nötigen Kräfte gewinnen, um den Kampf zu bestehen. Nun aber bin ich dorthin geraten, wo sich alles erfüllt, wie es mein schlimmster Traum voraussah. Welche Macht hat mich hergebracht?

----- *Es-ist-die-Macht-deines-Blutes* ----- hörte Sam.

Es war keine Stimme, die zu ihr sprach, sondern der säuselnde Wind im Gewölbe, jener Wind, der ihr schon auf ihrer Reise begegnet war.

»Was weißt du über mein Blut?«, rief sie.

----- *Alles* ----- antwortete der Wind. ----- *Dein-Blut-verleiht-dir-Einzigartigkeit* -----

Während dieser Worte wurde Sam auf den Altar niedergelegt. Der Schmerz, der sie wie Dolchstöße durchraste, wich einem dumpfen Pochen und Drängen. Ihr war, als strebte ihr

Körper überall auseinander, als zerrten Ungetüme an ihren Gliedmaßen. Die Ritter begannen, sie zu entkleiden.

»Ich will nicht, ich will das nicht!« Sie versuchte, die Gesichter der Ritter zu sehen, entdeckte im Halbdunkel aber nichts als Augenhöhlen.

----- *Du-bist-bereit* ----- flüsterte der Wind. ----- *Du-wirst-nun-gebären* -----

»Es ist zu früh!« Sie wand sich hin und her. »Mir bleiben noch Wochen, bevor ich das Kind… Ich bin nicht bereit!« Samantha blickte nach oben. So wie in ihrem Traum erwartete sie, auf der Kanzel die düster strahlende Figur, jene von Dunkelheit erleuchtete Gestalt zu sehen, die niemand anders sein konnte als Fortriu. Doch die Höhe des Kirchengewölbes war leer.

»Ihr wollt mir das Kind rauben!« Sie bäumte sich auf. »Wollt es mir entreißen und mich zugrunde richten!«

----- *Neeeeein* ----- säuselte der Wind. ----- *Das-Kind-ist-von-besonderer-Art-Es-braucht-seine-Mutter* -----

»Es ist ein verfluchter Vampir!«, schrie Sam, sie vermochte nicht mehr klar zu denken. Der Schmerz, ihre eigenen Schreie, die unausgesetzte Bedrohung – was passierte mit ihrem gepeinigten Körper? Wer sprach zu ihr, wer wollte das Unausdenkbare von ihr?

»Bist du… Fortriu?«, keuchte das Mädchen.

Statt einer Antwort tauchten am Fuße des Steines, auf dem sie hingebreitet lag, zwei Mönche auf. Der kleinere hielt eine Schale, den ausgehöhlten Diamanten, worin die schwere Flüssigkeit schwankte. Der größere senkte einen verdorrten Palmzweig darüber und tauchte ihn in den roten Extrakt. Dann ist es also entschieden, dachte Sam, dann muss es so sein. Sie salben mich und tun all das mit mir, was ich im Traum vorhersah.

»Noch nicht!«, gellte es durch das Kirchengewölbe. »Wartet! Erst muss sie verstehen!«

Es war nicht mehr der Wind, der zu ihr sprach. Das war eine männliche Stimme, vertraut, zugleich abschreckend und kalt. Der Mönch mit dem Palmzweig hielt inne, auch der andere zog die Schale zurück, abwartend schauten sie auf denjenigen, dessen Schritte eilig näher kamen. Vor Sam stand ein Mann, ganz in Schwarz, nicht groß, doch von jener magischen Präsenz, die Samantha bereits bei ihrer ersten Begegnung bemerkt hatte. Sein blauschwarzes Haar war an den Schläfen ergraut, seine gespannte Haltung erinnerte an ein Raubtier. Er trug etwas auf dem Arm, das von seinem Mantel verdeckt wurde.

»Nun ist deine ganze Familie um dich versammelt«, sagte Valerian Kóranyi.

»Du bist nicht meine Famile!«, keuchte Sam mit letzter Kraft. »Verunglimpfe die Menschen nicht, die mir mein Leben lang Gutes taten!«

Weiter kam sie nicht. Der Vampir schlug den Mantel zurück, darunter kam eine Frau mit langem Haar zum Vorschein, die Person, die Samantha von allen Menschen am besten kannte: Es war ihre eigene Mutter.

»Siehst du nun, dass du nichts zu befürchten hast?« Neugierig musterte Valerian das Mädchen auf dem Stein, dem für Momente jede Kontrolle entglitt. Würden die Überraschung, der Schock sie töten?

»Mama.« Es war ein geflüstertes Nichtverstehen. »Mama …« Nackt und bloß, wie bei ihrer Geburt, lag Sam da und versuchte zu begreifen. Louise befand sich in einem erbarmungswürdigen Zustand. Ihr Gesicht war stark eingefallen, das Haar hing strähnig herab.

»Mama«, wiederholte Sam ein ums andere Mal.

»Das Familienleben eines Vampirs verläuft während der vielen Jahrhunderte ziemlich eintönig.« Valerian stellte Louise auf ihre Füße, musste sie aber stützen, so schwach war sie. »Immer die gleichen fahlen Gesichter und keiner aus der Verwandtschaft kann jemals sterben.« Er legte den Kopf schief. »Da überkommt einen von Zeit zu Zeit der Wunsch, frisches Blut um sich zu haben. In solchen Phasen gönne ich mir die Freude einer jungen Verliebtheit. Nicht wahr, Louise, meine stolze schottische Blume?«

Die Angesprochene reagierte nicht, starrte nur auf den Opferstein und wirkte ganz verloren. Als Sam die Augen ihrer Mutter suchte, gewann sie den Eindruck, Louise bekam gar nicht mit, was geschah.

»Louise und ich waren ein Liebespaar.« Der Vampir lächelte. »Nachdem sie mich erhört hatte, offenbarte ich ihr fairerweise, dass ich kein gewöhnlicher Liebhaber bin. Ich bot ihr sogar an, die Genüsse des ewigen Lebens mit ihr zu teilen.« Ein unkontrolliertes Zucken ging durch Louises Körper. »Erinnerst du dich an unsere erste Zeit?« Valerian umfasste sie stärker. »Du hättest sie damals sehen sollen«, sagte er zu Sam. »So strahlend jung, so schön und vital – keiner konnte dieser schottischen Sturmbraut widerstehen.«

Während die Wehen Sam erneut überschwemmten, erinnerte sie sich eines Satzes ihrer Mutter. Bei ihrem letzten Beisammensein hatte Louise gesagt, dass Sam vor der Zeit aus dem Mutterleib geholt worden war. *Ich hätte es sonst nicht überlebt.*

»Was hättest du damals nicht überlebt, Mama?«, brachte Sam keuchend hervor.

Nun hob sich der abseits gerichtete Blick der Mutter, sie fasste ihre gepeinigte Tochter ins Auge. »Ich hätte es nicht überlebt, das Kind dieses Teufels zu gebären.«

»Und Papa?« Sam starrte die Mutter an.

»Ach ja, der gute John«, mischte sich Valerian ein. »Der brave John hat uns damals in die Suppe gespuckt. Ein unangenehm beharrlicher Mensch.«

»Was ist geschehen?!«

Der Vampir legte seine Hand auf den Bauch der Hochschwangeren. Sam durchfuhr die Kälte dieser Berührung.

»Deine Mutter freute sich nicht so recht auf ihr Mutterglück, sie verfluchte es sogar.«

»So wie ich«, stieß Sam hervor. »Genau wie ich!«

»Mag sein. Louise hatte sich allerdings etwas Ungewöhnliches ausgedacht: Sie floh in die Kirche. In die Kirche des biederen John, der Louise seit Langem mit seiner knöchernen Liebe nachstellte.« Er schmunzelte. »Bei dem langweiligen Charakter deines Ziehvaters ist es schwer zu verstehen, was sie an ihm gefunden hat.«

»Mein Vater ist nicht langweilig!«, schrie Samantha.

»Natürlich nicht.« Kóranyi richtete sich auf. »Denn dein Vater bin ich!«

Sam presste und stöhnte. »Mama, was hast du getan?«

»Ich hätte das Wesen in meinem Bauch niemals töten können«, antwortete Louise. »Egal wessen Kind es war. Es konnte ja … Du konntest doch nichts dafür, Samantha.«

»Ich … ich … ich bin nicht …« Sie warf sich hin und her.

»Doch, das bist du. Du bist meine Tochter. Und auf eine besondere Art hast du es immer gespürt. Leider konnte ich deiner lange nicht habhaft werden.« Valerian fletschte die Zähne. »Louise entzog dich mir. Sie verlegte ihr ganzes Leben in die Kirche von Vikar John Halbrook. Jahrelang kam sie dort nicht mehr hervor. Aber ein zweites Mal passiert mir das nicht!«

Der Vampir richtete sich auf. »Fangt an«, sagte er zu den

Mönchen. »Salbt ihren Bauch mit dem Barhyaghtar-Extrakt, damit die Geburt vonstattengehe.«

Die Mönche näherten sich, um die rituelle Handlung zu vollziehen.

»Nur den Bauch!«, schärfte der Vampir ihnen ein. »Ich will dieses Kind und ich werde es auch bekommen!«

»Mama! Deine Krankheit, dein jahrelanges Unwohlsein ...« Halb besinnungslos hob Sam den Kopf. »Hatte das alles mit meiner Geburt zu tun?«

»Es war ein Widerstreit der Mächte«, antwortete Louise kaum hörbar. »In mir war das Gift Valerians, sein Samen und ...«, sie sackte in seinem Arm zusammen, »... nachdem er mich gebissen hatte, auch sein Blut. Ich war im Grunde für immer verdammt. Aber dagegen wirkten die Kräfte Gottes, der Segen, der über Johns Kirche lag, es wirkte die heilsame Kraft des Herrn, dem kein Dämon widerstehen kann. Heute und bis in alle Ewigkeit.«

»Amen«, spottete Valerian. »Deine Sturheit hat dich krank gemacht, meine Hübsche, sie hat dich kaputt gemacht. Schau dich doch an. Nur ein Schatten ist von dir übrig geblieben. Wenn das Gottes Kraft ist, sollte man sich besser von dem alten Herrn fernhalten.« Während er sprach, sah er zu, wie die Mönche den Bauch der Gebärenden mit dem Saft bestrichen. »Glücklicherweise bist du, Samantha, von besserer Konstitution. Du wirst die Geburt unbeschadet überstehen. Wirst eine gesunde, glückliche Mutter sein, habe ich recht?« Er hob die Arme. »Die Mutter des jüngsten Sprosses der Kóranyis!«

Ein weiteres Mal hob Sam die Augen und hoffte – tatsächlich wünschte sie es sich mit aller Inbrunst –, auf der Kanzel Fortriu erscheinen zu sehen; sie erhoffte seinen Schutz, seine Hilfe. Aber zum zweiten Mal blieb das Gewölbe leer, über Sam flackerten nur die Kerzen.

»Warum … hast du sie … hergebracht?« Sie spürte Wärme und Flüssigkeit; es war zu viel Verwirrung in ihr, als dass sie darin den Beginn der Geburt erkannt hätte.

»Warum ich Louise hierhergebracht habe?« Valerian schien es mittlerweile lästig zu sein, die blasse Frau im Arm zu halten; sein einziges Interesse galt dem erwachenden Leben. Er setzte Louise hinter sich auf eine Bank des Gestühls. »Ich dachte, es freut dich, in deiner schweren Stunde ein vertrautes Gesicht um dich zu haben. Außerdem …« Hier beugte er sich über Samantha. »Außerdem kenne ich dich mittlerweile als eine Person, die gerne Schwierigkeiten macht.«

»Da hast du verdammt recht!«

»Siehst du.« Er lächelte böse. »Und damit meinem Spross nichts Unvorhergesehenes passiert, damit du ihn mir willig und fügsam überantwortest, dafür habe ich Louise geholt.«

»Oh Gott … Gott … hilf mir!«, schrie das Mädchen und spürte, wie das Kind mit aller Kraft aus ihr herausdrängte.

»ER wird dir gewiss nicht helfen!«, übertönte der Vampir den Schmerzensschrei. »Du bist im Machtbereich eines anderen Gebieters!«

Im Halbdunkel ging eine Bewegung durch die Ritter, wie der Ruf aus einer einzigen Kehle kam das Wort »Fortriu« über ihre Lippen.

»Nein«, sagte jemand. »Nein, das nicht.« Die erstickte Stimme, die es aussprach, war im Gemurmel des geballten Gebets kaum zu hören. »Das darf um keinen Preis geschehen.« Louise richtete sich aus ihrer gekrümmten Haltung auf, setzte einen Fuß auf die Bank und zog sich mit beiden Händen empor; Hände, so verzweifelt angeklammert, dass man die Knochen unter der Haut hervortreten sah.

»Seit du mein Leben zerstört hast, habe ich alles getan, dir zu widerstehen«, sagte sie zu Valerian. »Es hat mich krank gemacht, es machte mich zu einer lebenden Toten. Doch zu Diensten bin ich dir nie gewesen!« Tränen rannen ihr übers Gesicht; mit klammen Fingern öffnete sie den Pelz. Darunter trug sie ein schlichtes Hauskleid. »Du Ungeheuer sollst mich auch heute nicht dazu missbrauchen! Ich werde nicht schuld sein, dass mein Kind in deine Hände fällt – und das Kind meines Kindes!« Mit einem Ruck riss sie die Bluse über ihrer Brust entzwei. »Wenn es ein Opfer geben muss, ist es nicht Samantha!« An einer Kette holte sie einen länglichen Gegenstand hervor. Es war ein silbernes Kreuz, der Längsbalken war ungewöhnlich lang und lief in einer geschliffenen Spitze aus. »Innerlich bin ich seit Jahren tot«, rief sie verzweifelt. »Seitdem halte ich dieses Kreuz bereit!« Sie schaute bittend empor, dahin, wo kein Symbol Gottes hing, kein Ewiges Licht brannte, wo sie umsonst auf das Zeichen des Kreuzes hoffte. »Vater unser!«, schrie sie in das unheilige Dunkel. »In deine Hände lege ich meinen Leib. Sei meiner Seele gnädig!« Keine Antwort drang aus dem Gewölbe herab, keine Macht erbarmte sich ihrer. Louise küsste das silberne Kreuz, hielt die Spitze gegen ihre Brust und warf sich mit Wucht nach vorne.

»Nein!« Valerian tat einen Sprung. Er kam zu spät.

Louise fiel. Hart stieß das Kreuz gegen die steinernen Fliesen, unabweisbar drang das Silber in ihren Busen, stach durch Haut und Knochen. Der geweihte Pfahl durchbohrte das Herz der unglücklichen Frau, deren Fleisch sich so lange dagegen gewehrt hatte, ein Vampir zu sein. Nun erst, im Augenblick ihres Todes, empfing sie die Verwandlung, wurde wieder ein reiner Mensch, eine befreite Seele. Indem das Kreuz sie durchbohrte, rettete es sie auch. Mit ersterbendem Lächeln trat Samanthas Mutter hinüber in das andere Land, wo sie Frieden fand nach einem gepeinigten Leben.

»Oh Louise«, murmelte der Vampir. »Louise, du Närrin. Warum hast du das getan?« Er beugte sich über die Frau, die nicht mehr unter seinem Bann stand.

Der Moment der Geburt war da, Samantha wusste und spürte es. Jeden Augenblick würde sich ihr Innerstes öffnen; unter Krämpfen und Pressen würde das Wesen den Weg ins Leben nehmen. Aber Sam war kein gewöhnlicher Mensch, selbst in der Minute äußerster Not gab sie nicht auf. Wenn es stimmte, was der Vampir ihr offenbart hatte, besaß sie mehr Macht und größere Kräfte, als ihr stets bewusst gewesen war. Sie stieß die Luft aus, dampfend quoll der Hauch aus ihrem Mund. Langsam richtete sie sich auf. Unerklärlich, wie sie die Kontrolle über ihren berstenden Körper wiedergewann; noch durfte das Kind den Mutterleib nicht verlassen! Sam sah den leblosen Körper zu Füßen des Steines. Dort lag das wahre Opfer, ihre erbarmungswürdige Mutter: Ihre Tat sollte nicht umsonst gewesen sein. Flink, wie man es ihr in diesem Zustand nicht zutraute, fuhr Sam herum und entriss dem Mönch die diamantene Schale. Der Barhyaghtarsaft schwankte, doch sie vergoss ihn nicht. Eine Hand auf den Stein gestützt, kam sie auf die Knie hoch, gleich darauf auf die Beine – die Gebärende stand auf dem schwarzen Opferstein. Grimmig, doch voll unerklärlicher Ruhe richtete sie ihren Blick auf den Vampir.

Wohl ahnte Valerian, was sie vorhatte, aber auch er war gebannt von ihrer Kraft und Entschlossenheit. Er wandte sich rechts und links zu den Rittern, doch keiner von ihnen griff ein. Samantha hob den hohlen Diamanten über ihren Kopf und drehte die Schale um, sodass sich der Inhalt über sie ergoss. War bis zu diesem Moment nur ihr Bauch mit dem roten Saft gesalbt gewesen, so verwandelte sie sich binnen Augenblicken in eine rote Göttin. Über und über rann der Extrakt der magischen Kirsche an ihr herab; blutig wie das Neugeborene, das ihrem Schoß entspringen wollte, sah sie aus. Genauso wie sie es im Traum gesehen hatte, ergrünte der dürre Zweig in der Hand des Mönches, die Blätter begannen zu sprießen. Auch in sich fühlte Sam ein Keimen und Spannen, durch die Macht des Extrakts flossen ihr Kräfte zu, die sie niemals geahnt hätte. Sam stieß einen Laut aus, so mächtig, dass die Ritter, die dem Stein zunächst standen, zurückwichen.

»Mich schreckst du nicht«, sagte Valerian. Er versuchte sich nicht länger den Anschein des gütigen Vaters zu geben; böse funkelten seine Augen, die Reißzähne blitzten. »Ich will dieses Kind und ich werde es bekommen.«

»Das Kind gehört der Mutter«, antwortete Sam. »Es ist menschlich, du bist es nicht.« Sie tat einen Schritt vorwärts und stand nun direkt über ihm. Ein mächtiger Atem durchströmte sie, mit den Händen strich sie über ihren Bauch.

Valerian lachte, doch der Funke eines Zweifels stand in seinen Augen. »Du bist Brut von meiner Brut!«, rief er. »Bald wirst du stolz sein, zu meiner Familie zu gehören.«

Mit unerklärlicher Ruhe legte Samantha zwei Finger auf ihre Halsschlagader. »Ich spüre meinen Herzschlag«, entgegnete sie. »Mein Blut zirkuliert. Das deine ist erstarrt und verdorben. Darum musst du dich bis in die Ewigkeit vom Blut anderer ernähren.«

Das nackte, rot glänzende Mädchen setzte einen Fuß nach vorne. Als ob sie schwebte, sank Samantha vom Opferstein herab auf Valerian zu. »Du bist nicht mein Vater und kannst es niemals sein. Du bist das Ende, ich bin der Neubeginn.«

Sam streckte ihre rote Hand aus und führte sie auf die Brust des Vampirs zu. Valerian schien nicht glauben zu wollen, was geschah, und fletschte hämisch die Zähne. Doch sein Ausdruck wandelte sich in namenloses Staunen, denn Samantha, seine

Tochter, die Braut seines Sohnes, die Mutter seines Sprosses, berührte Valerians Brust. Ihre Hand durchdrang den Stoff des Anzugs, machte nicht halt, sondern stieß in den Körper des Vampirs vor. Anders als bei einem lebendigen Menschen spürte sie nicht Haut, Muskeln und Knochen, sondern ein zähes, ledriges Geflecht, mumifiziertes Gewebe, längst tot und doch nicht verfault und zerfallen.

»Wie kannst du … das wissen?«, keuchte der alte Vampir und hob den Kopf. »Meister, hilf mir!«, stieß er hervor. »Warum lässt du sie gewähren?«

Da erhob sich von Neuem ein Wind im Gemäuer. Aber nicht das Säuseln, in dem Sam zuvor jene Stimme vernommen hatte, dieser Wind war mächtiger, wilder, es war ein Sturm im Innern der Kirchenburg, ein Orkan, der aus der Tiefe kam, der Wind war ein Lachen, so durchdringend, dass das Mädchen mit der Hand am Herzen des Vampirs erstarrte. Sie sah hinauf. Über ihr, auf der Kanzel, lachte die von Schwärze umstrahlte Figur. Dort stand er, der Schein der Dunkelheit, das Licht der Düsternis, das Leuchten des Abgrunds. Dort stand Fortriu. Er folgte dem Hilferuf des Vampirs nicht, er missachtete das Flehen seines mächtigsten Untertans.

----- *D-u-h-a-s-t-d-e-i-n-e-M-a-c-h-t-v-e-r-s-p-i-e-l-t-V-a-l-e-r-i-a-n!* -----

So lachte es aus dem Sturm. Valerian hörte es, seine zum Äußersten entschlossene Tochter hörte es ebenso.

----- *D-u-h-a-s-t-s-i-e-u-n-t-e-r-s-c-h-ä-t-z-t* ----- rief Fortriu.

--------- *S-a-m-a-n-t-h-a* --------- *B-e-s-i-e-g-e-i-h-n-T-u-e-s-j-e-t-z-t!* ---------

Sam spürte die dunkle Erscheinung über sich, sah zu ihren Füßen die tote Mutter. Samantha packte, umfasste das gefühllose, uralte Herz; mit einem einzigen Griff riss sie es dem Vampir aus der Brust. Sie stand da, voll Leben, voll Kraft – das

Herz in ihrer Hand, aber war nichts als ein unansehnlicher Sack, grau wie Asche. Als Sam das Herz seinem Besitzer entgegenhielt, zerfiel es bereits zu Staub.

Valerian sah die Vernichtung seiner Existenz mit eigenen Augen, sah den Staub zwischen den Fingern seiner Tochter zerrieseln. Er warf einen hasserfüllten Blick zu der höchsten Instanz, die ihn verurteilt hatte. Nur ein einziges Wort war dem Vampir noch vergönnt: »Warum?« Während er es aussprach, wurde seine Stimme dünn und hoch wie die eines Kindes, der alte Vampir verwandelte sich in Nebel, der Nebel verflüchtigte sich in Dunst, im Moment darauf hatte Valerian Kóranyi aufgehört zu existieren.

Erschöpft und entgeistert wischte Sam ihre Hände ab, kein Staubkorn des Gegners – ihres eigenen Vaters! – sollte an ihr bleiben. Der Kampf hatte ihre letzten Kräfte verbraucht, selbst der Saft der Kirsche hielt sie nicht länger auf den Beinen. Als sei sie von tiefer Ohnmacht befallen, sank sie rücklings auf den Stein. Mit geschlossenen Augen nahm sie wahr, dass der dunkle Fürst immer noch da war und über sie wachte. Sie nahm wahr, dass ein vertrautes Wesen sich zu ihr gesellte. Die Mönche hatten Richard losgelassen, er kam an ihre Seite, Sam fühlte seine Hand und war sich seines besorgten Blickes bewusst. Nun brauchte sie sich nicht länger zusammenzunehmen, konnte es geschehen lassen, dass ihr Leib sich voll Zuversicht öffnete. Sie wurde von neuerlichen Schmerzen geschüttelt, gleichzeitig war die Freude in ihr, dem schrecklichen Übel entronnen zu sein. Endlich durfte sie sich auf das unbekannte Erlebnis freuen; sie durfte nun Mutter sein.

Kurz darauf wurde das Kind geboren. Sein Eintritt ins Leben hallte als lautes Weinen von den kalten Mauern wider.

43

Auf Geheiß der dunklen Macht, die jene Berge beherrschte, wurden die junge Mutter, ihr Kind und der Vampir aus der Kirchenfestung in das Hochtal hinuntergebracht, wo Bogdán Voronedz sie zum zweiten Mal aufnahm. Es dauerte volle sechs Tage, bis Sam sich von den übermenschlichen Qualen erholte. Staunend und anfangs noch mit Zurückhaltung betrachtete sie ihren Sohn. Es war nichts Ungewöhnliches an ihm – ein kleiner Junge mit schwarzem Haar und großen fragenden Augen. Sam fand sich in dem kleinen Gesicht kaum wieder, viel eher hatte es Teddies Züge und zugleich – nicht ohne Schmerz gestand sie es sich ein – Merkmale des alten Kóranyi. Zu Sams großer Erleichterung verlangte der Kleine die natürliche Nahrung eines Neugeborenen: Muttermilch. Sie stillte ihren Sohn, sah ihn einschlafen und erwachen, sie selbst schlief häufig in diesen Tagen und freute sich, dass ihre beiden *Wächter,* Richard und Bogdán, sich währenddessen rührend um den Kleinen kümmerten. Woher der schrullige Voronedz in der schwer zugänglichen Einöde auf einmal Windeln aufgetrieben hatte, wieso neben Samanthas Schlaflager ein schlichtes, aber hübsch gezimmertes Babybettchen stand, woher die Höschen und Söckchen und die gestrickte Kopfbedeckung stammten, war ihr zunächst unerklärlich. Sam fehlte in den ersten Tagen die Kraft, solchen Dingen auf den Grund zu gehen. Auch einen Namen für den Kleinen hatte sie noch nicht gefunden. Aber je mehr ihre Lebensgeister zurückkehrten, desto zahlreicher und drängender stellten sich Fragen bei ihr ein. Im Rückblick erschien es ihr kaum glaubhaft, was in der Bergfestung geschehen war. Hatte sie, die Siebzehnjährige, tatsächlich ihren Schwiegervater, mehr noch, ihren eigenen Vater, getötet? Hatte sie sich wirklich mit übernatürlicher Kraft und aus einem unerklärlichen Wissen heraus der Macht des Barhyaghtar-Extrakts bedient, um den mächtigsten Vampir, den Beherrscher des Clans der Untoten, zu überwinden? Bald sah Sam ein, dass sie es ohne die Hilfe eines noch Mächtigeren nicht hätte vollbringen können. Aber welchen Grund mochte der dunkle Fürst gehabt haben, seine schützende Hand über sie zu halten und seinen mächtigsten Gefolgsmann vernichten zu lassen? Noch mehr als die Gründe besorgten Sam die Folgen ihrer Tat. Sie hatte Teddies Vater getötet; musste der Sohn nicht grausame Rache an ihr nehmen? Wieso war Taddeusz bei der Geburt nicht dabei gewesen, warum kam er selbst jetzt nicht, um das Kind in seine Macht zu bringen? Und wie sollte es weitergehen im Irrsinn dieser Familienverhältnisse: Samantha war die Mutter von Teddies Kind, zugleich seine Halbschwester. Sie überlegte auch, welcher Verwandtschaftsgrad zu Richard bestand, dem sie mehr zu verdanken hatte, als in Worten auszudrücken war. Er hatte alles für Sam riskiert, selbst die eigene Existenz. Sie wusste und fühlte längst, dass er es aus Liebe getan hatte. Samantha gestand sich ein, dass sie Richard während ihrer unglaublichen Reise so nahegekommen war wie keinem anderen Wesen zuvor – sei es Mensch oder Vampir. Doch sie liebte ihn anders als Taddeusz, der nicht davor zurückschreckte, seine dunkle Macht auszuspielen, der Sterbliche für seine Zwecke benutzte, sie tötete, um sich selbst zu ernähren. Konnte, durfte sie so jemanden weiter lieben? *Es hat alles mit Blut zu tun*, hatte Richard gesagt. *Das Blut entscheidet, wer wir sind und wohin wir gehören.* Das war Samantha als Antwort zu dürftig. Sie wollte wissen, wer sie in Wirklichkeit war – die Tochter eines Vampirs, die Geliebte eines Vampirs, die Mutter eines … eines – ja, was?

Es war in einer stürmischen Nacht, als die Schneeflocken

zu spitzen Kristallen wurden, die gegen das Fenster prasselten; in dieser Nacht erschien ein Ritter Fortrius auf Bogdáns Anwesen, in seinem Gefolge mehrere Mönche, die einen in weißes Tuch eingenähten Körper mit sich führten. Am Rande des Abgrunds begannen sie, einen Holzstoß zu errichten, auf dem Louises irdische Hülle verbrannt werden sollte. In dieser schwarzen Nacht wurde der Leichnam aufgebahrt. Richard packte Samantha dick in Pelze, er und der Ritter stützten die immer noch Schwache und führten sie ins Freie, während Bogdán mit zärtlichem Gesichtsausdruck neben dem Babybett sitzen blieb. Ein Mönch legte Feuer an den Stoß, es knisterte und züngelte, angefacht vom Wind, waren Louises sterbliche Überreste bald von hohen Flammen umloht. Sams Blick folgte dem funkensprühenden Rauch in die Höhe, sie dankte ihrer Mutter dafür, dass sie so viel Leid auf sich genommen hatte, um ein normales Mädchen aus ihrer Tochter werden zu lassen.

----- *Das-bist-du-nicht* ----- sagte der Sturm zu Samantha. ----- *Du-bist-die-Erwählte-der-mein-Schutz-und-meine-Liebe-gehören* -----

»Welche Liebe?« Erschrocken wandte sie sich zu Richard und dem Ritter, doch keiner außer ihr schien die stürmische Stimme zu hören. Fortriu machte sich nur Samantha verständlich. »Wie könnte jemals so etwas wie Liebe von dir kommen?« Sie starrte ins windgepeitschte Feuer.

Da sprachen mit einem Mal auch die Flammen zu ihr, sprachen rein und erhellend. ----- *Die -Menschen-besitzen-nicht-genügend-Stärke-um-die-geheime-Welt-hinter-der-irdischen-Welt-zu-erkennen* ----- *Die-Vampire-haben-solche-Kräfte-doch-sie-sind-leblos-und-unmenschlich-und-ziehen-den-falschen-Nutzen-aus-ihren-Kräften* ------

Ohne dass sie es merkte, ging Samantha Schritt für Schritt auf die Flammen zu. Sie lauschte, sie wollte verstehen.

----- *Du, Samantha, kannst die Wärme und Liebe eines Menschenkindes mit der Kraft eines Vampirs vereinen. Nicht durch einen Biss bist du zur Vampirbraut geworden, wie deine Mutter, du wurdest gezeugt mit den Kräften des Vampirs, aber ausgetragen und geboren von einer Menschenfrau. Darum ist deine Existenz etwas Neues, das es nie zuvor gab. Das Gleiche gilt für das Kind, das dir entsprossen ist, auch er ist Vampir und Mensch zugleich, ist von warmem Leben erfüllt und von jener besonderen Kraft.* -----

»Und warum …?« Sam war dem Feuer nun schon gefährlich nahe. »Warum musste Valerian sterben?«

----- *Er hätte dich nicht in deinem außergewöhnlichen Zustand belassen, hätte dich durch seinen Biss gewöhnlich gemacht und auch das Kind zum Vampir werden lassen. Aber Valerians Macht war schon so leblos wie er selbst. Sein Schicksal war besiegelt.* -----

Die Hitze wurde so unerträglich, dass Sam ihr Gesicht kaum noch dem Feuer zuwenden konnte. Eine Frage aber musste sie noch beantwortet bekommen. »Und Teddie? Was ist mit ihm? Wie soll es mit uns weitergehen?«

----- *Du bist die Vermittlerin zwischen den Welten, Samantha. Taddeusz wird das begreifen! Wenn er sich weigert, wenn er im Alten verharrt* ----- Bei diesen Worten schlugen die Flammen so hoch, dass Sam den Arm schützend vor ihr Gesicht hielt. ----- *Dann wird ihm diese Erkenntnis eingebrannt werden!* -----

»Tu ihm nichts!«, rief sie. »Teddie wird verstehen, er wird mich und das Kind in Ruhe lassen! Bitte tu ihm nichts!«

Schon brannten die Flammen ruhiger, auch der Sturm ließ nach. Sam wartete, ob Fortriu noch mehr sagen würde, aber die lodernde Stimme war verstummt. Nachdenklich drehte sie sich um und kehrte zu Richard zurück. Dabei fasste sie in ihr Haar und spürte, dass die Spitzen versengt waren. Richard legte den Arm um sie; zusammen sahen sie zu, wie Louise in jene Gefilde entschwand, wo sie endlich Ruhe finden würde. Während Sams Gedanken bei ihrer Mutter und dem Schönen, das sie miteinander geteilt hatten, waren, kam ihr plötzlich ein Einfall.

»John«, sagte sie leise. Ihr Sohn sollte John heißen. Denn auch wenn John Halbrook nicht ihr leiblicher Vater war, würde er immer ihr Herzensvater bleiben. Seiner Güte und Selbstaufopferung verdankte Sam, dass sie eine glückliche Kindheit gehabt und nichts von dem dunklen Geheimnis erfahren hatte, das ihre Abstammung umgab. John Halbrook, der unscheinbare Vikar aus Lower Liargo, war ein außergewöhnlicher, bewundernswerter Mensch. Er hatte nie etwas für sich gewollt und alles für die Frau getan, die er liebte, und für das Kind, das nicht sein eigenes war. Darum sollte Samanthas Kind seinen Namen tragen.

»Ich nenne ihn John.« Sie blickte zu Richard hoch.

Der junge Vampir putzte seine Brille; Rußflöckchen hatten sich darauf festgesetzt. »Mhm, John ist … ein guter Name.«

Als Sam sich umwandte, war Fortrius Ritter verschwunden.

*

In der kommenden Nacht erhob sich überraschender Lärm über Bogdán Voronedz' Hof. Das Licht eines Scheinwerfers glitt über das Dach, gleich darauf landete ein Helikopter zwischen dem Ziegenstall und der Koppel für die Mulis; erschrocken rannten die Tiere hin und her. Die Klappe öffnete sich, ein einziger Passagier stieg aus. Taddeusz wirkte noch blasser als sonst, dabei sehr ernst.

Es war Richard, der als Erster aus dem Haus trat. Die Brüder musterten einander feindlich und wachsam.

»Kommt sie heraus?«, fragte Taddeusz.

»Sie stillt das Kind.« Richard wirkte gefasst und männlich. Seine Mönchskutte flatterte im Wind der Rotoren.

»Dann warten wir eben.« Teddie verschränkte die Arme. Er wusste, dass Samantha ohne Richards Hilfe nicht ans Ziel ihrer ungewöhnlichen Reise gelangt wäre, er hatte einsehen müssen, dass sein kleiner Bruder nicht der Tollpatsch war, für den er ihn immer gehalten hatte. Vieles hätte es zwischen den beiden zu sagen gegeben, sie hatten den Tod ihres Vaters zu beklagen – aber war der Tod für einen Vampir nicht die Erlösung? Wusste Teddie nicht, dass Valerian die Macht viel zu lange in den Händen gehalten und dabei das Heraufdämmern einer neuen Zeit für das Vampirgeschlecht übersehen hatte? Taddeusz war sich all dessen bewusst, aber der Zeitpunkt, darüber zu sprechen, war noch nicht gekommen.

Richard dagegen hatte nur Samanthas Wohl im Sinn. Als sie fertig angezogen, mit dem Kind auf dem Arm, aus dem Haus trat, stellte er sich schützend neben sie. Mit einem Nicken begrüßte Teddie seine Braut und Halbschwester. Für einen Augenblick ruhten seine dunklen Augen sehnsuchtsvoll auf ihr, der nächste Blick galt ihrem gemeinsamen Kind. Sam schob die Decke zurück, versonnen betrachtete der Vampir den kleinen Kopf, die geschlossenen Augen, die Lippen, an denen noch ein Tropfen Milch hing – Milch, nicht Blut. Respektvoll führte er Sam zum Hubschrauber und half Mutter und Kind hinein. Er und Richard folgten. Schweigend schnallten die drei sich an. Die Rotorblätter kreisten schneller, Richard winkte dem guten Bogdán zu; der stampfte mit seinem nackten Fuß im Schnee, grinste, sprang ins Haus zurück und warf die Tür hinter sich ins Schloss.

Sie verließen die Karpaten in westlicher Richtung, überflogen Sibiu und Hunedoara, bis sie auf einem kleinen

Flughafen nahe der ungarischen Grenze in ein schnelleres Flugzeug umstiegen. Auf der Heckflosse des Privatjets entdeckte Sam das vertraute *K*. Sie schaute in den sternenklaren Himmel, den das Flugzeug höher und höher erklomm; unter ihnen versank das Land. Auch wenn Samatha ihr künftiger Weg wie eine dunkle, unbekannte Straße vorkam, fühlte sie eines voll Erleichterung: Es war ihr erspart geblieben, ein Geschöpf der Finsternis zu werden. Ausgerechnet Fortriu, die Macht aus dem Reich des Dunklen, hatte es ihr ermöglicht, ein Kind des Lichtes zu bleiben. Welche Auswirkungen seine Prophezeiung über ihre besonderen Kräfte, ihre Aufgabe als Vermittlerin zwischen den Welten haben mochten, war ihr unklar. Sie wusste auch nicht, ob Teddie die neuen Bedingungen kannte, unter denen ein Beisammensein zwischen ihnen möglich war. Würde er sie respektieren? Stand Taddeusz im Moment nicht nur unter dem Schock, dass sein mächtiger Vater von der eigenen Tochter ausgelöscht worden war? Eine beängstigende Erkenntnis legte sich über Sam: Der Kampf war noch nicht zu Ende; er hatte nur eine andere Dimension angenommen. Gerade deshalb sehnte sie sich nach Normalität.

»Ich suche mir zuallererst eine hübsche Wohnung«, sagte Sam laut in die Kabine des Flugzeugs.

»Wieso eine Wohnung?« Überrascht sah Taddeusz sie an.

»In dem Kellerloch im Spital kann ich wohl kaum einen kleinen Jungen aufziehen. Mein Kind braucht Sonne.«

»Sonne?« Teddie verengte die Augen. »Wieso sollte er ausgerechnet …« Auf Sams Blick besann er sich. »Ich habe bei uns einen Trakt für dich und den Jungen einrichten lassen.«

Sam entging sein zärtlicher Unterton nicht, doch sie gab sich kühl. »Jaja, so einen Trakt kann ich mir vorstellen. Da gibt es keine Spiegel und den ganzen Tag sollen die Vorhänge zugezogen sein. Nein, so läuft das nicht.« Sie klopfte auf die Armlehne. »Ich werde nicht in dem alten Gemäuer wohnen, wo es zieht und John sich wer weiß was holt. Ich habe Lust …«, sie überlegte, »auf ein gemütliches Neubau-Apartment am Südufer der Themse. Da sind die Mieten noch bezahlbar.«

»Miete?« Vehement beugte Teddie sich vor. »Du brauchst doch keine Miete zu bezahlen. Ich kaufe dir ein Haus.«

»Das kommt nicht infrage.« Ihre Blicke begegneten sich. »Sobald es mit dem Kleinen möglich ist, werde ich wieder arbeiten.«

»Wozu?«, erwiderte er ehrlich überrascht.

»Was ist das für eine Frage? Weil ich als Krankenschwester gebraucht werde. Und weil ich Lust dazu habe.« Sie entdeckte einen düsteren Unwillen in seinem Blick, rechnete damit, dass er widersprechen, ihr sogar drohen würde, aber Teddie hatte einen anderen Gedanken.

»Und wer schaut auf das Kind, während du arbeitest?«

»Das wird sich finden. Das Chelsea and Westminster Hospital hat Kinderkrippen und Tagesmütter für seine Angestellten.«

»Das könnte ich doch machen«, mischte Richard sich ein. »Ich meine, tagsüber habe ich sowieso nie viel zu tun. Statt in der muffigen Gruft rumzuliegen, könnte ich auf John aufpassen.«

»Ich weiß nicht, ob ich das möchte.« Ernst schaute Samantha zwischen den Brüdern hin und her. Dunkel und verführerisch der eine, der seinen Unwillen nur mühsam unterdrückte; offen und hilfsbereit der andere, auch er ein Mann, der Sam mittlerweile gefiel – aber beide waren sie Vampire. »Mir ist es lieber, wenn mein Kind so wenig Umgang mit euch hat wie möglich.«

»Aber es ist auch mein Kind.« Der gefährliche Unterton in Taddeusz' Stimme war nicht zu überhören.

»Es ist deinem Vater nicht gelungen, mir das Kind wegzunehmen«, antwortete sie mit unvermittelter Schärfe. »Also rate ich auch dir, es nicht zu versuchen.« Sie staunte über die Festigkeit, mit der sie dem Vampir so etwas ins Gesicht schleuderte, aber vielleicht war das ja ein Ausdruck ihrer neuen Kraft. »Ist das klar?«, fragte sie, als Teddie schwieg.

Nach kurzem Zögern war er zu einem Nicken bereit.

Sam lehnte sich zurück, schob ihren Pulli hoch und gab dem kleinen John die Brust.

44

Samantha kehrte genau an dem Tag zur Arbeit zurück, als Andrew entlassen wurde. Es war das erste Mal, dass sie ihn anders als im Schlafanzug sah. Als er in seinen Wintersachen aus dem Zimmer trat, wirkte er wie ein ganz gewöhnlicher Junge.

»Hallo«, sagte sie. »Um ein Haar hätten wir uns verpasst.«

Andrew blieb stehen. »Da bist du ja wieder.« Freude spiegelte sich in seinem Gesicht, zugleich Neugier. »Was ist los mit dir?« Er musterte sie von oben bis unten.

»Ich weiß nicht, was du meinst.« Sie ging vor ihrem Freund in die Knie und wollte ihn umarmen.

Er trat einen Schritt zurück. »Du siehst irgendwie aus … als ob du leuchtest.«

»Du spinnst ja! Komm, drück mich lieber zum Abschied.« Sam lachte, in ihrem Innern aber überschlugen sich die Gedanken. Seit sie wieder in London war, hatte sich wirklich etwas verändert. Man behandelte sie respektvoller, aufmerksamer, so als wäre sie nicht nur Wochen, sondern Jahre weg gewesen und sei reifer zurückgekehrt. Die Menschen schauten Samantha an, als spürten sie hinter ihrer Erscheinung ein Geheimnis, das sie brennend interessierte. Heute Morgen bei Dienstantritt war sie sogar Sir Kennock aufgefallen. Auch der Chefchirurg hatte sie so merkwürdig angesehen.

»Sind Sie neu hier?«, hatte er gefragt.

»Nein, Sir, ich war nur für einige Zeit beurlaubt. Ich bin eine der Lernschwestern.«

»Den Job können auch andere machen. Sie sollten …« Er hatte sie intensiv gemustert und plötzlich gesagt: »Sie sind bereit für den nächsten Schritt.«

»Welchen Schritt, Sir Kennock?«

»Ich nehme Sie in unser Weiterbildungsprogramm auf.« Als sei es das Natürlichste von der Welt, hatte der vielbeschäftigte Arzt Samantha in sein Büro mitgenommen und ihr verschiedene Bücher aus seiner Bibliothek herausgesucht. »Studieren Sie das«, hatte er gesagt. »Und das auch. Und das hier am besten auch gleich.« Der Stapel in Sams Arm war gewachsen. »Büffeln Sie anständig, dann legen Sie die Prüfung ab. Ich bin überzeugt, dass Sie eine gute Operationsschwester abgeben werden.«

»OP-Schwester, ich?« Normalerweise dauerte eine solche Entwicklung Jahre.

»Natürlich.« Optimistisch hatte ihr der Chef die Hand gedrückt. »Sie sind zu Größerem geboren, als hier Urinflaschen zu leeren.«

Zu Größerem geboren, dachte Sam, während sie Andrew in den Arm nahm. Wenn sie sich anstrengte, würde sie Sir Kennock bei seinen komplizierten Eingriffen assistieren dürfen: Nieren-, Leber-, vielleicht sogar Herztransplantationen. Warum nicht, dachte sie lächelnd, auf eine besondere Weise bin ich ja bereits ein Herzspezialist.

»Was wirst du als Erstes unternehmen?«, fragte sie den Jungen.

»Hotdogs essen natürlich.« Er erwiderte ihre Umarmung. »Schluss mit dem Krankenhausfutter.«

»Aber nicht zu viele Hotdogs, versprochen? Wenn du nett bist zu deiner Niere, ist deine Niere auch nett zu dir.«

»Und du? Was ist bei dir so passiert?«

»Oh, einiges«, lächelte sie. »Ich habe zum Beispiel eine Wohnung gefunden, im Süden der Stadt. Sie ist nicht groß, aber sehr gemütlich.«

Sam sah Andrews Mutter hinter der Glastür auftauchen. »Pass auf dich auf, mein Lieber.« Samantha nahm ihn an der Hand, brachte ihn zum Ausgang und sah zu, wie ihr kleiner Freund in sein neues Leben hinausging.

*

Als sie am Nachmittag ihr Apartment im südlichen London betrat, roch es dort wie früher daheim. Auch wenn die Weihnachtszeit längst vorbei war, brieten Äpfel auf dem Ofen.

»Lust auf was Süßes?«, fragte John Halbrook. Der Vikar trug wie immer ein weißes Hemd, hatte den strengen Priesterrock aber gegen eine gemütliche Hausjacke gewechselt. »Vor den Bratäpfeln gibt es Salat. Hast du Hunger?« Ohne sie anzusehen, hantierte er in der Küche.

Der Anblick ihres Vaters gab Sam ein behagliches und sicheres Gefühl. Als sie ihm angekündigt hatte, sie wolle wieder arbeiten und sei auf der Suche nach einem Kindermädchen, war John in den nächsten Zug gestiegen und hatte seine Hilfe angeboten.

»Ich hab solchen Hunger, ich könnte einen Ochsen aufessen.« Sam schlüpfte aus den Schuhen und hängte den Mantel auf.

»Einen Ochsen?« Er musterte sie durch die Nickelbrille. »Mit blutigen Sachen wolltest du doch aufhören. Vegetarisch bekommt dir viel besser.«

»Na schön, kein Ochse.« Erschöpft ließ sie sich auf den Stuhl fallen. »Wie geht es dem kleinen John?«

John durchmischte den Salat. »Er schläft ganz goldig.«

»Um diese Zeit?« Sie schaute auf die Uhr. »Das ist nicht gut, dann liegt er nachts wieder wach.« Mit tadelndem Blick ging sie an ihrem Vater vorbei. »Das wollen wir nämlich von Anfang an nicht einreißen lassen, dass unser Junge die schlechten Eigenschaften seines Vaters annimmt.« Sie betrat das angrenzende Zimmer und beugte sich über das Babybett. »Hallo, mein Hübscher«, sagte sie zärtlich. »Auch wenn dein Papa ein Nachtschwärmer ist, bei uns wird nachts geschlafen. Tagsüber sind wir vergnügt und munter.« Sie weckte das Kind und nahm es auf den Arm. »Guck mal, wie schön das hier ist.« Sie drehte sich mit dem verschlafenen Kleinen im Kreis. Wände und Decke waren mit freundlichen Sonnen gemustert; Sam hatte lange nach der Tapete gesucht. Nun war das Kinderzimmer so freundlich, wie sie es haben wollte. »Die Sonne ist etwas Gutes, weißt du? Eigentlich ist sie das Allerbeste.«

»Ääkkhh«, machte der kleine John.

»Sonne«, wiederholte Samantha. »Das ist das erste Wort, das ich dir beibringe.«

»Da war ein Anruf für dich«, sagte der Vater aus der Küche.

»Was Wichtiges?«

»Ein junger Mann hat offenbar Sehnsucht, dich wiederzusehen.«

Mit John auf dem Arm, kehrte sie zum alten John zurück. »Wer denn?«, fragte sie mit gespielter Gleichgültigkeit.

»Irgendwie hörte er sich an, als ob er ein Vampir wäre.« Er stellte die Salatschüssel auf den Tisch.

»Und wie klingt ein Vampir am Telefon?« Sie war froh, dass ihr Vater die Sache so cool nahm.

»Gierig«, lächelte er. »Ich habe gesagt, er soll später noch mal anrufen.« Er setzte sich, wartete, bis sie gegenüber Platz genommen hatte, und faltete die Hände. »Himmlischer Vater, wir danken dir für die Gaben, die wir durch dich genießen. Wir danken dir für die Gesundheit unseres kleinen Jungen. Wir danken dir dafür, dass du uns Licht und Dunkel unterscheiden lehrtest.«

Einen Moment war es still in der Küche.

»Ääkkhh«, machte der kleine John.

»Amen«, sagte Sam. Sie begannen zu essen. »Sind da Pinienkerne drin?«

Ihr Vater nickte.

»Hmmm! Du mauserst dich langsam zum Chefkoch.«

»Danke.« Er stocherte im Salat. »Damals, als Louise nicht mehr kochen konnte, weil sie den Geruch von Essen kaum noch ertrug …« Er atmete durch. »Da habe ich es eben lernen müssen.«

Sie legte ihre Hand auf seine. »Was hast du heute den ganzen Tag gemacht?«

»Ich habe unseren Anwalt getroffen. Er ist zuversichtlich.«

»Geht es den schottischen Jüngern Fortrius jetzt endlich an den Kragen?«, fragte sie aufgeregt. »Erzähl schon!«

»Er sagt, mit dem Material, das wir haben, kann er die Staatsanwaltschaft einschalten.«

»Verdammter Papierkram!« Sam kaute missmutig. »Wieso rufen wir nicht die Polizei, stürmen den Hadrianswall und befreien die armen Kreaturen?«

»Diese Ungeduld hast du nicht von mir geerbt.« Aus gütigen Augen sah ihr Ziehvater sie an. »Ich mache die Dinge eben langsam, dafür gründlich.«

»Stimmt schon, Papa, du hast ja recht.« Auch wenn Sam sich zuversichtlich gab, war ihr bei dem Gedanken, sich offen gegen die Gefolgschaft Fortrius zu stellen, mulmig zumute.

John deutete mit dem Kopf auf das Gewürzbord. »Da ist übrigens Post für dich gekommen.«

»Wir wohnen doch erst ein paar Tage hier.« Sie legte die Gabel beiseite. »Wer kennt denn diese Adresse?«

»Ich habe den Absender nicht gelesen.« Er aß weiter, doch seiner Miene war anzusehen, dass ihm das Päckchen auf dem Gewürzbord Sorge bereitete.

Sam hob das Baby auf die Schulter, stand auf und hielt das braun verpackte Ding ans Licht.

»Das ist … das kommt aus Rumänien.«

»Hmm«, machte der Vater nur.

»Was mag das sein?«

»Die sicherste Methode ist, es aufzumachen.«

»Kannst du mal …« Sie hielt ihm den Jungen entgegen. Unbeschwert wechselte John junior vom Arm der Mutter zu John senior.

»Komm, mein Junge, wir wollen uns das Buch mit den vielen Bildern anschauen.« In dem sicheren Gespür, dass seine Tochter lieber allein war, wollte John die Küche verlassen.

Sie hatte bereits das Fleischmesser genommen, um die Papierhülle zu öffnen, da bemerkte sie aus dem Augenwinkel, dass ihr Vater über die Türschwelle stolperte. Sein Versuch, dem Sturz noch auszuweichen und das Kind zu schützen, scheiterte, der alte Mann drohte der Länge nach hinzufallen. Das Baby rutschte ihm aus dem Arm und wurde weitergeschleudert. Im nächsten Moment musste es auf dem Boden aufprallen.

Auch wenn das Kommende im Bruchteil einer Sekunde geschah, kam Samantha ihr Eingreifen ganz natürlich vor. Um die Hände freizukriegen, ließ sie Messer und Päckchen fallen. Schneller als es ein menschliches Auge wahrgenommen hätte, sprang sie aus der Küche und fing ihr Kind im freien Fall auf.

Klein John landete kopfüber, aber unbeschadet im Arm seiner Mutter und freute sich krähend über das Flugkunststück. Fast im gleichen Augenblick ging Sam in die Hocke und fing mit ihrer freien Hand den stürzenden Vater auf, so locker, als wäre der kräftige Mann leicht wie eine Feder. Das Kind im einen Arm, den Vater im anderen, kam Sam hoch und stellte John wieder auf die eigenen Füße.

»Hoppla«, sagte sie und wurde sich jetzt erst bewusst, was sie getan hatte.

Während ihr Ziehvater sich von dem Schreck erholte, blickte er Samatha ernst an. »Eine Erklärung für das, was mit dir geschehen ist, gibt es wohl nicht«, sagte er leise. »Das Einzige, was du tun kannst, ist, mit deiner neuen Gabe verantwortungsvoll umzugehen. Dann wird sich das Weitere finden.«

»Das Weitere – was meinst du, Papa?«

Er zog seine Jacke gerade. »Wie es aussieht, bist du wirklich zu etwas Besonderem auserkoren, mein Kind. Darum lebe nun auch danach.«

»Das will ich, Papa.« Sie fühlte sich in diesem Moment wieder wie ein kleines Mädchen.

John strich ihr zärtlich über die Wange, nahm den Jungen zum zweiten Mal auf den Arm und ging ins Kinderzimmer.

Nachdenklich und mit weichen Knien kehrte Sam zu dem Päckchen zurück und zerschnitt die Verpackung. Im Inneren befand sich eine Schatulle. Bevor sie den Mut hatte, sie zu öffnen, hörte Sam die Stimme ihres Vaters von nebenan.

»Das ist das Schaf Jolantha«, las er Little John vor. »Das Schaf Jolantha frisst den ganzen Tag Gras.«

»Äääkh«, machte das Kind.

Samanthas Hände waren mit einem Mal nass von Schweiß.

Sie hob den Deckel. In der Schatulle lag ein Flakon, es sah aus, als wäre es Parfum. Aber der Inhalt des Fläschchens war blutrot. Zögernd hob Sam es heraus.

»Das ist Hubert, der Wolf«, sagte John im Kinderzimmer. »Er frisst nur Fleisch. Und sein größter Wunsch ist: Er will das Schaf Jolantha fressen. Schau nur, was er für große Zähne hat.«

Sam war zumute, als ob eine Hand ihr Herz packte und es langsam zusammendrückte.

----- *Du-bist-Das-Neue-Leben* ----- Fortrius Stimme war rund um sie und war zugleich in ihr selbst. ----- *Vergiss-nicht-zu-wem-du-gehörst* ------- flüsterte es von allen Seiten.

Tränen der Verwirrung traten in ihre Augen. »Wer bin ich?«, flüsterte sie. »Wohin führt mich mein Weg?«

»Das Schaf Jolantha ist aber schlauer als der Wolf Hubert«, sagte John. »Nur so ist es möglich, dass ein kleines und schwaches Wesen einem großen, brutalen widerstehen kann.«

»Ääkkhh«, machte Little John in seinem Zimmer, umgeben von zahllosen Sonnen.

In der Küche betrachtete Samantha das Fläschchen genauer. Auf dem Deckel befand sich eine verschlungene Schrift, doch das Wort war deutlich zu lesen. Es lautete: ***Barhyaghtar***.

Es klingelte an der Tür. Sie drehte sich um. Bis jetzt kannten nur zwei Leute diese Adresse. Mit beiden war Sam auf schicksalhafte Weise verbunden. Trotz der tiefen Angst, die das Geschenk Fortrius in ihr hervorrief, fiel ihr ein alter Vers ein, den sie als Mädchen in der Schule gelernt hatte: *Wie glücklich könnt ich mit einem sein, ließ mich der andere Jüngling allein.* Welcher von beiden kam sie besuchen? War es Taddeusz, der gefährliche Verführer, der immer noch ihre Träume beherrschte? Oder war es sein Bruder, der schlaksige Richard, der für Sam das Äußerste getan hatte, was ein

Vampir aus Liebe vollbringen konnte? Über wessen Besuch würde sie sich mehr freuen? In bangem Vorgefühl öffnete Sam die Tür. Draußen stand ein großer junger Mann. Sie lächelte, nahm seine kalte Hand und zog ihn in die Wohnung.

»Ich kann absolut nichts sehen«, sagte der junge Vampir und nahm die beschlagene Brille ab.

»Komm ins Warme«, sagte Samantha. »Wir sind gerade mit dem Essen fertig.« Sie führte ihn in die Küche, hinter ihnen fiel die Tür ins Schloss.

Was Sam nicht bemerkte, war das schwarze Tier, das vor dem Fenster des Kinderzimmers seine Schwingen ausbreitete. Aus funkelnden Augen betrachtete die Fledermaus den kleinen Jungen.

»Ääkh«, machte John junior und hob lächelnd den Blick zum Fenster.

* * * * * * *

© Bettina Stöß

Michael Wallner ist in Graz geboren, hat als Schauspieler und Regisseur an verschiedenen Theatern gearbeitet und lebt seit 1997 als Roman- und Drehbuchautor in Berlin und dem Schwarzwald. Sein Bestseller »April in Paris« wurde in über zwanzig Länder verkauft. »Die Zeit des Skorpions«, sein erstes Jugendbuch, wurde von Presse und Publikum begeistert aufgenommen.

Weitere lieferbare Bücher bei cbt:

»Die Zeit des Skorpions« (16001)

Michael Wallner
Die Zeit des Skorpions

320 Seiten ISBN 978-3-570-16001-5

Europa in naher Zukunft: Unerbittlich breitet sich als Folge der Erderwärmung die Wüste aus und hat bereits den Südrand der Alpen erreicht. Hier schließt sich die 14-jährige Tonia, als Junge verkleidet, einer Gruppe von Tuareg an. Die sind in einer spektakulären Mission unterwegs: Denn unter der Erde, in 3000 Metern Tiefe, gibt es noch unendliche Wasserreserven, und die sollen freigesetzt werden. Das Problem: Der Feldherr im Norden, der machthungrige Finsøkker, will dies unbedingt verhindern ...

7159

cbt

www.cbj-verlag.de